La promesa del dragón

Literatura Fantástica

Elizabeth Lim
La promesa del dragón

Traducción de Matías Gómez

minotauro

Título original: *The Dragon's Promise*

Publicado por acuerdo con Random House Children's Books, una división de Penguin Random House LLC

Adaptación de la cubierta: Booket / Área Editorial Grupo Planeta a partir de la idea original de Lydia Blagden © Hodder & Stoughton
Ilustración de la cubierta: © Kelly Chong
Primera edición en Colección Booket: julio de 2025

Depósito legal: B. 10.849-2025
ISBN: 978-84-450-1973-3
Impreso en España

Biografía

Elizabeth Lim creció en la bahía de San Francisco, donde se crio rodeada de cuentos de hadas, mitos y canciones. Antes de convertirse en autora, Elizabeth era compositora profesional de películas y videojuegos, y todavía suele tener las mejores ideas para sus libros cuando escribe cerca de un piano. Es exalumna de la Universidad de Harvard y la Academia Juilliard, ahora reside en Nueva York con su marido y sus dos hijas.
Es autora de la aclamada bilogía *Blood of Stars*, así como colaboradora de la serie *A Twisted Tale*, bestseller de *The New York Times*.

A mi po po, por el amor, las historias y la sopa de pescado.

LOR
Aldea de Tiany
Posada del Gorrión
Castillo de Bushian
Estrecho del Mar del Norte
Mar del Oeste
Iro
Montaña del Conejo
Río Baiyun
Bosque Zhensa
Montañas Sagradas de la Fortaleza
Cindara
Bosque Cailan
Palacio Imperial
Poblado Yaman
Reino de Kiata
Océano Cuiyan
A'landi
Lago Paduan
Islas Olvidadas de Lapzur

YAN
Mar de Taijin
Monte
Rayuna
Ai'long
Reino de los
Dragones
Palacio del
Rey Dragón
Islas Tambu
Sundau

Siempre he detestado escribir cartas. Mis tutores decían que demostraban el intelecto y la consideración de una persona, y también la caligrafía. Pero mi letra siempre se ha parecido más a la de un ganso que a la de una princesa. A nadie le gusta recibir una carta de un ganso. Ni siquiera una de la realeza.

Sé que eso no es excusa para no haberte escrito nunca, Takkan. Si pudiera cambiar el pasado, habría respondido a cada una de tus cartas. Por fin las he leído, y no sabes lo reconfortante que ha sido reírme con tus historias e imaginar que crecimos juntos. Ojalá te hubiera preguntado tu nombre el día que nos conocimos, cuando éramos niños en el Festival de Verano y perdí tu cometa.

Últimamente he estado pensando en esa cometa y en cómo debe estar volando y volando sin tener adónde ir ni dónde aterrizar. A veces sueño que soy yo. Que mi hilo no tiene fin. Que ya no pertenezco a ningún sitio.

Me pregunto si así se sentía mi madrastra. Me duele no poder preguntárselo nunca.

Para cuando encuentres esto, estaré en el reino de los dragones. No sé cuánto tiempo estaré fuera. Podrían ser días, semanas o meses. Espero que no sean años.

Si me pierdo el invierno, piensa en mí cuando caiga la nieve y siempre que comas rábanos.

Tu sopera favorita,
Shiori

CAPÍTULO 1

El fondo del mar de Taijin sabía a sal, barro y decepción. A excepción de algunos débiles rayos de luz misteriosa, era tan oscuro como el abismo más profundo. No era el magnífico reino acuático al que los dragones llamaban hogar.

Me senté en el lomo de Seryu cuando aminoró la marcha y sus largos bigotes vibraron hacia un rayo en particular. Quizá me lo había imaginado, pero el rayo brillaba más que el resto, casi violeta.

—¿Estás lista? —preguntó Seryu.

¿Lista para qué?, pensé, pero asentí.

Con un movimiento de la cola, se zambulló en el rayo violeta y todo cambió.

El agua se volvió azul, y de los lechos de arena y cristal brotaron bocanadas de niebla cobriza. Y la luz. Había luz por todas partes, irradiada por un sol invisible.

Mi corazón empezó a acelerarse por la expectación y me aferré a los cuernos de Seryu mientras aceleraba hacia abajo, nadando tan rápido que casi me quedo sin aliento.

Ya casi hemos llegado, Kiki, pensé emocionada en nuestro idioma compartido y no hablado, pero ella no respondió. Un vistazo a mi manga me dijo por qué: mi pobre pájaro de papel se había desmayado.

No la culpé. Nos movíamos a velocidades vertiginosas y mi cabeza latía como una tormenta cuando intentaba enfocar la vista. Pero no podía permitirme desmayarme. Ni siquiera me atreví a cerrar los ojos.

Quería verlo todo.

Por fin llegamos a un laberinto de brillantes arrecifes de coral, brazas por debajo del mar mortal. La hierba marina se mecía en una corriente invisible, dunas de arena blanca y rocas doradas salpicaban el terreno, y marquesinas de flores marinas trenzadas formaban los tejados de las villas submarinas.

Así que esto era Ai'long, el hogar de los dragones…

Era un mundo que pocos mortales llegarían a vislumbrar. A primera vista, no parecía tan diferente de la tierra. En lugar de árboles había pilares de coral, algunos esbeltos y otros gruesos, la mayoría con ramas en espiral adornadas con brazaletes de musgo. Incluso la forma en que se deslizaban los peces, con sus aletas cónicas desplegadas como alas, me recordaba a los pájaros surcando el cielo.

Y sin embargo… no se parecía a nada que hubiera visto antes. El movimiento del agua, que giraba y se agitaba sin cesar, se reflejaba en destellos de color y ráfagas de peces. La forma en que la hierba marina hacía cosquillas a los peces que pasaban, como si pudieran hablar entre ellos.

Seryu sonrió satisfecho mientras yo disfrutaba de las vistas.

—Te dije que te deslumbraría.

Tenía razón, por supuesto. Estaba deslumbrada. Por otra parte, Ai'long estaba destinado a asombrar a ojos mortales como los míos. Ese era su peligro, después de todo. Su trampa.

Un lugar tan hermoso que incluso el tiempo contuvo la respiración.

Cada hora que pasas aquí es un día perdido en casa, si no más, me recordé con severidad. Ese tiempo se acumulaba rápidamente, y llevaba tanto tiempo lejos de mi padre y mis hermanos que no quería perder ni un minuto.

Vámonos. Hice una señal con una patada en el largo costado serpenteante del dragón.

—No soy un caballo, ¿sabes? —Las verdes cejas de Seryu se arquearon mientras se giraba para mirarme—. ¿Por qué estás tan callada, Shiori? No estarás conteniendo la respiración, ¿verdad?

Cuando no respondí, me arrojó a su espalda y su garra salió disparada y pellizcó mi nariz.

Se me escapó un chorro de burbujas, el aire que había estado acumulando.

Pero, por todos los dioses, ¡podía respirar! O al menos sentía que respiraba. El agua sabía dulce en lugar de salada, embriagadora, como un vino de ciruela embriagador cuando inhalaba demasiado hondo, pero quizá era porque la cabeza aún me daba vueltas.

—Mientras lleves un trozo de mi perla, podrás respirar bajo el agua —me explicó Seryu, recordándome el fragmento brillante que llevaba al cuello—. Puede que ya no esté dentro de tu corazón, así que no podemos compartir pensamientos... pero sabes que puedes hablar, ¿verdad?

—Claro que lo sé —mentí.

Disimulando mi alivio, toqué la pequeña perla. Incluso a estas profundidades, brillaba como una gota de luz de luna.

—Quizá quieras mantenerla oculta —dijo Seryu—. La gente podría hacerse una idea equivocada.

—Pensé que era solo para ayudarme a respirar. ¿Por qué...?

—Es demasiado complicado de explicar —murmuró el dragón con un gruñido—. Había olvidado cuántas preguntas haces. Quizá debería haberte dejado seguir aguantando la respiración.

Frunció el ceño.

—Estás de mal humor.

—Los humanos no son precisamente bienvenidos en Ai'long —dijo Seryu suavemente—. Estoy pensando en las infinitas formas en que tu visita puede salir mal.

No le creí. Había estado de mal humor todo el día, empezando por cuando vino a buscarme a la orilla. Apenas saludó a mis hermanos, ignoró por completo a Takkan...

—¿No tendré historias divertidas que contar cuando vuelva a casa? Aquí estaba yo, diciéndole a todo el mundo que el mismísimo príncipe de los dragones iba a darme un gran *tour* por su reino. —intenté disuadirlo bromeando.

—Cuanto más corta sea tu visita, mejor. —Los ojos rojos de Seryu se desviaron hacia mi mochila, que colgaba de mi hombro—. Estás aquí para entregarle algo a mi abuelo, no para divertirte.

Era mucho pedir animarlo. Ahora yo también estaba de mal humor.

Abrí la mochila, solo un pellizco. Ese algo que debía entregar era una perla de dragón oscura y rota. Raikama me la había dejado antes de morir, y su poder era tan fuerte que podía sentir cómo luchaba contra el encantamiento de mi mochila, que la mantenía encerrada y oculta. No era de extrañar que el abuelo de Seryu lo quisiera.

Pero no era lo único que había dentro de la bolsa. También traje mi red de flores estrella —para protegerme un poco contra el Rey Dragón— y el cuaderno de bocetos que Takkan me había dado cuando nos despedimos.

—¿Más cartas? —pregunté, sosteniendo el libro con las dos manos.

—Mejor —aseguró Takkan—. Para que no me olvides.

¿Qué podría ser mejor que sus cartas? Miré con nostalgia el cuaderno de bocetos, deseando poder rozar con los nudillos su suave lomo y hojear sus páginas manchadas de carboncillo. Pero supuse que sería de mala educación leer en compañía de Seryu.

Desde luego, Seryu así lo creía. Entrecerró los ojos.

—Nunca te he visto sonrojarte mirando la perla.

—Su luz se vuelve brillante —dije rápidamente—. Me calienta la cara.

Se burló de la mentira.

—Al menos tu señorcito humano no saltó al mar tras nosotros. Por la forma en que te miraba cuando te ibas, con ojos de pez, pensé que lo haría. No habría pasado de los arrecifes antes de que lo atraparan los tiburones.

Cerré la mochila.

—¿En serio, tiburones?

—El abuelo emplea a un pelotón de ellos. —Seryu sonrió satisfecho—. Siempre están hambrientos. Pronto nos encontraremos con alguno.

El corazón me latía con fuerza. ¿Estábamos tan cerca del palacio de Nazayun?

Seryu malinterpretó mi aprensión y su tono se suavizó un poco.

—No te preocupes, a los tiburones no les apetece una humana fibrosa como tú.

Puede que cambien de opinión, pensé. Una vez que el Rey Dragón supiera por qué estaba realmente en Ai'long, tendría suerte si me concedía una muerte tan rápida.

Nerviosa, me deslicé de vuelta hacia Seryu, pateando más fuerte de lo necesario. Nadar en Ai'long no se parecía en nada a nadar en agua normal. El agua aquí era tan ligera como el aire, y pequeñas corrientes se deslizaban bajo mis pies, impulsándome hacia donde necesitaba ir. Parecía como volar.

Me adelanté al dragón, lanzando un chorro demasiado alto. De la nada, un puñado de medusas descendió sobre mí.

Había al menos una docena de ellas. Sus cuerpos tenían forma de paraguas luminosos y sus tentáculos se arremolinaban en una danza sinuosa. Se acercaban con valentía, rozándome los brazos y las piernas, e incluso entretejiéndose en mi larga cabellera. Me reí de las cosquillas que me hacían, hasta que Seryu soltó un gruñido.

—Déjenla en paz. —Sus ojos rojos miraron a los intrusos—. Está conmigo.

Las medusas retrocedieron, pero no se dispersaron. Todo lo contrario. Mientras Seryu intentaba remolcarme agarrándome del pelo, ellas lo seguían y se acercaban aún más.

Entonces, así como el mar de Taijin, cambiaron.

La luz dorada que irradiaban sus cuerpos se apagó en un instante, y sus tentáculos, suaves como cintas de seda, se volvieron duros y puntiagudos. Dos se deslizaron entre Seryu y yo, separándonos a la fuerza. El resto nos rodeó.

Tomé el cuchillo que llevaba oculto en la faja. Apenas pude blandirlo. Unos tentáculos fríos y resbaladizos se apoderaron de mi espalda y me rodearon los brazos.

De los tentáculos de mi atacante brotaron pequeñas púas que me rozaron la piel: una advertencia letal para que no me resistiera. Una picadura y quedaría paralizada de por vida.

Derrotada, me quedé quieta y solté el cuchillo, dejándolo flotar más allá de mi alcance. A cambio, la medusa aflojó su agarre, pero solo un poco. Sus tentáculos empezaron a registrarme en busca de otras armas ocultas y, mientras rebuscaban en mi mochila y mi túnica, Kiki se escabulló de mi manga.

Estaba aturdida y sus alas se estiraron dramáticamente al bostezar para anunciar que estaba despierta. Pero cuando sus ojos de tinta se abrieron y vio las medusas, gritó.

¡Demonios burbujeantes y ardientes de Tambu!

No es un demonio, le aseguré, abrazando mi mochila mientras los tentáculos intentaban abrirla. *Es una medusa.*

¿Una qué?

La medusa se cernía sobre Kiki, escrutándola atentamente.

Mi pájaro le cubrió la cabeza con un ala.

Oh, dioses, gimió. *Deja que me desmaye otra vez.*

Para alivio de Kiki, la medusa la consideró indigna de su atención y volvió a mi mochila. Sus tentáculos tiraron con fuerza de las correas, pero me aferré todo lo que pude.

—Pícame todo lo que quieras —le dije—. No te vas a llevar esto.

La medusa siseó y mostró sus púas venenosas.

—¡Fuera! —bramó Seryu. Su cola se agitó de un lado a otro, creando innumerables ondas, como pequeñas tempestades. Con un golpe de su garra, se produjo un feroz desgarro en el agua.

Mientras las medusas luchaban contra la repentina corriente, Seryu me echó a su espalda y se zambulló en una jungla de coral, nadando hacia las agujas de cristal. Me arrojó el cuchillo al regazo.

—¿De verdad, Shiori? ¿Esto es lo que traes a Ai'long?

Me encogí de hombros despreocupadamente.

—¿Creías que vendría desarmada?

—Ya conoces a mi abuelo. Esta pequeña daga apenas sería una astilla.

—Las astillas aún pueden doler —fue todo lo que dije, volviendo a guardar la hoja en mi faja—. ¿Qué eran esas medusas?

—Patrullas.

—¿Para qué?

—Intrusos y asesinos.

No dio más detalles, señal de que lo dejara estar. Pero yo tenía demasiada curiosidad.

—Había magia en ellas.

—La mayoría de los súbditos del abuelo tienen… cierta habilidad. Ayuda a rechazar a los que intentan entrar en Ai'long sin invitación.

—¿Pero por qué buscarme? Tengo una invitación.

—Obviamente, buscaban la perla de tu madrastra —dijo Seryu en tono de protesta—. A las medusas les gusta la magia oscura. También se especializan en detectar el engaño.

Me invadió una oleada de inquietud.

—¿Engaño?

—Sí, como esa aguja de acero que no te dignaste a decirme que traías. —La voz de Seryu se endureció—. No te preocupes. Tu estancia en Ai'long será corta; no tendrás que experimentar nuestra corte.

Eso no era lo que me preocupaba, pero guardé silencio y miré a Kiki.

Se había desmayado sobre mi palma, y sus alas se habían marchitado hasta convertirse en un bulto abatido. Por suerte, no había prestado atención a mi conversación con Seryu. La quería mucho, pero guardar secretos no era uno de sus dones.

¿Ya casi llegamos?, se quejó. *Debería haberme quedado en tierra. Me mareo.*

Nadie se marea bajo el agua.

Kiki arrugó el pico, dejando escapar un suspiro teatral.

¿No puedes decirle al dragón que nade con más cuidado? Hasta las ballenas se mueven con más delicadeza que él.

Díselo tú. Ha estado hosco todo el día.

¿Por qué? Arrugó el ceño. *¿Está enfadado contigo?*

Por supuesto que no.

¿Son las medusas? Dioses, Shiori, ¿crees que lo saben? Tal vez deberías decirle que planeas quedarte con la perla de Rai...

Mis ojos se abrieron de par en par, y me la metí en la manga antes de que Seryu se enterara.

La perla de Raikama, casi había soltado Kiki.

No, no se lo había dicho. No pensaba hacerlo.

La culpa me remordía la conciencia, pero la aparté. No había nada por lo que sentirse culpable. No estaba faltando a mi palabra. Le había prometido a Seryu que le llevaría la perla de Raikama a su abuelo, pero nunca le dije que se la dejaría.

Solo dásela al dragón que tenga la fuerza para hacerla entera una vez más, me había hecho jurar Raikama antes de morir.

Como si pudiera leer mis pensamientos, la perla dentro de mi mochila comenzó a latir. Prácticamente podía verla en mi mente:

girando y maquinando, intentando encontrar una salida. Tenía el tamaño de un melocotón, apenas más grande que la palma de mi mano, pero en su máximo esplendor brillaba como una gota de luz solar. Pero ahora que Raikama se había ido, su luz era tenue, y la fractura de su centro parecía ensancharse más cada vez que la miraba.

Esa grieta no sanaría hasta que la perla se reuniera con su verdadero dueño. Tenía la sensación de que la pena que había enterrado en mi interior fue la misma, ahondando el hueco en mi corazón hasta que mi promesa a Raikama se cumplió.

Una promesa no es un beso al viento, que se lanza sin cuidado, murmuré para mis adentros. *Es un pedazo de ti mismo que se entrega y no volverá hasta que se cumpla tu promesa.*

Eran las palabras de mi madrastra desde hacía mucho tiempo. Palabras que odiaba porque me hacían sentir culpable, aunque las ignorara. Jamás habría imaginado que recurriría a ellas en busca de consuelo.

La perla tembló, respondiendo a mi inquietud, y levanté la bolsa sobre mi regazo para que Seryu no se diera cuenta. Demasiadas veces había faltado a mi palabra, a Raikama más que a nadie. Esta vez no lo haría.

Veré cómo te recuperas, juré a la perla en silencio. *Te llevaré a casa.*

Cueste lo que cueste.

CAPÍTULO 2

Las murallas que rodeaban el palacio del rey Nazayun eran increíblemente altas. Eran más altas de lo que podía ver, hasta las luces violetas que marcaban los límites del reino, y sus afilados remates parecían agujas pinchando las venas del océano.

Una audiencia de criaturas marinas se había reunido fuera del palacio. Ballenas más grandes que los buques de guerra de mi padre; tortugas marinas manchadas, que se confundían con la arena y las rocas; delfines; calamares y, cuando miré más de cerca, incluso cangrejos y caballitos de mar. Entre ellos había dragones, algunos con humanos montados en sus lomos. Todos bajaron la cabeza en señal de deferencia al paso de Seryu, pero sus miradas estaban fijas en mí.

—No me toques los cuernos —gruñó Seryu—. Son una medida de estatus en Ai'long, y yo soy un príncipe dragón, no un toro.

Los solté como si hubiera tocado fuego.

—Lo siento.

Rápidamente quedó claro lo que quería decir. Los cuernos de otros dragones se curvaban hacia abajo, como los de un carnero, a menudo con crestas o bordes estriados, y en colores que variaban del gris al marfil, pasando por el negro.

Los de Seryu eran plateados y lisos, pero sobre todo estaban ramificados, como la cornamenta de un ciervo. Una corona natural.

—¿Suele haber una multitud así para recibirte?

—No. —La voz de Seryu se volvió tensa—. Están aquí por ti.

Eso hizo que me incorporara bruscamente.

—¿Por mí?

—Están apostando si el abuelo te arrojará a los tiburones o te convertirá en piedra.

No sabía si hablaba en serio o con sarcasmo.

Quizá las dos cosas.

—¿No hay otras alternativas? —le pregunté.

—Ninguna que te resulte más agradable. Te lo dije, los humanos no son bienvenidos aquí.

—Pero veo a tantos.

La larga espalda de Seryu se puso rígida y sus escamas se volvieron opacas.

—Mira otra vez.

Fruncí el ceño, pero, curiosa ahora, me volví de nuevo.

Al principio, no vi nada fuera de lo común. Sí, los humanos que montaban los dragones estaban ataviados con las riquezas del mar, con chaquetas y vestidos que brillaban como una almeja tornasolada adornada con los pétalos de los lirios del océano. Pero, aparte de eso, tenían el mismo aspecto que yo.

Al menos hasta que agudicé la vista y miré más allá de sus rostros. Vi las branquias que brillaban en sus cuellos, las escamas de pez que salpicaban sus brazos. Algunos incluso tenían alas pegadas a los omóplatos y aletas en las muñecas y los tobillos.

Cuando me descubrieron, fruncieron los labios y me dedicaron una sonrisa retorcida.

—Así que —dije nerviosa—, realmente soy como un cerdo.

—¿Qué?

—Eso dijiste cuando nos conocimos: que invitarme a Ai'long sería como llevar un cerdo a conocer a tu familia. Pensé que bromeabas.

—Nunca esperé traerte aquí, Shiori —dijo, con la voz tan baja que casi no lo oí. Estábamos casi a las puertas—. Quiero que lo sepas.

Sonó como una disculpa, pero no entendí por qué. Nunca tuve la oportunidad de preguntar. Sonó un ensordecedor coro de caracolas y entonces, de la nada, una corriente invisible me arrancó de la espalda de Seryu y me arrastró al interior del palacio.

Ocurrió con la rapidez de un golpe de espada. No me di cuenta de que me habían arrancado hasta que fue demasiado tarde.

—¡Shiori! —Seryu corría hacia las puertas, intentando entrar antes de que se cerraran—. ¡Abuelo, no!

Fue lo último que vi de él antes de que me arrastrara el agua a toda velocidad por un conducto tan rápido que nuestro viaje anterior me pareció lento. Cuando el paracaídas me escupió en mi destino, estaba segura de haberme desmayado, al menos durante unos segundos.

Aterricé en la sala más grande que jamás había visto. Era inmensa y ancha, sus pilares se extendían hasta donde alcanzaban mis ojos y, salvo una ventana de lo que parecían cascadas de cristales negros, todo, desde las paredes hasta los techos, era del color del hueso. O de nieve, si uno tenía una mentalidad más alegre.

Pateé el suelo marino con los pies y me impulsé hacia arriba.

¿Nos ha comido una ballena?, susurró Kiki desde el interior de mi manga.

Si no estuviéramos en una situación tan desesperada, me hubiera reído. La estancia parecía la caja torácica de una ballena. Las paredes estaban revestidas de pilares de mármol, espaciados uniformemente y tres veces más altos que la sala de ceremonias del palacio de mi padre. Sus extremos se arqueaban imposiblemente hacia un techo abierto, como una jaula de huesos.

Por precaución, desenvainé el cuchillo. Los espacios entre los pilares eran lo bastante anchos como para deslizarse por ellos, y las puertas del palacio brillaban en la distancia cercana. ¿Seryu seguía allí, buscándome?

Sujeté el cuchillo con fuerza. No iba a esperar aquí a averiguarlo.

Me zambullí entre dos de los pilares y había llegado tan lejos como un suspiro fuera de la cámara cuando largas y retorcidas algas brotaron de los pilares y se enredaron alrededor de mis extremidades.

¡Shiori! Kiki salió disparada de mi manga.

Corté las algas. Los tallos eran más finos que las algas que hervía en mis sopas. Pero las apariencias engañan. Estas algas eran fuertes como el hierro y estaban vivas, brotando tres nuevas frondas por cada una que cortaba. Apartaron a Kiki y me rodearon las muñecas, arrancándome el cuchillo de la empuñadura e inmovilizándome contra un pilar.

Luego vinieron los tiburones.

No había creído a Seryu cuando los mencionó antes, pero ahí estaban. Cada uno era diez veces más grande que yo, con hileras de dientes afilados como espinas y ojos azules y negros que no dudaban en convertirme en un aperitivo.

—¡Seryu! —grité—. ¡Seryu!

—Se unirá a nosotros en breve.

La cola del Rey Dragón se curvó alrededor de los pilares y se me puso la piel de gallina.

—Mi nieto me ha hablado mucho de ti desde la última vez que nos vimos, Shiori'anma —dijo—. Tus dioses te han prestado una atención inusual: la hija adoptiva de la Reina Sin Nombre, la sangresucia de Kiata... y ahora la portadora de la perla del Espectro.

¿Espectro? Mis oídos se agudizaron. Era la primera vez que oía ese nombre.

Largos y torcidos rayos de plata atravesaron las sombras: los cuernos de Nazayun.

—Muéstramela.

Las algas aflojaron su agarre alrededor de mis muñecas lo suficiente para que pudiera abrir mi mochila. Metí la mano, rozando con los dedos la perla rota y luego la red de flores de estrella.

Mis dedos ansiaban lanzar la red sobre el Rey Dragón. La flor de estrella, después de todo, era la única debilidad de un dragón. La única cosa lo suficientemente poderosa como para separar a uno de su corazón. Y, que los demonios me llevaran, había sacrificado lo suficiente para hacer la red.

Los tiburones me habrían despedazado si me hubiera atrevido, pero por suerte la perla no me dio ninguna oportunidad. Cuando abrí la bolsa, emitió un zumbido grave y burlón, y salió a la luz.

Empezaba a sospechar que estaba viva de alguna extraña manera. En el palacio de mi padre, cada vez que la dejaba en mi habitación, la encontraba flotando en el aire a mi lado, como si me observara. Esperando.

La perla toma el destino y lo retuerce a su antojo, había dicho Raikama.

Después de lo que les había hecho a mis hermanos, no sería tan tonta como para suponer que su propósito incluía mantenerme con vida. Por eso observé, conteniendo la respiración, cómo la perla se alzaba a la altura de la mirada pálida de Nazayun.

El disgusto se reflejó en el ceño fruncido del dragón.

—Se ha atado a ti.

—Por ahora —respondí—. Juré a mi madrastra que devolvería la perla a su legítimo dueño.

Él gruñó.

—Hiciste un voto a Seryu de que me la darías.

—Que te la traería —corregí—. No que fuera a dártela. La perla no es tuya.

—Una perla de dragón pertenece a Ai'long. —Nazayun se alzaba sobre mí, clavando sus garras en el suelo—. Yo soy Ai'long.

—¿Por qué la quieres? —le pregunté—. He visto cómo es una verdadera perla de dragón. Es pura y sobrecogedora, nada que ver con esta. Esta es…

—Una abominación.

—Como tú digas —respondí—. Entonces, ¿por qué la quieres?

—¡Humano ignorante, no sabes nada! —bramó el Rey Dragón—. La perla del Espectro es una cosa rota. Ansía la destrucción tanto como la aborrece. Por sí sola, no puede encontrar el equilibrio, así que confió en alguien como tu madrastra para moderar su poder. Pero la Reina Sin Nombre está muerta, y la perla está demasiado rota para tomar un nuevo huésped. Pronto se romperá por completo. Cuando eso suceda, liberará una fuerza mayor que cualquier cosa que puedas imaginar. Tan grande como para devastar a tu amada Kiata.

Por una vez le creí.

—A menos que sea devuelto al Espectro.

—Esa no es una opción —dijo Nazayun—. Debe ser destruida y, cuando lo sea, también perecerá el Espectro. Renuncia a tu vínculo y dame la perla.

Dudé. La perla flotaba sobre mi palma, sus mitades rotas se separaban ligeramente a lo largo de un borde. Parecía aparentemente frágil, como los pétalos de una flor de loto. Sin embargo, podía sentir el terrible poder que encerraba.

¿Podría Raikama haberse equivocado al pedirme que se lo devolviera al Espectro? ¿O era uno de los trucos de Nazayun?

Solo por un momento, mi conciencia se retorció de indecisión. Entonces cerré los puños y la perla voló a mi lado. Confío en Raikama.

—La perla pertenece al dragón con la fuerza para hacerla entera una vez más —dije—. Ese dragón no eres tú.

La furia encendió los ojos blancos del Rey Dragón.

—Que así sea.

Detrás de él, los tiburones se dirigieron hacia mí, chasqueando las mandíbulas. En sus ojos vidriosos destellaban visiones de un final espantoso: yo, fileteada en un centenar de trozos sangrientos que teñían el agua de rojo.

¡No, Shiori! Kiki me gritó al oído.

Las algas me rodearon la cintura y los tobillos, manteniéndome inmóvil. Por suerte, me había anticipado a ese momento.

Nunca vayas a la batalla sin conocer a tu oponente, le gustaba decir a mi hermano Benkai. Antes de partir hacia Ai'long, me había impartido toda la sabiduría militar que había podido: *El que puede sorprender a su enemigo siempre está en ventaja.*

Aquí llegó mi sorpresa: golpeé mi cadera contra la perla, enviándola contra el pilar más cercano. Sus mitades se separaron de su base, abriéndose como una concha de almeja, y una luz deslumbrante brotó.

El alga retrocedió. Aflojó su agarre sobre mis extremidades el tiempo suficiente para que sacara la red de flores de estrella.

La lancé alto y grité.

¡Kiki!

Mi pájaro de papel salió corriendo de su escondite y tomó el otro lado de la red. Juntas, la lanzamos sobre el enorme pecho del Rey Dragón, tensándola contra sus escamas.

Solo había usado la red una vez, para liberar a Raikama de la carga que llevaba. Nunca la había usado contra un dragón de verdad.

Su magia actuó al instante, se aferró a las escamas de Nazayun y opacó su brillante lustre zafiro. Aulló, y su cabeza se echó hacia atrás cuando la red se clavó en su pecho, delineando la forma de su precioso corazón.

Era al menos tres veces más grande que el del Espectro, blanco plateado y perfectamente redondo, como una luna hinchada. Todo lo que tenía que hacer era alcanzarlo, y tendría completo poder sobre él.

—Soltadme —ordené a las algas, y aflojaron su agarre en mis tobillos.

Los tiburones también retiraron su carga.

Recuperé mi cuchillo y lo clavé en las escamas de Nazayun para sujetar la red. El Rey Dragón rugió de dolor, pero no sentí remordimiento. Después de todo, las astillas podían doler.

—¿Dónde encontraré al Espectro? —pregunté.

Una carcajada brotó de la garganta de Nazayun.

—Responde o…

—¿O qué? —Nazayun miró la perla del Espectro, que se cernía sobre él como un presagio de la fatalidad—. ¿O qué, Shiori'anma?

Algo no iba bien. El corazón del Rey Dragón palpitaba en su pecho, señal de que la red de flores de estrella tenía que estar haciéndole daño. Entonces, ¿por qué sonreía? ¿Por qué se reía?

—Deberías haberme dado la perla cuando te ofrecí la oportunidad —dijo el Rey Dragón mientras se retorcía de malestar bajo la red—. Tu crimen de tejer semejante red no puede quedar impune. Habrías dormido trescientos años, tiempo suficiente para que todo lo que conoces y amas se convirtiera en polvo. Entonces te habría devuelto a Kiata, como te prometí. Desafortunadamente, elegiste mal. Por eso nunca volverás a ver tu tierra natal.

El cuchillo que había clavado entre las escamas de Nazayun se disolvió de repente en el agua, y él se arrancó la red del pecho. Crepitó entre sus garras, chamuscándole la piel antes de arrojarla a las algas, lejos de mi alcance.

—¿Creías que sería tan fácil sacarme el corazón? —Se rio mientras sus heridas cicatrizaban ante mis ojos—. Soy un dios de dragones. Ni siquiera las flores de estrellas pueden dañarme.

Me tambaleé y puse mis palmas alrededor de la perla del Espectro.

—Entonces, ¿qué hay de esto…?

No llegué a terminar mi amenaza. Las paredes detrás de mí empezaron a cantar, y una oleada de agua azotó la ventana de cristal negro que había visto antes, creando un remolino.

De él salió en picada un segundo dragón. Solo vi destellos de escamas rojas y un par de ojos redondos y dorados. Entonces me dio un fuerte tirón del cuello y me sobresalté.

—Si no nos das la perla que queremos, nos quedaremos con esta por ahora.

El dragón escarlata levantó el collar que Seryu me había advertido que llevara siempre encima: el chip de su corazón que me permitiría respirar en Ai'long.

Me llevé las manos a la garganta mientras mis pulmones se convulsionaban. El agua estaba por todas partes y se precipitó en mi boca, llenando mis pulmones. El corazón me zumbaba en los oídos, latiendo alarmado mientras el peso de los mares llegaba rugiendo. Me estaba ahogando.

—Esta es mi hija, la Dama de los Mares de Pascua —dijo Nazayun, como si ahora fuera el momento de las presentaciones—. Como no me darás la perla, la dejo a cargo de su recuperación.

La hija de Nazayun observó cómo me ahogaba.

—Tengo la teoría... —ronroneó— de que el alma humana está hecha de pequeñas cuerdas que la atan a la vida.

Me pellizcó el corazón con las uñas y jadeé de dolor cuando extrajo un largo hilo plateado y dorado que nunca había visto: una hebra de mi alma.

—Precioso, ¿verdad? Tan frágil, pero tan vital. —Enroscó la hebra alrededor de su uña—. Si corto lo suficiente y dejo, digamos, una última hebra colgando, la perla romperá su vínculo contigo en busca de alguien que no esté al borde de la muerte.

Intentó cortar la hebra con la uña, pero brilló y retrocedió dentro de mí.

El disgusto tensó sus bigotes.

—Un estado difícil de alcanzar, especialmente con un alma tan testaruda como la tuya, pero tenemos tiempo para experimentar.

No tenía tiempo. Mi mundo se estrechaba rápidamente y llamé a la perla del Espectro.

Sálvame, supliqué. *Sálvame o nunca encontrarás el lugar al que perteneces. Nunca volverás a casa.*

La perla empezó a latir. Una vez. Dos veces. Luego más rápido, un contrapunto acelerado a mi pulso moribundo, y una ráfaga de luz brotó de las mitades rotas.

—Una luchadora —murmuró la dragona escarlata mientras nadaba hacia delante, obstruyendo mi visión de la perla. Me tocó la frente con una palma fría.

—Nunca juegues con un dragón —susurró—. No puedes ganar.

Y antes de que mi último aliento me abandonara, el mundo se desvaneció en la nada.

CAPÍTULO 3

—Su Alteza —gritó mi tutora—. ¡Despierta, Shiori'anma! Por favor, despierta.

No me moví. Todos los días mi tutora se enfrentaba a la misma tarea, y casi sentía lástima por ella. Pero, ¿qué me importaba que hablara sin parar de la poesía, el arte y la sabiduría de Kiata? No era como si mis hermanos fueran a invitarme a sus reuniones si podía recitar versos de los Cantos de dolor o encantar a la corte con mis conocimientos sobre la pintura bermellón frente a la ocre.

—Dormida como la luna entumecida —gimió mi tutora—. Otra vez.

Odiaba el refrán. Me habían obligado a aprender la historia que había detrás. Algo sobre Imurinya, la dama de la luna, y su marido, el cazador, y un beso necesario para despertarla.

No era una romántica, y ningún beso me despertaría, a menos que fuera de una tarántula, no de un chico. Lo único que funcionaba era el olor de los pasteles de arroz dulce recién hechos y un lanzamiento bien calculado de los dados de madera de mi hermano Reiji.

Lo curioso era que hacía años que Reiji no me lanzaba dados. Sin embargo, algo pequeño y duro me golpeaba en la nuca. Repetidamente.

Abrí los ojos de golpe y grité:

—¿Quieres parar?

Bueno, eso era lo que quería decir. Las palabras salieron confusas y me dolía el pecho como si alguien me hubiera exprimido toda la vida y luego me la hubiera devuelto a regañadientes.

Un inoportuno recordatorio de que aún estaba en el reino de los dragones y cautiva en el palacio de Nazayun. Estaba demasiado oscuro para ver con claridad lo que me rodeaba, pero ya no era la sala de la caja torácica.

Unos grilletes de algas me aprisionaban el cuerpo del cuello para abajo y me volvían a sujetar a una losa de cristal negro como la que había visto antes. Con todas mis fuerzas, me sacudí para intentar liberarme. Los grilletes se tensaron y un dolor punzante recorrió mis músculos. Me mordí el labio con fuerza hasta que se me pasó.

Cuando pude volver a respirar —y no sabía cómo lo hacía sin el collar de Seryu—, me desinflé.

Demonios de Tambu, ¿cómo iba a salir de esta? Eché la cabeza hacia atrás, golpeando la pared con desesperación.

¡Cuidado con dónde te golpeas la cabeza! Unas alas de papel crujieron en mi pelo y Kiki se arrastró hasta mi oreja. *Hay otras formas de decirme que estás despierta, Shiori.*

¡Kiki! Me emocioné al verla. *¿Qué ha pasado? ¿Dónde estoy…?*

Has estado durmiendo, me informó. *Tienes suerte. La hija del Rey Dragón ha regresado varias veces para cortar tu alma, pero no pudo ni cortar una hebra. Nazayun está furioso por eso. Le dijo que te despertara.*

¿Cuándo fue esto?

¿Quién puede decir la hora en este lugar? Kiki se encogió de hombros. *Estaba espiando. No podía preguntar qué día era. Cree que la perla te protegió.* Sus ojos de tinta se desorbitaron. *¿De verdad?*

Tal vez. Debe ser por eso que todavía la tengo. Por eso sigo viva.

Eso fue un poco de consuelo, pero no mucho.

Kiki miró la perla mientras se tambaleaba vívida.

Estaba dormida, como tú, hasta ahora. Es casi como si tuviera una mente, como si estuviera viviendo.

Es el corazón de un dragón, dije. *Está vivo, en cierto modo.*

Para ser el corazón de un dragón, no es muy inteligente, dijo Kiki. *Debería encontrar su propio camino a casa en lugar de hacernos hacer todo el trabajo.*

En silencio, estuve de acuerdo. La perla del Espectro flotaba sobre mi cabeza, rondando cerca. No podía decidir si estaba enfadada o aliviada de verla. Lo que estaba quedando claro era que no siempre podía contar con que viniera en mi ayuda.

Mira lo que has hecho, regañó Kiki a la perla. Se sentó sobre ella, descansando en la grieta entre sus bordes con las alas desplegadas. *Podría estar en Kiata, tumbada en almohadas de seda y persiguiendo luciérnagas. Pero ¡mira dónde estamos! Shiori está atrapada en este horrible calabozo de dragón y tú no estás ni cerca de encontrar a tu dueño.*

La perla lanzó una llamarada, iluminando nuestro entorno: una estrecha celda que parecía no tener fin. Pero eso era solo una ilusión. En realidad, había miles de fragmentos de espejo balanceándose por las paredes, y sus reflejos hacían que la habitación pareciera interminable.

Me estremecí.

¿Qué es este lugar?

Kiki volvió a encogerse de hombros.

He buscado cientos de veces una salida, pero los espejos... ¡Shiori, están vivos! No dejaban de observarme. Y hay un fantasma espeluznante...

¿Un fantasma?

Allí. Kiki señaló con un ala temblorosa. *Intentó hablarme.*

La oscuridad bañaba el otro extremo de la habitación, donde la luz de la perla no había llegado.

—Muéstrame —le ordené a la perla.

Con un silbido, la luz se hizo más brillante, iluminando una estatua solitaria. Y, dados los gorgoteos y murmullos que provenían de ella, una estatua viviente.

Resultó ser un niño.

Era de piedra del cuello para abajo, pero su cabeza seguía siendo de carne. Ojos de un azul poco común, piel morena y un mechón de pelo negro rebelde. Era difícil saber de dónde era, pero no tendría más de doce o trece años. Parecía haber sido maldecido en medio de un gran lanzamiento. Tenía el brazo derecho extendido en una dramática floritura, la barbilla levantada y la pierna izquierda ligeramente levantada. Sus ropas eran de piedra, al igual que el resto de su cuerpo, pero tenía una salpicadura de seda roja sobre la boca.

Se me revolvió el estómago al verlo. ¿Qué hacía un niño humano en el reino de los dragones, convertido prácticamente en piedra?

Kiki, ayúdale. Tiene la boca amordazada.

¡Pero podría ser un fantasma! O peor, un demonio marino.

Ayúdalo, ¿de acuerdo?

Obedientemente, mi pájaro voló a la estatua y desató la mordaza sobre la boca del niño.

Tosió y balbuceó, luego se apartó el pelo de los ojos con exagerado gusto.

—En primer lugar —dijo en un kiatán nítido y acentuado—, no soy un fantasma. Los fantasmas, salvo algunas excepciones, no pueden tocar los objetos del mundo físico y difícilmente estarían encapsulados en piedra, como yo. —Su nariz se crispó—. En segundo lugar, has tardado bastante en despertarte. Empezaba a pensar que todos esos lanzamientos no servirían para nada.

—¿Fuiste tú quien me despertó?

—No tenía otra cosa que hacer.

—¿Cómo?

Con una sonrisa de suficiencia, el chico inclinó la cabeza hacia atrás.

—¿Ves estos fragmentos de espejo flotantes? Sus bordes son más afilados de lo que parecen y te cortarán si intentas escapar. —Giró la cara para que pudiera ver los pequeños cortes en la nariz y las mejillas—. Me llevó toda la semana, pero conseguí llamar su atención. Cuando vinieron a por mí, tomé un par y te los lancé.

—¿Me tiraste trozos de cristal a la cabeza?

—¿Cómo si no iba a despertarte? —dijo—. No te preocupes, lijé los bordes con el brazo. Ayuda ser de piedra, supongo. Tu corte ya está curado.

—¿Un corte? Bueno, eso explicaba el dolor en mi sien.

—Debería haber tardado solo un par de intentos —continuó el chico—. Normalmente tengo una puntería excelente, pero mi brazo derecho se convirtió en piedra en mitad de un lanzamiento. Por suerte para ti, mi brazo izquierdo tuvo un poco más de tiempo. Aunque soy menos preciso con el izquierdo.

—Qué suerte —dijo Kiki, mirando boquiabierta al chico. Sus dos brazos eran de granito macizo, aunque las venas de la mano izquierda seguían latiendo.

—Gracias —dije con gravedad—. ¿Es tu cara…?

—No te preocupes por mí. Los cortes se curarán o seré una estatua menos atractiva.

Suena inquietantemente alegre por su situación, murmuró Kiki. *¿Confiamos en él o no? Yo voto que no.*

Fruncí el ceño, ignorando a Kiki.

—¿Has dicho que llevo aquí una semana?

—Eso es lo que he contado. —El chico torció los labios—. El tiempo es tan lúgubremente lento cuando no hay nada que leer. Por favor, dime que tienes un libro en esa bolsa tuya.

Había dejado de escuchar. Una semana entera perdida. Se me apretó tanto el pecho que apenas podía respirar. Habían pasado cinco meses en casa.

Fruncí los labios, intentando contener mi ira. *Podría ser peor*, me dije. Cinco meses, no cinco años. No cinco siglos.

—¿No hay libros? —dijo el chico, malinterpretando mi horror—. Qué lástima. Bueno, al menos puedo practicar mi kiatán.

Es irónico. Kiata es el último lugar que pienso visitar. Nunca pensé que el idioma me fuera a servir de algo.

Mi atención vuelve a centrarse en él.

—Cuidado. Estás insultando a mi país.

—No pretendo ofender, solo que Kiata está desierto de magia. No es el lugar adecuado para labrarse una reputación como joven hechicero brillante.

—¿No eres un poco joven para la hechicería?

—Nos inician jóvenes —explicó el chico—. ¿Cómo crees si no que acabé en Ai'long?

—Tal vez un dragón te secuestró. Se sabe que pasa.

—¿Secuestrado? —Un resoplido—. Soy un hechicero en formación, no el marinero de un bote camaronero. ¿Crees que es tan fácil secuestrar a alguien que domina las Cuatro Formas de la magia defensiva?

Tiene el ego de un hechicero, comentó Kiki, enroscando su ala alrededor de la perla.

El chico miró a Kiki con astucia, como si lo entendiera. Luego flexionó los dedos e hizo una mueca de dolor; a través de los espejos vi que sus nudillos se habían vuelto grises.

—Supongo que nunca tendré la oportunidad de desarrollar todo mi potencial.

—No puedes rendirte. Tiene que haber una forma de salir de este lugar.

Luché contra mis grilletes, pero fue inútil.

—No te molestes. Llevo semanas intentándolo y tengo magia.

—Yo también tengo magia, lo sabes.

—Lo he oído. Eres la sangresucia de Kiata. Impresionante cómo hiciste que ese pájaro de papel cobrara vida. —El chico giró la cabeza hacia un lado—. Pero, como sangresucia, tu principal fuente de poder viene de tu tierra natal, y estás bastante lejos.

Fruncí el ceño.

—¿Cómo sabías eso, la parte en la que sacaba magia de Kiata?

Se encogió de hombros.

—Leo mucho —dijo rápidamente. Pero, antes de que pudiera interrogarlo más, añadió—, aunque no me ayudó aquí. Aunque pudiera deshacer esta maldición, me ahogaría en cuanto superara las fronteras de Ai'long.

—¿Por qué?

—Bueno, en primer lugar, se me acabaría el sangi.

—¿Sangi?

—El té que los dragones te echan por la garganta para que puedas respirar bajo el agua. —El joven brujo arrugó la nariz—. Un brebaje terriblemente amargo, peor que las Lágrimas de Nandun. Volviendo a mi punto, las aguas más allá de las fronteras no están encantadas como lo están aquí. No puedo simplemente deslizarme como si bailara en una nube. Tendría que nadar de verdad para no hundirme. Y nunca aprendí a nadar.

Kiki se dio una palmada en la cabeza, incrédula.

¿No sabe nadar y entró en el reino de los dragones por elección propia?

—No te rindas —le dije—. Mi amigo es un príncipe de Ai'long. Él puede ayudar.

—Lo dudo. Es tan peón del Rey Dragón como lo es lady Solzaya.

Al oír el nombre, los espejos suspendidos en el agua a nuestro alrededor giraron para mirar al muchacho.

—Lady Solzaya —repetí—. ¿Quién es?

—La Alta Dama de los Mares de Pascua. Seguro que la conoces, ya que estás aquí. Esta habitación es donde tortura a los huéspedes más problemáticos del rey Nazayun. Convirtió al último prisionero en tu lugar en espuma de mar después de que revelara sus secretos. Fue realmente espantoso. La piedra es preferible a la espuma del mar, en cuanto a maldiciones.

Tragué saliva.

—El dragón escarlata.

—Hay muchos dragones escarlata por aquí. La distingo por los fragmentos de espejo que tiene alrededor del cuello. Debes haberlos visto.

—No me di cuenta. Estaba demasiado ocupada tratando de no morir.

—Los notarás la próxima vez. Ahora que estás despierta, necesitarás más sangi para seguir respirando. Alguien vendrá pronto a buscarte, yo diría que muy pronto. Nazayun ha estado deseando esa perla rota tuya durante años.

—¿Deseando? Dijo que quería destruirla.

—¿Y le creíste? —El joven hechicero se burló—. Los dragones se atienen a las promesas, no a la verdad.

Sus ojos parpadearon amarillos mientras observaba la perla flotante.

—Entiendo por qué la codiciaba. Es diferente de las demás... Apesta a poder. Caótico, incontrolable poder.

—Pero está a punto de romperse.

—La razón nunca ha impedido que un dragón codicie algo que no puede tener. —Intentó rascarse la nariz, pero no le llegaba—. Yo también quería una perla de dragón. Es lo que me obsesionó con Ai'long.

—¿Es por eso que estás aquí? —dije—. ¿Intentabas robar una?

—¿Me tomas por idiota? No intentaría robar una perla, no como aprendiz, de todos modos. Esperaría hasta ser hechicero hecho y derecho.

Torcí los labios ante el chico, divertida y desconcertada a la vez por su descaro.

—Entonces, ¿por qué estás aquí?

—Un dragón vino a mí en tierra. Había oído hablar de mi potencial. —El chico sonrió—. Me dio sangi y dijo que me enseñaría la receta si le conseguía algo prestado en Ai'long.

Enarqué una ceja.

—¿Prestado sin permiso?

—Precisamente. Los hechiceros no estamos hechos para ser vulgares ladrones, pero el conocimiento es mi debilidad. Siempre lo ha sido. Y nadie ha estado en Ai'long en siglos. No pude resistir...

—Te atraparon —terminé por él—. ¿Qué pasó con el dragón?

—No lo sé —se lamentó—. Fui un idiota y nunca supe su nombre.

Era un idiota, pero era joven y, ahora que había oído su historia, no podía evitar sentir lástima por él.

—¿Tienes nombre, joven ladrón?

—Sí, pero no me gusta. —Entrecerró los ojos—. Es Gen.

—Gen —dije con firmeza—. Te prometo que te sacaré.

Un ojo parpadeó.

—No hagas promesas que no puedas cumplir, y menos en Ai'long.

Era algo extraño, pero no llegué a preguntarle qué quería decir. La respiración se me entrecortaba y el agua me entraba en la boca como antes de perder el conocimiento.

En respuesta, los espejos tintinearon, chocando entre sí en una percusión enervante.

—Se te está acabando el sangi —susurró Gen—. Llegarán en cualquier momento.

Pero no vino nadie.

En su lugar, mis grilletes se disolvieron, y un remolino rugió de repente detrás de mí. Atrapándome en medio de la respiración, devoró a Kiki, la perla del Espectro y a mí en su efusivo vacío.

Me sumergí en un abismo acuoso, y el grito de Kiki se hizo eco del que yo emitía en mi cabeza. Me aferré a dos cosas: mi aliento y la perla. Mi vida dependía de ambas.

Me detuve y una corriente me arrojó erguida ante el Rey Dragón.

Solo que ya no era un dragón. De cintura para arriba, había adoptado una forma humana. De su cuero cabelludo brotaban cabellos azul pálido, y su cuerpo estaba envuelto en seda de color zafiro, del mismo tono vibrante que sus escamas. La tela se arrastraba detrás de él como un río, mezclándose con su larga y sinuosa cola.

Mi red de flores de estrella le cubría los hombros como un manto. Sus hilos brillantes hacían que su corazón brillara y se abultara; para él, ponérsela tan audazmente era una muestra de poderío.

Aun así, debía de dolerle. Me pregunté si le gustaba el dolor.

Lo último que me quedaba de aliento me abandonaba, y la falta de aire hacía que un calor abrasador me subiera desde los pulmones hasta la garganta, la nariz y las sienes. Por los grandes dioses, era una agonía, y levanté la barbilla, luchando por mantener la calma. La perla del Espectro no ayudó en nada. Sabía, como yo, que Nazayun no me mataría.

Simplemente me haría sufrir... el mayor tiempo posible.

Los ojos del Rey Dragón se endurecieron y pasó otro segundo atroz. La agonía rompió mi calma, y en el mismo momento en que pensé que, después de todo, podría morir, una corriente de agua me arrodilló y el aire entró de repente en mis pulmones.

—Casi admiro tu descaro, humana, por poco elegante que sea —gruñó Nazayun—. Pero eso no es lo que te salva hoy.

Todavía de rodillas, jadeé, ahogándome con la respiración. Sobre mi pecho colgaba el collar con la perla de Seryu, como si nunca lo hubiera perdido.

Inhalé y exhalé, una y otra vez, hasta que mis pulmones dejaron de arder y ya no sentí el peso aplastante de los mares contra mi cabeza.

—¿Por qué? —carraspeé.

—Mi nieto me ha informado de que te dio ese trozo de su corazón. —El Rey Dragón acarició su barba azul glaciar—. La fortuna te sonríe, princesa. De acuerdo con la ley de los dragones, estás bajo su protección.

Tenía la sensación de que el Rey Dragón y yo teníamos definiciones muy diferentes de la palabra fortuna, y no me gustaba hacia dónde se dirigía la mía.

—La ceremonia de unión tendrá lugar inmediatamente —dijo Nazayun—. Agradece esta oportunidad. Otra no vendrá.

—¿Ceremonia de unión? —grazné, encontrando mi voz—. ¿Qué es...?

—Silencio, Shiori. —Seryu salió de las sombras y su garra me tapó la boca. Me obligó a hacer otra reverencia—. Mostrarás respeto a Su Eterna Majestad.

La actitud de Seryu me desconcertó aún más que su repentina aparición. Torcí el cuello hacia él y busqué sus ojos rojos. No sabía lo que buscaba: remordimiento, culpa, ¿un indicio de un plan? Fuera lo que fuese, no lo encontré.

Y eso me dejó con una verdad hundida e innegable: Seryu me había traicionado.

Me abalancé, pero Seryu atrapó mis brazos con facilidad.

Sus garras rozaron mi piel. Al igual que su abuelo, había abandonado su forma de dragón. Atrás quedaban las escamas, la cola serpentina, la nariz leonina y los dientes afilados y puntiagudos, sustituidos por un rostro y un cuerpo humanos. Pero su pelo y su piel seguían brillando con un tenue verde musgo, y había conservado su corona de cuernos, naturalmente, así como las garras.

Garras que me quitó de la boca cuando por fin me soltó.

—No luches —me susurró al oído. No sabría decir si sonaba como una súplica o como una orden. Tal vez ambas cosas.

El rey Nazayun nos observó.

—En caso de que la humana no lo entienda, te lo recuerdo, Seryu: esta será su última oportunidad de presentarme la perla. Conoces las consecuencias si la desperdicia.

—Lo sé, abuelo —dijo Seryu con firmeza—. Te agradezco tu misericordia.

—Llévasela a tu madre. Ella iniciará a la niña para la ceremonia.

Seryu se puso rígido.

—No es necesario. Puedo preparar a Shiori yo mismo…

—No se te puede confiar la niña —intervino el rey—. Llévasela a tu madre. A Solzaya le encanta el espectáculo, y será todo un espectáculo: la primera compañera kiatana en casi mil años.

Compañera... ceremonia de unión. Las piezas iban encajando, pero no les encontraba sentido. Las posibilidades eran demasiado absurdas como para considerarlas. Me alejé de Seryu, pero él se aferró a mi muñeca.

Mientras Seryu luchaba contra mí, sus orejas se pusieron rojas y el brillo de sus cuernos se apagó. Era la respuesta que necesitaba. *Que los dioses me perdonen*, pensé. Le habría dado una patada en las costillas si hubiera podido, pero mis piernas no se habían adaptado a las estúpidas y cambiantes corrientes, y temía que mi cuerpo se hubiera roto y perderlo por completo.

Seryu se inclinó ante su abuelo, obligándome una vez más a hacer lo mismo.

—Como desee, Majestad Eterna —murmuró. La cola de su larga túnica me golpeó por detrás y me sujetó por el cuello.

La diversión brilló en los duros ojos de Nazayun.

—Te prometí la muerte por faltar a tu palabra, Shiori'anma, y la muerte llegará. Solo que no del tipo que esperabas.

—Prepara tu despedida final. Después de los ritos de unión, renacerás como la compañera de un príncipe dragón. Todo lo que conociste en tu vida pasada dejará de existir, y nunca más volverás a Kiata. —Hizo una pausa dramática—. Ai'long será tu hogar a partir de ahora.

CAPÍTULO 4

Fue una suerte para Seryu que su agarre fuera fuerte. De lo contrario, lo habría empujado a una de las cascadas de cristal negro por las que pasábamos. Después de mi experiencia anterior con el remolino, supuse que eran portales de algún tipo y fantaseé con enviar a Seryu al fondo de un volcán.

Me conformé con clavarle las uñas en el brazo mientras avanzábamos por el palacio, sin prestar atención a los tiburones que rodeaban las paredes de cristal ni a los cangrejos que correteaban arriba y abajo, con sus ojillos saltones observando desde todas las direcciones.

—¿Compañero? —siseé—. Más vale que eso no signifique lo que yo creo. No soy una concubina, Seryu. Y menos tuya.

Seryu apenas se inmutó cuando mis uñas se hundieron en su gruesa piel.

—Mejor una concubina que espuma de mar.

¡Reptil rencoroso! Saliendo de mi manga, Kiki abofeteó la mejilla del dragón con su ala. *Y pensar que me gustabas. ¡Llévanos a casa ahora mismo!*

Seryu la apartó de un manotazo y sus ojos rojos y humeantes se desviaron hacia los cangrejos vigilantes como si estuvieran espiando.

—¿No tienes sentido de la corrección? —gruñó—. Soy un príncipe de este reino.

Mientras los cangrejos se alejaban, su garra cayó sobre mi hombro y fuimos conducidos a una cámara privada cerrada por burbujeantes cristales de hielo.

—Podrías devolverme al calabozo de tu madre —dije—. No voy a renunciar a la perla.

Seryu me gruñó

—Hijos del viento, ¿os podéis callar de una vez? ¿No podéis dar las gracias por haberos salvado la vida?

—¿Agradecer? Me has mentido.

—Seamos claros. Me mentiste. Prometiste darle la perla al abuelo.

—Llevarle la perla, no darle la perla. No le pertenece.

—¿Crees que le importa? —La ira hizo que los bigotes de Seryu se pusieran tensos y rectos—. Mi abuelo no es alguien con quien se pueda razonar. ¿Por qué crees que propuse la ceremonia de unión? Tienes un trozo de mi perla, Shiori. ¿Sabes siquiera lo que eso significa en Ai'long? —Se pasó una garra por el pelo verde—. Por supuesto que no.

—¿Qué significa?

—Que el abuelo ha jurado por la ley del dragón honrar el vínculo entre nosotros.

—No hay ningún vínculo entre nosotros. —Me llevé las manos al collar que me había regalado. Ojalá pudiera arrojárselo para demostrar mi teoría, pero me ahogaría—. Ya estoy prometida.

—¿Con ese patético señorcito? —Seryu resopló.

—¿Quieres dejar de llamarlo así? Es mi…

—¿Prometido? Te escapaste de la ceremonia de esponsales. Apenas estás comprometida.

—No estaba huyendo de él —medio mentí—. Kiki salió volando de mi manga.

La expresión de Seryu se ensombreció.

—¿Qué tiene de maravilloso? Vivirá setenta u ochenta años, como mucho; no tiene magia ni apenas poder. Su castillo ni siquiera tiene un estanque o un río en condiciones. Tuve que visitarlo en un abrevadero de caballos cuando estuvo allí. —Seryu apretó sus afilados dientes—. Sin embargo, actúas como si fuera él quien te dio un pedazo de su corazón. Como si te hubiera salvado de ahogarte en el Lago Sagrado.

Era lo último que esperaba que dijera. Mi corazón se estrujó con un dolor que nunca había sentido antes.

—Seryu…

Sus orejas se aplanaron y sus puntas se volvieron más rojas que las amapolas en verano. Parecía desear que el suelo se lo tragara entero.

—Mira, fue la única idea que se me ocurrió. Si hubiera sabido que te opondrías con tanta vehemencia…

—No me opongo vehementemente —interrumpí—. Solo… me opongo. —No podía mirarlo a los ojos—. No puedo quedarme aquí para siempre.

—¿Y si tienes que hacerlo? —insistió Seryu. Sus palabras tenían un nuevo matiz que no me gustó—. ¿Y si es lo mejor para tu país?

Se me tensaron las costillas.

—¿Qué quieres decir?

—Quedarte aquí es tu mejor recurso —respondió lentamente, como si leyera las palabras en voz alta—. Siempre lo ha sido. Solo nace una nueva sangresucia cuando muere la anterior. Si vives una eternidad en Ai'long, nunca nacerá otra.

No dije nada. No podía. Mi mente se tambaleaba, todo se enfocaba con dureza. Nueve Infiernos ardientes, Seryu tenía razón.

Los demonios atrapados en las Montañas Sagradas de Kiata necesitaban mi sangre para liberarse. Pero, si me quedaba en Ai'long, nunca saldrían.

Seryu dijo lo que pensaba.

—Tu padre, tus hermanos... tu prometido estarían a salvo. Todos en Kiata estarían a salvo.

Era una solución hermosa, y odié a Seryu por ello. Cualquier argumento que tenía se coaguló en mi garganta. Todas las razones apuntaban a que me quedara aquí.

—Entonces —Seryu habló, más bajo de lo que le había oído nunca—. ¿Crees que podrías intentar... hacer un hueco en tu corazón para mí?

Me alegré de que estuviéramos solos. Mi ira hacia él se había desvanecido por completo, dejando una sensación de vacío. ¿Cómo iba a responder? *Sí*, estaba esperando a que se lo dijera. Una palabra tan simple, una palabra que había pronunciado tantas veces en mi vida. Sin embargo, se sentó de plomo en mi lengua, y todo lo que podía pensar era en Takkan en la playa, prometiendo que me esperaría. Pidiéndome que no lo olvidara.

Me dolía hablar.

—Si me quedo contigo, nunca volveré a ver a mi familia.

Los bigotes de Seryu se marchitaron y su actitud se enfrió.

—Tendrás una última oportunidad. Mi madre tiene un espejo encantado, su cristal te permitirá ver por última vez a tu familia. Antes de que los olvides.

En un instante, volví a ponerme en guardia.

—¿Qué quieres decir con olvidarlos?

—Es parte de la ceremonia de unión —prosiguió, como si supiera y no le importara que yo reaccionara mal—. A cambio de la inmortalidad, consumirás un elixir cuando prestes juramento a Ai'long. No recordarás nada de tu pasado, ni siquiera tu nombre.

Me eché hacia atrás, atónita por lo que había dicho.

—¿Esa es la única forma que tienen los dragones de encontrar pareja? ¿Haciéndonos olvidar quiénes somos?

—La inmortalidad tiene un precio. Renacerás más fuerte. Mejor.

—¿Mejor? —repetí—. Prefiero que los demonios me destrocen a olvidar quién soy.

¿A esto se había referido el Rey Dragón cuando me advirtió que la muerte era inevitable? No podía creer que casi me hubiera sentido mal por Seryu. Por eso Nazayun confía tanto en que le daré la perla, comprendí con rabia. Porque ni siquiera recordaré lo que es.

Seryu empezó a hablar, probablemente para soltar alguna tontería sobre que su abuelo necesitaba destruir la perla por la seguridad de nuestros dos mundos. No quise oírlo.

—Vosotros los dragones no sois mejores que los demonios. —Me aparté antes de que pudiera tocarme—. Si no me sacas de aquí, encontraré yo misma el camino. Le hice una promesa a Raikama. La perla debe ser devuelta al Espectro.

Seryu me miró con incredulidad.

—¿Arriesgarías a tu familia, tu país… tu propia vida por eso? ¿Qué importa una promesa a tu madrastra? Está muerta.

No pude controlarme. Mi ira había alcanzado su punto álgido, y mi mano se soltó. Antes de darme cuenta, había golpeado a Seryu en la mejilla. Con fuerza.

Si hubiera sido humano, habría echado la cabeza hacia atrás, quizá incluso se habría golpeado contra la pared.

Pero Seryu simplemente retrocedió, parecía picado. Estaba demasiado furioso para preocuparme. Pensé que diría algo, una reprimenda, una disculpa, lo que fuera. En lugar de eso, sus escamas esmeralda se nublaron y bajó la cabeza.

No se inclinaba hacia mí, sino hacia alguien que estaba detrás de mí.

—No digas nada —siseó mientras me empujaba a inclinarme también—. Enfádate conmigo todo lo que quieras, pero aguanta hasta que mi madre se vaya.

Al oír la palabra *madre*, mi curiosidad se apoderó de mi ira y levanté la vista.

Una cortina de cuentas de concha se abrió y dos mujeres entraron en nuestra compañía. Ninguna parecía del todo humana, pero mi atención se centró inmediatamente en la dama de los ojos dorados. Eran ojos que ya había visto antes, líquidos y viscosos como el ámbar destinado a atrapar a su presa.

Lady Solzaya, el dragón que había intentado arrancarme el alma.

¿Era la madre de Seryu?

—¿Interrumpo? —ronroneó.

Seryu esbozó su sonrisa más encantadora, borrando cualquier rastro de nuestra disputa.

—Tía Nahma —exclamó, saludando a la señora que estaba al lado de su madre. Una genuina sorpresa levantó sus gruesas cejas verdes—. No esperaba verte antes de los ritos.

—Yo le pedí que viniera —respondió Solzaya antes de que su hermana pudiera hablar por sí misma—. Pero, de verdad, Seryu, ¿dónde están tus modales? ¿No deberías saludar primero a tu madre? ¿O estás tan aliviado de ver a Nahma que te has olvidado de la que te dio a luz?

—Nunca lo haría. —Seryu se enderezó—. Madre. Como siempre, incluso en tu forma humana, deslumbras a las estrellas.

Solzaya arrugó su nariz.

—Está lejos de ser mi forma favorita. —Inclinó la cabeza en mi dirección—. Pero los humanos nos encuentran menos intimidantes así.

Se equivocaba. Solzaya era del color del fuego, cinabrio y naranja sonrojados, como los árboles otoñales más brillantes. Era casi demasiado brillante para mirarla, y me escocían los ojos cuando buscaban el collar que brillaba contra sus clavículas.

Tal y como Gen había dicho, estaba hecho de fragmentos de espejo. Conté siete. Al principio parecían trozos de cristal normales, pero sus formas cambiaban constantemente, desde suaves lágrimas a dentados cuchillos tan afilados que deberían haber perforado la delicada piel de Solzaya. Un crujiente recordatorio de que no era humana en absoluto.

—Bienvenida al fin, Shiori'anma —dijo Solzaya—. Lamento que nuestro encuentro anterior se produjera en circunstancias tan… desafortunadas. Los malentendidos ocurren, incluso en un reino tan iluminado como Ai'long. Me alegra tener esta segunda oportunidad de recibirte y asegurarme de que tengas una introducción adecuada al hogar de Seryu.

Seryu me fulminó con la mirada para que guardara silencio.

—Shiori se enteró hace poco de nuestros ritos de unión —dijo—. Todavía está… aclimatándose a la noticia. Pero se siente honrada de haber sido elegida.

—Sin duda lo estás, niña mortal. —Solzaya me acarició la cabeza—. Se te ha legado el don de la inmortalidad. Espero que te siente tan bien como a lady Nahma.

Me había olvidado de la mujer que estaba al lado de Solzaya. Era pequeña y pálida, con la boca fina y ovalada y el pelo negro hasta la cintura que le caía liso sobre las mejillas y la espalda, recogiendo las sombras a su alrededor. Sus brazos colgaban de madera a los lados y sus ojos no tenían ninguna chispa de vida.

Si así le sentaba la inmortalidad a lady Nahma, yo no quería saber nada de ella.

Solzaya ya me rodeaba, y los fragmentos que llevaba alrededor del cuello brillaban mientras evaluaba los trozos de musgo que tenía en el pelo, las cicatrices de las manos, las ojeras y mi sencilla túnica blanca sin adornos.

Solo cuando su mirada se posó en la perla del Espectro, que flotaba a mi lado, un músculo de su mejilla se crispó. El deseo que sentía por ella hizo que su piel se tornara dorada durante un breve instante.

—No es nada especial, ¿verdad? —dijo Solzaya a lady Nahma—. Habría pensado que la sangresucia de Kiata tendría más presencia, más belleza. Pero, ¿qué humano es agradable a la vista? Hay mucho trabajo por hacer.

—Lo que me falta de belleza, lo compenso con la fuerza de mi alma —dije, aludiendo directamente al hecho de que Solzaya no me hubiera cortado las hebras. Guardé la perla en mi mochila, sin importarme lo insignificante del gesto.

—Qué orgullo —reflexionó Solzaya—. Olvido que eres una princesa en tu mundo. Los títulos humanos no significan nada para nosotros. Lady Nahma era una campesina cuando llegó. Pero sí, te concedo que tu alma es inusualmente fuerte. —Hizo una pausa—. Será una buena adición a Ai'long.

El enfado se apoderó de mi pecho y Kiki me pellizcó el brazo, advirtiéndome que mantuviera la calma.

Mientras yo apretaba los dientes, Solzaya miraba a su hijo.

—Ni una sola vez has mencionado tu deseo de encontrar una compañera. Me parece extraño que hayas considerado oportuno conceder a esta chica un trozo de tu perla…

—Un trozo muy pequeño —murmuró Seryu.

—Especialmente antes de que hayas alcanzado tu forma completa. —Lady Solzaya tocó su collar, y los fragmentos tintinearon una suave canción—. Pero Su Eterna Majestad ha aprobado tu elección. Será honrada. Hoy mismo.

—¿Hoy? —repetí, con los ojos desorbitados.

—No hay necesidad de tanta agitación. Será un asunto privado, solo para la familia.

Esa no era la razón por la que estaba agitada, y estaba segura de que Solzaya lo sabía.

—Ya han llegado todos los primos de Seryu —prosiguió—, y se han comprometido a no intentar matarte, ni a ti ni a los demás.

—¿Todos ellos? —dijo Seryu frunciendo el ceño—. Dudo que Elang haga acto de presencia.

—El Alto Señor de los Mares Occidentales sabe que no debe aparecer por la corte —dijo Solzaya con ligereza—. Pero quizá venga a ver la perla.

Miré a lady Nahma. Había permanecido en silencio desde su llegada, su compostura imperturbable por el antagonismo de lady Solzaya hacia mí. Pero, al mencionar a la prima de Seryu, Nahma frunció ligeramente los labios.

Fui la única que se dio cuenta, y Nahma levantó la vista del suelo, captando mi mirada.

Sus ojos no brillaban como los de los dragones. Sus ojos estaban clavados en la tierra y eran marrones, como los míos. Fácil de pasar por alto. Fácilmente capaces de esconder un tesoro de secretos.

—Estarás en buenas manos —decía Solzaya—. Lady Nahma es la esposa de mi hermano, la Honorable Dama de los Mares del Sur, y no todos los días se ofrece personalmente a preparar a alguien para los ritos de unión.

Nahma hizo una elegante reverencia.

—Yo fui una de las primeras compañeras seleccionadas en Ai'long —dijo en voz baja—. Sé mejor que la mayoría lo difícil que puede ser el cambio.

—Vamos, vamos, no la asustes —reprendió Solzaya—. Ten cuidado, Nahma. No quiero vivir con un hijo abatido durante el próximo milenio.

—Entonces secuéstrale otra princesa —dije ácidamente—. De todos modos, los humanos somos todos iguales. Dudo que se dé cuenta.

El ataque iba dirigido a Seryu pero, si se inmutó, yo no me di cuenta. La risa de Solzaya me distrajo demasiado.

—Seryu, Seryu… —dijo, echando la cabeza hacia atrás, divertida—. Has hecho una elección interesante. Espero ver en qué se convierte Shiori'anma.

La forma en que lo dijo me inquietó. *En qué se convierte.*

—Ya se han entretenido bastante —dijo Solzaya—. Despídanse. No volverán a verse hasta la ceremonia.

Seryu me tomó de la manga antes de que me diera la vuelta.

—Recuerda lo que te dije.

—¿Que me estás salvando la vida? —Incliné la cabeza en una reverencia fingida. Todavía estaba furiosa con él—. Gracias, príncipe Seryu. Estoy deseando saber en qué me convierto.

—Seguro que la compañía de la tía Nahma te resultará agradable —dijo, ignorando mis agrios comentarios. *Más agradable que la de mi madre*, dejó sin decir—. Ella cuidará bien de ti.

—¿Como tú? —respondí. Mis palabras fueron bajas, aunque estaba segura de que Solzaya y Nahma podían oírme—. Creí que eras mi amigo, Seryu. Confiaba en ti.

La risa de Seryu no tenía nada de humor.

—Lo sé —dijo y, cuando me soltó, una ola de agua me arrastró hasta el interior del palacio del Rey Dragón.

CAPÍTULO 5

Una corriente agresiva me empujó hacia delante, obligándome a seguir a lady Solzaya y lady Nahma por un ala de pilares de mármol verde. Me defendí lo mejor que pude y, en algún momento, debí de molestar a Solzaya, porque los fragmentos de espejo de su cuello se desprendieron y volaron a mi lado, cada uno con el reflejo irritado de la dragona.

—Cuanto más nos retengas, menos tiempo tendrás para despedirte —habló a través de los fragmentos.

Aunque hubiera sabido de qué hablaba, no me habría importado.

Todos mis pensamientos estaban dedicados a idear una forma de escapar. Mis opciones eran sombrías. Las paredes emitían una sirena cuando me acercaba demasiado, alertando a todos de mis movimientos. Y tiburones, medusas y pulpos patrullaban por todos los rincones. El palacio estaba demasiado bien protegido.

Deberías sonreír, susurró Kiki desde el interior de mi manga. *Contar algunos chistes. Canta una canción. Tal vez entonces la madre de Seryu baje la guardia.*

Apreté los dientes.

Es un poco tarde para congraciarme, ¿no crees?

Los fragmentos del espejo de Solzaya brillaron en señal de acuerdo. Me pisaron los talones, empujándome insistentemente hacia delante.

Pronto mi entorno se transformó. Las paredes de canto desaparecieron y las columnas de mármol se alargaron hasta convertirse en largos muros que me cerraban la vista del mar abierto.

Uno de los fragmentos de Solzaya me rozó la mejilla, y el agua cobró fuerza, recogiéndome y entregándome al lado del dragón.

La madre de Seryu chasqueó la lengua.

—Pierdes el tiempo buscando una escapatoria. Los pasillos cambian a mi antojo, y el palacio es imposible de recorrer para los humanos. En ningún lugar de Ai'long se puede esconder una perla tan oscura y abominable como la que llevas.

—No buscaba una escapatoria —mentí.

Los ojos dorados del dragón bailaron con alegría.

—Es curioso. La mayoría de los mortales suplicarían estar en tu situación. En tiempos de Nahma, los humanos se arrojaban al océano para tener la oportunidad de convertirse en nuestros compañeros. —Solzaya hizo una pausa deliberada—. Supongo que tú y Nahma tienen en común su resistencia. Ambas empezaron con una sentencia de muerte.

Dirigí una mirada curiosa a Nahma, pero ella permaneció callada como siempre.

—Así no es como se cuenta la historia en tierra —dije—. La gente no se arrojó voluntariamente al mar. Fueron secuestrados. O sacrificados para apaciguar a los de tu especie.

—Los humanos tienen una memoria terrible —replicó Solzaya—. Era de esperar, dadas sus cortas vidas. Considérate bendecida, Shiori'anma. Otros sangresucia perecieron antes de llegar a los dieciocho años, pero tú... vivirás para siempre. Aquí, con nosotros.

—Los dragones tienen un sentido engañoso de lo que significa ser afortunado —murmuré.

—¿Preferirías sufrir un rito de selección, como hizo lady Nahma? Porque eso se puede arreglar.

—Todo el asunto es una barbaridad.

—¿Es tan diferente en tu reino? Tú tenías un acuerdo para casarte, ¿no? Con un joven lord del Norte, según vi.

Ante la mención de Takkan, mi corazón dio un vuelco.

—¿Lo viste?

—El espejo de la verdad me mostró mucho sobre la vida que dejaste. —Lady Solzaya se inclinó hacia mí—. Pobre Bushi'an Takkan. Te echa tanto de menos. Puedes pedir verlo tú misma... una última vez.

Me desinflé de golpe.

Solzaya rio con suficiencia.

—Tengo curiosidad por ver cómo te sienta la inmortalidad. Muchos se han vuelto locos, pero tengo fe en que mantendrás la cordura. Tienes más espíritu que la mayoría.

—No pienso quedarme aquí el tiempo suficiente para satisfacer tu curiosidad —repliqué, pero mis palabras carecían de convicción, y Solzaya lo sabía.

Volvió a acariciarme la cabeza y avanzó hacia mí, rozándome los brazos con sus largas mangas de gasa, como si me pidiera que la siguiera. Retrocedí ante su contacto.

La desesperanza se me subió a la garganta como una piedra. ¿Cómo iba a salir de aquí? Aunque mi magia estuviera al máximo, no era suficiente para luchar contra el Rey Dragón. Todo lo que tenía era la perla…

No puedes usar la perla, dijo Kiki, invadiendo mis pensamientos. *Podría romperse.*

Si lo hace, al menos se llevaría a todo Ai'long conmigo.

¡Y a mí!, gritó mi pájaro de papel. *Piensa en mí, al menos. Esparcida en pedacitos en el océano para siempre. ¡Seré devorada por las gambas! ¡O… o me convertiré en espuma de mar! No estoy destinada a convertirme en espuma de mar.*

No, no lo estás, asentí, y luego hice una mueca. En un reino donde el tiempo era eterno, ¿era irónico que el mío se estuviera acabando?

Alguien me tocó el brazo.

—Mira —dijo lady Nahma, señalando uno de los espejos con gemas grabados en la pared—. Aquí el cristal refleja el cielo. Imurinya sonríe a los mares.

Todo lo que vi fue un abismo infinito de agua oscura.

—Sus ojos mortales son demasiado débiles para percibirlo —dijo Solzaya con sorna.

Nahma no se inmutó.

—Mira más de cerca. —Señaló un aleteo en las olas—. La curva de plata en las aguas. Es un reflejo de Imurinya.

—Lo veo —dije en voz baja.

—Nosotros también veneramos a la dama de la luna en Ai'long —respondió Nahma—. Cuando su luz es más potente, también lo son las perlas de los dragones. Es un buen augurio que brille el día de tu enlace. Espero que te sirva de consuelo.

No lo fue pero, a diferencia de Solzaya, Nahma tenía buenas intenciones. No pude evitar simpatizar con ella.

—Pronto aprenderás a dar por sentadas estas cosas —dijo la madre de Seryu con desdén—. Cuando seas una compañera, tendrás cosas mucho más importantes en la cabeza.

—¿Como cuáles? —Las palabras salieron antes de que pudiera detenerlas. Por mucho que temiera la ceremonia de vinculación, sentía curiosidad por saber cómo vivían los dragones.

Solzaya sonrió.

—Asegurar un heredero para mi hijo, naturalmente.

Me resistí, deseando no haber preguntado.

—¿Un heredero?

—La nuestra es una raza menguante, Shiori'anma. ¿No pensarías que seres sagrados como los dragones acogerían a humanos en nuestro reino solo por compañía?

Sinceramente, no lo había pensado.

—¿Es eso… posible?

—Lo será. —Se rio de mi horror—. Una vez que te conviertas en compañera, ya no serás exactamente humana.

Ya había aludido antes a mi cambio, pero nunca de forma radical. El aspecto de lady Nahma tampoco ofrecía ninguna pista: con su larga melena negra y su modesto vestido, parecía una sacerdotisa en un santuario.

Entonces, ¿por qué aumentaba el temor en mi corazón?

Apareció un espejo arqueado de bronce que marcaba el final de lo que parecía un pasillo eterno. Su artesanía era exquisita, con cinco dragones que sostenían cada uno su propia perla.

Nos detuvimos frente a él y mi reflejo me miró con recelo. En casa, mis ojos eran famosos por su malicia y mis labios por su curva pícara. Pero el reflejo que vi era el de una chica perdida.

Esa no podía ser yo.

—Aquí es donde te prepararás para la ceremonia —dijo Solzaya, elevó el tono de su voz mientras hacía un gesto dramático hacia el espejo de bronce—. Donde darás tus últimos suspiros como mortal de la tierra.

Demasiado tarde empecé a retroceder.

El cristal del espejo se volvió líquido, fundiéndose en dos brazos plateados que se deslizaron alrededor de mis tobillos. Antes de que pudiera huir, dieron un tirón.

Y volé hacia el espejo, adentrándome en espiral en la guarida del Rey Dragón, hasta mi perdición.

CAPÍTULO 6

Aterricé sobre una mullida alfombra, frente a un techo con incrustaciones de conchas y faroles flotantes. Cofres y baúles se alineaban en las paredes, cada uno de ellos repleto de las vestimentas más extravagantes e imposibles que jamás había visto. Vestidos tejidos con almejas y luz de luna, faldas que eran cascadas, chales pintados con alas de mariposa y aletas de pez llama, y chaquetas bordadas con peonías cuyos pétalos se movían al compás de una brisa imaginaria.

Cuando me incorporé, apareció lady Nahma.

—Solzaya se ha ido. No volverá hasta que estés lista para la ceremonia.

¿Era una explicación o una advertencia?

—Hay comida, por si necesitas alimentarte —continuó Nahma—. Los ritos no serán largos, pero a algunos les reconforta degustar manjares de su tierra natal.

Señaló una mesa que juraría no había estado allí hacía un momento. En ella había un surtido de dulces de Kiata: pasteles de arroz con semillas de sésamo tostadas, caramelos de alas de fénix y bollos al vapor rebosantes de crema de calabaza. Un cuenco de porcelana estaba lleno hasta el borde de melocotones frescos y gordos.

Inhalé, odiando lo insolentemente familiares que eran los aromas.

No podía ignorarlos aunque quisiera.

—Come —me instó, sirviéndose té—. Necesitarás fuerzas.

Al servirlo, el vapor se enroscó en el borde de la taza. Pero no me moví.

—No está envenenado, Shiori'anma.

No confiaba en ella y sabía que no podría convencerme.

—Muy bien. Entonces empezaremos. —Lady Nahma dejó su copa, que flotó en el agua—. Cómo te vistas para la ceremonia es de suma importancia. Esta será la primera impresión de la corte, y los dragones son rápidos en juzgar.

Ella aplaudió, y los cofres exhibieron sus mercancías.

—Escoge todo lo que te diga algo —ordenó—. Joyas, peines, vestidos, chaquetas.

Nada me llamó la atención. No había espadas, dagas o dardos envenenados. Ni enredaderas de flores de estrella ni antorchas de fuego demoníaco.

Todo era tan bonito. E inútil.

Había horquillas de hueso que alargaban el cabello, túnicas de seda con peces bordados que bailaban al tocarlas. Había cintas de encaje festoneadas con hilos de alba, y joyas que hacían a su portadora rabiosamente bella. Por curiosidad, me puse un broche de ágata en el pecho y vi, atónita, cómo mis ojos se volvían de un color azulado profundo, mis mejillas se ruborizaron y mis labios se llenaron.

Volví a meter el broche en el cofre. Mi situación estaba al borde de la histeria y la desesperación.

—Si la vestimenta para ritos no te interesa, te ayudaré a elegir. —Nahma hizo un gesto a uno de los cofres para que se acercara—. ¿Qué te parece este?

Levantó un vestido de seda en un tono rosa apagado que me recordó a las begonias de casa. Las largas mangas acanaladas, finas como telarañas, estaban adornadas con encaje de color verde mar, y la falda estaba adornada con innumerables perlas diminutas. Era la elección más humilde con diferencia, pero mucho más rica que cualquier otra cosa que hubiera tenido.

Asentí a regañadientes y lady Nahma tomó mi cartera, que no tenía sitio entre cosas tan finas.

Me negué a entregársela.

—La perla del Espectro está dentro. Debo presentársela al rey.

Nahma me miró con desconfianza, y yo le devolví la mirada.

No era mentira. Tenía que entregársela al rey, pero no tenía intención de hacerlo.

—Muy bien —dijo finalmente—. Puedes quedártelo.

No volvió a hablarme hasta que estuve vestida, pintada, empolvada y debidamente adornada. Un proceso refrescantemente rápido, después del cual hizo un silbido bajo. No era un comentario de aprobación sobre mi aspecto, como pensé al principio, sino una llamada…

Cientos de pececitos nadaban por las paredes. Cada uno llevaba un fragmento de cristal en la boca, que ensamblaban en un marco de madera. Cuando terminaron, los fragmentos se fundieron y fusionaron, creando un espejo.

Era una cabeza más alto que yo, su cristal era grueso y limpio, y el marco tenía vetas doradas. Una magia extrañamente familiar zumbaba dentro del cristal, pero el espejo en sí no tenía un aspecto especial, como tampoco lo tenía mi reflejo.

Nahma me había entretejido en el pelo un tocado imperial en perlas y ópalos, y me había adornado las orejas, el cuello y las muñecas con más riquezas que las que podrían amasar todos los piratas de Lor'yan en su vida. Aun así, todos los tesoros relucientes del mar no podían enmascarar el duro desafío de mis ojos, ni convertirme de Shiori en una concubina dragón sin nombre.

Eso me animaba. Al menos por ahora.

—Este es el espejo de la verdad —dije.

No era una pregunta, pero Nahma me obsequió con una inclinación de cabeza.

—Es el tesoro más preciado de lady Solzaya, ganado en una apuesta con uno de los primeros hechiceros. Desde entonces, forma parte de la tradición de la ceremonia.

A los dragones les encanta apostar, pensé.

—Solo había un puñado de fragmentos en el collar de lady Solzaya —comenté—. ¿Por qué acaban de aparecer cientos?

—Hay siete fragmentos en el espejo de la verdad de lady Solzaya, cada uno con la misma visión y poder. En las raras ocasiones en que no están en su poder, por ejemplo, en un rito como este, los oculta entre las piezas de espejo ordinarias para que no puedan ser robados.

—Robado —dije lentamente—. ¿Por compañeras como tú?

—No deseo poseer el espejo de la verdad.

—¿Pero no te quitaron los recuerdos cuando hiciste el juramento a Ai'long? —No pude evitar la acidez de mis palabras—. ¿No querrías recordar tu pasado?

Un leve parpadeo cruzó las facciones de Nahma.

—El cambio es diferente para todos. Resulta que yo recuerdo más que la mayoría. —Se concentró en guardar un par de horquillas—. Ha sido tanto una maldición como una bendición. Algunas cosas es mejor olvidarlas.

—¿Qué recuerdas? —indagué.

Durante mucho tiempo, Nahma no dijo nada. Había perdido la esperanza de que respondiera cuando por fin contestó:

—En mi época, las cosas eran diferentes. Los dragones no tenían patas y, si una nación no hacía los sacrificios adecuados a los mares, los dragones robaban a sus hijos e hijas de las costas. Entre los entregados a Ai'long, unos pocos eran elegidos para convertirse en compañeros mediante ritos de selección.

—Solzaya dijo que así fue como acabaste aquí —recordé.

—Sí. En mi año, había doce.

Su respuesta llana me hizo fruncir el ceño.

—¿Qué pasó con los otros once?

—Los visito de vez en cuando, siempre que visito este palacio. —La expresión de Nahma era inescrutable—. Están en el jardín de los lamentos del rey Nazayun.

Se me hizo un nudo en la garganta al comprender lo que quería decir. Los once se habían convertido en piedra.

—¿Por qué? —susurré.

—Debido al Juramento de Ai'long. Todos bajo el dominio del Rey Dragón están ligados a él. Los inmortales no son invencibles, Shiori'anma, ni siquiera los dragones. El juramento asegura que ningún dragón dañará a otro sin las más graves consecuencias.

Los visitantes de Ai'long no están sujetos a esa promesa, lo que los hace peligrosos.

Mi mandíbula se trabó.

—Como Gen.

A través de nuestros reflejos en el espejo, la mirada de Nahma se cruzó con la mía.

—Como Gen —repitió.

—¿Así que Nazayun condenará a un niño solo por entrar sin permiso?

—Gen no es tan inocente como parece.

—¿Porque intentó robar algo? —le dije—. Un dragón le pidió que lo hiciera, no es un ladrón.

—Intentó robar el espejo de la verdad —dijo Nahma—. Ningún mortal conocería ya un tesoro tan antiguo. Y ningún mortal podría infiltrarse en Ai'long sin la ayuda de alguien muy poderoso y peligroso. Lady Solzaya ha interrogado al chico durante meses sobre qué dragón podría ser, pero no ha dicho nada.

—¡Porque no lo sabe! —grité.

—Eso no tiene importancia. No le queda mucho tiempo.

—Es solo un niño. ¿No le importa? ¿No puedes hacer nada?

—No me corresponde —dijo Nahma.

—Entonces ya no eres humana.

Quise que mis palabras picaran, pero Nahma no se inmutó.

—Algunos dirían que nunca lo fui.

Sus palabras fueron tan suaves que no sabía si había oído bien.

Fruncí el ceño.

—¿Qué acabas de...?

—Descubrirás —interrumpió Nahma, desviando el tema hacia otro lado—, que los dragones sienten poca empatía y aún menos amor. Para tu fortuna, estarás unida a Seryu'ginan. Es mejor que la mayoría.

Mejor que la mayoría.

—Qué apoyo tan inspirador.

—Es la verdad —dijo Nahma—. No te mentiré, Shiori'anma. Pero, si no me escuchas, enviaré a otra persona para que te vista. Es una tarea que rara vez realizo, pero he pensado hacer una excepción contigo. Por lo que eres.

—¿La sangresucia de Kiata?

—No. La hija de la Reina Sin Nombre.

Levanté los ojos y los pensamientos que giraban en mi cabeza se detuvieron bruscamente.

—¿Conociste a mi madrastra?

—Se casó mediante un ritual no muy diferente al nuestro. —Una pequeña y dura sonrisa se dibujó en los labios de Nahma—. Un concurso, por así decirlo. Todos los reyes y príncipes buscaban su mano, y todos los hechiceros y demonios buscaban la perla de su corazón.

—Los dragones también —dije en tono sombrío.

Mientras lo decía, Nahma me prendió un último mechón de ópalos en el pelo.

—Muchos de Ai'long se hicieron pasar por pretendientes humanos para participar en el concurso. Incluso nuestro propio rey lo consideró. Por aquel entonces, no sabíamos que poseía la perla del Espectro.

—¿Qué pasó? —pregunté. La vida de Raikama antes de venir a Kiata era un misterio para mí, y estaba desesperada por saber más.

—No soy un pozo del pasado, puesto aquí para saciar tu sed —dijo, no sin malicia—. Te hablo de la historia de tu madrastra porque era diferente de las demás, como tú. Y como yo. —Una pausa—. Te doy la advertencia que me gustaría haber tenido.

—¿Advertencia? —repetí.

Lady Nahma se echó el pelo hacia atrás, revelando las branquias a lo largo del cuello y los pómulos. Se subió las mangas, mostrándome las aletas que brillaban en la parte inferior de sus brazos, y cuando extendió los dedos, pude ver sus membranas iridiscentes. Por último, se levantó la falda. En lugar de piernas humanas había una cola de pez, violeta como las campanitas silvestres en verano.

No pude ocultar mi asombro y horror.

—Eres una... una...

—Una sirena —dijo, como si fuera lo más natural—. Nuestro reino no está lejos de Ai'long. Es probable que hayas visto algunas camino al palacio.

Yo seguía mirando. Con sus aletas y su cola, nunca podría volver a tierra, aunque quisiera.

—¿Es eso lo que me ocurrirá?

—La experiencia de cada compañera es diferente —contestó desapasionadamente—. Muchas se convierten en sirenas, mientras que otras conservan un físico más humano. Es difícil de predecir. Pero los cambios serán permanentes, un pequeño precio a pagar por la vida eterna.

No estaba convencida de que creyera sus propias palabras.

Dejándose caer el pelo, Nahma se bajó las mangas e invocó el espejo.

Lo había olvidado.

—Ahora, la última parte de los preparativos: las despedidas finales.

El espejo empezó a cantar de nuevo, vibrando como un laúd lunar. Me aventuré a dar un paso más, y el cristal onduló.

—Este espejo… —empecé, mirando fijamente. El cristal se parecía cada vez más a un charco de agua—. Se siente… kiatano.

—No me sorprende que te hable —comentó Nahma—. El espejo de la verdad se forjó con las Siete Lágrimas de Emuri'en.

Me eché hacia atrás, dejando que las palabras de Nahma calaran hondo.

Emuri'en era la diosa del amor y el destino de Kiata, que supervisaba los destinos de los mortales con mechones de su pelo. Cada mechón lo cortaba y teñía de rojo —el color de la fuerza y la sangre— y, siguiendo sus instrucciones, sus mil grullas volaban a la Tierra para unir los destinos de los mortales. Pero su afición por los humanos era tan grande que se excedió en su poder y perdió su divinidad. Expulsada del cielo, lloró y sus lágrimas se esparcieron por Kiata, dejando siete estanques mágicos que dejaban entrever los hilos del destino.

Las Siete Lágrimas de Emuri'en.

Cuando era más joven, siempre lo había descartado como una leyenda. Pero, gracias a Raikama, supe que las Lágrimas de Emuri'en eran reales.

Consultando sus aguas fue como supo desde el principio que yo era la sangresucia de Kiata y que estaba en peligro.

Hablé sintiendo un nudo en la garganta.

—¿Podré… podré hablar con mi familia?

Nahma me miró con lástima.

—No, ni siquiera con la ayuda de una magia tan antigua como la del espejo los reinos de los dragones y los humanos pueden superponerse.

—Pero dijiste que era una despedida…

—La despedida final es un momento para reflexionar sobre la vida que dejas atrás —habló por encima de mí y señaló el espejo—. Pregunta por el pasado o el presente, y te mostrará lo que debes ver. Ni más ni menos.

¿Preguntar por el pasado o el presente? Se me hizo un nudo en la garganta. Si el espejo tuviera tal poder, ¡podría preguntarle sobre la perla del Espectro! Tal vez incluso podría encontrar una salida del tortuoso palacio del Rey Dragón.

Contuve mi excitación, dibujando una línea amarga con los labios para que Nahma no pudiera saber lo que estaba pensando. Sin embargo, su rostro se ensombreció de repente y decidió advertirme en voz muy baja:

—Ten cuidado con lo que buscas. Lady Solzaya observa desde el otro lado, y cualquier pregunta sobre el Espectro será una pérdida de tiempo. El espejo no puede tocar el reino en el que vive.

Fruncí el ceño.

—¿Cómo sabías…?

—Tu tiempo empieza ahora —dijo Nahma, y atravesó la pared, desapareciendo sin decir nada más.

Kiki revoloteó fuera de mi manga. *Esta no es realmente la última vez que vemos nuestro hogar, ¿verdad?*

El té de Nahma pasó flotando y lo tomé entre mis manos.

No lo permitiré, respondí. *Tal vez pueda encantar el elixir durante la ceremonia.*

Vale la pena intentarlo.

Con todas mis fuerzas, me concentré en el té y ordené a su contenido que saliera de la taza en pequeños zarcillos brumosos.

Pero el té salió a chorros, evitando por poco mi cara y salpicando el espejo.

—¡Hilos de Emuri'en! —maldije, apresurándome a limpiarlo.

Al tocarlo, el cristal parpadeó y gorjeó, y su bajo zumbido se convirtió en un canto de pájaros que había oído todas las primaveras y todos los veranos de mi vida.

Los milanos.

Canturreaban con demasiada claridad para que me lo hubiera imaginado. Parpadeé y me acerqué al espejo. El cristal había dejado de parpadear. Ahora se movía en una extensión nebulosa, como si buscara lo que quería mostrarme.

Crisantemos. Pequeños capullos y flores en los cerezos y ciruelos. Los pétalos caían sobre una ventana redonda enrejada cuyos elaborados diseños geométricos había visto muchas veces, pero no recordaba dónde.

El espejo se colaba por la ventana. Y allí estaban mis seis hermanos.

Estaban tan cerca, tan vivos, que podía ver los hilos de sus sombreros de seda, las manchas de té en el cuello de Wandei y el brillo de la cera en el pelo de Yotan, cortado a la última moda, como le quedaba bien. Quise extender la mano y tocarlos, pronunciar sus nombres. Pero mis hermanos estaban reunidos alrededor de una cama y, en cuanto vi a quién miraban, lo único que pude hacer fue contener la respiración.

Padre.

Había llegado la primavera y, como Raikama había prometido, el hechizo de sueño que había lanzado sobre Gindara se había disipado. La ciudad estaba despertando, y mi padre con ella.

—¡Mira! —susurró Yotan, señalando—. Se está despertando.

El alba se coló por la ventana enrejada, impregnando al emperador de espléndidos patrones de luz. Parpadeó y sus ojos se abrieron lentamente.

La alegría y la nostalgia se agolparon en mi corazón, tirando de mis emociones en direcciones opuestas. Cómo deseaba estar allí para ver a mi padre. Estar allí con mis hermanos cuando despertara.

Me mordí la mejilla, intentando mantenerme fuerte. Intentando no obsesionarme con los meses que había perdido en Ai'long. Al menos mi familia estaba bien. Mi padre, mis hermanos…

—¿Y Takkan? —susurré al espejo.

Ante la pregunta, el cristal volvió a parpadear. La visión del emperador y los príncipes se desvaneció, y el espejo dejó de enfocar el palacio del Lago Sagrado para centrarse en lo más profundo del bosque. El fuego asolaba los bosques, corriendo entre los árboles y dejando las aldeas cercanas humeantes.

Luego llegaron las Montañas Sagradas. Las reconocí enseguida, pero había algo diferente en la montaña del centro.

Su rostro mostraba una cicatriz irregular que antes no estaba allí. Cuando el espejo me acercó, un hilo de humo salió de la roca escarlata. Y mi corazón se paralizó.

En un suspiro, la brizna se convirtió en una criatura que había rezado para no volver a ver.

El Lobo.

Saltó, con su pelaje gris brumoso más sombra que pelaje, sus ojos rojos como la sangre tan ardientes como la roca escarlata que lo había parido. Las Montañas Sagradas temblaron.

Bandur, bramaron los demonios en su interior, en un temible coro.

Rey de los demonios.

El nombre se aferró a mis pensamientos como un fantasma. Nunca lo había oído antes, y sin embargo me dio escalofríos. Bandur.

—¡No! —susurré. Era imposible. Bandur no podía estar libre. ¡Mi madrastra y yo habíamos sellado las montañas!

El espejo no me mostraría nada más. Volvió a resquebrajarse y romperse en pedazos, pero los pececillos no regresaron para llevárselos. En lugar de eso, los fragmentos vagaron sin rumbo por la cámara.

Estaba tan conmocionada por lo que había visto que apenas me di cuenta de que…

Nahma había regresado.

Kiki, no puedo seguir con esto. Tengo que ir a casa. Yo…

Me detuve, mis pensamientos cortados por una cuerda invisible.

Si quieres volver a ver tu hogar, la voz de Nahma se introdujo en mi mente, *tienes que ir a la ceremonia.*

Jadeé, sorprendida tanto por sus palabras como por lo que había hecho.

Tú… tú…

Había nacido capaz de percibir los pensamientos. Nahma me soltó el brazo. Bajo el velo de su largo flequillo negro, sus ojos se volvieron blancos y las pupilas oscuras desaparecieron.

Me ayudó a ganar los ritos de selección y a ganarme la confianza incluso de lady Solzaya. Ella ve mucho a través de su espejo, pero no puede leer la mente o el corazón. Supondrá que le estoy contando mis experiencias como compañera.

La miré fijamente.

Así que a esto te referías cuando decías que no eras realmente humana.

Los ojos de Nahma eran fríos.

No me querían, como a tu madrastra. Cuando mis padres se enteraron de mi magia, me arrojaron al mar, a los dragones. En tierra, la magia es temida. Aquí, es venerada.

Tragué saliva, preguntándome qué pensaría mi padre cuando conociera mi talento.

¿Cómo me ayudará ir a la ceremonia a encontrar el camino a casa?

He oído que eres una chica con recursos, respondió Nahma. *Encontrarás el camino*. Me lanzó un melocotón. *Come. Tu poder está debilitado aquí, pero un mordisco te devolverá algo de fuerza.*

Hice rodar el melocotón en mi mano, aún escéptica de que pudiera estar envenenado. En el folclore de Kiata, los melocotones eran la fruta de los dioses, y un árbol en particular en sus jardines otorgaba inmortalidad.

Puedo intentarlo primero, si quieres, se ofreció Kiki. *No me importa vivir para siempre.*

Muy gracioso. ¿Qué te hace pensar que lo envenenarían con inmortalidad?

Kiki se encogió de hombros. *Soy optimista.*

No, no lo eres.

Cuando por fin comí, Nahma miró con recelo mi pájaro de papel.

Harías bien en mantener ese pájaro escondido también, a menos que quiera convertirse en una habichuela.

Kiki se deslizó detrás de mi cuello y dejé el melocotón.

¿Por qué me ayudas?

Porque el rey Nazayun no debería tener la perla del Espectro. Hizo una pausa. *Porque hay otro en Ai'long que puede ayudarte. He visto al Espectro en su mente.*

Me costó contener la curiosidad.

¿A quién?

No puedo decirlo. Me giró para mirarme al espejo. *Pero él deseará la perla incluso más que Nazayun. Preséntala en la ceremonia, y él vendrá.*

Es fácil para ella decirlo. Si bebía el elixir, ni siquiera volvería a pronunciar mi nombre y mucho menos sería capaz de interrogar al dragón del que hablaba. Pero ella tenía razón: yo era ingeniosa.

—Ahora —dijo, hablando en voz alta una vez más para que Solzaya pudiera oírla—, ¿estás lista?

¿Qué otra opción tenía?

Hice un pequeño e inseguro gesto con la cabeza.

No había vuelta atrás.

CAPÍTULO 7

Solzaya había mentido sobre el carácter íntimo de la ceremonia.

Habían acudido más de cien dragones. Estaban sentados sobre gigantescas placas de coral, nubes, como las llamaba Nahma, ya que flotaban en el agua. La mayoría de los dragones tenían una forma humana poco convincente; no se molestaban en ocultar los cuernos, los bigotes y las garras; algunos incluso llevaban colas que salían de debajo de las chaquetas. Por sus risitas, me di cuenta de que era un juego para incomodar a los mortales.

No debería haberles dado esa satisfacción. Pero cuando entré en la cúpula ritual, rodeada por una sala llena de dragones embelesados, me sentí realmente como una cerda. Sobre todo gracias al maldito vestido rosa que llevaba.

—Eres la primera hechicera que se convierte en compañera —dijo Nahma, aunque yo no había preguntado—. Por no hablar de la compañera de un príncipe dragón. Por supuesto que se quedarán mirando.

Mientras me acompañaba al nivel más alto de las nubes, una ballena gris anunció mi llegada. Un trío de pulpos sopló en caracolas una vez que me llevó junto a Seryu.

Apenas lo reconocí con sus galas principescas. En lugar de su habitual túnica esmeralda, llevaba una chaqueta plateada bordada con perlas azules, y su pelo verde, que nunca había visto sin domar, estaba trenzado y recogido bajo un gorro con borlas. Era más alto de lo que recordaba y también más ancho de hombros. Había crecido desde la primera vez que lo vi. Parecía más firme, más apuesto, pero también más extraño. Aparte del leve movimiento de su nariz, no me saludó cuando aterricé en su nube.

—Gracias por participar en los ritos, tía Nahma —dijo ignorándome—. Me has honrado enormemente.

Nahma murmuró unas bendiciones superficiales y luego ascendió a la nube más alta, donde lady Solzaya estaba sentada con los señores y damas del Sur, del Norte y del Este. El asiento del Señor de los Mares Occidentales estaba vacío, tal y como Seryu había predicho.

Me recosté contra un espinazo de coral, con la intención de permanecer hoscamente quieta, pero la mente me daba vueltas. ¿Sería Elang el dragón que Nahma me había prometido que conocería?

Quería mantener el silencio entre Seryu y yo, sobre todo por petulancia, pero mi lengua tenía otras ideas.

—¿Por qué Elang nunca viene al palacio?

Seryu me miró de reojo.

—¿De verdad es eso lo que quieres preguntarme ahora?

—¿Prefieres que te vuelva a abofetear por haberme metido en este lío?

La mirada del dragón se ensombreció.

Gruñó.

—Elang es diferente.

—¿Cómo?

Seryu no dijo nada más. Su mirada recorrió el brillante vestido rosa con el que Nahma me había ataviado y se fijó en la gastada cartera que llevaba en la cadera.

—Sea cual sea el truco que tengas en mente, no lo hagas. Todos los dragones importantes están aquí ahora mismo. Están observando mientras hablamos.

—Entonces que oigan esto —dije ácidamente—. Espero que te pudras en los Nueve Infiernos, Seryu.

Los ojos rojos de Seryu brillaron.

—Hago todo lo que puedo para ayudarte. Lo menos que podrías hacer es fingir que te gusto. ¿O no humillarme delante de toda mi familia es mucho pedir?

—¿No matarme delante de toda tu familia es mucho pedir? ¿O no cuenta, ya que renaceré más fuerte y mejor?

Seryu se echó hacia atrás como picado, y casi me arrepentí de mis duras palabras. Casi.

—Nunca debí decir eso —dijo, con sus ojos rojos abatidos—. Lo siento.

El tono lastimero de su voz me impresionó y, aunque quería seguir enfadada, el fuego de mi temperamento se apagó.

—Sé que no querías que las cosas fueran así.

Durante una breve eternidad, se inclinó sobre el borde estriado de nuestra nube, con los brazos cruzados. Cuando volvió a hablar, lo hizo en voz baja.

—No serías una concubina. Serías mi novia. Mi igual. —Continuó rápidamente, antes de que pudiera replicar—. Sé que eso no lo hace mucho mejor, pero pensé que debías saberlo.

Yo también me incliné hacia delante y miré a los cien dragones.

Estaban mirando.

—Parece que las molestas relaciones chismosas no son exclusivas del reino mortal.

—Desde luego que no —dijo Seryu, aún pensativo—. La ceremonia de atadura de un dragón es uno de nuestros ritos más antiguos. Se supone que se basa en el amor y la confianza, pero la mayoría de las veces sirve como mera transacción.

Tenía algo de experiencia con eso.

—Yo no quería que la mía fuera así —confesó—. Esperaba que, si resultabas ser tú, quisieras estar aquí. Porque yo te importaba.

—Sí que me importas.

Era la verdad, y pensé en nuestro verano juntos, holgazaneando junto al Lago Sagrado e intercambiando bromas sobre magia y hechicería. Me importaba entonces, y me sigue importando ahora.

—¿Sería tan malo quedarse conmigo? —dijo en voz baja—. Me aseguraría de que estuvieras a salvo. Podría hacer eso por ti. Siempre lo he hecho por ti. Merezco una oportunidad justa, ¿no?

La tenía, y mentiría si dijera que se la había dado.

Ante mi silencio, Seryu me tomo de la mano. Dejé que apoyara la palma en la mía. Su piel estaba fría, pero no de forma desagradable, y sentí una chispa cuando sus uñas verdes se enroscaron suavemente alrededor de mis dedos.

Me quedé mirando nuestras manos. ¿Y si me quedaba en Ai'long? ¿Sería tan trágico casarme con Seryu? Era hermoso y divertido... y me quería. Tal vez incluso me amaba.

Sería una princesa de dragones con branquias brillantes en mi cuello y brazos. Perseguiría tortugas y ballenas con Seryu, sacaría de quicio a Solzaya siempre que pudiera, me probaría vestidos mágicos con lady Nahma y descubriría todos los secretos de Ai'long. Viviría para siempre.

Aquí nadie se lo pensaría dos veces si yo fuera la sangresucia. Como dijo Seryu, Kiata podría incluso estar más segura si yo no volviera. Padre podría encontrar un hechicero que sellara a Bandur de vuelta a las montañas, y eso sería el fin. Los demonios quedarían atrapados para siempre, y no morirían más sangresucia. La magia permanecería enterrada en Kiata, como todos querían. En lugar de ser culpada, me convertiría en una leyenda.

—Bésame —murmuré a Seryu.

Seryu me miró, atónito. Pero asintió, y los dragones aplaudieron, tamborileando con las garras en sus balcones de coral mientras él se inclinaba hacia delante.

Su mano seguía sobre la mía y sus labios estaban a un suspiro. El corazón me latía con fuerza. Ya había besado a muchos chicos. ¿Qué diferencia había en besar a Seryu?

La diferencia apareció en estampida en mis pensamientos. Takkan.

Exhalé, mi corazón de repente ligero y pesado a la vez.

Más que nada, quería abrazar a Takkan.

Quería ver cómo se le endurecían los hombros de vergüenza cuando citaba pasajes de las cartas que me escribía de niño, apoyar la barbilla en su hombro y dormirme con el ritmo de sus canciones. Descubrirlo mirando cuando yo no miraba y burlarme de él hasta que se le arrugasen las comisuras de sus cálidos ojos.

Decirle por fin que lo quería.

Pero, si alguna vez volvía a Kiata, me tacharían de hechicera y me culparían de que Bandur escapara de las montañas. ¿Era posible un futuro con Takkan?

Todo lo que sabía era que lo arriesgaría todo para averiguarlo.

Volví la mejilla.

—Espera... —empecé a decir, pero no hizo falta. Seryu había visto las emociones que se reflejaban en mi cara. Ya estaba retrocediendo. Antes de que pudiera explicárselo, se hundió en su asiento y cruzó una pierna sobre la otra.

—Sabes, prefiero no besar a princesas de rosa —objetó, despidiéndose de la multitud decepcionada con una sonrisa de oreja a oreja—. Hay algo en ese color que no me atrae.

Intentaba salvar su orgullo y yo sabía que debía dejarlo pasar. Pero no podía.

—No eres tú. —Vacilé, mis palabras se retorcieron y se hicieron un nudo—. Sabes que no lo eres.

—Una parte de mí esperaba que no dijeras eso. —Me tocó la mejilla y luego dejó caer la mano sobre su regazo—. Valía la pena intentarlo. Aférrate a ese señorcito tuyo cuando te hagan beber. Dicen que tu último pensamiento es el único recuerdo que conservas.

¡El elixir! Casi lo había olvidado.

—Seryu, ¿cómo puedo...?

En lugar de responder, Seryu arrancó a Kiki de la barandilla y la puso en mi cuello. Su respuesta fue tan baja que casi no lo oí.

—Quédate escondida.

No supe si iba dirigido a mí o a Kiki, y no tuve ocasión de preguntar.

Un repique lejano resonó en la cúpula. Comenzaba la ceremonia.

De entre una nube de arena brillante, el Rey Dragón irrumpió en la sala. Aún llevaba la red de flores de estrella, peinada en forma de faja alrededor de la cintura. Irradiaba fuego demoníaco, los hilos del destino y la sangre de las estrellas, las tres magias que había trabajado durante meses para entrelazar.

Bajo los pies de Nazayun había un estrado construido con cráneos de ballena y tiburón. Kiki se estremeció al verlo.

¿Por qué querría alguien trabajar para él?, me susurró, mirando a los enjambres de tiburones y calamares que patrullaban la cámara.

Porque no tenían elección, pensé mientras el Rey Dragón ocupaba su trono.

Lady Nahma me había advertido de que los ritos serían rápidos, pero aún así esperaba algún tipo de pomposa introducción. No hubo ninguna, y mi nube se agitó, elevándose hasta quedar a la altura del trono del Rey Dragón.

Junto al rey, lady Solzaya y lady Nahma esperaban, preparadas como ama y sierva. La madre de Seryu sostenía en su larga palma un cuenco tallado en concha de almeja, y Nahma, un fino cordón de seda. Este último era un guiño a las tradiciones nupciales de Kiatan, donde los novios se anudaban juntos.

Takkan y yo nos habríamos casado así, pensé con una punzada. Si no hubiera huido de nuestra ceremonia nupcial, la vida habría sido muy diferente.

—Acércate, Shiori'anma —dijo lady Solzaya, interrumpiendo mi ensoñación. Su férreo agarre se apoderó de mis brazos y floté con ella hasta el estrado del Rey Dragón.

Seryu empezó a seguirme, pero Solzaya le hizo un gesto para que se quedara.

—Su Majestad Eterna ha considerado a la Princesa Shiori digna de prestar el Juramento de Ai'long —dijo Solzaya—. En esta hora, dejará atrás su vida mortal y despertará como compañera de mi hijo, el Primer Príncipe de los Mares del Este, Seryu'ginan.

—Extiende las manos —dijo lady Nahma—, para que lady Solzaya pueda concederte el elixir de la inmortalidad.

La miré, con la aprehensión revolviéndose en mis entrañas. ¿Hasta qué punto tendría que seguirle el juego?

No me dio ninguna respuesta. Me había cerrado su mente. Extendí las manos como una madera.

Solzaya colocó el cuenco entre mis palmas extendidas y murmuró palabras en una lengua que no entendía.

Dentro estaba el elixir. Una minúscula cuenta cerúlea, lo bastante pequeña como para balancearse sobre mi pulgar.

Casi suspiro de alivio. Esperaba una sopa o incluso un té, pero el elixir no era más sustancioso que una pastilla para una dolencia estomacal. Parecía gelatina, tambaleándose mientras mis manos temblaban.

Mientras Solzaya hablaba, levanté el cuenco, simulando que me lo llevaba a los labios.

Unos vapores invisibles me cosquillearon las fosas nasales, dulces y amargos al mismo tiempo. Una bocanada y todas las dudas y temores que había enterrado se agudizaron, pero mantuve la mente concentrada en volver a ver a Takkan. En volver a casa.

¿Cómo vamos a hacerlo?, dijo Kiki, saltando al cuenco y usando su ala para impedir que bebiera accidentalmente.

Enróllalo por mi cuello rápido, dije. *¿Puedes hacerlo?*

Con el ala, Kiki intentó arrastrar el elixir hacia mi cuello, pero la poción era demasiado resbaladiza.

¡No es tan fácil como parece!

—¿Pasa algo, Shiori'anma? —preguntó lady Solzaya, flotando en mi periferia—. ¿Necesitas ayuda para beber?

No tuve oportunidad de responder. La mano de Solzaya salió disparada y me acercó el cuenco a la boca.

El pánico se apoderó de mi sangre cuando Kiki volvió a caer en el cuenco. Demasiado rápido, la gota de líquido se deslizó hasta mis labios, y Kiki salió disparada de mi cuello hacia el cuenco.

De un trago, devoró el elixir.

¡Kiki, no!

Era demasiado tarde. La poción se había alojado en su garganta de papel, haciendo que su largo cuello brillara en azul. El dorado plateado de sus alas se desvaneció, como tinta borrada, mientras se tambaleaba en el borde del cuenco y caía de nuevo en mi manga. Sentí que se quedaba inmóvil contra el pliegue de mi codo.

El calor se me subió a la garganta.

¡Kiki!

No respondía.

El corazón me retumbaba en los oídos. Lo único que deseaba era recogerla en brazos y estrecharla contra mí, pero el rey Nazayun y lady Solzaya me observaban atentamente.

Lady Nahma tomó el cuenco.

—Shiori'anma ha bebido —anunció antes de que nadie más pudiera hablar.

A través de nuestras mentes, nos advirtió.

Limpia tu cara. Intenta parecer cansada.

Relajé los músculos. Fue fácil enfriarme para que mi cuerpo se desinflamara. Apenas podía moverme, y mucho menos pensar con claridad. Solo podía pensar en Kiki, arrugada contra mi codo.

—Inclínate y presenta la perla —ordenó Nahma.

—Estoy lista para proceder con la ceremonia —dije, inclinándome profundamente. Mi voz sonaba plana, cualquier signo de rebeldía había desaparecido. Pero dentro de mi pecho se agitaba la ira—. Permítanme presentarles la perla del Espectro.

Abrí mi mochila. Elang no estaba a la vista, y no podía contar con su llegada para salvarme del resto de los ritos. Kiki había sacrificado demasiado para que yo fallara.

Mis dedos se cerraron en torno a la perla rota.

No te serviré de nada si estoy atada a Ai'long para siempre, le dije, rezando para que me escuchara. *Si quieres que te devuelva al Espectro, ayúdame a salir de aquí. Ayúdame a derrotar al Rey Dragón.*

Me levanté de mi arco. La perla hormigueaba en mi mano, una señal prometedora.

—¡Espera! —gritó Nazayun.

¿Esperar? Luché por mantener el rostro inexpresivo, por seguirle el juego. Las joyas que colgaban de mi tocado tintinearon, pero no me atreví a levantar la vista de mis pies.

—Regístrenla.

Para mi alivio, fue lady Nahma —no la madre de Seryu— quien se adelantó.

Ayúdame, Nahma. Le tendí la mano mientras me registraba. *Kiki está inconsciente. Se bebió el elixir. Ayúdame, por favor. Ayúdame, por favor.*

Nahma me levantó las mangas, mirando hacia dentro. El borde de las alas de Kiki me rozó el codo y contuve la respiración, segura de que Nahma fingiría que no había visto nada.

Pero me sacudió la manga y agarró a Kiki por el pico.

—¿Qué tenemos aquí? —murmuró Nahma—. Un pájaro de papel.

Me quedé paralizada por la traición. ¿Qué estaba haciendo?

—Un pájaro de papel encantado. —Nahma sostuvo a Kiki en alto para que todos lo vieran. El pico de Kiki todavía brillaba azul por el elixir, y su cuello caía sin fuerza.

—¡Devuélvemela! —grité.

Nahma no hizo tal cosa. Agarró a Kiki por el cuello y le sacó el elixir de la garganta. Luego aplastó a Kiki en su puño.

—¡Noo!

Me lancé contra lady Nahma, pero el estrado se estremeció. Se inclinó y me deslicé sin control hacia el Rey Dragón. Sus ojos se nublaron de furia.

—Si no cumples el ritual del olvido, tendremos que encontrar un castigo que recordarás el resto de tus días. —Me arrojó sobre la nube de Seryu y gritó—. Traigan al niño.

¿El niño?

Mi enfado con lady Nahma se desvaneció, sustituido por el miedo.

En el centro de la cámara, rodeado de tiburones, mi compañero de prisión, Gen, surgió en una corriente de burbujas.

En las horas transcurridas desde la última vez que lo había visto, la maldición de Solzaya había progresado rápidamente. Ahora estaba inconsciente, con los ojos cerrados y el labio inferior convertido en piedra. Sus mejillas parecían hundidas, como si hubiera intentado jadear antes de que la maldición lo venciera. Los dedos que habían arrojado vidrio para despertarme estaban completamente grises, todavía extendidos en un gesto de desafío.

—Déjalo ir —le pedí a Nazayun—. Es solo un niño.

También podría haber suplicado a los tiburones.

—Pronto será nueva grava para el lecho de roca —respondió Nazayun, con los cabellos rubios de su barba crepitando como un relámpago—. Si no quieres olvidar tu pasado, entonces recordarás el dolor que infligiste a este muchacho. Será una cicatriz que llevarás para siempre.

Manchas de un gris espantoso aparecieron en la cara de Gen, extendiéndose rápidamente, como tinta derramada. Mientras los rayos de la barba de Nazayun ondulaban, los ojos del chico se desorbitaron y sus sienes se convulsionaron de dolor. Estaba a segundos de convertirse en piedra. A segundos de convertirse en un montón de escombros.

—¡Alto! —grité.

Seryu me detuvo, pero levanté mi mochila para liberar la perla.

—¡Ayuda a Gen! —le ordené—. ¡Ayúdalo!

La perla del Espectro ni siquiera salió flotando de mi bolsa. Era un peso muerto en la mochila.

Los dragones se burlaron y yo maldije. Estúpida perla traicionera. Sin su ayuda, Gen seguramente moriría.

El rey Nazayun reía junto con sus invitados.

—Vuelve a sentarte, Shiori'anma —dijo—. Pronto tendrás tu momento.

No quise sentarme. Con un fuerte empujón en el hombro, me zafé del agarre de Seryu y me lancé hacia Gen. Los abucheos y las risas no hicieron más que multiplicarse. Los tiburones estaban casi sobre mí.

—¡Socorro! —le supliqué a la perla, agitándola—. ¡Socorro!

Un gruñido grave resonó desde fuera de la sala. Al principio pensé que era la perla, que por fin respondía a mis súplicas, pero a medida que el sonido se hacía más y más y más y más fuerte… en un estruendo calamitoso, el techo se abrió de golpe.

Un batallón de tortugas marinas se precipitó al interior, lideradas por un dragón vestido de blanco.

No necesitaba verlo para saber quién era. Por las reacciones de asombro de los demás, la respuesta estaba bastante clara.

Elang, el Gran Señor de los Mares del Oeste, había llegado.

CAPÍTULO 8

En medio del estruendo de indignación de los dragones por la aparición de lord Elang, Gen y yo caímos rápidamente en el olvido. No me lo pensé dos veces y me lancé tras el chico, pero Gen pesaba mucho y, cuando su cuerpo tocó el fondo del océano, se hundió en la arena y el estiércol. Lo empujé, lo levanté y lo arrastré, pero apenas pude moverlo.

—¿No te dije que no hicieras nada imprudente? —dijo Seryu desde detrás de mí.

Me giré, nunca me había alegrado tanto de ver al dragón.

—¿Puedes ayudarlo?

Las fosas nasales de Seryu se encendieron. Casi esperaba que se alejara nadando, pero en lugar de eso se deshizo de los cangrejos y moluscos que empezaban a trepar por las piernas de Gen. Agarró al chico y a mí por la faja, nos levantó a los dos con facilidad y nos colocó en un saliente situado en la pared de la cúpula.

Apreté la palma de la mano contra la frente de Gen. Su piel estaba fría, pero una única vena palpitaba con el más leve pulso. Todavía estaba vivo.

—No puede quedarse aquí —le dije a Seryu—. ¿Puedes sacarlo de aquí? —Miré los brillantes paneles de cristal negro contra la pared—. Usa un remolino.

—¿Crees que es tan fácil? —Seryu se resistió—. Los remolinos te llevan adentro del palacio. No te sacan del palacio. La única manera es… —Dejó escapar un gemido agraviado y luego con la cola aplastó la hoja de cristal negro más cercana que pudo alcanzar.

Su perla palpitó en su pecho mientras clavaba su garra en el cristal. Se materializó un remolino, apenas lo bastante grande para que cupiera Gen en su interior. Seryu casi empujó al chico y el portal desapareció antes de que pudiera seguirlo.

—Tú no —ronroneó Seryu—. No has terminado aquí.

—¿Adónde lo enviaste?

—Tan lejos como pude. —La voz de Seryu se había vuelto ronca. Estaba más pálido que antes y, si no fuera un dragón, diría que parecía mareado—. A algún lugar donde no se pulverice en un montón de rocas.

Antes de que pudiera darle las gracias, volvió a agarrarme por la faja y empezó a arrastrarme fuera de la cornisa, de vuelta a donde habíamos estado sentados antes.

Tiré de la correa, medio sorprendida cuando Seryu me soltó. Era más débil.

—No voy a volver ahí arriba. Tu abuelo intentó matarme.

—Y volverá a hacerlo si no regresas. —Seryu tapó mi boca con su mano—. Confía en mí.

—Confié en Nahma. Mira adónde me ha llevado. —Hice una mueca—. Y Kiki…

Sus ojos rojos no vacilaron, pero se desviaron hacia el fragmento de perla que tenía alrededor del cuello. El fragmento de su corazón de dragón. Sonaba cansado.

—Confía en mí.

Me mordí la mejilla. Que los demonios me llevaran, esperaba no estar cometiendo un error.

—De acuerdo —dije, aunque deseé que también me hubiera arrojado al remolino.

Gracias a la llegada de Elang, casi nadie se dio cuenta de que había vuelto a mi nube con Seryu. El techo se había derrumbado por completo, dejando un enorme agujero en la cúpula, pero eso tampoco parecía importarle a nadie. La atención de todos los dragones se centraba en el centro de la devastación, donde Elang, a horcajadas sobre dos tortugas, esperaba la bienvenida del rey Nazayun.

—Este lugar parece más un teatro que una sala de rituales —murmuré, pero, a pesar de mis quejas, yo también sentía curiosidad por el Señor de los Mares del Oeste.

A primera vista, Elang no era la gran cosa. Se parecía a todos los dragones de la cúpula. Una larga capa blanca le cubría los hombros y la capucha le ocultaba el rostro, pero tenía un físico casi humano. Tenía la parte superior del cuerpo de un hombre, con escamas metálicas repartidas por los brazos, el cuello y el torso, y una larga cola que salía de debajo de la capa, cuyas puntas se avivaban como una llama hambrienta. Apenas miré dos veces; me había acostumbrado a ver colas de dragón.

Lo más impresionante de Elang eran sus tortugas marinas. Conté nueve, cada una tan grande como un jabalí, con ojos brillantes y caparazones puntiagudos. No eran las pacíficas criaturas marinas que yo imaginaba.

Solzaya extendió sus garras en una dramática bienvenida.

—Sobrino, debes estar cansado de tu corte vacía si has decidido honrarnos con tu presencia. Temíamos que estuvieras muerto.

—Por desgracia, tía —dijo con brusquedad—, los asesinos que enviaste no eran lo bastante hábiles.

Su voz me sobresaltó. Era gruesa y áspera, pero joven. Aunque sabía que era sobrino de Solzaya, había imaginado que el Alto Señor de los Mares del Oeste era mayor, o al menos mayor que Seryu.

Pero Elang apenas era mayor que Gen. Era solo un niño. Con una breve reverencia, presentó sus respetos a su abuelo.

Luego se quitó la capucha, mostrando una cabeza de pelo negro como la tinta, y vi su cara.

El lado izquierdo era tan humano como el mío. Pero, cuando se giró, se me cortó la respiración. Era como si los dioses le hubieran trazado una línea recta en la cara, desde la mitad del nacimiento del pelo hasta la barbilla, pasando por la nariz. Un lado era humano; el otro, completamente cubierto de escamas en forma de lágrima, era de dragón.

Tenía el ceño fruncido, lo que arrugaba su espesa frente y proyectaba una sombra sobre su rostro, por lo que al principio no lo vi. Entonces levantó el rostro y me fijé en sus dos infames ojos: uno oscuro como el cielo gris antes de un monzón y otro tan brillante y amarillo como un charco de luz solar.

—He venido a ver la perla —dijo.

—Claro que sí —respondió el Rey Dragón, reclinándose en su trono de jade y mármol—. Llegaste en el momento justo, Elangui. Shiori'anma estaba a punto de presentarla a la corte.

Mientras hablaba, un torrente de agua me sacó de mi asiento y me depositó junto a Elang. Un instante después, la perla se posó en mi sombra, oscura y opaca como siempre.

El agua que me rodeaba se espesó y prácticamente pude sentir la tensión en los músculos de Elang. Su mirada se clavó en la perla, como traspasada por la grieta que había en su centro. ¿Estaba pensando en cómo reflejaba su propio rostro, dividido en dos mitades? Yo también miré la perla. Su silencio me recordaba que no podía contar con ella para nada, ni para ayudar a Gen, ni para rescatar a Kiki, ni mucho menos para ayudarme a mí. El pecho se me oprimió de rabia, la punzada fue especialmente aguda cuando me toqué la manga vacía. Pronto recuperaría a Kiki de manos de Nahma. Una vez que me hubiera ocupado del Rey Dragón.

—Ahí está, la perla del Espectro. —La voz de Nazayun era retumbante—. No hay mucho que ver en este estado, pero ¿quién puede culparla? Está rota y corrupta, no pertenece a nadie. Pero eso cambiará.

Mis ojos se dispararon hacia Nazayun. ¿Cambiará? ¿A qué juego estaba jugando? Creía que quería quedarse con la perla.

—Shiori'anma ha jurado devolvérsela a su legítimo propietario —continuó—, el dragón capaz de hacerla entera una vez más. Que cualquiera que desee reclamar la perla del Espectro haga una petición por ella ahora e intente lograrlo.

Toda la cámara se quedó inmóvil. Por el rabillo del ojo, vi la garra de Solzaya crisparse por la tentación. No era la única. Todos los señores y damas de los Cuatro Mares Supremos estaban en vilo, embelesados por la perla.

Aun así, ningún dragón se atrevió a dar un paso al frente.

Excepto uno.

—Lo intentaré —dijo Elang con su tono áspero y demasiado ronco.

—Pensé que lo harías —replicó Nazayun—. Shiori'anma, dale la perla.

—No le pertenece —protesté—. Él no es el Espectro.

Pensé que mi negativa enfurecería al Rey Dragón, pero tuvo el efecto contrario.

—No lo es —concedió Nazayun—. Pero verás, Shiori'anma, él y el Espectro tienen algo en común que ningún otro dragón comparte. Les faltan sus perlas. Sus corazones. ¿No le darás a mi nieto la oportunidad de reclamar este como suyo?

No respondí. Había un trasfondo de regocijo en las palabras de Nazayun, como si encontrara placer en el tormento de Elang.

—Un semidragón —susurré, comprendiendo por fin por qué todos hablaban de Elang con tanta repulsión y fascinación. Al ver sus ojos desiguales y las llamativas mitades de su rostro, comprendí que los demás dragones se burlaban de él y de mí al adoptar formas humanas.

—Sí —continuó Nazayun, disfrutando de mi sorpresa—. Elangui es medio mortal, nacido de una madre humana que no había hecho el Juramento de Ai'long. Su perla lo abandonó al nacer y, sin ella, no puede adoptar una forma de dragón completa.

El agua alrededor de Elang se había vuelto tan espesa que delataba cada movimiento que hacía. Noté el temblor de su frente y su respiración entrecortada. Como si todas sus esperanzas descansaran en esta perla.

—No es tuya —le dije, tratando de ser amable y firme a la vez—. Podría hacerte daño.

La expresión de Elang se volvió gélida. Olfateó, como si yo desprendiera un hedor, y me lanzó una mirada fácil de leer: ¿Cómo te atreves a compadecerte de mí?

—Lo intentaré —repitió.

Con un gruñido, Elang se desabrochó la capa y la dejó caer. Se acercó a mí y tomó la perla con una mano llena de garras.

Aunque no hubiera querido dársela, no tuve elección. La perla se apartó de mi lado y cayó catapultada en sus manos. Allí estaba, con la luz derramándose al separarse sus mitades, con la espectacularidad de las alas de un pájaro que se abren pluma a pluma.

Elang sostuvo la perla contra su pecho, con las palmas de las manos curvadas alrededor de las mitades rotas, intentando cerrarlas. La perla se retorció en resistencia. Comenzó a girar y la luz brotó de la grieta, abrumando al semidragón. Le salieron ampollas en el lado humano y sus escamas plateadas palidecieron.

Me lancé a intervenir, pero el Rey Dragón me detuvo.

—Déjalo en paz —dijo mientras el estrado temblaba—. Lo está soldando todo.

Mientras observaba, supe que no era así. En todo caso, la perla se estaba rompiendo más. La grieta a lo largo de su oscura superficie se volvió fundida y brillante, y su luz se fusionó en un único rayo dirigido a Elang. Iba a matarlo.

Ya era suficiente.

Tiré de la red de flores de estrella de Nazayun y se la arrojé sobre la cara. Era algo que ningún ser —mortal o inmortal— se había atrevido a hacerle al Rey Dragón, y todas las almas de la sala pensaron que era una tonta, pero no me importó.

Me lancé a por la perla.

—¡Él no es el Espectro! —grité mientras se la arrebataba a Elang—. ¡Devuélvemela!

La perla se giró para mirarme de frente, con sus fracturas parpadeando de fastidio. Pero un instante después volvió volando a mis manos y se oscureció.

La reacción de Nazayun fue cataclísmica. En un suspiro, aumentó cien veces su tamaño, pasando de humana a dragón. Sus ropajes de zafiro se fundieron con su carne, convirtiéndose en placas de brillantes escamas. Arrugó la red de flores de estrella en su puño colosal y la lanzó a través de la cúpula.

Tonta de mí, fui inmediatamente tras ella. O al menos lo intenté. La garra de Nazayun se abalanzó sobre mí para bloquearme el paso, y los mares rugieron.

Mirara donde mirara, los dragones salían disparados del techo. No había tiempo para buscar un remolino o usar magia. Incluso Elang escapaba a lomos de una tortuga. Paredes enteras se hicieron añicos, columnas de mármol y cristal cayeron como gotas de lluvia. Mientras la cúpula se derrumbaba, me escondí detrás de una nube de coral para ponerme a salvo.

Intenté rastrear la red en medio del caos, pero Seryu me tomó de la mano.

—Eres la chica más problemática —me espetó—. Deja la red. Tenemos que irnos.

La puerta de cristal que había usado para alejar a Gen seguía intacta. Nos precipitó hacia ella, y un remolino burbujeó bajo su garra: un oasis de hierbas marinas apenas visible al final del túnel.

—Espera —dije, apartándome—. Kiki…

Seryu me retuvo. Un rayo crepitó en la barba del Rey Dragón y, con su garra, Nazayun atrajo los rayos hacia una tormenta ciclónica.

—Es una tormenta de búsqueda —dijo Seryu—. Te estará buscando y, si te encuentra, te matará. ¿Aún quieres quedarte?

Sin esperar mi respuesta, me empujó hacia el interior del remolino, un instante antes de que un rayo lo alcanzara en la cabeza.

CAPÍTULO 9

Bajamos en espiral por un vertiginoso conducto de agua hasta que el remolino nos escupió, uno a uno, en un campo de hierbas marinas fuera del palacio. Con un golpe seco, aterricé encima de Seryu.

Rodé sobre su espalda y lo sacudí.

—¿Seryu?

Sus bigotes se levantaron ligeramente. No estaba muerto.

—Despierta. —Le di un ligero empujón en los hombros.

Aún inconsciente, se hundió más en la hierba marina, sus uñas se curvaron hasta convertirse en garras y su piel se volvió gradual e inconfundiblemente verde.

Retrocedí.

Había visto a mis hermanos transformarse en grullas una docena de veces. Cada atardecer y cada amanecer, durante el minuto más largo e insoportable, la maldición de Raikama destrozaba sus huesos y desgarraba sus músculos, contorsionando sus extremidades en alas y patas delgadas como palillos, sus narices en largos picos oscuros y su pelo en coronas carmesí.

Nunca olvidaría el sonido de sus gritos.

La transformación de Seryu no se parecía en nada a la de mis hermanos. Fue rápida y sin esfuerzo, como si se metiera en una armadura. Las escamas cubrieron lo que había sido una carne humana lisa, y sus piernas, extendidas sobre la maraña de hierbas marinas, se alargaron hasta formar una cola larga y sinuosa. De sus mejillas brotaron bigotes y, por último, aparecieron sus cuernos, medio cubiertos por una masa de pelo verde oscuro.

Parpadeó despierto, con los ojos rojos muy abiertos y la cara tan pálida como antes. Pero tal vez estar inconsciente lo ayudó a recuperarse más rápido esta vez, porque me agarró de la manga.

—Debes de tener ganas de morir, Shiori. ¿No te dijo la tía Nahma que le siguieras el juego? —Gimió, frotándose las escamas chamuscadas de la columna—. No importa. Sube. Los tiburones nos pisarán los talones en breve.

—¿Qué pasó allá con tu abuelo? —pregunté temblorosa—. Creía que los dragones no podían hacerse daño, pero él… él…

—El abuelo es un dios de los dragones —respondió Seryu—. Él creó el juramento; él no está obligado por él. Por eso necesitamos ir a un lugar seguro. Ahora.

Entendí. Pero…

—Tenemos que rescatar a Kiki.

—¿Has oído una palabra de lo que he dicho? —La exasperación de Seryu se manifestó en un gruñido—. Ya es bastante malo que hayas vuelto a por el chico de piedra. Olvídate de Kiki.

—¿Que me olvide de ella? Sabes lo que Kiki significa para mí. Tiene un trozo de mi alma.

—Tenía —corrigió Seryu—. Y era un pedazo pequeño. No morirás sin ella. Morirás, sin embargo, si sigues discutiendo.

—Pero…

—Podemos buscarla cuando amainen las tormentas de búsqueda. —Ladeó la cabeza hacia una columna de agua y aire que se arremolinaba junto al palacio, retorciéndose y agitándose mientras escudriñaba cada roca, criatura y hoja en busca de Seryu y de mí—. Te atraparán en su corriente y te llevarán con el abuelo si no nos damos prisa.

Me agarró del brazo, pero yo forcejeé intentando vadear la hierba marina. Mis rodillas chocaron contra la piedra y jadeé.

—¡Ahí está Gen! —grité—. Creo que aún respira. Tenemos que traerlo también.

—No tenemos tiempo para él —resopló Seryu.

—Sin argumentos. —Ya estaba intentando cargar a Gen sobre la enorme espalda de Seryu—. Morirá si se queda aquí fuera.

—¿Por qué debería importarte?

—¡Es un niño! Cada día que está aquí es un mes que su familia se pregunta qué le ha pasado. —Pensé en la miseria que le habré causado a mi padre cuando mis hermanos y yo desaparecimos—. Tenemos que ayudarlo.

—Esta es tu única oportunidad de volver a casa. De estar con tu amado señorcito y tus hermanos. ¿No es eso por lo que has estado agonizando toda esta semana?

Así fue. Y lamenté el precioso, preciosísimo tiempo que nunca recuperaría. Pero Raikama había sacrificado mucho más que tiempo por mí. Haría lo correcto por ella.

—Vine aquí para encontrar al Espectro —respondí—. Si me voy, el viaje habrá sido en vano.

—El abuelo no va a decir...

—Elang sabe quién es el Espectro —dije, interrumpiéndolo.

Seryu se sorprendió, pero negó con la cabeza.

—Visitar a Elang está descartado. Desprecia a los humanos. Nunca te recibiría.

—Si no vienes, iré por mi cuenta.

—¿Por tu cuenta? —Seryu se rio—. Ni siquiera puedes nadar hasta la superficie por tu cuenta.

Una ballena picuda se cernía sobre nosotros, cubriendo de sombras la hierba marina. Seryu me empujó hacia el estómago.

—Silencio —susurró.

El agua se agitó y la forma de una sirena desembarcó de la ballena y empezó a nadar hacia nosotros. Cuando vi de quién se trataba, me tensé por reflejo.

Seryu, por su parte, se levantó de un salto.

—Se suponía que debías quedarte en palacio. ¿Qué haces aquí?

Nahma abrió las palmas de las manos y Kiki estalló, volando hacia mi cara.

—Un pajarito me mostró el camino.

—¡Kiki! —grité. Apreté el pájaro contra mi mejilla y le acaricié el pico. Se me llenaron los ojos de lágrimas de alivio.

—Es un pájaro inteligente —permitió Nahma—. Se tragó el elixir, pero consiguió mantenerlo alojado en su garganta. No se despertó hasta que se lo saqué.

Fue idea de Seryu, dijo Kiki. *Soy mejor guardando secretos de lo que crees.*

No lo entendí.

¿Idea de Seryu?

El dragón no me miraba.

Apreté los labios, sin saber qué decirle, ni a él ni a Nahma. Miré primero a Nahma.

—Creí que me habías traicionado.

—Mi engaño era necesario —respondió—. Me ha costado siglos ganarme la confianza de lady Solzaya. No podía arriesgarme a que descubriera que te estaba ayudando.

—¿Estás segura de que no te siguieron? —le preguntó Seryu.

—He estado escabulléndome del palacio desde antes de que tú nacieras, Seryu —reprendió Nahma—. No olvides que soy tu mayor. Y como tu mayor, te sugiero que lleves a Shiori con Elang. Él puede salvar al niño. Más que eso, él sabrá dónde encontrar al Espectro.

—No nos ayudará —se burló Seryu.

Nahma buscó en su capa lo que parecía una placa de peltre. No, una escama de dragón.

—Enséñale esto.

Seryu levantó los ojos con incredulidad.

—¿Tienes su ficha?

Ella se limitó a asentir.

—No podrá negarse. Úsalo para ayudar al chico.

Tras vacilar un poco, Seryu tomó la escama, arrancó una de las suyas y depositó la escama esmeralda en las manos de Nahma.

—Tu ficha se intercambia por la mía en agradecimiento —dijo, pronunciando unas palabras que supuse que formaban parte de una tradición de dragones. Sus labios se afinaron y apretaron—. Un favor por otro favor.

Nahma se embolsó la ficha y llamó a su ballena en voz baja.

—Espera —dijo Seryu—. No conseguirás volver al palacio sin ser detectada. Las tormentas de búsqueda te encontrarán y el Gran Padre te castigará.

—Ven con nosotros —dije—. Ven conmigo de vuelta a la superficie.

—No puedo. —Nahma sonrió amablemente—. No abandonaría a mis hijos. Tengo dos, ambos dragones como su padre. Además, ahora pertenezco a este lugar. —Tocó mi brazo y me abotonó el cuello del vestido como haría una madre—. Los mares del oeste están fríos. Ve rápido y cuídate.

Luego se volvió hacia Seryu.

—En cuanto a Nazayun, no se creerá que te he ayudado… si lo haces de manera convincente…

Seryu parecía saber exactamente lo que eso significaba.

—Aléjate, Shiori.

Cuando obedecí, rodeó el cuello de su tía con la cola y le tocó la frente con una garra. Inmediatamente Nahma se puso flácida, cayendo en la hierba marina con un suave golpe.

Kiki jadeó.

—¿La has matado?

—¡Claro que no! —dijo Seryu, claramente ofendido—. Es un simple hechizo para dormir. Un viejo truco de dragones que funciona mejor cuando no se espera. —Me dedicó una sonrisa malvada—. Deberías probarlo con Kiki cuando se maree.

No te atrevas, me advirtió Kiki.

Te necesito despierta, tonta. Levanté a Kiki por el ala, poniéndola sobre mi hombro mientras yo saltaba a la espalda de Seryu. Le di un beso en el pico a mi pájaro y luego le di un golpecito en la cabeza a Seryu para llamar su atención.

—Siento no haber confiado en ti —le dije.

—Un error que no volverás a cometer —replicó—.

—Lo sé.

Seryu enganchó un brazo alrededor de la estatua de Gen.

—Agárrate a mis cuernos. —El color de sus escamas empezó a cambiar, mezclándose con la hierba marina verde y amarilla de abajo—. Si vamos a nadar más que los tiburones del abuelo, esto no va a ser un viaje fácil.

Me agarré a los cuernos de Seryu y Kiki se lanzó a mi pelo, aferrándose para salvar su vida. Con un rugido grave, el dragón atravesó el mar en dirección al castillo de Elang, en el oeste.

CAPÍTULO 10

Los mares del oeste eran más fríos. Y más grises cuanto más nos alejábamos del palacio de Nazayun. Los extensos bosques de coral se reducían a esqueléticos lechos de esponjas, y todo lo que podía ver en cualquier dirección era un cementerio de rocas y huesos. Resultaba difícil creer que este siguiera siendo el reino de los dragones. Mirara donde mirara, el agua se cubría de un velo que la despojaba de toda vitalidad.

Finalmente, Seryu se zambulló en una sima entre dos acantilados. Las paredes estaban salpicadas de piedras redondas tan poco llamativas que no les presté atención.

Hasta que empezaron a moverse.

Unos ojos redondos y jaspeados se asomaron, y lo que yo había tomado por piedras resultaron ser…

—Tortugas —dijo Seryu cuando las criaturas cobraron vida—. Guardias de Elang.

¡Guardias! En cuestión de segundos, las tortugas se agruparon y levantaron un alto muro para proteger la fortaleza. Las tortugas de batalla que Elang había traído al palacio habían nadado a una velocidad endiablada, pero verlas apilarse rápidamente unas sobre otras y girando sus caparazones hacia nosotros me dejó sin aliento. Ni siquiera el mejor regimiento de mi padre podía trabajar con tanta rapidez y precisión.

Mi asombro solo fue superado por mi angustia.

—Siempre pensé que eran suaves y lentas.

—¿Suaves y lentas? —Seryu soltó una carcajada—. Lentas en tierra, quizá, pero en el mar son más rápidas que los peces vela, y su temperamento es más fogoso que los fuegos artificiales de tus fiestas. Pisa la concha equivocada y girarás tan rápido que no necesitarás un elixir para olvidar quién eres.

Levantó la cola y la golpeó contra la roca.

Una vez... Dos veces...

En respuesta, una legión de lanzas salió volando de entre los caparazones de tortuga. Sus afiladas puntas se precipitaron hacia el corazón de Seryu y mi garganta, deteniéndose a un pelo de ensartarnos.

La irritación burbujeó en la voz de Seryu.

—Déjame pasar, Elang. —Extendió la ficha peltre que le había dado lady Nahma—. Vengo a pedir un favor.

Las lanzas, con las puntas aún peligrosamente inclinadas hacia mi garganta, avanzaron sigilosamente.

—Primo, sé que estás escuchando. —Seryu cruzó los brazos sobre las lanzas, como si fueran la barandilla de un balcón—. Abre las puertas. Va contra tu honor renegar de un favor, y pido el de lady Nahma.

Se hizo el silencio, poniendo a prueba la paciencia de Seryu. Finalmente, las tortugas se movieron, abriendo la grieta más delgada en su formación. Detrás de ellas, cincelado en los bordes planos de un acantilado, estaba el castillo de Elang.

No había agujas relucientes, ni grandes pilares de mármol, ni puertas de cristal negro. Sus tejados estaban brillantemente camuflados en la montaña, y sus torres estaban talladas en una piedra gris insumisa, fácilmente franqueable.

Me gustaba.

Elang estaba sobre una saliente, su silueta envuelta en la oscuridad. Nos había estado observando todo el tiempo y se agachó cuando nos acercamos.

Sus escamas plateadas resplandecían y sus ojos desparejos mostraban disgusto. La tensión de su voz indicaba que no se había recuperado del todo de sus heridas:

—El castillo de Yonsar no recibe krill.

—¿Krill? —repetí.

—Lo que comen las ballenas y las gambas —espetó Seryu—. También otro nombre con el que los dragones llaman a los mortales. Humanos, por lo general.

—Llévensela —ordenó Elang—. Su hedor ya se ha infiltrado en mi castillo. Pasarán días antes de que nos libremos de su olor.

—¿Hedor? —dije acaloradamente—. Tú mismo eres medio humano.

—Mi nariz es de dragón.

—A mí me parece humana.

Si el comportamiento de Elang había sido frío antes, ahora se volvió glacial.

—Los moluscos tienen mejores modales que tú. De todos los mortales de Lor'yan, pensé que mi primo habría elegido a alguien con mejor porte.

Levantó la barbilla y el mar me arrojó de vuelta a la puerta de las tortugas.

—¡Espera! —grité, pateando a Gen de la espalda de Seryu. La estatua rodó hasta aterrizar justo delante del señor dragón.

El agua se calmó.

—¿Qué está haciendo aquí? —preguntó Elang.

—¿Lo conoces? —respondí.

Por la forma en que la expresión del semidragón se ensombreció, así era.

Curioso.

—Se ha convertido en piedra —continué—. Lady Nahma nos dijo que podías ayudar. Por favor. Morirá si no haces algo.

—Va contra la ley de los dragones rechazar la invocación de un favor —recordó Seryu a su primo—. Incluso si es para un humano.

—También va contra la ley dar cobijo a un criminal buscado —contraatacó Elang—. Sobre todo si es un humano.

Mientras hablaba, un remolino de niebla gris se amontonó en la lejanía, haciendo notar su presencia con un zumbido sordo.

—No la encontrarán si la dejas entrar —dijo Seryu—. Sé que te esfuerzas por vivir aislado, primo. Pero, ¿estás tan alejado de nosotros que te asusta una pequeña tormenta de búsqueda?

Elang hizo una mueca.

—Entra antes de que cambie de opinión.

El interior del castillo de Elang era más luminoso y cálido de lo que esperaba. De las paredes colgaban ricos estandartes púrpuras, y apliques de conchas flotantes iluminaban el vestíbulo de entrada, enmarcado por estructuras de coral verde y ricos paneles de madera hundida. Una sorprendente mezcla de tierra y mar.

Elang no nos enseñó su casa, pero un par de tortugas —más pequeñas y delicadas que los gigantescos guardianes— aparecieron llevando a Gen a la espalda. Las seguimos mientras avanzaban por un laberinto de pasillos, deteniéndose finalmente para depositarlo sobre un banco de mármol en una habitación sin ventanas.

Kiki se sentó sobre la frente del chico, con el pico arrugado por la preocupación.

No respira.

Tragué saliva.

—¿Está muerto?

—Todavía no —dijo Seryu—. Si lo estuviera, Elang no estaría a favor de la tía Nahma.

Elang no se dignó a responder. Se arrancó su capa blanca, la misma que había llevado como defensa contra Nazayun. Brilló mientras cubría con ella el cuerpo de Gen.

—La capa está encantada, ¿verdad? —observé.

—La mayoría de las cosas en Ai'long lo están —respondió Seryu—. La seda de la capa es más fuerte que cualquier armadura, y el forro cura la mayor parte de la carne. Mantendrá al chico con vida mientras Elang prepara una poción curativa.

—Algo que no puedo hacer con un público embobado sobre mi hombro —dijo Elang.

—Lo siento.

—Si lo sientes, te irás.

Seryu fulminó con la mirada a su primo, pero hizo caso de la instrucción, y salimos hacia el vestíbulo.

—Desde luego tiene el carácter de tu abuelo —dije una vez que estuvimos fuera—. Cuesta creer que sea más joven que tú.

—¿Por qué?

—Es tan… —Iba a decir enfadado, pero me salió otra palabra—. Amargado.

—¿Qué esperabas? No tiene corazón.

—Cierto. —Me toqué el mío, que me dolía de nostalgia, y tragué saliva. No podía imaginar lo que era para Elang—. ¿Crees que salvará a Gen?

—Hará lo que pueda. Tiene que hacerlo.

—Por la ficha de lady Nahma. —Lo entendí.

—Pocas cosas son más valiosas que un favor en Ai'long —respondió Seryu—. Nunca sabré cómo consiguió el de Elang, pero ahora tiene uno mío.

—Gracias —dije en voz baja.

—No hay de qué. Fue amable contigo. Por eso, no me importará estar en deuda con ella.

Conseguí sonreír a Seryu. Seguíamos siendo amigos.

Seryu no me devolvió la sonrisa, pero tampoco frunció el ceño. Ninguno de nosotros había hablado de lo abrupto que había sido el final de los ritos, de cómo casi nos habíamos visto obligados a casarnos.

Se respiraba un aire tenso de incomodidad entre nosotros, que Seryu sabía cómo romper.

—Debes estar hambrienta —dijo—. Ven, vamos a comer algo.

Los orbes brillantes que flotaban por los techos empezaban a recordarme a las cebollas, y los triángulos dorados grabados en las paredes empezaban a parecerme zanahorias. Seguí olfateando en busca de comida, el agudo vacío de mi vientre me hacía sentir abatida, cuando Seryu me condujo a lo que parecía el estudio de Elang.

Había libros por todas partes, apilados en lo alto de una losa de mármol que hacía las veces de mesa. Las paredes también estaban cubiertas de cuadros, cada uno encerrado en una burbuja protectora que mis dedos traviesos habrían intentado romper si no tuviera tanta hambre. En un rincón, un fuego azul ardía sobre un hogar de arena, pero no había ninguna olla sobre las llamas.

—Creía que me llevabas a la cocina —dije.

—No hay cocina en el castillo de un dragón.

—¿No tenéis que comer todos?

En respuesta, Seryu limpió la mesa de libros y pergaminos. Luego, con una dramática floritura, aplaudió.

Apareció un pequeño festín: una olla de barro humeante de arroz crujiente con col y setas, una olla de guiso de pescado con zanahorias y fideos de cristal, y un cuenco de frutas.

Salivando, me planté delante del guiso y empecé a meterme bocados en la boca, comiendo tan desesperada y rápidamente que los granos de arroz perdidos volaron hacia Kiki. El guiso me reconfortaba y me recordaba a mi propia sopa de pescado, un plato especial que preparaba para mis hermanos, Takkan y para mí cuando no nos encontrábamos bien.

A los pocos platos, me detuve.

—Seryu, no estás comiendo.

—Soy espectador por ahora. —Una pequeña sonrisa—. La Shiori que yo conocía consideraría esto solo la primera ronda.

Me reí.

Había olvidado cuánto lo echaba de menos, nuestras bromas, nuestro amor mutuo por la comida. Volví a empezar con mi plato.

—No tan rápido, princesa. —Una tetera se había materializado sobre la mesa y Seryu vertió su contenido en una taza—. Toma, bebe un poco de té. Ayuda con la indigestión.

Se sirvió otra taza y bebió un sorbo.

—¿Los dragones se indigestan? —le pregunté.

—No, pero Elang atesora las mejores infusiones de Ai'long. Es el único que viaja de tierra a mar con la frecuencia suficiente para estar al día de lo que beben los mortales.

—Tú también viajas.

—No tan a menudo como él. —Seryu bebió profundamente de su copa—. No me incitó a visitar el reino de los mortales. Pero me aburría y sentía curiosidad por nuestro mundo, gracias a él. Todo lo que hizo Elang fue quejarse de vosotros los humanos, pero... me gustó la comida que trajo.

Con eso estuve de acuerdo de corazón.

—Sois amigos.

—Lo éramos. Antes de que su padre muriera y él se convirtiera en Alto Señor de los Mares del Oeste. —Una pausa—. Entonces Elang dejó de ver a todos, incluyéndome a mí.

—¿Porque tu madre envió asesinos tras él?

—Eso tiene un poco que ver.

Dejé la cuchara.

—¿Por qué lo quiere muerto?

Seryu tardó un largo rato en responder, haciéndome pensar que estaba condensando una larga historia en una corta.

—Su título es muy codiciado —dijo finalmente.

—Pero tu madre ya tiene su propio título.

—Los dragones como mi madre y mi abuelo ven la mera existencia de Elang como una amenaza. Todos los niños nacidos de compañeros son dragones o no. No hay semidragones excepto Elang y el Espectro. Son... aberraciones.

—Por eso no lo aceptarán —murmuré—. Pero, cuando encuentre su perla, podrá convertirse en un dragón completo.

—Si la encuentra —replicó Seryu—. Hasta entonces está atrapado entre dos mundos. Mitad humano, mitad dragón. No importa a dónde vaya, no pertenecerá completamente.

—Pronto podré comprobarlo —dije, observando cómo se hundían las hojas de té en mi taza—. Cuando regrese a Kiata, todos sabrán que tengo magia. Será difícil que las cosas vuelvan a ser como antes.

Me moví incómoda, agarrando mi taza de té.

—Seryu…

—Si pudieras ver lo incómoda que pareces. Estaba bromeando. —Dejó escapar un suspiro por la nariz y su seriedad desapareció—. Un dragón no puede soportar tanto rechazo. Tienes suerte de que nuestros corazones sean más fuertes que los humanos. —Bebió un largo sorbo y sonrió—. Además, no tardaríamos en aburrirnos el uno del otro. Y la eternidad se haría aún más larga con alguien tan problemática como tú, Shiori.

Me reí. Así de sencillo, volvíamos a amigarnos.

—Ahora termínate el té —dijo, llevándome la taza a los labios—. Es caro.

Mientras bebía, Seryu levantó la cabeza, aguzando el oído. Fue el único aviso que dio antes de que apareciera el propio Elang.

El mediodragón parecía cansado. Unas gafas de montura dorada se asentaban desigualmente sobre su nariz, un detalle que lo hacía parecer mucho más humano. Pero, cuando me sorprendió mirándolo, se las quitó y entrecerró los ojos.

—No te dije que fueras bienvenida a mi té —gruñó.

—Es el mejor de Ai'long —respondió Seryu, levantando su taza en señal de agradecimiento—. ¿Dónde si no íbamos a encontrar té recién salido de la ruta de las especias?

—¿Y mi comida?

—Shiori tenía hambre —dijo Seryu secamente—. Es intolerable cuando tiene hambre. Además, deberías haberte ofrecido. Pareces cansado, primo. Sigo olvidando que has heredado la inconveniente necesidad humana de dormir.

Elang parecía querer estrangular a Seryu. Pero se enderezó y abrió los puños.

—El hechicero ha despertado.

Me puse en pie de un salto cuando Gen entró en la habitación arrastrando los pies, con una sonrisa ladeada. Sus movimientos seguían siendo rígidos y espasmódicos, pero su piel tenía un prometedor tono rosado.

—Alabados sean los Sabios, estoy vivo —anunció—. El mundo estuvo a punto de sufrir la pérdida de su mayor hechicero del futuro.

—Si tu boca siguiera siendo de piedra —murmuró Elang—, el mundo se habría librado de otro hechicero que habla demasiado.

Un cuenco con tapa lleno de té de hierbas apareció en la mano del mediodragón y se lo ofreció a Gen.

—Bebe.

Gen tomó el humeante cuenco, pero no bebió. Su atención se centró en la pared de libros frente a la mesa, y rozó con los nudillos los lomos.

—¿No puedo quedarme, Elang? Tu biblioteca es impresionante. Algunos de estos volúmenes ni siquiera los había visto antes. Déjame leer…

Elang arrancó un libro de Gen, colocándolo obsesivamente en su sitio.

—Es *lord Elang* para ti, y no. Te irás en cuanto termines este té.

—Entonces beberé muy despacio.

—Beberás mientras esté caliente —dijo Elang—. Hará que el sangi dure más. A menos que prefieras ahogarte.

Era extraño ver a los dos pelearse. Elang actuaba como si fuera años mayor que Gen, pero tenían casi la misma edad.

—Considera mi deuda saldada —informó Elang a Seryu—. En cuanto el chico termine de beber, se irá a casa. No tiene suficiente sangi para aguantar mucho en el agua, y ningún número de favores de Nahma me persuadirán de hacer más.

—Pero la tormenta del abuelo…

—Mis tortugas lo escoltarán a la superficie —habló Elang por encima de Seryu—. Será lo suficientemente seguro. Nadie lo está buscando.

A diferencia de vosotros dos, dejó sin decir.

Me interpuse entre los primos.

—Mientras discutís, me gustaría hablar con Gen antes de que se vaya.

Para mayor intimidad, conduje a Gen a una antecámara detrás de la estantería, donde ardía un fuego azul entre dos sillas acolchadas.

—Supongo que Elang es el dragón que te atrajo a Ai'long.

—Muy perspicaz, Shiori —respondió Gen mientras nos sentábamos. Estiró sus largas piernas cerca del fuego y luego dejó flotar sus miembros—. Irónico, ¿verdad? Veinte años desperdiciados, solo para acabar justo donde empecé.

—¿Veinte años? Creía que solo llevabas aquí unas semanas.

—Solzaya me puso a dormir durante todo un año dragón: castigo por no entregar el nombre de Elang. —Gen hizo una mueca—. No me eches esa mirada de lástima.

No pude evitarlo.

—Lo siento —susurré—. Tu familia, tu hogar…

—Mi hogar dejó de existir mucho antes de que yo llegara a Ai'long —respondió Gen—. Fue destruido durante la guerra. Mi padre y mis hermanos probablemente murieron poco después de que me vendieran. —Pasó por alto mi preocupación con un encogimiento de hombros—. No pasa nada. De todas formas, apenas los conocía. Deja de disculparte como si fuera culpa tuya.

—¿Adónde irás?

Gen ladeó la cabeza.

—Supongo que Kiata no tiene hechiceros residentes.

—Si estás pensando en visitarnos, no lo hagas. No serás bienvenido.

Gen sorbió su té.

—Es trágico lo mucho que tu país desprecia la magia. Deberían revisar esa opinión.

—¿Por qué dices eso?

—Me preguntaste cómo supe de tu magia cuando estábamos en la cámara de tortura de Solzaya.

—Sí, eso hice.

—Uno de mis profesores solía hablar de Kiata —explicó Gen—. Era horrible, malhumorado, posiblemente loco. Cuando bebía demasiado, divagaba sobre ir a tu país y matar a los sangresucia para liberar a los demonios atrapados en las Montañas Sagradas. —Gen me miró de reojo—. Como eso fue hace veinte años, supongo que aún no habías nacido.

Un trago del té tibio que tenía en las manos no hizo nada para repeler los escalofríos que me subían por la espalda.

—¿Por qué? —insistí—. ¿Por qué quería liberar a los demonios?

—Dijo que lo venerarían como su rey. Y planeaba ser un verdadero rey, convirtiéndose él mismo en demonio.

Me estremecí, con una oleada de terror creciendo en mi estómago, pero Gen no se dio cuenta.

—Los demonios pueden vivir para siempre —continuó—, mientras que los hechiceros pierden su inmortalidad al cabo de mil años. El único problema era que, como demonio, estaría atado a un amuleto. La forma de liberarse, aprendió, era adquirir una perla de dragón.

Mi pecho se ahuecó.

—Seryu me dijo una vez que los demonios y los hechiceros codician las perlas dragón más que nada.

—Sí, porque solo una perla dragón es lo bastante poderosa para romper nuestros juramentos.

Eso no lo sabía. Me quedé mirando las llamas azules que parpadeaban sobre el hogar de agua, pensando en el lobo que había visto salir de las Montañas Sagradas. *El Rey de los Demonios*, se llamaba a sí mismo. Bandur.

—Tu maestro era el Lobo, ¿verdad? —dije, con mi voz más grave.

Gen se aquietó, sus mejillas se pusieron tan tensas que casi parecía de piedra otra vez.

—Si lo conoces —dijo lentamente—, entonces debe de haber llegado a Kiata.

—Estaba ligado a uno de los señores de la guerra de mi padre —respondí, pensando en el antiguo señor Yuji—. Lo asesinó… y se convirtió en demonio. Bandur.

—Por los Sabios, rompió su juramento —susurró Gen. La incredulidad tiñó sus palabras, y casi se le cae el té—. No puedes dejarle saber de la perla del Espectro —dijo, agarrando el brazo de mi silla—. Es diferente; está corrompida por la magia demoníaca. Si Bandur la obtiene, usará su poder para acabar con su juramento. Al hacerlo, rompería la perla, y eso…

—Destruir la perla… —dije. De repente me dolía respirar.

Bandur ya sabía de la perla.

—Debería viajar a Kiata en lugar de…

—Eso no es necesario —interrumpí. Necesitaba apagar la chispa en los ojos de Gen, necesitaba disuadirlo de caminar hacia su perdición—. Bandur está atrapado en las montañas. No hay de qué preocuparse.

Gen empezó a replicar, pero Elang se acercó por detrás, cortándome el paso.

—¿Qué dije sobre terminar el té? El chico ya ha parloteado bastante. Es hora de que se vaya.

Inclinando la cabeza hacia atrás, Gen se bebió el resto del té y se levantó de un salto.

—No te preocupes —dijo, esbozando una sonrisa despreocupada—. He oído lo que has dicho, princesa. Si Bandur está encerrado en las montañas, como dices, tanto mejor para todos. Para mí especialmente. Tengo veinte años de estudios que poner al día y, como ya he dicho, Kiata es el último lugar de Lor'yan que me gustaría visitar.

Una tortuga había aparecido en medio del estudio de Elang, dispuesta a llevar a Gen a la orilla.

Gen se subió a su lomo y tomó las riendas. Su sonrisa se volvió pícara.

—Siempre quise montar una tortuga gigante.

Me aventuré hacia el chico.

—Que nuestros cabos vuelvan a cruzarse. Que te vaya bien, Gen.

—¡Que nuestros hilos vuelvan a cruzarse! —gritó mientras la tortuga doblaba las patas para saltar hacia arriba—. Preferiblemente en un lugar con más aire. —Ladeó la cabeza hacia Kiki—. ¡Y pájaros!

Con un poderoso silbido, la tortuga saltó al mar, llevándose consigo a Gen. En un abrir y cerrar de ojos, habían desaparecido.

El estudio volvió a quedar en silencio y, sin perder un segundo, Elang se volvió hacia Seryu y hacia mí.

—Ahora, ¿qué hacemos con vosotros dos?

CAPÍTULO 11

Levanté la perla del Espectro ante Elang.

—Lady Nahma dijo que sabes a quién pertenece.

—¡Aleja esa cosa de mí! —Elang retrocedió ante la perla—. Nazayun no te dirá quién es el Espectro, y yo tampoco. Se acabó la discusión.

—Lady Nahma dijo…

—No me importa lo que dijo. Seryu usó su favor para salvar al chico. Estás poniendo a prueba los límites de mi buena voluntad, y esa buena voluntad se está agotando rápidamente.

Suspiré.

—Entonces déjame proponerte un favor.

—No hay nada que puedas ofrecerme.

—¿No lo hay? —desafié. Se me ocurría algo.

Desde que habíamos llegado, me había estado preguntando cómo Elang había reconocido a Gen. Por qué se había tomado la molestia de enviar a Gen a casa, cuando el favor de Nahma solo había requerido que curara al chico.

—¡Tú eres el dragón que trajo a Gen a Ai'long! —grité—. Le pediste que robara algo para ti. Algo que has estado codiciando durante años. Te ayudaré a conseguirlo.

—Acabas de agotar tu bienvenida —dijo Elang gruesamente.

—¿De qué se trata? Te ayudaré a conseguirlo.

—Tienes valor, krill. Todo el ejército del abuelo te está buscando, ¿y tú quieres jugar al ladrón? No tienes ninguna oportunidad. El chico falló, y su magia es mucho más fuerte que la tuya.

—Mi magia es kiatan, como la del espejo. Puedo hacerlo.

Aplaudió.

—Mis tortugas te mostrarán la puerta…

—Yo la ayudaré —interrumpió Seryu.

Elang se detuvo a medio aplaudir y giró para mirar a su primo.

—Yo no me ofrecería tan rápido. ¿Sabes siquiera lo que necesito?

—Lo sabré cuando me lo digas.

La mirada de Elang se amplió para incluirnos a los dos.

—Un fragmento del espejo de la verdad —dijo—. Creo que ambos están familiarizados con él. Tú especialmente, primo.

Seryu se erizó.

—¿Quieres que robe el espejo de mi madre?

—¿Sigues empeñado en ayudar a la chica? Creía que no. —Elang sonrió ante el silencio de Seryu y me rodeó—. El mal temple de la tía Solzaya es legendario. El año pasado, una compañera se atrevió a insinuar que era vieja. Cangrejos, babosas y percebes caían de la boca de la pobre chica con cada palabra, hasta que finalmente se ahogó. —Elang se detuvo frente a Seryu—. Imagínate lo que le hará a Shiori por robarle el espejo, sobre todo después de rechazar a su precioso hijo delante de toda la corte…

—Shiori no me rechazó —se quejó Seryu, como si eso fuera lo más importante—. Y sí, seguiré ayudándola.

Incluso mientras lo decía, no me miraba. Tragué saliva.

—Está decidido, entonces —dije, volviendo a lo mío—. Un fragmento de espejo por la localización del Espectro. ¿Tenemos un trato?

Elang me miró con el ceño fruncido. Algo lo retenía.

—Eres una tonta si sigues adelante con esto, krill. Mi abuelo y mi tía Solzaya estarían encantados de quitarte la perla de las manos, incluso te recompensarían si jugaras con ellos con la suficiente astucia. En vez de eso, has elegido convertirlos en tus enemigos. ¿Por qué te importa tanto encontrar al Espectro?

—Tengo una promesa que cumplir —respondí.

—A tu madrastra. Sí, lo he oído. —Elang frunció el ceño—. ¿Supongo que ella no te dijo por qué su perla es como es, oscura y rota y… extraordinaria?

—¿Porque es semidragón, como tú?

—¿Como yo? —Elang se rio. Era un sonido amargo, y no me pareció que mi pregunta le hiciera ninguna gracia—. El Espectro y yo somos los únicos de nuestra especie: ambos monstruos, ambos malditos. Pero somos muy diferentes. Yo soy la vergüenza por ser medio humano, mientras que el Espectro es, bueno, el Espectro —se inclinó hacia mí—, por ser medio demonio.

Menos mal que casi se me había acabado el té, porque mis rodillas chocaron por la sorpresa y me habría salpicado por todas partes.

—¿Demonio?

Incluso Seryu parecía atónito.

—¿Estás seguro de esto, Elang?

—¿No te has preguntado por qué la perla del Espectro tiene ese aspecto? ¿Oscura como una noche eclipsada, cuando la perla de un dragón debería ser radiante como la luna? Está corrompida por lo que él es. Se rompe por lo que él es. Dragones y demonios son enemigos natos, y la existencia del Espectro es una abominación. Por eso el abuelo le teme, y por eso nunca te dirá su verdadero nombre.

—¿Su verdadero nombre? —repetí.

—Ciertos nombres tienen poder. No tanto como una red de flores de estrella, pero lo suficiente para inquietar a un dragón… en manos de un hechicero experimentado, al menos. —Elang frunció el ceño—. También es útil para romper maldiciones, como la que Solzaya lanzó sobre Gen.

—Los señores y damas de los Cuatro Mares Supremos conocen los verdaderos nombres de los demás —explicó Seryu—. Elang conoce el de mi madre, y mi madre conoce el suyo.

—Y una consecuencia desafortunada es que yo mismo no puedo robar el espejo —murmuró Elang.

Callé porque lo comprendía. Para romper la maldición de Raikama sobre mis hermanos, había necesitado aprender su verdadero nombre. No *Vanna*, como creía el resto del mundo. Sino *Channari*.

—¿Sabes el verdadero nombre del Espectro? —pregunté.

—Lo sé, y sé dónde encontrarlo. Ambas cosas te las diré… si vuelves con el espejo.

No me gustó cómo enfatizaba el *si*.

—Es un trato, entonces.

—Un acuerdo —corrigió Seryu—. En el Juramento de Ai'long, Elang, tu palabra está dada y no puede deshacerse. Igual que el juramento.

—Mi palabra es dada y no puede ser deshecha —reafirmó Elang—. Igual que el juramento.

Mientras el agua ondulaba con el poder de la promesa, Elang meneó la cabeza hacia Seryu.

—Debes de querer mucho a esta mortal. Espero que merezca la ira de tu madre.

—No es tanto cariño como deseo de que vuelva a casa —dijo Seryu, evitando aún mis ojos—. Trae problemas allá donde va.

—Empiezo a creerlo. —Elang convocó a sus tortugas con una palmada—. Os acompañarán a sus habitaciones para pasar la noche.

—Espera —dije. No era el momento de pedir un favor, pero me daba igual. Agité de arriba abajo el vestido ceremonial que aún llevaba puesto, pero Elang y Seryu me miraron sin comprender. Idiotas. Así que hice ademán de levantarme la falda, adornada con tantas perlas que parecía que había robado un banco de ostras. Toda la prenda tintineaba.

—Necesito ropa nueva —completé—. No puedo ir con esto a robar a lady Solzaya. Ni siquiera puedo dormir con esto sin despertarme.

—No tengo magia que malgastar conjurando ropa. —Elang claramente lamentaba no haberme encerrado—. Te las arreglarás. Te llegará una poción de alivio al amanecer, junto con tu red.

Se me cortó la respiración.

—¿Tienes la red de flores de estrella?

Elang lo confirmó ignorando la pregunta.

—Seryu y tú partiréis por la mañana, cuando las mareas giren hacia el este. Si la fortuna está de tu lado, me reuniré con los dos en la superficie antes de que caiga la luna.

—¿Y si la fortuna no está de nuestro lado?

—Entonces estarás muerta, Shiori'anma. Y no habrá nada que yo pueda hacer.

CAPÍTULO 12

Un medio demonio.

¿Por qué Raikama no me lo había dicho?

Di vueltas en la cama. No podía dormir. Cada vez que cerraba los ojos, mi mente conjuraba al Espectro. Un dragón nacido de la sombra y las pesadillas, su ojo rojo de demonio me perseguía incluso en la tranquila quietud de los mares del oeste.

Al menos Kiki dormía. Sus alas de papel ni siquiera se movían mientras yo me retorcía ansiosamente en la cama.

Pasaron las horas y, cuando los primeros destellos de luz tocaron el agua, abrí un ojo. En un rincón de la habitación, la perla del Espectro estaba suspendida, bañada en sombras. Cuando me levanté, se deslizó hasta mi brazo y descansó en el pliegue de mi codo.

La acuné, rozando con los nudillos la profunda grieta de su centro.

—¿Por eso no me has llevado antes hasta el Espectro? —le pregunté a la perla—. Estás perdida, como él. Atrapada entre dos mundos e incapaz de encontrar la salida.

La perla estaba quieta.

—Sé que Raikama era más poderosa y más capaz, y que la echas de menos —le dije—. Pero lleguemos a un acuerdo: te necesito tanto como tú a mí. Si quieres volver a encontrar al Espectro, tienes que ayudarme cuando te lo pida. No más juegos, no más ignorarme. O no confiaré en ti.

No hay respuesta. Por supuesto.

Con un suspiro, hice rodar la perla hasta un rincón de la habitación. ¿Por qué iba a confiar en una perla de dragón que era medio demonio? Dudaba que incluso Raikama hubiera sido tan tonta.

Había una bandeja flotando junto a mi puerta y la tomé, con la esperanza de que Elang hubiera enviado ropa nueva.

No lo había hecho.

Tampoco había enviado la red de flores de estrella, pero mi poción prometida había llegado, burbujeando de los labios abiertos de una concha puntiaguda. Debajo había una nota, escrita en kiatan básico: *bebe esto*.

Curioso que no hubiera oído a ningún mensajero ir y venir, y eso que había estado despierta casi toda la noche.

Me llevé la cáscara a los labios con cautela. La poción olía a azufre y me punzó las fosas nasales.

Huele asqueroso, comentó Kiki, revoloteando sobre mi hombro.

Su voz me sobresaltó.

Bueno, buenos días, le dije. *Creí que dormías*.

Dormir es un capricho, no una necesidad, respondió con un bostezo. Se pellizcó la nariz. *¿De verdad vas a beberte una poción de ocultación sin preguntarte en qué te va a convertir?*

Elang me lo dijo.

¿Y si te conviertes en un tiburón duende o, peor aún, en un pez globo? La precaución es el credo de los sabios, Shiori.

Incluso la perla está de acuerdo conmigo. La perla latía, pero dudaba que tuviera algo que ver con la poción.

Algo no va bien. Con el ceño fruncido, dejé la concha, pero la perla seguía latiendo.

Quizá no deberíamos fiarnos de ti, le decía Kiki a la perla. *Ya es bastante malo que tengas corazón de dragón, pero resulta que también hay demonio en ti. No me sorprendería que nos mataras mientras dormimos.*

La perla estaba silenciosa e ilegible, su lustrosa superficie negra reflejaba el ceño fruncido de mi pájaro.

Ya basta, Kiki. Le hice señas para que se subiera a mi hombro. *Busquemos a Seryu.*

El problema era que Seryu no estaba por ninguna parte. De hecho, todo el castillo parecía vacío. Las tortugas que custodiaban los pasillos habían desaparecido, y las luces flotantes de los adornos estaban apagadas, arrojando una sensación plomiza de penumbra sobre los cavernosos pasillos.

Llamé a la puerta de Seryu por tercera vez.

—¡Seryu!

—No está aquí —dijo Elang, saliendo de detrás de las sombras—. Se fue anoche.

Casi di un respingo, sobresaltada por la inesperada aparición del semidragón. Como de costumbre, tenía el ceño fruncido.

—Seryu no se iría sin decírmelo.

Elang ignoró mis palabras.

—No se te da muy bien seguir instrucciones. —Sus ojos desorbitados se clavaron en mí—. Te dije que bebieras la poción.

—¿Dónde ha ido Seryu?

En lugar de responder, Elang se deslizó por el pasillo, haciéndome señas para que lo siguiera.

—Los planes han cambiado —decía—. Tengo buenas noticias para ti. Resulta que no tendrás que volver al palacio después de todo. Tenemos un invitado.

—¿Un invitado?

De la nada, una cuerda de algas me tiró de los tobillos, arrastrándome hacia una puerta de cristal negro detrás de un pilar. Con una ráfaga, un remolino me absorbió y me llevó al vestíbulo de entrada, donde, esperando ante las puertas, estaba lady Solzaya.

Me tambaleé, reconociendo inmediatamente la traición. Pero no fui lo bastante rápida. Un pulpo rodeó mis extremidades y mi cuello con sus resbaladizos tentáculos. Mientras luchaba, Kiki se lanzó a los ojos de Elang con su pico.

—¡Lagarto traicionero! —gritó.

Elang la agarró.

—Un dragón solo vela por sus intereses.

—¡Pero lo juraste! —Tenía un montón de maldiciones para Elang, pero ninguna de ellas pasó de mis labios. El pulpo de Solzaya me estaba estrangulando.

—Esto te dolerá menos si te callas —dijo Solzaya sedosamente. Sus uñas dentadas rozaron mi mejilla—. Menos mal que Elangui ha entrado en razón. Nos ahorró la molestia de enviar asesinos. Para los dos.

—Agradezco que me indultes a tus asesinos, tía —dijo Elang con frialdad—. Has enviado tantos que me he quedado sin espacio para enterrarlos a todos como es debido. Tal vez deberías esperar a que Seryu alcance su forma completa antes de intentar sentarlo en mi trono. Un dragón a medio crecer no impone mucho más respeto que uno de media sangre.

Las escamas de Solzaya se amorataron de irritación.

—¿Dónde está mi hijo?

—No soy su cuidador. Ni tampoco de la chica. —El semidragón empezó a girarse—. Nuestro asunto ha terminado. Pediste a la chica, y te la he dado. Ahora llévatela.

El pulpo me arrastró hacia la puerta, y Solzaya sacó su garra delante de su pecho, elaborando una jaula de coral y piedra, dentro de la cual dejó caer a Kiki.

—¡Suéltala! —grité—. ¡Kiki!

Dos veces me habían arrebatado a Kiki. Extendí la mano con rabia y de mis dedos brotaron rayos mágicos de oro plateado. Las conchas flotantes que iluminaban el techo de Elang cobraron vida.

—¡Ataquen! —grité, y los proyectiles salieron disparados hacia Solzaya.

El dragón ni se inmutó. Le bastó una mirada para disipar el ataque y congelar los proyectiles.

La madre de Seryu levantó la jaula de Kiki. Uno de los proyectiles había estado peligrosamente cerca de aplastar los barrotes.

—Qué imprudencia, Shiori'anma —dijo Solzaya, chasqueando la lengua—. ¿No te enseñó mi hijo a vigilar tu temperamento cuando usas la magia?

Se me erizaron los pelitos de la nuca.

—Sí, el espejo me ha mostrado todo sobre tu amistad con mi hijo —dijo Solzaya—. Igual que me ha mostrado que no eres digna de llevar la perla del Espectro.

Dio dos palmadas y gruesos mechones de algas brotaron del suelo, envolviendo mis extremidades hasta que no pude moverme.

Durante todo ese tiempo, la perla se cernió sobre mí como una espectadora curiosa, y mi resentimiento hacia ella fue en aumento.

El pulpo de Solzaya me arrojó sobre su hombro y me tapó la boca con un frío tentáculo. Una capa de tinta cubrió mis ojos y mi mundo se convirtió en niebla. Lo último que oí fue un torrente de agua y el atronador sonido de las puertas de Elang al cerrarse.

CAPÍTULO 13

¿Tanta prisa tienen por matarte?, refunfuñó Kiki mientras Solzaya y su pulpo nos llevaban de vuelta al palacio del Rey Dragón. Mi pájaro de papel enroscó las alas en los barrotes de coral de su jaula, parecía mareado. *¿No podríamos ir un poco más despacio? Lo juro, nunca volveré a quejarme de la natación de Seryu.*

Le lancé a Kiki una mirada comprensiva, pero mi mente se agitaba. Desde que salimos del castillo de Elang, no dejaba de preguntarme por qué nos había traicionado. Si quería el espejo de Solzaya, no lo conseguiría entregándome sin luchar.

Un dragón solo mira por sus intereses, había dicho. ¿Pero qué le interesaba a Elang?

Vamos, Shiori. Usa tu ingenio. Usa la perla, gimoteó Kiki.

Con la mente aún en blanco, miré a Solzaya. Los fragmentos de espejo brillaban contra sus escamas, reflejando el mar que pasaba a toda velocidad. Siete fragmentos, cada uno del tamaño de mi mano.

Solo necesitaba uno.

—Sabes, tenía el presentimiento de que no te daríamos la bienvenida a la familia —dijo Solzaya, como si percibiera mi mirada—. Ya que la perla del Espectro te protege de mi magia, quizás las viejas formas sean las mejores. Una simple lanza en tu pecho debería bastar.

—O quizás deberías dejarme ir —repliqué—. Ahorrarnos a todos la molestia de disolvernos en arena. Entiendo que eso es lo que pasará si me matas.

—¿He dicho yo que te mataría? —Los ojos fundidos del dragón no parpadeaban—. No, dije que te apuñalaría en el pecho.

Y dejarme al borde de la muerte, entendí, para que la perla me abandonara.

—La perla del Espectro no pertenece a alguien como tú —dijo Solzaya—. Una hechicera a medio hacer —se burló—. Una sombra de tu madrastra.

Bajo la burla, el tono de Solzaya era agrio. Lo cual me sorprendió. En la ceremonia, ella había querido reclamar la perla del Espectro para sí misma.

Un dragón solo mira por sus mejores intereses.

—¿Quién debería tenerla, entonces? —dije lentamente—. ¿El rey Nazayun? Tu padre es el Rey Dragón. No necesita la perla. —Exageré mis siguientes palabras—. ¿No la quieres para ti?

La risa de Solzaya se entrecortó, y los nudos de algas se tensaron, apretándome las articulaciones. Necesité toda mi fuerza de voluntad para no soltar un grito de dolor.

—No te atrevas a tentarme, muchacha.

—Podría dártela —insistí, esforzándome por no hacer una mueca de dolor—. La perla está ligada a mí, pero yo... podría transferírtela.

Kiki voló inquieta en su jaula.

Shiori, ¿qué haces?

—O simplemente podría clavarte una lanza en el pecho. —Los bigotes de Solzaya se crisparon ligeramente, ocultando su mueca—. Y dejarte sangrar hasta que la perla decida venir a mí.

—Si fuera tan fácil, tu padre ya lo habría hecho —repliqué. Mi vida dependía de cómo vendiera mis siguientes palabras—. Además, no hay garantías de que la perla te elija a ti.

Los bigotes de Solzaya se rizaron ligeramente.

—Pero, si te ofreciera la perla voluntariamente, como resultado de una apuesta, entonces…

—¿Una apuesta?

Eso era. Tenía su atención.

—Sí. —Me abalancé—. Un fragmento de tu espejo si gano, y la perla del Espectro si pierdo.

Las pupilas de Solzaya se contrajeron.

—¿Un fragmento por la perla rota? ¿Conoces el poder de lo que llevas?

—Tengo alguna idea.

—¿Por qué el cambio de opinión? No se lo darías a mi padre durante la ceremonia.

—Ya tiene suficiente poder sin ella. —Me lamí los labios—. Y no me ayudará a encontrar al Espectro. El espejo lo haría.

—Lo haría, ¿ahora? —La mueca de Solzaya se hizo más profunda—. Pon tus condiciones.

Hablé rápido, antes de perder los nervios.

—Escondes los fragmentos del espejo de la verdad entre otros mil. Si puedo encontrar uno, me permitirás quedármelo y nos liberarás. Si fallo, te daré la perla del Espectro.

Hice rodar la perla a la vista de Solzaya. Incluso en su estado más tenue, su poder era imposible de ignorar. Los hombros de Solzaya se tensaron y un brillo de deseo impregnó sus escamas ardientes.

—Si me das la perla del Espectro, tu protección en Ai'long llegará a su fin. ¿Te das cuenta de lo que será de ti cuando eso ocurra?

No vacilé.

—Tendrás que ganar para que te dé la perla.

—¿No te advertí que nunca jugaras con dragones? Siempre ganamos.

—Nunca he sabido escuchar.

Suelta una carcajada.

—Acepto tu apuesta. Pero con la condición de que encuentres los siete fragmentos antes de que las arenas se agoten. —Un delgado reloj de arena apareció en su palma—. Hazlo y te liberaré.

¿Los siete fragmentos? Si creía que era inteligente por haber ideado este concurso, ya no lo creía.

—Estoy de acuerdo, pero solo si liberas a Kiki antes del juicio. Y promete las condiciones. La palabra de un dragón no es nada sin una promesa.

—La promesa está hecha —juró Solzaya. Sopló en el reloj de arena, y granos de fina arena blanca se canalizaron a través de un cuello estrecho—. Comenzamos.

Apenas pronunció estas palabras, las algas me soltaron.

Fiel a su promesa, Solzaya liberó a Kiki de la jaula.

Luego abrió mucho la boca y sopló.

De sus labios brotaron miles y miles de fragmentos de espejos, que cayeron sobre mí y quedaron suspendidos en el agua como una tormenta de gotas de lluvia en suspensión. Cada fragmento brillaba como un diamante y, a medida que avanzaba, me encontraba con mi propio reflejo, multiplicado por mil. En cada uno de ellos podía ver mi pánico creciente.

Cortes Eternas Llameantes, ¿en qué te has metido?, gritó Kiki. *Todos parecen iguales.*

En efecto, lo parecían, pero enterré mi pánico. No habría apostado la perla del Espectro sin algo de previsión. Pero había supuesto que solo tendría que encontrar un fragmento, no los siete.

Ingenio, Shiori, me dije a mí misma. *El miedo es solo un juego; se gana jugando. Piénsalo bien.*

Sabía que el espejo de la verdad había sido creado con magia kiatana, igual que la mía. Contaba con ese hecho —y con mi habilidad única como sangresucia— para ayudarme a elegir los siete fragmentos. Todo lo que tenía que hacer era impartir un trozo de mi alma en cada uno de los fragmentos y encontrar los que resonaran con la magia kiatana.

Pero había miles de trozos de espejo. No podía dividir mi alma en trozos suficientes para inspeccionarlos todos. Eso me mataría. Y abordar la tarea en lotes más pequeños me llevaría más tiempo del que tenía.

¡Empieza a buscar!, gritó Kiki. *¡Deprisa! ¡Las arenas se derraman rápido!*

De mis manos brotaron destellos de magia, que recorrieron los fragmentos flotantes en busca de rastros de magia kiatana en los trozos de espejo. Cuando lo intenté, fracasé y volví a fracasar, sentí una gran decepción. Las volutas se disolvieron y tuve que volver a empezar.

Piensa en cosas felices, instó Kiki. *Tu magia siempre es más fuerte cuando estás feliz. ¡Concéntrate! Almohadas de seda con borlas suaves, ramas de árbol con gusanos elásticos...*

No estás ayudando, Kiki, murmuré. *En todo caso, me pones más ansiosa.*

El pico del pájaro de papel se entreabrió, pero aparté su voz de mi cabeza y cerré los ojos, intentando concentrarme.

Invocar mi magia era como intentar encender un fuego, y en Ai'long lo único que había conseguido eran chispas. Necesitaba más yesca. Ojalá tuviera suficientes hilos para crear una red que pudiera barrer todos los fragmentos a la vez.

La perla empezó a zumbar, latiendo salvajemente en contrapunto con mi propio corazón acelerado. Por una vez, deseé que guardara silencio y, mientras la metía en la mochila, mis dedos rozaron el lomo de un libro que había dentro.

El cuaderno de Takkan.

Me lo había dado en las costas de Kiata, justo antes de partir hacia Ai'long. Para que no lo olvidara.

Lo abrí distraídamente, como si pudiera contener respuestas.

¿En qué te van a ayudar las pinturas de Takkan?, preguntó Kiki.

Buena pregunta. Después de unos días en Ai'long, había estado a punto de perder todos los recuerdos de mi hogar. Necesitaba un recordatorio de por qué estaba luchando. Por quién estaba luchando.

La primera página: un dibujo de Megari, la hermana de Takkan, y yo tirándonos nieve en la Montaña de los Conejos. La siguiente: yo, con aquel maldito cuenco de madera sobre la cabeza, mirando los ciruelos en flor.

Seguí pasando páginas, dejando atrás bocetos de mis hermanos como grullas, de mí doblando pájaros de papel o removiendo una olla de sopa de pescado. Entonces me detuve en la última página.

El dibujo no estaba terminado, pero reconocí el río, la colina suavemente inclinada, las dos siluetas inclinadas sobre el agua con linternas en la mano. Éramos Takkan y yo, con las muñecas unidas por un hilo rojo que llegaba hasta la luna. Se me estrujó el corazón. Quedaba tanto por decir entre nosotros, tanto por resolver. Pero cualquier oportunidad que tuviéramos desaparecería si no encontraba los fragmentos. Cerré el libro. Me estaban esperando: mis hermanos, mi padre, Takkan. No podía defraudarlos.

Juntando las manos, me aferré al recuerdo de Takkan, de mi familia, de todo lo que amaba y apreciaba de mi hogar. Hice acopio de todas mis fuerzas y contuve la respiración hasta que estuve preparada, hasta que la presión de mi interior estuvo a punto de estallar. Entonces la solté.

Como fuego, hilos de plata y oro emanaron de cada punto de mi cuerpo.

Comprendí que eran hebras de mi alma —gracias a lady Solzaya—, pero nunca las había visto antes cuando había usado mi magia. Pero quizá nunca había sabido qué buscar.

Mientras brotaban, susurré mi intención:

—Encuentra a los siete.

Con un movimiento del brazo, lancé las hebras por el campo de fragmentos de espejo. Podía sentir el encantamiento, como una brisa que me cosquilleaba los poros de la piel. Recorrió el mar, haciendo que los fragmentos tintinearan con una suave percusión.

Siete fragmentos empezaron a brillar, con sus bordes luminosos, como tocados por la luna. Los seguí uno a uno, apretándolos en la mano, hasta que llegué al último fragmento…

Estaba más lejos que el resto. Casi al borde del campo. Mientras nadaba hacia ella, unas ondas cortaron mi camino, manteniéndome a raya.

¡La arena está casi fuera!, gritó Kiki. *¡Date prisa, Shiori!*

Eché un vistazo por encima del hombro al reloj de arena. Kiki tenía razón: solo quedaba una fina capa de granos.

Tenía que darme prisa. El séptimo trozo de espejo seguía brillando, pero sabía que mi concentración se rompería en cualquier momento. Pataleé furiosamente, estirando los brazos y buscando a mi presa.

Mis uñas rozaron su esquina y, cuando estaba a punto de doblar los dedos alrededor del último trozo, todos los fragmentos se estremecieron y empezaron a inclinarse.

De golpe, la corriente cambió de dirección. Volé hacia atrás, agarré a Kiki por el ala y me la metí en la manga.

Demasiado tarde, giré para salvar el cuaderno de Takkan. Pero los fragmentos lo destrozaron, haciendo trizas sus preciosas páginas. Ni siquiera pude salvar los restos. El último grano de arena se deslizó por el reloj de arena, y la prueba de Solzaya se desvaneció, desintegrándose todo lo que había dentro de sus límites en el mar. El dragón reapareció con una sonrisa de satisfacción, y mi corazón se hundió.

—Seis de los siete —dijo—. Un esfuerzo mejor de lo esperado de una hechicera tan escasa. Desafortunadamente, has fallado.

No podía hablar. Lo había perdido todo. Todo.

Mis manos temblaban, había empezado a buscar la perla dentro de mi mochila cuando Kiki se arrastró fuera de mi manga.

¡Para!, gritó. Había algo entre sus alas y me lo lanzó a la palma de la mano.

El séptimo fragmento.

La levanté y una sonrisa se dibujó en mi rostro cuando la sonrisa de Solzaya desapareció.

—Bien hecho, sangresucia de Kiata —dijo, aunque su voz temblaba de ira apenas contenida—. Una promesa es una promesa. Puedes quedarte con el último fragmento.

Abracé a mi pájaro.

Podría besarte.

Prefiero que nos saques de aquí, dijo Kiki. *Lo antes posible, idealmente.*

Tenía razón, y me volví hacia Solzaya.

—¿Cómo salgo de Ai'long?

—¿Ves allí? —Solzaya señaló hacia la superficie, hacia los brillantes espirales de suave rosa y amarillo que se reflejaban en las olas—. El punto donde los rayos atraviesan el mar marca la frontera occidental de Ai'long. Más allá está el reino de los mortales. Te recomiendo que llegues antes de que llegue mi padre.

El miedo minó mi entusiasmo.

—Pero pensé…

—¿Que te dejaría ir? —Solzaya habló por encima de mí—. Ya lo he hecho. —Una nueva sonrisa torció sus labios—. Pero nunca prometí protegerte contra mi padre. Y parece que está aquí.

Miré detrás de mí, donde se había reunido un ejército de tiburones y medusas, liderado por el Rey Dragón.

Estúpida, estúpida, estúpida, maldije. Debería haber recordado que no debía confiar en un dragón.

La adrenalina se me subió a la cabeza, agarré a Kiki y nadé hacia la superficie. Casi podía tocar las rayas violetas que se refractaban hacia abajo, podía distinguir los pliegues cambiantes de la superficie, donde los bordes de Ai'long se disolvían en el reino mortal. La promesa de la sal me hizo cosquillas en los labios.

Estaba cerca.

Entonces el agua se espesó. Se retorció y se agitó. Su temperatura descendió en picado y el frío recorrió mis músculos, convirtiendo mis piernas en plomo. Por cada patada, subía un paso y bajaba diez.

Kiki me mordió el pelo, intentando levantarme.

Vamos, Shiori. ¡Lucha!

Lo intentaba, pero era como nadar entre alquitrán. Por mucho que remase y patalease, no servía de nada. El agua luchaba contra mí, tirando de mí hacia abajo, de vuelta a Ai'long.

Nazayun me levantó entre dos garras. Un relámpago crepitó en sus ojos y en su pelo.

—Rompe tus lazos con la perla, Shiori'anma, o yo lo haré por ti.

Apreté la mandíbula.

—La. Perla. No. Es. Tuya.

—Muy bien. —El Rey Dragón suspiró. Sus ojos y su pelo se llenaron de relámpagos—. Entonces, como la perla que llevas, te romperás.

CAPÍTULO 14

Todo sucedió tan rápido que apenas me di cuenta de que me habían golpeado.

Pero entonces salí volando hacia atrás, con una ola de calor que me escaldaba la piel. Supuse que me convertiría en polvo, en piedra o en espuma de mar, pero todo estaba inundado de verde. Y yo seguía respirando. Mi corazón seguía bombeando. Apreté la mejilla contra la espinosa hierba marina y escupí la arena que me cubría los dientes.

Parecía que una anguila había venido a rescatarme.

Al menos, parecía una anguila. No podía estar segura. Mi visión era acuosa y el corazón aún me rugía en los oídos. Todo lo que vi fue esa larga mancha verde con dos ojos rojos.

¡Seryu!

Seryu había vuelto con un batallón de tortugas… ¡y mi red de flores de estrella!

Cargó desde la izquierda, y las tortugas vinieron desde la derecha. Juntas, al mismo tiempo, embistieron al Rey Dragón, y los duros caparazones de las tortugas absorbieron el impacto de los golpes de Nazayun.

Me arrastré sobre los antebrazos, apoyando la frente en la hierba marina mientras se me calmaba la respiración. Una tortuga del tamaño de un burro había aterrizado a mi lado y me había subido a su lomo. A toda prisa, nos elevamos en espiral, y torcí el cuello para ver por qué la criatura tenía tanta prisa.

Seryu estaba luchando contra su abuelo. Y estaba perdiendo.

Nazayun tenía sus garras alrededor de la garganta de Seryu, y mi amigo se tambaleaba, como un pez en un anzuelo. Su cola se había aflojado y sus garras dieron un último golpe a las duras escamas de su abuelo antes de caer a sus costados. La red de flores de estrella flaqueaba en su mano.

No podía quedarme mirando sin hacer nada. Me incliné hacia delante, instando a mi tortuga a nadar más rápido.

—Tenemos que ayudar.

—No intervendrás —llegó una voz desde atrás. Un tentáculo se enganchó en mis tobillos, arrastrándome fuera de mi tortuga y poniéndome cara a cara con Solzaya.

—¿Qué haces? —le grité—. ¡Nazayun lo está matando!

—Nazayun no hará daño a Seryu —dijo Solzaya.

—Mira sus ojos —grité—. Mira los ojos de ambos.

Los ojos del Rey Dragón destellaron blancos, salvajes y sin pupila. Mientras Seryu se retorcía en el agarre de su abuelo, sus escamas se apagaron. La chispa de sus ojos rojos se desvanecía rápidamente…

—¡Lo está matando!

—¡Basta! —Solzaya ladró. Su pulpo me tapó la boca con un tentáculo, sofocando mis gritos. Aun así, podía sentir la indecisión que la asolaba. Un músculo se crispó en su mandíbula y sus cuernos dorados se oscurecieron por la tensión.

Pero si su intención era actuar, había perdido la oportunidad.

La cola de Seryu se quedó inmóvil y sus bigotes cayeron mientras echaba la cabeza hacia atrás. Triunfante, Nazayun lo arrojó lejos. Mordí uno de los tentáculos del pulpo y grité.

—¡Seryu!

Con un sonoro golpe, aterrizó en el lecho rocoso.

Su cola se enroscó involuntariamente, pero por lo demás no se movió. La red de flores de estrella estaba arrugada en su garra, y sus extremos asomaban a través de su puño cerrado. Los lacayos de Nazayun se abalanzaron sobre él para intentar arrancársela, pero no pudieron abrirle los dedos.

Yo también apreté los puños, sin atreverme siquiera a moverme.

La red chisporroteaba, y el ceño de Seryu hizo una arruga temible antes de aflojarse.

—¡Seryu! —volví a gritar, y esta vez mi voz se hizo eco de la de lady Solzaya.

Un gruñido retumbó en el lugar donde había aterrizado. Entonces se produjo un destello de luz, tan brillante que incluso Solzaya se tambaleó hacia atrás. De Seryu emanaba un aura del verde más intenso.

Y de repente empezó a crecer.

Sus ojos se hincharon como lunas llenas, y sus cuernos se triplicaron en longitud, ramificándose en una corona sobre su pelo. Las escamas de su espalda se convirtieron en placas de armadura esmeralda. En un torrente de verde, creció y creció hasta que su abuelo ya no pudo estrangularlo con una mano. Hasta que rivalizó con el mismísimo Rey Dragón en tamaño y magnificencia.

Seryu abrió el puño, blandiendo la red de flores de estrella.

Nazayun se rio.

—No puedes hacerme daño. Va contra tu juramento.

—Sé que no puedo hacerte daño. Pero Shiori sí puede.

Con un rugido, Seryu sacó su gran cola y agarró a su abuelo por el cuello. Su fuerza tomó por sorpresa al Rey Dragón, y ambos dragones se volvieron hacia lady Solzaya.

—¡Madre! —gritó Seryu—. Deja ir a Shiori.

—¡Contén a tu hijo! —bramó Nazayun al mismo tiempo.

Solzaya vaciló, y sus ojos dorados se volvieron invernales.

—Mi hijo ha alcanzado su forma completa, padre. Ya no puedo contenerlo. —Los fragmentos de espejo que quedaban volaron de su collar y se clavaron en la cola del Rey Dragón, inmovilizándolo—. Igual que yo no soy tuya.

Chorros de tinta enturbiaron el agua cuando el pulpo de Solzaya me liberó y corrí hacia el lado de Seryu. Kiki tomó un extremo de la red de flores de estrella y yo el otro. Juntas, mientras Seryu inmovilizaba al Rey Dragón, la lanzamos sobre el pecho de Nazayun.

—Ahora, abuelo, vamos a intentarlo una vez más —dijo Seryu entre dientes—. La palabra de un dragón es su honor. Su honor es su perla. Prometerás que ningún dragón, incluido tú mismo, dañará a Shiori y a su familia mientras vivan.

—¿Cómo te atreves? —ronroneó Nazayun mientras la magia de la red de flores de estrella se apoderaba de los contornos de su corazón—. Soy un dios de dragones. No me doblegaré ante ningún mortal.

De sus ojos salió disparado un rayo de magia, y el agua se volvió cataclísmica.

Una ola monstruosa se plegó hacia delante, y Seryu me agarró por el tobillo y me subió a su espalda mientras soportaba su embate. Corrientes feroces se abrieron paso, arrancando las hierbas marinas, los bosques de coral y todo lo que encontraban a su paso.

Seryu y yo éramos los siguientes. Mientras Seryu me protegía con su cuerpo, la perla del Espectro salió volando de debajo de mi brazo. Se elevó como una luna oscura, sus mitades se partieron y se extendieron más que nunca.

De su centro estalló una luz deslumbrante. Las ondas de Nazayun chocaron contra un muro invisible. No podían tocarnos.

La luz de la perla se encontró de frente con el escudo defensivo de Nazayun y empujó hacia delante, avanzando hacia el Rey Dragón.

La alcancé, ofreciéndole la fuerza que pude. Era como abrazar una estrella rota a punto de explotar. No estaba segura de que pudiera controlarse.

—No te rompas —le dije a la perla—. Usa toda la fuerza que necesites, pero no te rompas. Por favor.

La perla se estremeció. Hacía fuerza contra Nazayun y habían aparecido nuevas fracturas en su superficie oscura y brillante. Sus mitades se abrieron más, despidiendo luz en todas direcciones.

—No te rompas —repetí antes de soltarla una vez más.

Mientras el Rey Dragón estaba distraído con la perla, junté los extremos de la red de flores de estrella y tiré con todas mis fuerzas.

El corazón de Nazayun emergió, brillantemente dorado. Rodeé su superficie curvada con las palmas de las manos, acunándolo. Estaba caliente y frío al mismo tiempo, y brillaba como el cristal recién forjado. Con un tirón de los brazos, la liberé.

Tenía su perla.

¡La perla del Rey Dragón!

Las dos perlas eran muy diferentes. Una oscura y rota, la otra entera y brillante. Bueno, la perla de Nazayun ya no era tan brillante. Su luz se atenuó, y las corrientes montañosas que había sumado rodaron y se desvanecieron.

Una vez que el mar se hubo calmado, Seryu cerró el puño en torno al corazón de su abuelo.

—Ahora jurarás —dijo con frialdad.

Nazayun gruñó, retorciéndose de rabia. Su cola azotó a un lado y a otro, desprendiendo los fragmentos de espejo y convirtiendo en polvo las rocas que había debajo. Pero no tenía elección.

—Cumpliré mi promesa —dijo con vehemencia—. Ni yo ni ningún dragón de mi reino te hará daño, Shiori'anma, ni a tu familia. Estarás a salvo de nosotros, en el cielo, en el mar y en la tierra. Lo juro, como rey de Ai'long y gobernante de los Cuatro Mares Supremos.

El poder de su juramento hizo temblar los mares y un cosquilleo frío recorrió mi piel.

—Gracias —dije, sin saber qué más responder.

Seryu no dijo nada. Se limitó a tenderme el corazón de su abuelo.

Nazayun lo tomó. Intentó arrebatarle también la red de flores de estrella, pero Seryu lanzó su propio hechizo y se convirtió en espuma.

—Un arma contra un dragón es un arma contra todos nosotros —dijo mi amigo—. No volverá a utilizarse.

Antes de que el Rey Dragón pudiera mostrar su disgusto, Seryu alargó su cuerpo, un sutil recordatorio de que su nuevo poder rivalizaba con el de Nazayun.

—Dile a la chica que cierre la maldita perla —gruñó Nazayun—. Antes de que nos destruya a todos.

La luz se derramó desde el centro roto de la perla, y ninguna de mis fuerzas pudo cerrar las mitades.

—Basta —le dije de nuevo—. Has ganado.

¡Acérquense!, trinó Kiki, agitando las alas hacia la perla. *Vamos, perlita quisquillosa. Ciérrate o nunca volverás a casa.*

Kiki volvió a mover las alas y la perla finalmente obedeció. Con un chasquido y un silbido, las mitades se cerraron y todo quedó a oscuras.

El caos que se había apoderado de Ai'long finalmente se calmó, dejando las aguas serenas y silenciosas. Peces y cangrejos se asomaban encantadores por los arrecifes destrozados, el pulpo de Solzaya se desenredaba de un coágulo de algas y una bandada de tortugas remaba hacia la superficie.

Agotada, tomé la perla y la guardé en mi mochila. Cuando volví a levantar la vista, el Rey Dragón ya no estaba.

Solo quedaban Seryu y lady Solzaya.

Solzaya no tenía una mueca en los labios ni brillaba la malicia en sus ojos. Más bien, parecía casi complacida.

—Madre… —empezó Seryu.

—Has alcanzado tu plena forma —dijo Solzaya, interrumpiéndolo—. Por fin has alcanzado la mayoría de edad. Aprovecha tu victoria y llévate a la niña a casa. Rápido.

No hacía falta que nos lo dijeran dos veces. Mientras Solzaya retrocedía, los seis fragmentos de espejo que le quedaban se reorganizaron en un collar en su garganta, y yo me agarré a los cuernos de Seryu.

Por última vez, surcamos las aguas de Ai'long y ascendimos a la superficie. A casa.

CAPÍTULO 15

Dioses gloriosos, ¡qué bien se respiraba! ¿Siempre había sido el aire tan fresco y dulce? Inhalé con avidez, abrazando el rocío salado que me picaba en la nariz y el viento que me azotaba la cara.

Lo mejor de todo era el sol. Arqueé el cuello hacia atrás para disfrutar de su calor. Me sentía como si ya estuviera en casa, sentada demasiado cerca del fuego hasta que mis mejillas estaban tan tostadas como una torta quemada. Mi estómago gruñó, soñando con pasteles. Pasteles de arroz azucarado, pasteles de mono, pasteles de alubias rojas y fresas. Los comería hasta desmayarme.

Pero me estaba adelantando. Aún no era el momento de salir del agua.

Seguí a Seryu hacia una figura distante en una isla rocosa envuelta en niebla. Era Elang, observando el amanecer, con sus largos dedos humanos rozando el agua. Cuando nos acercamos, se giró hacia nosotros y sus ojos desiguales se entrecerraron al ver a Seryu.

—Veo que por fin has alcanzado tu forma completa, primo. Enhorabuena. —El tono de Elang era incoloro. No había nada de felicitación en él—. ¿Tienes el fragmento?

Había guardado el preciado fragmento de espejo en mi faja. Cuando lo saqué, Seryu me lo arrebató de los dedos y se lo mostró enfadado a su primo.

—¿Crees que vamos a entregarte el espejo de la verdad después de que intentaras drogarme y encerrarme en ese sótano lamentable al que llamas calabozo? Shiori estuvo a punto de morir, gracias a ti.

—Estás siendo demasiado dramático —replicó Elang desapasionadamente—. Te equipé con mis tortugas, ¿no? ¿Y la red de flores de estrella? Es forzado decir que rompí mi promesa.

—Yo pienso de otra manera. —Antes de que pudiera detenerlo, Seryu levantó el espejo por encima de su cabeza y lo partió por la mitad. Lanzó la mitad del fragmento a su primo—. Esta mitad es para ti, la otra para Shiori.

Elang tomó el trozo de espejo con una mano. Hizo una pausa.

—Medio fragmento es aceptable. El trato está cumplido.

Tomé mi mitad del fragmento. El cristal reflejaba el brillo de las olas.

—No sé qué hacer con esto.

—Quédatelo —dijo Seryu—. Te ayudará a encontrar al Espectro.

Elang no estuvo de acuerdo.

—No, no lo hará. El fragmento te dirá muchas cosas sobre el pasado y el presente, pero no revelará al Espectro. No mientras habite en Lapzur.

—¿Lapzur? —pregunté—. Nunca he oído hablar de ese lugar.

—La mayoría no. Es un reino sumido en la oscuridad y gobernado por fantasmas y demonios. Ni siquiera el espejo puede ver lo que allí se desarrolla.

—¿Entonces cómo lo encontraré?

—En eso no puedo ayudarte. —Elang recogió las riendas de su tortuga, preparándose para descender al mar.

—Espera —lo llamé—. Prometiste su nombre.

Elang estaba de espaldas a mí, pero se detuvo.

—Se llama Khramelan —respondió tras una larga pausa.

Khramelan.

Mi mochila se estremeció contra mi cadera, y la perla de su interior se calentó de repente.

—No subestimes el valor del espejo —dijo Elang, dándome la espalda—. No te llevará hasta el Espectro, pero sigue teniendo un gran poder.

—Gracias.

Por una vez, no rechazó mi gratitud. Se subió a su tortuga, sacudiendo a Kiki de su caparazón. Estaba a punto de zambullirse en el mar cuando solté una última pregunta:

—¿Por qué tortugas?

Para mi sorpresa, Elang respondió.

—Son criaturas solitarias, aunque viven en grandes grupos. Creo que tengo más cosas en común con ellas que con los humanos… o los dragones.

—Sus caparazones son duros —reflexioné—, y sus corazones blandos.

Eso me valió una mueca.

—Yo no tengo corazón.

—No te falta corazón. No me habrías ayudado si fuera así.

—Te ayudé a conseguir mi espejo —dijo Elang bruscamente. Sus ojos desiguales se entrecerraron—. Solo por el milagro de los dioses lo conseguiste.

—Así fue —dije—. Espero que te muestre lo que necesitas ver. Ten fe, Elang. Tu perla está ahí fuera, en algún lugar. La encontrarás.

—Lo haré —me aseguró—, y celebraré el día en que no tenga que volver a pisar tu tierra asolada por la basura en mi búsqueda.

Reprimí las ganas de poner los ojos en blanco. Viniendo del semidragón, era la mejor despedida que podía recibir.

—Esa tierra arrasada es mi hogar.

Elang tiró de las riendas de su tortuga.

—Harías bien en recordar esto: tu corazón es tu hogar. Hasta que lo entiendas, no pertenecerás a ningún sitio.

Y antes de que pudiera decir otra palabra, se lanzó al mar.

Lo observé hasta que las ondas de la partida de Elang se desvanecieron y el agua quedó tan quieta como antes.

Tu corazón es tu hogar.

Dejé que las palabras se hundieran en mi memoria.

Hasta que no lo entiendas, no pertenecerás a ningún sitio.

Me volví hacia Seryu.

—Tu primo no es tan malo por no tener corazón. Me hace tener esperanzas sobre el Espectro.

—Entonces te engañas, Shiori'anma. El Espectro es medio demonio. Es una…

—¿Una abominación? —Mis hombros cayeron—. Solían decir eso de Raikama también. Toda su vida fue un monstruo. Primero para el mundo humano, que la consideraba una serpiente, y luego para ella misma, cuando la maldijeron a llevar el rostro de su hermana.

Tragué saliva, segura de que en casa había mucha gente que ahora me consideraba un monstruo.

Una nube se deslizó sobre el sol, proyectando una larga sombra sobre el mar.

—Sea lo que sea el Espectro, dragón, demonio o monstruo, se merece que le devolvamos su perla. Igual que Elang. —Volví a tragar saliva—. ¿Me ayudarás a encontrarlo, Seryu?

Seryu no dijo nada. Su rostro era completamente inescrutable, algo inusual en mi siempre expresivo amigo. Cuando me sorprendió mirándolo, se dio la vuelta bruscamente.

—Súbete a mi espalda —dijo secamente—. Vamos a llevarte a la orilla antes de que nos vean los pescadores. Tanto sol empieza a hacerme daño en los ojos.

Seryu se zambulló, pero no antes de que yo mirara al cielo, solo para confirmarlo.

Un mar de nubes seguía enterrando el amanecer.

No había sol.

No fue hasta que estaba vadeando la orilla, recogiéndome los pliegues del vestido mientras avanzaba hacia la playa, cuando me di cuenta de que tenía arena en el pelo.

Kiki aterrizó en mi cabeza.

Acabamos de llegar a casa. ¿Cómo tienes ya el pelo tan sucio?

Me bajé la falda y me agaché junto al agua para mirar mi reflejo.

No es arena, me di cuenta. Era un mechón de pelo blanco plateado en mi sien, igual que el de Raikama.

Con una profunda exhalación, me lo quité de la cara y me acaricié las mejillas. Mejor unos mechones de pelo blanco que una cola de pez o unos cuernos. Mi padre seguiría reconociendo a su única hija. Solo esperaba que el resto de Kiata también lo hiciera.

Cuando me fui de casa, mi país estaba en la cúspide de la primavera. Ahora el calor se pegaba al aire y mi piel estaba pegajosa por la humedad, señal de que estábamos bien adentrados en el verano.

Llevaba fuera medio año.

Se me doblaron las rodillas al darme cuenta. Seis meses perdidos.

Podrían haber sido fácilmente seis años, o sesenta, me recordé a mí misma. Cuando lo vi de ese modo, se me escapó una carcajada. Estaba en casa. Había ganado.

El viento levantó a Kiki, que gritó agitando las alas. Parecía magia. Rebosaba en el aire, tenue pero más fuerte que antes. Cuando sentí un cosquilleo en las mejillas, Kiki y yo soltamos una carcajada.

Seryu sacudió la cabeza. Había cambiado a su forma humana, pero seguía teniendo el pelo verde, más oscuro al sol que bajo el agua.

—Empiezo a pensar que debería haber dejado que te ahogaras en el Lago Sagrado.

Todavía riendo, me senté, clavando los talones en la arena.

—Entonces te habrías perdido una gran aventura, Seryu. Y una amistad maravillosa.

—Tu amistad no me ha causado más que problemas. —Seryu pateó la arena—. ¿Quién sabe lo que me hará el abuelo cuando vuelva? Podría cortarme los cuernos. O exiliarme de Ai'long.

—Tu madre no lo permitiría —repliqué—. Puede que disfrute atormentándome, pero se preocupa por ti. Cuando alcanzaste tu forma completa, juro que se enorgulleció. —Le ofrecí una sonrisa pícara—. Debe de ser un importante rito de iniciación para los dragones.

—Lo es —dijo Seryu—. ¿Te impresionó?

—Muchísimo. Ya no pareces una anguila.

Su pecho se hinchó, solo un poco, de orgullo.

—Entonces supongo que todo valió la pena.

Dejé de sonreír.

—Podrías quedarte aquí, ¿sabes? En tierra, con mis hermanos y conmigo. Te daríamos la bienvenida.

—Prefiero que el abuelo me convierta en calamar a vivir entre los de tu especie el resto de mi vida inmortal —resopló Seryu.

—Y yo prefiero atragantarme con algas antes que veros a ti y a ese chico del bebedero poniendo ojitos de pez.

—Nosotros no hacemos ojos de pez…

Seryu me tapó la boca con una manga, silenciándome. Su expresión sarcástica había desaparecido y bajó el brazo.

—Tengo que saberlo —dijo en voz baja—. Si no fuera por él, ¿alguna vez hubiera tenido una oportunidad?

Se me hizo un nudo en la garganta. No quería hacerle daño.

—Takkan y yo estamos conectados por los hilos del destino.

Esperaba que se pusiera celoso, pero las comisuras de sus labios se levantaron.

—Entonces tendré que encontrarte cuando vuelvas a nacer, antes de que tus hilos tengan tiempo de anudarse con los suyos. —Sus ojos rojos centellearon—. Solo rezo para que no vuelvas a ser humana en la próxima vida. Ahora que he alcanzado mi forma completa, soy demasiado majestuoso para volver a soportar tu mundo.

No sabía si darle un puñetazo o reírme. O llorar. Mis hombros se ablandaron y hablé.

—¿Así que esto es una despedida?

El brillo desapareció de sus ojos.

—Dudo que se me permita visitar tu reino durante muchos años. Quizá no hasta que seas una anciana. Marchita y arrugada, con diecisiete bisnietos. —Resopló con desagrado—. Ves, tu pelo ya está empezando a encanecer.

Solté una carcajada.

—Blanco —corregí, peinando con los dedos los mechones manchados de nieve—. Se volvió blanco por usar la perla del Espectro, no por la edad.

—Es lo mismo. —Seryu agitó una mano desdeñosa. Sus mangas y túnicas ya estaban secas, a diferencia de las mías. Un encantamiento útil.

Estaba de un humor lábil, y sus verdaderos pensamientos eran imposibles de descifrar. Pero, cuando volvió a hablar, sonó extrañamente amable.

—Si terminas casándote con ese señorcito, espero que se parezcan a ti, no a él.

—¿Quiénes?

—Esos bisnietos —respondió, ahora con rudeza—. Los dioses no permitan que sean aburridos y de cuello duro.

No pude evitar defender a Takkan.

—No es aburrido ni petulante. Apenas le has dirigido la palabra.

—Algo que lamento profundamente —replicó Seryu—. Debería saber que no volveré a salvarte, así que más le vale estar a la altura.

Puse las manos en las caderas.

—Te das cuenta de que soy capaz de salvarme a mí misma de vez en cuando.

—Aun así. Con todos los problemas en los que te metes, Shiori... todos los problemas en los que te vas a meter... necesitas toda la ayuda que puedas conseguir. Asegúrate de que lo sepa. —Tras una pausa, añadió—. Asegúrate de que te merece.

Sentí una punzada en el corazón y me llevé las manos a los costados. No hace mucho, habría imaginado enamorarme de Seryu. Si Raikama nunca me hubiera maldecido, si nunca hubiera pasado aquel invierno en Iro, podría haber sido a él a quien anhelara, no a Takkan.

Pero eso habría sido una historia diferente. No esta.

—Él me merece —dije suavemente.

—Te tomo la palabra —gruñó Seryu—. Visitaré a esos bisnietos, ya sabes, y les contaré historias sobre ti. Historias poco halagadoras, para compensar todo el dolor que me ha causado tu amistad.

Escondí una sonrisa. A pesar de sus comentarios maleducados, Seryu se esforzaba por mostrarse impasible y dragónico. Pero lo conocía mejor que eso.

—Diles también cosas bonitas —dije con ligereza.

Volvió a gruñir.

—Supongo que tendré tiempo de pensar en algunas.

Seryu se levantó y se dirigió al mar. Le estaban creciendo los cuernos, la primera señal de que empezaba a transformarse de nuevo en dragón.

—¡Espera! —grité tras él—. No olvides esto.

Le tendí el collar que me había regalado hacía toda una vida y se lo puse en la palma de la mano.

—No te atrevas a decirlo —murmuró, enganchando las garras en el collar.

—¿Decir qué?

—Todas esas despedidas idiotas del folclore kiatan: *Que nuestras hebras vuelvan a cruzarse* y, peor aún, *que la suerte de los dragones te acompañe*. Si dices esas cosas, no tendré más remedio que arrastrarte de nuevo al mar.

Quise reír, pero no pude.

—Adiós, amigo mío —susurré. *Te echaré de menos*, quise decir, pero las palabras se me atascaron en la garganta.

En lugar de eso, lo abracé.

Al dragón lo tomó desprevenido e inmediatamente se puso rígido, pero no me apartó. Antes de que pudiera decir nada que pudiera arruinar el momento, apreté mis labios contra su mejilla. Un beso, como el que le había dado hacía tantos meses junto al Lago Sagrado la primera vez que nos habíamos despedido.

—Gracias por todo.

La respiración de Seryu se entrecortó y sintió la piel demasiado caliente para él, un dragón de sangre fría. Se echó hacia atrás e hizo acopio de un tono altivo.

—Nunca habría funcionado entre nosotros, siendo compañeros y todo eso. Los dos somos demasiado orgullosos y yo soy demasiado magnífico.

Incliné la cabeza, pero no hablé. Sabía que no había terminado.

Su voz se volvió solemne.

—De todos modos, me alegro de haberte conocido, Shiori. Eres interesante, para ser humana. Cuando mires al mar, piensa en mí de vez en cuando.

—Lo haré —dije en voz baja.

Mientras giraba, una fuerte ráfaga de viento me hizo caer de nuevo en la arena. Cuando volví a levantarme, lo único que vi fue un chapoteo en el agua, seguido de un fuerte destello de luz solar. Me tapé los ojos, intentando mirar a través de la luz para vislumbrar la cola del dragón.

Pero Seryu ya no estaba.

Durante un largo rato, miré el agua, deseando a medias que volviera a burbujear.

Kiki se posó en mi hombro.

Echaré de menos a ese dragón, con cuernos y todo. Levantó la cabeza cuando no dije nada. *¿Estás bien, Shiori?*

No, no lo estaba.

La hebra de Seryu y la mía se habían anudado una vez, atadas tan estrechamente por el destino que casi habíamos quedado unidos para siempre. Ahora no estaba segura de si volverían a cruzarse.

El sabor en mi boca era agridulce, y tragué con fuerza, respondiendo finalmente.

Lo estaré.

Lo estaré. Me puse en pie y escurrí el agua del mar de mi falda.

Ven, Kiki, es hora de volver a casa.

CAPÍTULO 16

La arena se escurría entre los dedos de mis pies mientras caminaba por la playa, persiguiendo las colinas ondulantes en la distancia, los tejados rojos curvados que asomaban detrás de una extensa pared de pinos.

Gindara. El palacio. Mi hogar.

En unas horas estaría de vuelta. Quizá a tiempo para comer con mis hermanos y con mi padre, al que no veía desde hacía más de un año.

¡Mira!, gritó Kiki, espiando barcos. *¡Tu padre ha enviado al ejército a recibirte!*

Una flota entera estaba reunida tras los acantilados, abarrotando la costa de Kiata con brillantes velas rojas y estandartes.

Se me hizo un nudo en la garganta. Respondí en voz baja

—Son barcos a'landanos —respondí en voz baja.

Trepé por las dunas hasta un terreno más elevado y me protegí los ojos del sol entrecerrándolos para averiguar por qué había barcos a'landanos atracados en las costas de Kiata. Pero era imposible verlo desde tan lejos.

Por los Nueve Infiernos, pronunció Kiki. *¿Han conquistado Kiata?*

Hace seis meses, cuando me fui, las relaciones con A'landi se habían vuelto cada vez más volátiles. ¿Se había agravado la situación mientras yo estaba en el reino de los dragones?

—Es demasiado pronto para hacer suposiciones —respondí con toda la calma que pude, pero tenía los puños apretados a los lados. Las respuestas llegarían cuando llegara a Gindara.

O antes.

A media distancia, un grupo de hombres gritaba mi nombre.

—¡Princesa Shiori!

Los fuertes vientos de la costa distorsionaban sus voces, pero reconocí sus cascos de plumas carmesí. Había crecido rodeada de ellos.

Los centinelas de mi padre.

Sentí alivio. Enderecé la espalda y cuadré los hombros, tratando de reunir un aire de realeza. Poco podía hacer contra la arena que se me pegaba a las mejillas o los besos de algas en el pelo, pero al menos podía comportarme como una princesa.

—¿Princesa Shiori'anma? —preguntó el capitán. Él y sus hombres mantenían la distancia, y sus manos no estaban lejos de sus espadas.

Sinceramente, no podía culparlo por preguntarse quién era yo. Tenía aspecto de haber sido escupida por el mar, y aún vestía las ropas de la corte de dragones. Aunque estaban manchadas y arrugadas, sus capas de gasa eran innegablemente de otro mundo y brillaban con perlas. Y tenía un rayo blanco en el pelo.

—Soy yo —confirmé—. Shiori'anma.

Al oír mi voz, los centinelas se inclinaron al unísono y el capitán relajó ligeramente su postura.

—Perdone que le preguntemos, Alteza —dijo en tono cuidadoso—. Llevamos meses apostados aquí para esperar su regreso. Nos dijeron que lo esperáramos, pero no sabíamos dónde ni cuándo ni…

Su voz se quebró, pero en el aire quedó un *cómo* tácito.

¿Cómo había regresado, se preguntaban los centinelas, sin barco ni montura?

¿Y dónde había estado? Los hombres se esforzaban por no fijarse en mi vestido, pero pude leer fácilmente su desconcierto. Sonreí.

—No he tenido que esperar mucho. Gracias.

El capitán se aclaró la garganta.

—Deberíamos haberte encontrado antes, pero con la llegada de los a'landanos…

—Sí, vi las naves junto a los acantilados —interrumpí—. ¿Estamos en guerra?

—No, si la boda del príncipe Reiji transcurre sin contratiempos.

La sonrisa huyó de mis labios.

—¿Boda?

—Supusimos que por eso había vuelto.

No tenía ni idea de qué boda hablaba. Sabía que debía callarme, pero no pude evitarlo.

—¿Cuándo es?

El capitán no consiguió ocultar su sorpresa a tiempo, y me dieron ganas de darme una patada. Por supuesto, supuso que yo lo sabría. Yo era la princesa de Kiata, ¿cómo podía no estar al tanto de la boda de mi propio hermano?

—Es hoy —respondió mientras sus hombres intercambiaban miradas incómodas que pensaban que yo no vería—. Ahora mismo, de hecho.

Los centinelas me aconsejaron que me cambiara de vestido antes de irrumpir en el templo de la Grulla Sagrada para la boda de Reiji. Su sugerencia era perfectamente sensata, y pensaba seguirla.

Pero, una vez que regresé al palacio, mi mente cambió como el viento. Había estado fuera demasiado tiempo y me había perdido demasiados momentos importantes. No me perdería la boda de Reiji.

Uno de los centinelas me había dado su capa, que me cubrió los hombros mientras corría hacia el templo. Aquel era mi hogar: los patios de arena blanca, los pabellones con aleros inclinados y linternas de bronce colgantes. Arrendajos y zorzales susurraban en los jardines y podía oler los huertos de cítricos.

Pero no todo era igual.

De los pilares bermellón del palacio ondeaban coloridos estandartes, dando la bienvenida a nuestros visitantes a'landanos. Alrededor del templo, cientos de personas se habían reunido para observar la alianza de mi hermano con la princesa extranjera. Naturalmente, los a'landanos sobresalían entre la multitud, y su ostentación rivalizaba con la de los dragones de Ai'long.

Ataviados con los tonos más atrevidos de rojo, azul y dorado, nuestros visitantes se pavoneaban con la intención de eclipsar a todo el mundo. Me pregunté si los funcionarios de la corte, con sus tocados de martín pescador y sus abrigos elaboradamente bordados, se habrían tropezado en el camino, dado lo largas que les quedaban las mangas.

¿Siempre visten así?, preguntó Kiki.

¿Como una manada de pavos reales?, me burlé. *Solo cuando vienen a Kiata.*

La rivalidad entre A'landi y Kiata era tan antigua como nuestros países. Por los árboles recién podados, por el brillo de los bancos lacados fuera de los salones, por los uniformes rígidamente planchados de los sirvientes, me di cuenta de que habíamos jugado nuestro propio papel en esta mezquina competición.

Qué imagen tan desagradable debía de tener yo, con una capa de centinela sobre los hombros, la arena salpicando mi calzado y las algas pegadas al pelo.

Mi regreso dejó atónitos a todos los que me reconocieron: los señores y las damas arrodillados fuera del templo, los sacerdotes arremolinados junto a las escaleras. Incluso los guardias me miraron de reojo cuando pasé.

—¡Princesa Shiori! —exclamó uno de los sacerdotes junto a las puertas del templo, turbado por mi llegada—. No nos comentaron que había regresado.

—Lo he hecho —dije con mi voz más autoritaria—. Ahora abre las puertas.

—Me temo que eso no está permitido, ni siquiera para ti, Shiori'anma —replicó—. La ceremonia ya ha comenzado, y están en medio de sus oraciones…

—No haré ruido —dije—. Nadie se dará cuenta de que he entrado.

—Pero, Alteza…

Nunca antes había prestado atención a los sacerdotes, y no iba a empezar a hacerlo ahora.

Levantando los brazos y susurrando a los árboles, convoqué un ciclón de hojas en la gran entrada del templo.

Las hojas volaron, pegándose a los rostros de los sacerdotes como máscaras de papel. Mientras los sacerdotes llamaban a gritos a los guardias, subí los escalones del templo, me quité las zapatillas y entré.

Me mantuve en silencio, como había prometido, cerrando las pesadas puertas con cuidado. Aun así, todo el mundo me vio entrar.

En el templo no había los cientos de personas que esperaba. La reunión en el interior era íntima; pude distinguir las espaldas de mi padre, mis seis hermanos y una dama junto a Andahai, el sumo sacerdote y dos monjes, y un puñado de funcionarios de A'landi.

Takkan no estaba por ninguna parte. Y ni siquiera vi a la novia de Reiji.

Gruñidos y resoplidos marcaron el silencio ceremonial, y empecé a arrepentirme de haber entrado… hasta que mis hermanos se dieron la vuelta.

Qué extraño y maravilloso fue verlos a todos, sentados junto a padre y vestidos con sus galas de la corte, como si nada hubiera cambiado. Me dio la esperanza de poder volver a mi antigua vida.

Los seis me sonreían, la sorpresa y la alegría deshaciendo su formalidad ceremonial. Incluso Reiji, que estaba arrodillado en el centro del templo junto a un cuadro de la princesa Sina Anan, su futura esposa, asintió con la cabeza.

Me arriesgué a mirar a mi padre, con la esperanza de que también me saludara. Pero el emperador hizo como los a'landanos. Con un movimiento brusco, se volvió hacia el sumo sacerdote.

La decepción me subió a los ojos en una ola hirviente y me mordí el interior de la mejilla, encogiéndome en un rincón para esperar a que terminara la ceremonia. Por desgracia, Kiki carecía de un buen sentido de las emociones humanas y no se atrevió a dejarme en paz.

Creía que tu hermano se iba a casar con una princesa a'landana, titubeó mi pájaro. *Todo lo que veo es un trozo de pergamino.*

Me encogí de hombros.

¿Quién es esa chica al lado de Andahai? Parecía nerviosa al verte.

¿De veras? Me había alegrado tanto de ver a mi familia que apenas me había fijado en ella. De ojos ovalados y labios color morado, parecía tan delicada como las lilas bordadas en su chaqueta lavanda. Tenía las manos recatadamente apoyadas en el regazo y, si su ornamentada túnica le causaba alguna molestia, sabía disimularla con maestría. Poseía el aplomo que mis tutores hacía tiempo que habían dejado de intentar inculcarme.

—Yihei'an Qinnia —dije—. La prometida de Andahai.

Se suponía que Andahai se había casado con ella el otoño pasado, pocas semanas después de que Raikama convirtiera a mis hermanos en grullas y nos enviara a todos lejos. Obviamente, esa boda se había pospuesto.

Observé a mi hermano y a su prometida. Tenían las cabezas muy juntas, los hombros rozándose. Este lado tierno de Andahai era nuevo para mí. Pero había estado fuera medio año.

Muchas cosas habían cambiado, incluyendo a mi padre. Había envejecido durante mi ausencia. Había nuevas líneas en su frente, grabadas con una melancolía que no había estado allí antes.

Me moría por verlo, por hablarle y hacerlo sonreír, pero ni una sola vez me devolvía la mirada. Cada minuto que pasaba, mi corazón se hundía un poco más. Esperaba que no estuviera enfadado porque me había ido, o decepcionado.

Por fin, un gong resonó en el vestíbulo y mis hermanos se apresuraron a reunirse conmigo, bombardeándome con una serie de abrazos y preguntas poco piadosas.

—¿Cuándo has vuelto, hermana? —dijo Wandei, el preocupado

—Deberías habernos dicho que ibas a volver —acotó Andahai, el mayor.

—Tienes buen aspecto —comentó Benkai, el pensativo.

—Pareces diferente —atacó Hasho, el sincero.

—¿Pero qué llevas puesto? —dijo Yotan, ya centrado en lo irrelevante.

También había otras preguntas en los ojos de mis hermanos, preguntas secretas sobre la magia y Ai'long. Pero nadie las pronunció en voz alta. Ya habría tiempo para esas preguntas más tarde.

Volví a mirar a los a'landanos y a los ministros de la sala. Sonrisas corteses dibujaban sus expresiones, parecidas a las de los centinelas de la playa cuando me vieron por primera vez.

—¿Me salieron cuernos en la cabeza mientras estuve en Ai'long? —murmuré a Benkai—. ¿Por qué me mira todo el mundo?

El atractivo rostro de Benkai se estiró para esbozar una sonrisa.

—Acabas de irrumpir en una boda de Estado, después de que les dijéramos a los a'landanos que estabas en Gaijha, estudiando las Canciones del Dolor y las Epopeyas de la Guerra y el Deber.

Me opuse.

—Deberíais haberles dicho que estudiaba cocina. Al menos eso sería algo creíble.

Benkai se rio, y mis otros hermanos se limitaron a sonreír. Hasho, que siempre había sido el peor con los secretos, cambió su peso de un pie a otro, parecía inquieto. ¿Qué era lo que no me estaban contando?

—Tarde como siempre, Shiori — reprendió Andahai, pero a la vez sus ojos severos sonreían—. Te esperábamos hace meses. Te perdiste mi boda, pero al menos no te perdiste la de Reiji.

Debería haber adivinado que Andahai se había casado mientras yo estaba fuera, pero aún así mi boca se abrió por la sorpresa.

—¿Te has casado?

—Fue una pequeña ceremonia, a los cien días de la muerte de Raikama. —Frunció los labios—. Quería esperar, pero... pero no sabíamos cuándo ibas a volver.

Incluso sin la explicación, lo habría entendido. Yo tampoco sabía cuándo volvería. Y por lo que parecía, padre necesitaba todas las alianzas posibles para proteger Kiata.

—Permíteme presentarte de nuevo a mi esposa, la princesa Qinnia.

Qinnia se acercó tímidamente. De cerca, estaba muy pálida, y las sombras se pegaban a sus mejillas. Parecía haber adelgazado recientemente. Hice una rápida reverencia antes de que se diera cuenta de que la miraba fijamente y antes de establecer contacto visual. Era lo que había que hacer: como princesa heredera, tenía un rango superior al mío.

—Por favor, Shiori'anma, la reverencia no es necesaria...

—Es un honor —dije, haciendo una reverencia aún más profunda. Me levanté con una sonrisa—. Y llámame Shiori, por favor. Agradezco a las Bandadas que ya no seré la única princesa de Kiata. Supongo que eso significa que puedes ocupar mi lugar en las oraciones de la mañana.

—Está bromeando —tranquilizó Andahai a su esposa.

Aclaré mi expresión de picardía.

—Siempre he querido una hermana mayor. Bienvenida a la familia. ¿Ya distingues a los gemelos?

Eso la hizo sonreír.

—Desde la semana pasada. Yotan tiene un lunar en la barbilla y, a diferencia de Wandei, sonríe constantemente.

—Wandei también tiende a entrecerrar los ojos cuando mira a lo lejos —añadió Reiji, uniéndose por fin a nosotros—. Pasó demasiado tiempo leyendo a la luz de las velas cuando era joven.

Abracé a Reiji. Cuando lo solté, le quité la arena que había manchado su traje ceremonial.

—¿Dónde está tu novia? —pregunté.

—Todavía en A'landi. Es un matrimonio por poderes.

—¿Quieres decir que ella no viene?

—Debo ir a Jappor y casarme con la hija del *khagan* para que podamos establecer la paz —explicó Reiji en voz baja, mirando a los a'landanos que quedaban en el templo.

—¡Allí serás un rehén!

—Quiero ir —dijo Reiji—. Andahai y Benkai han cumplido con sus deberes. Es hora de que yo también haga algo útil.

No había amargura en la voz de mi hermano. El tono de Reiji era ligero, y me di cuenta de que estaba siendo sincero. Entonces, ¿por qué sus palabras hicieron que mi corazón se sintiera pesado?

—¿Cuándo te vas? —pregunté.

Reiji no tuvo oportunidad de responder.

Los seis príncipes se pusieron inmediatamente en fila, haciendo una reverencia.

Padre estaba justo detrás de mí.

Tuve que contenerme para inclinarme también y no levantar la vista. No lo había visto desde que nos maldijeron a mis hermanos y a mí. Lo que más deseaba era abrazarlo como había hecho con mis hermanos y responder a los cientos de preguntas que debía de tener. Pero menos mal que me contuve.

—Meses fuera sin mediar palabra —reprendió el emperador— y, a tu regreso, interrumpes insolentemente una ceremonia sagrada. ¡Avergonzando a Kiata ante los enviados de A'landi!

Mis ánimos se desinflaron.

—Padre...

—Volverás a tus aposentos de inmediato —dijo, volviéndose hacia la salida del santuario—. Vístete como corresponde a una princesa imperial y espera mi visita. Tienes mucho por lo que responder, hija.

CAPÍTULO 17

El escozor de la reprimenda de Padre me siguió todo el camino hasta mi habitación, y me quedé tranquila en compañía de Qinnia. Mi nueva cuñada había insistido en acompañarme, y llenó amablemente el silencio con anécdotas sobre lo que Andahai y mis hermanos habían estado haciendo mientras yo no estaba. Fue un gesto muy amable, y me sentí muy a gusto con ella.

Deberías hacerte amiga suya, dijo Kiki desde dentro de la manga. *Parece simpática.*

Hoy no. No estaba de humor.

—Ya hemos llegado —anunció Qinnia, abriendo las puertas.

Entré. En mi memoria, solo había estado fuera una semana; recordaba exactamente cómo había dejado mi habitación. Un desastre, con torres de almohadas de seda junto a mi cama y ropa y platos medio vacíos esparcidos por el suelo. Pero todo estaba ordenado y guardado, incluso el pequeño rincón de cojines que había hecho para Kiki.

Sábanas de luto de marfil colgaban de mis ventanas, y pergaminos y placas de oración hacían de dobladillo a mi cama, deseándome un tránsito seguro a la otra vida.

—Mandaré a buscar a alguien para que se lleve todo esto —dijo Qinnia, más afectada que yo por todos los arreglos de luto—. El emperador hizo que los pusieran de nuevo cuando te fuiste.

—No pasa nada —dije—. No me molesta.

Me dirigí directamente a la cámara de lavado. Podía sentir la salmuera entre los dedos de los pies y el peso de la arena aún en el pelo. Sería bueno bañarse. Seguro que olía fatal.

Qinnia me siguió.

—Necesitarás ayuda con eso.

Señalaba los cientos de botones del vestido rosa que me habían regalado los dragones. Sería imposible desabrochármelos yo sola.

—Oh —dije avergonzada—. Gracias.

Con cuidado, desabrochó los botones.

—Este material es exquisito —murmuró—. La costura es más fina que cualquier cosa que haya visto.

Fuera de algunos comentarios de tacto, Qinnia no hizo preguntas sobre dónde había estado, las cicatrices de mis dedos o el mechón blanco de mi pelo. Me pregunté si más tarde acosaría a Andahai en busca de respuestas. O quizá ya lo sabía.

—Ya está —dijo cuando se desabrochó el último botón—. ¿Quieres que envíe a mis criadas para que lo limpien y arreglen?

—No hace falta. —Eché un último vistazo al vestido, y el recuerdo de la despedida de Seryu me produjo una punzada en el corazón—. Gracias por el ofrecimiento, pero lo dejaré como está.

Desaparecí sola en el baño. Cuando salí, vestida con una sencilla bata morada con mariposas bordadas, el sol del verano inundaba mis aposentos.

Qinnia estaba quitando las sábanas de luto una a una.

Respiraba con dificultad.

—Déjame ayudar —le ofrecí, pero ella ya estaba en la última sábana—. Eres la princesa heredera, no deberías…

—Ninguna tarea está por debajo de una princesa —dijo con una sonrisa—. Mi madre me lo enseñó. Te hace más fuerte.

Le devolví la sonrisa. Era algo que Raikama hubiera dicho.

Qinnia parecía cansada y le ofrecí asiento, pero negó con la cabeza.

—Debería irme. Tu padre no tardará en llegar. —Me tocó el brazo, adelantándose a cualquier respuesta—. Andahai no querría que te dijera esto, pero deberías saberlo: cuando Su Majestad despertó del letargo invernal, la primera persona por la que preguntó fuiste tú, Shiori.

Levanté la cabeza.

—¿Por mí?

—El emperador lloró por ti todos los meses que estuviste fuera. —Qinnia dobló las sábanas de luto sobre sus brazos—. Creyó que habías muerto junto con tu madrastra, y nada de lo que decían tus hermanos podía convencerlo de que seguías viva.

El calor punzó las comisuras de mis ojos. No supe qué decir.

—Me alegro de que me lo hayas dicho.

Me apretó el brazo.

—Y yo me alegro de que hayas vuelto. Te veré en la cena familiar.

Cuando se fue, Kiki salió de mi manga. Siempre ajena a las emociones humanas, no le importó que me quedara en un rincón parpadeando.

¡Estuvo cerca!, exclamó. *Qinnia casi vio la perla en tu bolso. Será mejor que la guardes antes de que venga tu padre.*

Eso llamó mi atención. Casi me había olvidado de la perla. De mi fragmento del espejo de la verdad, también.

Mi padre aún no había llegado, así que guardé el fragmento en la caja donde tenía las cartas de Takkan y abrí la mochila. Su exterior de paja estaba arañado y encharcado, pero el forro de madera del interior no había sufrido los efectos de mi aventura en el mar.

Saqué la perla, temiendo tener que explicar a mis hermanos que seguía en mi poder y que necesitaba ir a las Islas Olvidadas de Lapzur.

Al tocarla, sus mitades se separaron ligeramente. La visión me inquietó, pues la fractura era más larga y profunda que nunca.

Una vez que me haya ocupado de este asunto demoníaco, encontraré el camino a Lapzur, juré a la perla. *Te llevaré a casa.*

En el fondo, temía que cumplir mi promesa a Raikama fuera solo el primer paso para volver a casa, que realmente me faltaba una parte de mí misma y que, incluso después de recuperarla, seguiría sintiéndome como la cometa que una vez perdí, volando sin un cabo en la cuerda.

Pero al menos tenía una dirección a la que ir. Raikama contaba conmigo.

Con tanto cuidado como pude, envolví la perla en una sábana de marfil y la metí en el fondo de mi armario.

Quédate ahí por ahora, le dije a la perla. *No te servirá de nada seguirme por el palacio. La gente hará preguntas.*

Supongo que yo también debería quedarme en tu habitación, dijo Kiki mientras se recostaba sobre un montón de almohadas de seda. *A mí no me importa. Estoy encantada de estar de vuelta. Aunque tú serás la siguiente, ¿no?*

¿Siguiente para qué?, le pregunté inquieta a mi ave.

Para casarte. Con el Chico Rábano.

Ese era el apodo de Kiki para Takkan, recordando los días en que trabajé como cocinera en su fortaleza.

Escuchar el nombre casi me hizo sonreír, pero casarme con Takkan era lo último que tenía en mente. Llevaba seis meses fuera. No me atrevía a presumir que podríamos retomarlo donde lo habíamos dejado.

Probablemente haya vuelto a Iro, dije.

Conociéndolo como lo conozco, lo dudo. Kiki se recostó en la almohada, enterrando la cabeza bajo sus borlas plateadas.

No importa. Tengo que irme pronto. La perla está casi rota por la mitad.

Tu padre no se alegrará de oír eso. Ya está bastante molesto porque te fuiste.

No estoy preocupada por papá, mentí. En cuanto lo dije, las puertas se abrieron.

Me enderecé de inmediato e hice una reverencia cuando el emperador de Kiata entró en mi habitación. Después de todo a lo que me había enfrentado en Ai'long, una reunión a solas con padre no debería haberme puesto nerviosa. Sin embargo, cuando se remangó, me armé de valor. La peor reprimenda era la que sabía que me merecía.

—Diecisiete años y sigues siendo tan descarada como una niña —dijo Padre—. Inoportuna escena montaste delante de los a'landanos.

—Perdóneme, Padre —dije, con mi voz como un manso contrapunto a su ira.

—¿Perdonarte? Tus acciones me han avergonzado profundamente a mí y a tus hermanos. ¡Más que a nadie, a Reiji! Es un milagro que no se haya cancelado todo el matrimonio.

Me arrodillé a sus pies, preparándome para una nueva reprimenda.

—No debería haber sido tan impulsiva, lo sé… pero no quería perderme la boda de Reiji. Ya me he perdido muchas cosas.

Me quedé mirando al suelo, con la expectación creciendo en mi pecho.

—Me deshonras —dijo mi padre. Entonces, para mi sorpresa, dejó escapar un largo suspiro—. Y sin embargo, no habría esperado menos de mi hija menor.

Las palabras fueron duras, aunque, cuando levanté la vista, Padre estaba sonriendo. Solo una leve sonrisa, pero aun así me alentó verla.

—Me alegro de que hayas venido a vernos enseguida, Shiori.

Me abrió los brazos y prácticamente volé a su abrazo, como cuando era pequeña.

—Te he echado de menos, Padre —susurré.

—Y yo a ti, hija mía —dijo él—. Recé todos los días por tu regreso. Parece que los dioses me escucharon.

Me levanté de sus brazos y volví arrastrando los pies a mi sitio.

—No empecé una guerra irrumpiendo en la ceremonia, ¿verdad? Sé que los a'landanos son muy quisquillosos con sus tradiciones…

—No has empezado una guerra —dijo Padre—. En el peor de los casos, los embajadores harán correr la voz de que la princesa más joven de Kiata es irrespetuosa y descarada, pero me importa poco lo que piensen los a'landanos.

—De todos modos, es la verdad —admití socarronamente.

—¿Ahora sí? Te encuentro muy cambiada, hija. A ti y a tus hermanos. —Tocó las placas de oración que Qinnia había apilado en la mesa del rincón, y su semblante se tornó grave—. Una parte de mi espíritu murió cuando todos vosotros desaparecisteis. Apenas ha empezado a regresar.

Ojalá supiera cómo consolarlo. El padre con el que había crecido nunca necesitó consuelo. Siempre había tenido a Raikama a su lado.

—Cuando no estabas, tu madrastra decía que a menudo soñaba que estabas viva. Eso me consolaba más de lo que puedas imaginar —dijo con solemnidad.

¿Raikama le había dicho que estábamos vivos? Irónico, dado que había sido ella quien nos había maldecido.

El pecho me dio una pequeña punzada.

—Yo estaba con ella cuando falleció —dije en voz baja—. Me dijo que te dijera que lo sentía. Se preocupaba mucho por ti.

La cara de papá se dibujó larga y delgada, los fantasmas ocultos en sus ojos saliendo a la superficie.

—Tus hermanos dijeron que te fuiste de viaje por orden de ella —dijo—. Uno que te llevó mucho más allá de nuestro reino.

—A Ai'long —confirmé.

—El reino de los dragones… —murmuró—. No les creí, pero parecía que hubieras salido del mar cuando llegaste. Nadie quiso decirme por qué te habías ido, o por qué sus últimos deseos te enviarían a un lugar así.

—No lo sabían.

Padre asintió lentamente, comprendiendo.

—Tu madrastra era buena guardando secretos. Juré no preguntar nunca los suyos, aunque a veces fuera difícil.

—Una promesa cumplida vale más que mil secretos —dije, recitando el proverbio que solía contarnos a mis hermanos y a mí.

—Una lección fácil de enseñar a mis hijos. Aunque no tan fácil de enseñarme a mí mismo. —Suspiró—. Supongo que tu curiosidad viene de mí más de lo que me gustaría admitir.

Le dediqué una débil sonrisa. Mis hermanos y yo habíamos jurado no contarle nunca a padre la maldición que Raikama había lanzado sobre nosotros, ni que se había casado con una hechicera. Lo que él creía era que lord Yuji había ordenado que sus hijos se convirtieran en grullas y que su hija fuera expulsada, y que Raikama había sido asesinada por demonios. Ansiaba decirle la verdad, pero la verdad solo le traería dolor.

—Un secreto la agobiaba más que cualquier otro —continuó Padre—. Muchas veces me pregunté si tendría que ver contigo, hija.

Miró el pájaro de papel posado en mi ventana. Kiki estaba artísticamente quieta, lo que tenía que ser una tortura para ella. Si mi padre recordaba lo que realmente era, no lo mencionó.

Sus siguientes palabras las dijo en voz baja.

—He aprendido, desde que te fuiste, que tienes talento para la magia. —No me dio la oportunidad de confirmarlo—. Por tu seguridad, he hecho lo necesario para evitar que se corra la voz.

Me miré la falda y comencé a pellizcar un hilo suelto de una de las mariposas bordadas.

—Eso lo explicaría. Los centinelas que me encontraron... parecían asustados.

Padre se tensó, como si estuviera deliberando si consolarme o decirme la verdad.

—La gente tiene miedo de que vuelva la magia —dijo—. Gindara estuvo sumida en un profundo sueño durante más de un mes, y hasta hoy no sabemos cómo ocurrió. Cuando todos despertamos, tus hermanos habían regresado, tu madrastra estaba muerta y tú… habías desaparecido. Peor aún, dijeron que eras la sangresucia de Kiata.

Dijo *sangresucia* como si fuera una maldición.

—Tú no crees que lo sea —dije.

—No importa lo que yo crea. La inmolación de un *sangresucia* es un ritual bárbaro que terminó al principio de mi reinado. Mi propio abuelo permitió la muerte del último para apaciguar a las sacerdotisas de las Montañas Sagradas. No permitiré que esos herejes se lleven a mi única hija, pase lo que pase.

Callé, recordando lo que había visto en el espejo de la verdad.

—¿Y el demonio Bandur? Ha escapado de las montañas y está atacando Kiata.

Padre se estremeció, sorprendido de que yo lo supiera.

—Kiata está a salvo. Tú también lo estarás.

—Pero…

—Hay informes de que las tierras de cultivo están teniendo una temporada árida, mientras que las fuertes lluvias plagan nuestros cielos, inusual para esta época del año en Gindara. Si se me convoca a más reuniones de lo habitual, es por eso. Esto de los demonios es una tontería, nada más que una pesadilla infantil.

—No es…

—Es una pesadilla —repitió Padre—. Acabas de volver. No te preocupes por asuntos de Estado.

Fijé la mirada en la sábana de marfil esparcida por el suelo. Intentaba protegerme, eso lo sabía. Nunca me había mentido, ni a mí ni a sí mismo.

—Sí, Padre —dije, solo para poder cambiar de tema—. Pero, ¿y Reiji? ¿De verdad se va la semana que viene?

—Fue decisión suya marcharse —respondió Padre, no sin cierto orgullo—. Todos tus hermanos compitieron por salvarlo de tal destino, Benkai incluso se ofreció a casarse con el sobrino del *khagan* en su lugar.

—Pero, como futuro alto comandante, Benkai es demasiado importante para abandonar Kiata —murmuré, comprendiendo el razonamiento de Reiji. Y si mi padre enviaba a alguno de mis hermanos menores, el *khagan* se sentiría insultado sin medida. Tenía que ser Reiji, el tercero en la línea.

—El país está en un estado frágil, Shiori —dijo Padre—, y las relaciones entre los señores de la guerra son tensas en el mejor de los casos. El matrimonio de Reiji con la hija del *khagan* cimentará una alianza muy necesaria con A'landi, y la unión de Andahai con lady Qinnia ha traído un gran apoyo del sur. Ahora que has regresado también hay que discutir tu propio compromiso.

Mi corazón dio un salto nervioso.

—¿Mis propios esponsales?

—Sí, tus hermanos insinuaron que tal vez veas a tu… más favorablemente que antes. —Mi padre se acarició la barba—. Si eso es cierto, sería una buena noticia.

La forma en que mi cara se sonrojó fue respuesta suficiente.

—Lo discutiremos esta noche —dijo Padre—. La cena será en mis aposentos, para celebrar tu regreso y la boda de Reiji.

Una última cena familiar, antes de que Reiji tuviera que marcharse.

—Sí, Padre.

Una sonrisa jugó en sus labios.

—Me sorprende que no hayas preguntado por él. Ha estado esperando verte, quizás incluso con más ganas que yo.

¿*Takkan*? Contuve la respiración.

—Pensé que se habría ido a casa. No pensé que seguiría aquí…

—Lord Bushian regresó a Iro hace unos meses —dijo Padre.

Mi ánimo se hundió.

—Ya veo.

La sonrisa del emperador se ensanchó un poco.

—Pero… su hijo se ha quedado.

Ahora mis ojos volaron hacia arriba. De repente, mi mundo estaba flotando, y fue una lucha intentar parecer calmada.

—¿Dónde está?

—No fue invitado a la ceremonia. A estas horas, imagino que estará en una reunión del consejo. Se ha interesado bastante en…

Eso era todo lo que necesitaba saber.

—¡Gracias, Padre! —exclamé—. Hasta pronto.

Ya estaba corriendo.

CAPÍTULO 18

Solo por Takkan me aventuraría en el Nido de Avispones, mi apodo poco cariñoso para el lugar donde se reunía el consejo de mi padre. Pero obtuve una buena recompensa por mis molestias.

Allí estaba, sentado en la primera fila de la asamblea, con la columna tan recta como la pila de libros que tenía delante. Al verlo, se me escapó una risita. De todos los lugares a los que ir en esta gloriosa tarde de verano, Takkan estaría dentro, escuchando una tediosa reunión del consejo. Cualquier otro joven de su edad estaría pavoneándose por Gindara o ganándose el favor de otros nobles jugando a las cartas.

Takkan no. A estas alturas probablemente ya había leído todos los pergaminos de los archivos. Y conocía a todos los ministros por su nombre, y también a sus hijos.

El ministro en jefe Hawar no paraba de hablar, y Takkan estaba prestando atención. No nos vio a Kiki y a mí espiándolo a través de la ventana enrejada.

Mi corazón dio un vuelco nervioso.

Parece que no se ha enterado de que he vuelto.

¿Qué?, dijo Kiki. *¿Te preocupa que se haya olvidado de ti?* Si hubiera podido poner los ojos en blanco, lo habría hecho. *Han pasado seis meses, no seis décadas. Date prisa y entra antes de que arruines la sorpresa. Quiero que el Chico Rábano se caiga de la silla cuando te vea.*

Eso me hizo sonreír. Antes de perder los nervios, me abalancé sobre los guardias y entré en el avispero.

Debería haberme impresionado la rapidez con que los viejos ministros se pusieron en pie, pero no me importó lo más mínimo. Apenas oí sus gritos de *¡Shiori'anma, has vuelto!* y *Shiori'anma, ¿qué significa esta intrusión?*

Solo tenía ojos para Takkan. Kiki tenía razón: al verme, casi se cae de su taburete de palisandro. Se apresuró a levantarse y unirse a los ministros en una reverencia uniforme.

—Tú no —dije, tirando de él por el brazo.

Miré a los funcionarios de mi padre, pasando por alto sus cejas fruncidas y sus mandíbulas caídas.

—Me llevo a Bushi'an Takkan el resto de la tarde —declaré—. Continúen sin él.

Solo el ministro jefe se atrevió a mostrar su desaprobación. Sentí una punzada de fastidio cuando levantó su nariz de seta y me cacareó.

Tomé a Takkan de la mano y lo saqué de la sala.

—¡Corre! —susurré cuando salimos por la puerta.

Corrimos por los jardines imperiales. Las libélulas zumbaban, los pájaros cometas cantaban y el abrumador perfume de los lirios y los crisantemos inundaba mis fosas nasales. Pero no aflojé el paso hasta que estuvimos lejos de miradas indiscretas.

—¿Por qué corremos? —Takkan preguntó, con razón, tras pasar la primera pasarela.

—Porque podemos —respondí entre jadeos—. Porque llevo una semana del infierno bajo el mar. Porque mi padre me dijo que actuara como si nada hubiera pasado, y esto es lo primero que habría hecho la vieja Shiori.

—Ya veo —respondió. Luego guiñó un ojo—. ¡Carrera!

Echó a correr, y yo también corrí, gritando tras él.

—¡Ni siquiera sabes adónde vamos!

—Tengo una idea.

No se detuvo, y maldita sea, iba en la dirección correcta.

Por muy rápido que fuera, solo había tenido seis meses para explorar los vastos jardines del palacio. Yo tuve diecisiete años. Me desvié de los senderos de guijarros, corriendo entre los arbustos a través de una parcela de rocas calizas planas, y pasé junto a la galería de reflejos. Gracias a mi atajo, llegué al Pabellón de las Nubes —un refugio escondido entre dos begonias— segundos antes que Takkan.

Torcí los labios, deleitándome con la cara de asombro que puso cuando se dio cuenta de que le había ganado. Se inclinó, en parte para reconocer mi victoria y en parte para inclinarse hacia delante y recuperar el aliento.

—Tanto perder el tiempo con los ministros te ha dejado fuera de forma, joven Bushi'an —bromeé—. ¿Qué pasó con las carreras que hacías todas las mañanas en Iro?

Una sonrisa se dibujó en el rostro de Takkan, y supe que no me estaba imaginando el vaho que de repente se dibujó en sus ojos.

—Solo estoy sin aliento por volver a verte, Shiori.

Shiori. La forma en que decía mi nombre no había cambiado, como las primeras notas de una canción que le gustaba cantar. De repente me alegré de haberme bañado y cambiado.

Un rubor subió por mis mejillas.

—Seguro que los ministros no te enseñaron a hablar así —me apresuré a decir—. Suenas como si estuvieras citando uno de esos tontos poemas de amor que mis tutores solían hacerme leer. Deberías saber que siempre me hacían reír. Nadie es tan romántico.

Takkan seguía sonriendo.

—Pues ríete —dijo con toda seriedad—. He echado de menos tu sonido.

He echado de menos tu sonido. Solo Takkan podía hacer que algo tan ridículo pareciera un hecho. Apenas podía respirar, por no hablar de reír y, antes de que pudiera parar, me lancé a sus brazos.

—He echado de menos a todos —dije.

Me abrazó y dejé que el latido de su corazón borrara el ruido del verano. Incluso en aquel porche aislado, las cigarras trinaban con estridencia y Kiki, que hacía tiempo que había salido volando, intercambiaba guturales gritos con los demás pájaros. No había lugar en el mundo en el que preferiría estar.

—¿Cómo supiste de la existencia de este lugar?

—Hasho me dijo que solías escaparte aquí cuando faltabas a las clases.

Hice una mueca.

—Traidor.

Takkan se rio.

—Dijo que era tu pabellón favorito. Se ha convertido en el mío también.

Quizá no tan traidor, mi hermano menor. Me gustaba la idea de que Takkan pasara las mañanas aquí, leyendo bajo los árboles o pintando o simplemente pensando… en mí.

—¿Cuándo volviste? —preguntó.

—Al amanecer. Pero solo llevo unas horas en palacio. ¿No se corrió la voz en el Nido de Avispones?

Takkan enarcó una ceja al oír el nombre, pero no lo cuestionó.

—Hemos estado en reuniones todo el día.

—Entonces deberías darme las gracias por salvarte —dije con descaro—. ¿No preferirías estar aquí conmigo que con todos esos viejos ministros estirados?

—Yo soy estirado. Y mayor que tú.

—Solo un año. —Sonreí al ver la cara que puso—. ¿Aún echas de menos mi voz?

Takkan trazó el hoyuelo que había aparecido en mi mejilla izquierda.

—Siempre.

Sin más, toda mi cara se encendió. Me di cuenta de lo cerca que estábamos, uno al lado del otro, rozándonos los codos, y de lo impulsiva que había sido al llevarlo sola a los jardines. No pretendía que aquello fuera una cita, pero nadie más lo sabría.

Las habladurías serían escabrosas si nos descubrieran. No es que me importara.

Durante todo un invierno, había vivido en la casa de Takkan, el castillo Bushian. Gracias a la maldición de Raikama, mi cara estaba oculta bajo un cuenco de madera encantado y no había podido hablar. Pero, incluso entonces, Takkan y yo habíamos llegado a querernos.

Había tardado demasiado en darme cuenta de que lo amaba, y podía contar con una mano el número de veces que habíamos estado tan cerca y solos. Ni siquiera nos habíamos besado.

Ojalá tuviera el valor de darle ese beso. El mero hecho de alargar la mano para tocar las puntas de su pelo hizo que mi corazón latiera desbocado. Aun así, no retrocedí. Más de un mechón negro estaba fuera de lugar gracias a nuestra emoción y, mientras se los colocaba detrás de la oreja, dejé que mis dedos se detuvieran.

Había ganado algo de color con los veranos abrasadores de Gindara y, en mi cabeza, tracé el contorno de sus rasgos: la nariz recta e inclinada, la mandíbula afilada y la pequeña hendidura en la barbilla, los ojos más sinceros que conocía.

Dioses, lo había echado de menos.

—¿En qué estás pensando? —preguntó.

En besarte, pensé con mortificante claridad, pero por una vez mi mente se apresuró a impedir que mis labios soltaran las palabras en voz alta.

—Estar en la corte no te ha cambiado —dije en su lugar, juguetonamente—. No has cambiado los linos de Iro por los brocados de Gindara. Incluso es de ese tono azul apagado que llevabas todos los días en casa.

—Tú también tienes el mismo aspecto. Mayormente.

—¿Mayormente? —Fingí parecer herida—. Mi pelo no se ha vuelto verde y mis ojos no son rojos.

—Tus ojos son iguales —convino—. Llenos de picardía y risa. Pero esto… —las yemas de sus dedos rozaron el mechón blanco plateado de mi pelo— esto es nuevo.

Cuando me tocó, el corazón me dio un vuelco y se me apretó al mismo tiempo. Era tentador dejarse llevar por el momento, hacer algún comentario tímido, plantarle un beso en la mejilla e ignorar las preguntas de sus ojos. Pero no podía mentirle a Takkan. No quería hacerlo.

—Es por usar la perla —confesé—. Yo... tuve problemas con los dragones.

—¿Con tu amigo el príncipe dragón? —Takkan arqueó una ceja.

—No, con Seryu no. —Vacilé, con toda la aventura aún tan fresca en mi mente que podía saborear el agua del mar en mis labios—. Resulta que el Rey Dragón quería la perla para él solo —expliqué—. Fue un lío, pero Seryu me ayudó a salir de Ai'long.

—Así que aún tienes la perla.

Astuto como siempre, Takkan, pensé.

—La tengo —respondí—, y tendré que volver a marcharme pronto, para cumplir mi promesa.

—Entonces iré contigo. No permitiré que te enfrentes a más dragones sola.

—No estaba sola. Tenía...

—Seryu. —Takkan se estremeció—. Lo sé.

Ladeé la cabeza. No era una reacción que hubiera visto antes en Takkan.

—Yo también tuve a Kiki... No me digas que estabas celoso de Seryu.

Takkan se movió inquieto, y no pude evitarlo: el diablillo que había en mí disfrutaba viendo lo incómodo que parecía.

—¡Estabas celoso!

—Es un príncipe dragón —admitió Takkan con una exhalación—. Un príncipe dragón que te llevó a su reino submarino. Y estaba claro que te tenía apego.

—¿Apego? —repetí—. ¿Cómo lo sabes? Ni siquiera hablaste con él.

—Lo habría hecho si hubiera tenido la oportunidad. —El tono de Takkan era acerado, lo que me hizo ocultar una sonrisa—. Cualquiera podía ver que se preocupaba por ti. Tus hermanos ciertamente lo hacían.

Podía imaginármelo. Reiji y Yotan aprovechándose del pobre Takkan, haciéndole creer que me quedaría en Ai'long para siempre y me convertiría en una princesa dragón. Mis hermanos podían ser desalmados en ese sentido, como yo. Me costó contener la sonrisa mientras Takkan continuaba.

—En cierto modo me reconfortaba, saber que él estaría contigo cuando yo no pudiera.

—¿Pero?

—Pero la idea de que pudieras quedarte en Ai'long me quitó el sueño más noches de las que me gustaría admitir —replicó Takkan—. Dicen que las aguas de Ai'long enturbian la mente e incluso borran el pasado. Me preocupaba que pudieras olvidarme.

Pensé en el elixir que casi había bebido.

—Resulta que todas las leyendas tienen una chispa de verdad —dije suavemente—. Pero ahora he vuelto. Y no te he olvidado. —Acerqué mi nariz a la suya y le guiñé un ojo—. Aunque es sobre todo por lo mucho que adoro a tu hermana.

La tensión en los hombros de Takkan se desvaneció y soltó una risita.

—Tendré que escribirle a Megari que has vuelto. No deja de acosarme por ti en sus cartas.

—Espero que no le moleste que sigas aquí. Pensé que te habrías ido a casa a Iro con tu padre.

—Quería estar aquí cuando volvieras —dijo Takkan—. Esperé en la playa todas las mañanas, pero precisamente hoy el consejo quería reunirse para discutir… —Se detuvo.

—¿Para discutir qué?

El brillo de su rostro se nubló y sospeché que conocía la respuesta.

Demonios. Magia. Yo.

—Debería volver —dijo—. El Avispero estará a reventar y no quiero perderme nada importante.

—¿Qué dicen de mí? —pregunté. Mi padre había intentado protegerme, pero confiaba en que Takkan me contara la verdad.

Vaciló.

—Los ministros han estado recelosos desde que desapareciste por Ai'long. Tus hermanos y yo intentamos inventar excusas, pero, cuando se extendió el rumor de que eras una hechicera y el derramamiento de sangre, poco pudimos hacer.

Me apoyé en la veranda, con la cara medio a la sombra y medio al sol.

—Me odian. Solo que no me lo muestran a la cara por culpa de Padre.

—Shiori…

No le di a Takkan ninguna oportunidad.

—Cuando estuve en Ai'long, me concedieron una visión de mi hogar. —Se me cerró la garganta—. Vi los bosques arder, vi a Bandur salir de las montañas. —Cuando pronuncié el nombre del demonio, un zarcillo frío serpenteó por mi corazón—. Era libre.

—Tu padre no quería que lo supieras.

—Cuéntamelo todo.

Takkan inhaló.

—Gindara durmió durante semanas incluso después de que te hubieras ido —dijo largamente—. Pero, cuando llegó la primavera y todo el mundo despertó, quedó claro que la magia había vuelto a Kiata. La gente entró en pánico, y algunos aldeanos empezaron a informar de que los árboles del bosque se estaban muriendo. Oían lamentos y risas en lo profundo de la noche. Tus hermanos y yo fuimos a investigar y encontramos una lágrima a lo largo de la cara del pico central.

La misma lágrima que Raikama había roto para liberarme de las garras de Bandur. No habría escapado de las montañas sin ella.

—La llamamos *la brecha* —dijo Takkan—. Brilla todo el día y toda la noche. Pero, por lo que sabemos, solo Bandur puede atravesarla. Los otros demonios permanecen dentro.

La magia que hice en las montañas no se mantendrá para siempre, me había advertido Raikama.

Si tan solo hubiera escuchado. Usar la perla le había costado la vida, ¿y para qué? Medio año después, Bandur ya había encontrado una salida.

Ojalá estuviera aquí. Ella habría sabido qué hacer.

—Se lo ha visto merodeando por los pueblos que bordean las Montañas Sagradas —dijo Takkan—. Hay informes de ataques a la gente del pueblo, pero parece debilitado y no puede permanecer fuera de las montañas por mucho tiempo. Hasta ahora no ha habido señales de él en Gindara.

—Eso cambiará ahora que he vuelto —apreté los dientes—. Me ha estado esperando.

No dije nada más, pero Takkan pudo leer las emociones encontradas en mi rostro: no debería haber vuelto. Debería haberme quedado en Ai'long.

—Sea lo que sea que estés pensando, no lo hagas —dijo en voz baja—. Este es tu hogar. Este es tu lugar.

Eran palabras a las que me había aferrado durante los largos meses que había estado bajo la maldición de Raikama, sola, sin voz y sin hogar, y mientras había estado en Ai'long, anhelando volver a ver a mi familia. Quería creerle desesperadamente, pero en el fondo lo sabía: hasta que la magia no tuviera un lugar en Kiata, nunca lo tendría yo. De nada servía lamentarse. Lo hecho, hecho estaba.

Había vuelto y tenía que afrontar las consecuencias. *Lo primero es lo importante, habrá que enviar a Bandur de vuelta a las montañas*, pensé. Cuanto antes, mejor.

—¿Me llevarás allí? —le pregunté a Takkan—. Quiero ver la brecha por mí misma.

—¿Cuándo?

—Hoy no —dije, pensándolo—. Pronto oscurecerá, y me esperan en la cena con mi padre. Iré mañana. —Dudé—. Vendrás con nosotros, ¿verdad? En la cena, quiero decir.

Takkan parpadeó.

—Nunca me han invitado.

Claro que no. Cenar con el emperador era un gran honor, y en la última interacción que recordaba de Padre y Takkan yo había saltado por una ventana para escapar de nuestro compromiso.

—Ahora sí —le dije—. Ven a comer con nosotros. Reiji se marcha a A'landi al final de la semana, así que tendremos poco tiempo para comidas familiares.

Me sonrojé, dándome cuenta de que lo había llamado *familia* sin querer. Aunque no lo hubiera hecho, era una invitación cargada de mala intención. Todo el mundo asumiría que estábamos reanudando nuestro compromiso.

Takkan debió de darse cuenta. Empezó a hablar, soltando una sarta de tonterías educadas sobre cómo no necesitaba invitarlo, pero lo interrumpí con un gesto.

Hablé por encima de él, con firmeza.

—Te veré en la cena.

CAPÍTULO 19

Había subestimado lo contenta que se pondría mi familia al ver a Takkan en la cena. Desde el momento en que fue anunciado en la puerta del emperador, mis hermanos empezaron a sonreír de oreja a oreja.

Estaba claro que Takkan había llegado a conocer a mi familia mientras yo había estado en Ai'long. Cuando mi padre no miraba, Reiji le dio la bienvenida con una palmada en la espalda, y Yotan le puso en la palma de la mano una copa de madera rebosante de vino de arroz.

—Bebe —dijo Yotan—. Aunque no demasiado deprisa. No querríamos que te tambalearas borracho en tu primera cena familiar, ¿verdad?

Takkan se atragantó con el aliento y yo me levanté la manga para ocultar una carcajada. Podía contar con Yotan para aligerar cualquier humor.

—Estarás bien —le dije a Takkan. Tuve que contenerme para no agarrarle la mano y apretársela.

Vestía de azul, el color de su familia y el que más me gustaba en él. Una sencilla chaqueta de lino ceñía sus anchos hombros, y no sabía cómo, pero el cinturón de cordones negros que le rodeaba la cintura le daba un aspecto rudo y erudito al mismo tiempo. El *conjunto rústico*, como lo habría descrito Yotan, confirmaba que Takkan no había pasado el tiempo observando las modas de la corte. Cualquier otro señor se habría ataviado de seda, jade y oro para cenar con el emperador, pero dudaba que eso se le hubiera ocurrido a Takkan. Probablemente le preocupaban más las manchas de tinta que tenía en las yemas de sus dedos. Siempre estaban presentes, incluso cuando lo conocí en Iro, aunque más tenues de lo que las había visto esta noche. Me pregunté cuánto tiempo se las habría frotado antes de cenar.

—Bienvenido, Takkan —dijo Padre, dirigiéndose al joven señor arrodillado.

—Gracias, Majestad.

—Por primera vez, que recuerde, Shiori no llega tarde. Confío en que debo agradecértelo.

—Así es, Padre —respondí por Takkan. Esperaba que mi descarada respuesta ocultara lo nerviosa que estaba—. Y también deberías agradecérselo a los cocineros. He oído que estaban sirviendo huevos al vapor y pato.

Efectivamente, así era, según pude oler.

Después de mi viaje a Ai'long, me habría conformado con un simple plato de arroz y sopa. Pero llegó una asombrosa variedad de platos: cuajada de alubias que se deshacía en la lengua como seda líquida, huevos al vapor tan fragantes y amarillos como las flores de loto de verano, y pato asado tierno y crujiente a la vez, con una sabrosa salsa que rocié sobre el arroz.

Ojalá pudiera disfrutar de la comida sin que todos se burlaran de mí por la presencia de Takkan. Incluso Wandei, que normalmente se ocupaba de sus asuntos, movía las cejas en mi dirección cada vez que podía.

De mala gana, dejé mi cuenco y me aclaré la garganta.

—Padre me preguntó esta mañana si me gustaría volver a celebrar una ceremonia de esponsales con Bushi'an Takkan. —Me temblaba la voz—. Me gustaría mucho... antes de que Reiji tenga que partir hacia A'landi. —Miré a Takkan—. Pero comprendo si deseas esperar, dado que tu familia está en Iro.

Una sonrisa se posó en los labios de Takkan.

—Contigo, Shiori, he aprendido que es mejor no esperar.

Mis hermanos ocultaron su risa tras las copas levantadas, pero por una vez no los fulminé con la mirada. Yo también sonreí.

—Está decidido, entonces —dijo Padre—. Ya le he pedido al sumo sacerdote Voan que elija una fecha. El nueve de este mes parece la más propicia.

Solo faltaban tres días. Me acomodé en mi asiento, y la sonrisa de mi cara perdió brillo rápidamente. Debería haberme alegrado. Quería estarlo.

Pero seguía mirando el espacio vacío junto a Padre, donde se habría sentado Raikama, y mi promesa incumplida me carcomía. Takkan sabía que aún tenía la perla, pero no le había dicho —ni a él ni a nadie— que tenía que partir hacia Lapzur.

—Por lord Bushi'an y Shiori —decía Andahai, alzando su copa—. Que vuestros hilos se anuden de esta vida a la otra. Os deseo toda la felicidad.

Reiji secundó el brindis.

—Y qué alivio que la atención esté fuera de mí —añadió—. Toda la semana hemos estado celebrando mi matrimonio con una princesa de papel.

—Sí, y esperando por tu bien que sea tan guapa como parece en el cuadro —bromeó Hasho.

Reiji resopló, pero se bebió la copa de un trago.

Me llevé la copa de vino a los labios y bebí despacio. Nunca me había gustado el vino de arroz, y este era especialmente amargo, como masticar un puñado de hojas de té crudas.

Entonces empezó a arder.

Volví a escupir el vino en la copa, pero el veneno viajó rápido. Un dolor atroz me atravesó el pecho y empecé a ahogarme, con la cara llena de sangre. La copa se me resbaló de las manos y cayó al suelo de baldosas.

Lo siguiente que recuerdo es estar en el suelo, con la mejilla apoyada en la fría baldosa.

El mundo se tambaleó cuando unos pasos se precipitaron hacia mí. Mis hermanos —los seis— estaban a mi lado, con los rostros confundidos.

—¡Veneno! —Hasho estaba llorando—. ¡Que alguien pida ayuda!

Sus gritos se desvanecieron en el fondo y lo único que pude ver fue a Qinnia, que intentaba aflojarme el collar para que pudiera respirar. Un humo negro se arremolinó en mis ojos y, cuando el aliento huyó de mis pulmones, una sombra la envolvió. Su piel se volvió cenicienta y sus pupilas rojas como la sangre.

—Bienvenida, Shiori —dijo Bandur a través de los labios pintados de rosa de Qinnia—. No me has olvidado, ¿verdad?

—¿Cómo… cómo es que estás aquí? —Me atraganté—. ¿En… en Qinnia?

—¿No te acuerdas? —Qinnia tomó un puñado de dátiles rojos. El movimiento fue lánguido, y mi corazón dio un vuelco cuando los aplastó en su puño.

El jugo corría por sus dedos como la sangre, en finos meandros.

—Tu sangre me ha liberado. No estoy encadenado a las montañas, como los demás. He estado aquí. Observándote.

Mis ojos se giraron horrorizados.

La cara de Qinnia se deformó en una horrible burla de sonrisa.

—¿Por qué tan alterada? Deberías agradecerme mi ayuda mientras estabas fuera. Nueve sacerdotisas de las Montañas Sagradas se entregaron al Señor Sharima'en gracias a mí. Tres caminaron hacia el fuego, dos hacia el mar y las otras cuatro… bueno, sintieron el impulso de probar el extremo de una daga. —Se lamió los labios—. No podía dejar que te redujeran a cenizas. Tu sangre es demasiado valiosa para eso.

—Sal de Qinnia —susurré—. Déjala en paz.

—¿Te molesta su cara? —Bandur fingió hacer un mohín—. ¿A quién prefieres que habite? Podría ser cualquiera que conozcas. Uno de tus sirvientes, tu padre. Incluso tu amado Takkan.

Ya era suficiente. Me lancé sobre Qinnia, apuntando a sus ojos.

Gracias a los grandes dioses, ella gritó. Andahai la empujó lejos de mí un instante antes de que la hubiera apuñalado.

Las sombras apagaron las luces de los faroles, y la risa de Bandur rebotó en las paredes.

—Ahorra energía, Shiori. ¿Pretendes matar a la esposa del príncipe heredero? Es ella quien moriría, no yo.

Horrorizada, me eché hacia atrás y mi mundo se tambaleó. Estaba en el suelo. Hasho intentaba meterme algo por la boca. Me mordí el labio, negándome a beber. Ya no confiaba en nadie, ni siquiera en él.

—Deja de luchar —dijo Bandur—. Tu hermano intenta salvarte.

Su consejo solo hizo que me mordiera más fuerte.

—¿Crees que te he envenenado? —Se rio—. Solo un imbécil te mataría mientras estás unida a la perla del Espectro. Aunque debo decirte que me alivia que se la ocultaras al Rey Dragón. —La sombra de Bandur me recorrió, parpadeando sobre el mechón blanco de mi pelo mientras ronroneaba—. Me preocupaba no tener mi oportunidad con ella.

—Nunca —me quejé.

—Nazayun fracasó porque no te proporcionó las… razones adecuadas. —La voz de Bandur llegó a mis oídos—. No cometeré ese error. La paciencia es una virtud del demonio, no del dragón.

Uno de mis hermanos me pellizcaba la nariz y, mientras forcejeaba, un líquido caliente me goteaba por la garganta. Casi al instante, la amargura de mi boca se disolvió.

—Sí, eso es. Respira. —Bandur inhaló, burlándose de mi respiración entrecortada—. Ya está, ya está.

El mundo empezó a aclararse, y mis hermanos y Takkan se cernieron preocupados sobre mí. Qinnia se había retirado a la pared del fondo.

De sus ojos salían espirales de humo que, al parecer, solo yo podía ver. Mientras se evaporaba en la distancia, aún podía oír a Bandur.

—Disfruta de tu tiempo en casa, Shiori. No dejes que nadie te mate antes que yo.

En un instante, desapareció, y Qinnia dejó escapar un violento estremecimiento antes de desplomarse en su silla.

—Estoy bien —dijo cuando Andahai corrió a su lado. Tenía los ojos nublados y, por su sonrisa vidriosa, dudaba que supiera lo que había pasado—. Estoy bien —repitió—. Ayuda a Shiori.

Takkan me apretaba el pulso con los dedos y me sentó en la silla.

—Eso es, Shiori. Respira. Despacio. —Mientras inhalaba, Hasho puso una pequeña botella a mi alcance—. Es de Raikama —me dijo—. Bebe más si aún te encuentras mal.

—¿Raikama?

—Lo dejó para nosotros —me explicó mi hermano, al ver que me reconfortaba oír hablar de ella—. Es un antídoto para la mayoría de los venenos. Debió de suponer que lo necesitaríamos.

Por fin dejé de morderme el labio. Incluso muerta, mi madrastra me había salvado.

Levantándome, agarré la manga de Hasho.

—Estuvo aquí —susurré con voz ronca—. Bandur…

Mi hermano y Takkan intercambiaron miradas.

—¿Estás segura? —preguntó Hasho.

—Sin ninguna duda. Él… estuvo en Qinnia. —La miré—. ¿Está bien?

La princesa heredera parecía tan confusa como conmocionada. Dejó caer los dátiles de sus manos, temblando visiblemente mientras se limpiaba las manchas de los dedos con un paño. No me miraba, lo cual era comprensible. Al menos tenía los ojos claros.

Bandur se había ido. Por el momento.

—¿Estás herida? —Andahai preguntó a su esposa. Su voz era tensa. No había oído lo que les había dicho a Takkan y Hasho, y tenía que estar echando humo.

Cuando Qinnia asintió mansamente, algunos criados frunciéron el ceño. Podía imaginar lo que pensaban. Que estaba celosa de la nueva princesa, que durante mi ausencia me había vuelto loca. Que realmente era una hechicera peligrosa.

Se me secó la boca. Quería explicarlo todo, pero no era el momento.

—Me gustaría que me disculparas —le dije a Padre con mi voz más baja y tranquila—. ¿Puede Takkan acompañarme a mi habitación?

Normalmente ese era el papel de Hasho, o incluso de Benkai, pero mi padre miró a Takkan, y luego asintió.

—Ve. Y no salgas de tu habitación hasta que te mande llamar.

Antes de irme, intercambié una mirada con Hasho, sabiendo que podía confiar en él para dirigir la investigación. Él explicaría a mis hermanos —especialmente a Andahai— lo que había sucedido.

—¿Qué has visto? —preguntó Takkan en voz baja una vez que estuvimos solos en el pasillo.

—Bandur. —Me estremecí, aún atormentada—. Me habló… a través de Qinnia.

—¿Qué dijo?

—Estaba desquiciado. Se jactó de que podía tomar el cuerpo de cualquiera si lo deseaba. Dijo que no fue él quien me envenenó, pero que mató a nueve sacerdotisas de las Montañas Sagradas.

Takkan detuvo su paso.

—Quizá no deberíamos ir a la brecha mañana.

—¡¿Que no deberíamos ir?! —exclamé—. Bandur sabe que he vuelto. No tiene sentido esconderse.

—Shiori, intentó matarte.

—No fue él.

—¿Cómo lo sabes?

Él me lo dijo, estuve a punto de decir antes de darme cuenta de lo ridículo que sonaba.

—Tiene que haber un ritual para romper mi vínculo con la perla.

—Te quiere en las Montañas Sagradas. Solo le estarías haciendo el juego.

—Necesito ver la brecha —insistí—. Puedo encontrar una manera de sellarlo de nuevo dentro.

Takkan no discutió, aunque me di cuenta de que no le había convencido.

—Discutámoslo mañana. Necesitas descansar. —Dio un paso atrás—. Yo vigilaré fuera.

—No eres mi guardaespaldas.

—No lo soy —aceptó—. Soy tu prometido. Oficialmente de nuevo, a partir de esta noche, lo que significa que no puedes despedirme. —Se acomodó en un rincón—. Vete a dormir.

Yo seguía de pie en mi puerta.

—Eres imposible, Bushi'an Takkan —murmuré, lo bastante alto para que me oyera—. Me gustabas más cuando tenía el cuenco en la cabeza y no tenías ni idea de quién era.

Era mentira, y ambos lo sabíamos.

Se inclinó, completamente imperturbable.

—Te veré mañana, Shiori.

De algún modo, en medio del peligro que nos aguardaba, aquellas fueron las palabras más dulces que había oído en meses.

CAPÍTULO 20

Apenas había amanecido y Hasho seguía roncando cuando me colé en su habitación. Mis hermanos y yo habíamos compartido habitaciones contiguas desde que nací, y no era la primera vez que les robaba la ropa para escabullirme del palacio sin ser descubierta. Normalmente la ropa de Hasho, ya que su habitación estaba junto a la mía. Qué suerte tenía, pobre.

Ya me había puesto mi túnica más sencilla, pero necesitaba un sombrero para ocultar el pelo y la cara. Hasho tenía muchos, y me serví uno azul que hacía juego con la túnica de algodón a rayas que llevaba. Después, tomé dos dagas de su armero y me las coloqué en el cinturón.

Takkan ya se había levantado y me esperaba. Realmente había pasado la noche frente a mi puerta.

—¿Dónde están los guardias? —pregunté en lugar de saludar. Al menos dos estaban apostados fuera de las habitaciones de cada uno de mis hermanos.

—Se retiraron. Tus criadas también. Tu padre no confía en que nadie te atienda hasta que encuentren al asesino. —Takkan hizo una pausa, reconociendo mi disfraz con el leve levantamiento de una ceja—. Supongo que no has cambiado de opinión sobre las Montañas Sagradas.

—¿Parece que haya cambiado de opinión? —Jugueteé con el sombrero de Hasho, recogiendo un mechón de pelo plateado que se me había escapado. Luego palpé mi mochila. Dentro estaban la perla y el espejo de la verdad—. Vámonos.

Takkan se hizo a un lado, impidiéndome el paso.

—Tu padre te ha prohibido salir de tu habitación.

—Si quería que le hiciera caso, no debería haberme mentido sobre los demonios.

—Tus hermanos me pidieron que me asegurara de que tú también te quedaras.

—Entonces deberían ser ellos los que custodiaran mi cámara, no tú. No necesito su permiso para irme, ni el tuyo.

Pasé junto a él, y Takkan tensó la mandíbula, señal inequívoca de que no aprobaba lo que estaba haciendo. Kiki tampoco, solo que fue mucho más expresiva en su disgusto.

—¿Todavía tienes la cabeza llena de agua de mar, Shiori? Alguien intentó matarte anoche. Deberías quedarte en casa, donde es seguro.

—¿Seguro? —repetí—. Bandur estaba en el palacio. Poseyó a Qinnia… —Cerré los puños—. No he vuelto de Ai'long para no hacer nada. Voy a encontrarlo.

—Pero…

—Quienquiera que haya intentado matarme está en palacio. No van a dejar de intentarlo solo porque estoy atrapada en mi habitación. Estaré más segura fuera.

Mi pájaro de papel tiró del pelo de Takkan, una súplica por su apoyo.

—No vas a hacerme cambiar de opinión. Puedes venir tú también o puedo ir yo sola —le advertí, antes de que pudiera hablar.

No cedió. ¡Hilos de Emuri'en! Había olvidado lo testarudo que podía llegar a ser Takkan.

—Shiori, por favor, quédate en tu habitación.

—Hazte a un lado —ordené con altanería. Levanté la mano hacia su frente—. Seryu me enseñó un hechizo para dormir, y no tengo miedo de usarlo contigo.

Un músculo de la mandíbula de Takkan hizo un tic, y volvió a intentarlo, con suavidad.

—Piensa en lo que pasó anoche...

—Estoy pensando en anoche. Hay un demonio suelto, y yo soy la única que puede detenerlo. —Le di un golpe a Kiki con el sombrero antes de que protestara también—. Ahora, puedes venir conmigo como mi guardaespaldas, o puedes echarte una siesta y recibirme cuando vuelva.

—Las puertas estarán cerradas...

Las puertas eran la menor de mis preocupaciones.

—Conozco un atajo.

Aunque Takkan no dijo ni una palabra, percibí su confusión cuando, en lugar de dirigirme a las puertas principales, lo llevé al interior del palacio. Evitamos los pasillos y caminos más transitados, atravesando el huerto de cítricos y los jardines de rocas hasta llegar al lugar que una vez había amado y temido.

—El recinto de la Puerta de la Luna —murmuré, deslizando las puertas de madera.

La residencia de Raikama siempre había sido tranquila, pero me inquietaba no ver guardias apostados en cada esquina, ni sirvientes pululando por las habitaciones. Dentro, ramos de crisantemos e incienso rancio inundaban mis fosas nasales: olores de oración y luto.

Las puertas de su cámara de audiencias estaban abiertas de par en par, algo que nunca habría ocurrido cuando Raikama vivía. No recibía muchas visitas.

Di un paso tentativo hacia el interior.

—Cuando era pequeña, nos perseguíamos por esta habitación —dije señalando las paredes doradas—. Después, cuando estábamos mareados, nos dábamos un festín de pasteles y melocotones y fingíamos que vivíamos en la luna. —Echaba tanto de menos aquella época que me dolía respirar—. Un día, me metí en su jardín y rompí su confianza. La última vez que vine aquí, creí que Padre me había convocado para disculparme con ella, pero en lugar de eso fue para anunciar mi compromiso contigo.

Takkan no se inmutó. Por otra parte, sabía lo mucho que yo no quería casarme con él.

—Deduzco que no te lo tomaste bien —dijo.

—Hubiera preferido una sentencia de muerte —respondí secamente—. Lloré tan miserablemente que Padre estuvo a punto de anular nuestro compromiso allí mismo, pero Raikama no quiso.

Incluso después de tantos años, el recuerdo era nítido.

Me había tirado al suelo, prácticamente besando la madera mientras me inclinaba. Esperaba que la demostración despertara la compasión de mi padre, pero me equivoqué.

—¿Has terminado de dar el espectáculo? —me preguntó.

Yo solo tenía nueve años, pero conocía lo suficiente la ira del emperador como para saber que era más grave cuando no parecía enfadado. Su voz era uniforme, con un ligero toque de desagrado en sus palabras.

El comportamiento de Raikama solo aumentó mi agitación. No se había movido en absoluto. No había dicho nada.

—Madrastra —grité, lanzándome en su dirección—. Por favor, no me eches porque te haya ofendido. —Apreté la frente contra el suelo, todo mi orgullo disuelto—. Me portaré bien. Lo prometo.

Raikama levantó su abanico, bordado con serpientes y orquídeas blancas. Lo abrió con un chasquido que acentuó sus siguientes palabras:

—Una promesa no es un beso al viento, que se lanza sin cuidado. —Un destello de oro brilló en sus ojos—. Esa lección debes aprenderla, Shiori, por tu propio bien.

Empecé a protestar, pero mi cabeza se sintió repentinamente ligera. El gran discurso que había ensayado huyó de mi lengua, y mi cuerpo se fundió aturdidamente en una reverencia. Repetí.

—Sí, madrastra. Me iré de Kiata, si eso es lo que deseas. No volverás a verme.

El abanico de Raikama cayó sin fuerza y, cuando levanté la vista, había una ligera humedad en sus ojos. Por un instante, me atreví a esperar que cediera. Que me abrazara y declarara su perdón.

Pero sus ojos volvieron a enfriarse y cerró el abanico tan brutalmente que creí que se partiría en dos. Sin decir una palabra más, se levantó y salió de la habitación.

Ese fue el día en que aprendí a endurecer mi corazón. Ese fue el día en que perdí a mi madre.

Takkan tocó mi hombro.

—¿Shiori?

Hoy esperaba enfrentarme a demonios, no a mi propio pasado. Me tragué el nudo en la garganta y continué por el pasillo.

—A estas horas estaría en su cuarto de bordado —dije—, cosiendo una escena de orquídeas lunares o lirios. Siempre estaba cosiendo, aunque no tenía mucho talento para ello. Había dos señoras a su lado, pero apenas hablaba con ellas. Seguramente se aburrían mucho.

Su bastidor de bordado seguía en la habitación, pero los hilos y los husos habían sido guardados, las ventanas cerradas y los faroles retirados.

Señalé la esquina de la habitación junto a la ventana.

—Ahí es donde me sentaba —le dije a Takkan, con voz suave—. Acurrucada en ese rincón, trabajé en un tapiz de disculpas para ti y tu familia. Me llevó casi un mes, y Raikama venía cada dos horas para asegurarse de que mis puntadas no estuvieran torcidas. —Una sonrisa melancólica se dibujó en mis labios—. Cómo la odiaba entonces… y a ti, por hacerme perder el verano.

Takkan me devolvió la sonrisa.

—Me alivia que tus sentimientos hayan cambiado… hacia los dos.

—Yo también.

Me agaché junto a su costurero, nerviosa por abrirlo. Anoche había buscado en mi habitación el ovillo de hilo rojo que Raikama había guardado una vez. Juraría que lo había dejado a buen recaudo en el armario, pero no estaba allí.

Por los Tribunales Eternos, recé para que de algún modo hubiera vuelto aquí, entre las pertenencias de Raikama.

Con dedos temblorosos, abrí el cofre y rebusqué en su interior. Debajo de un montón de hilos e hilachas había un manojo de hilo rojo tan ordinario y sencillo que nadie pensaría que era algo especial.

Pero yo sabía que sí lo era.

—¿Qué es eso? —preguntó Takkan mientras yo sacaba el hilo rojo del cofre, manejándolo con el cuidado que le habría dado a un huevo de grulla.

Lo tomé de la mano, tirando de él hacia el jardín de la Luna.

—Ya verás.

El estanque aún rebosaba de carpas, lechos de flores de loto flotando pacíficamente. Las copas de las glicinias moradas habían crecido hasta cubrir los altos árboles que daban sombra al jardín. Pero una cosa era diferente: no había serpientes.

—Este era el santuario de Raikama —dije al fin—. Solía venir todos los días a sentarse junto al agua y hablar con sus serpientes. Traía a mis hermanos, pero nunca a mí. Nunca supe por qué, y me molestaba. Entonces estábamos muy unidas, como una madre y una hija.

»Llevaba años queriendo venir, así que un día me colé dentro por una apuesta. Se suponía que debía robar una de sus serpientes, pero Raikama me atrapó.

—Eso fue lo que rompió su confianza —dijo Takkan, atando cabos.

—Se puso furiosa. Nunca volvimos a ser las mismas. —Mi voz se volvió gruesa—. Durante años supuse que era por lo que había hecho, pero no era eso. Las serpientes son sensibles a la magia. Sintieron la mía y se lo dijeron a Raikama. Ella hizo todo lo que pudo para ocultar mis poderes y evitar que se manifestaran, aunque eso significara distanciarse de mí.

—Ella sabía lo que pasaría si la gente equivocada descubría que tú eras la sangresucia —dijo Takkan—. Ella te estaba protegiendo.

—Así es. —Me hundí en un lecho de hierba plateada, arrodillada junto al sauce llorón que había cobijado a mi madrastra en los últimos momentos de su vida—. Siempre me protegía.

Se habían colocado macetas de orquídeas lunares en el jardín, sobre rocas planas, en honor a la consorte imperial, pero algunas de las flores habían empezado a secarse con el calor del verano. Toqué sus pétalos caídos y liberé una hebra de magia para llevarlas hacia el cielo cada vez más brillante.

Por un momento, pude verla entre las nubes. Sus ojos opalescentes, el largo cabello que brillaba incluso en la oscuridad, la misteriosa cicatriz que le cruzaba la mejilla. Demasiado pronto se desvaneció, viva solo en mi memoria.

Tragué saliva y volví a encontrar lentamente la voz.

—No era perfecta. Cometía errores, errores egoístas. Pero se preocupaba por mí más de lo que yo creía. —Le tendí el hilo rojo—. Antes de morir, utilizó este hilo para ayudarme a escapar de las Montañas Sagradas.

Takkan tocó el extremo suelto del hilo, metiéndolo de nuevo en el ovillo.

—Está encantado.

—Con la magia de Emuri'en —confirmé. El poder del destino. Hice rodar el ovillo entre mis manos—. Empiezo a pensar que la magia nunca abandonó Kiata. No del todo. Los dioses la enterraron en lo profundo del corazón de nuestra tierra, donde permaneció latente.

Me imaginé un jardín bajo una nevada perpetua, raíces y bulbos esperando el deshielo.

La magia despertaba lentamente. Podía sentirla en el hilo de mi madrastra, en Kiki, cada día más viva. Incluso podía sentirla cuando me inclinaba hacia el estanque, buscando en sus profundidades el pasadizo encantado que había debajo.

Sostuve el ovillo de hilo sobre el estanque, y sus aguas ondularon sutilmente. Como anticipándose.

—Llévame a las Montañas Sagradas.

CAPÍTULO 21

Seguimos el hilo rojo y emergimos en lo profundo del bosque, no lejos de las Montañas Sagradas. Un viaje, me informó Takkan, que normalmente llevaba toda una mañana a caballo.

La brecha estaba a poca distancia, pero Takkan quería explorar la zona antes de acercarse demasiado.

—Los demonios saben que has vuelto —explicó en tono sombrío—. Debemos ir con mucho cuidado.

Me condujo por un sendero que se adentraba en el puerto de montaña, y ascendimos despacio, en silencio. Cuando por fin apareció el resplandor de la brecha, recuperé el aliento. Ya la había visto antes en el espejo de la verdad, pero de cerca parecía diferente.

Me di cuenta de que había crecido.

La brecha se extendía hasta la mitad del pico más alto, tan alta y ancha como un sauce. De su costura torcida emanaba luz escarlata, como una herida que llorara sangre. O un río de ojos demoníacos.

Me agarré a una rama baja y me elevé para ver mejor. En la base de la brecha había un campamento de centinelas y soldados, formando un cordón alrededor de la montaña.

—¿Es prudente tener a todos estos hombres aquí protegiéndose de Bandur? —le pregunté a Takkan—. Si él puede poseer a Qinnia…

—No es invencible —dijo Takkan—, y no puede permanecer lejos de la brecha durante mucho tiempo. Al cabo de unas horas, siempre vuelve. Los soldados avisan a Benkai cada vez que hay movimiento y cada vez que regresa. Es más difícil ver cuándo se va, ya que suele ser de noche.

—Ahora está dentro —afirmé.

Asintió.

Fue un alivio, pero fruncí el ceño.

—Entiendo lo de las patrullas, pero no necesitamos tantos soldados para hacer de vigilantes.

—Resulta que los demonios no son nuestra única preocupación. —Takkan volvió a dirigir mi atención al bosque—. ¿Ves esas manchas de madera quemada?

Me acerqué para ver mejor, pero ya sabía de qué hablaba. El espejo de la verdad me lo había mostrado, y me había dado cuenta de las arboledas carbonizadas cuando llegamos.

—¿No era Bandur?

—No. Eran kiatanos locales. —Takkan bajó la voz—. Se está corriendo la voz de que hay un demonio en Gindara. Tu padre y tus hermanos han hecho todo lo posible por contenerlo, pero el miedo se extiende más rápido que cualquier fuego. Mientras has estado fuera, muchos han acudido a la brecha y han intentado quemar el mal del bosque.

Tragué saliva. Era cuestión de tiempo que todo el país supiera lo de Bandur. En el fondo, eso me preocupaba más que el propio Rey Demonio.

—Los soldados son refuerzos necesarios hasta que encontremos la forma de sellar la brecha —dijo Takkan—. Tu padre ha permitido que un par de hechiceros vengan a investigar las montañas. Esperamos que puedan encontrar una solución.

Eso sí que era una sorpresa. Ningún hechicero había visitado Kiata en siglos, al menos no oficialmente.

—¿Están en la brecha? —pregunté, saltando del árbol—. Me gustaría conocer…

Me detuve en seco. El aire había cambiado. Había desaparecido el calor, la pegajosa capa de humedad. El frío punzaba mi piel desnuda.

—Shiori… —susurró el viento—. Shiori.

El suelo empezó a temblar. Al principio, solo era una vibración que hacía crujir los árboles cercanos. Luego, un feroz temblor sacudió la tierra. Los pájaros graznaron y las rocas se desprendieron de la ladera de la montaña, obligando a los soldados a abandonar sus puestos.

Doblé las rodillas para mantener el equilibrio y Kiki se escabulló bajo el sombrero de Hasho. A lo lejos, la brecha parpadeaba en rojo.

—¡SHIORI! —volvió a susurrar el viento, esta vez con más urgencia—. ¡SHIORI!

Eso no era viento. Eran los demonios. Sabían que estaba aquí.

—La sangresucia ha llegado —clamaban—. Ha venido a liberarnos.

—Debemos despertar al rey.

—No he venido a liberaros —siseé. Me atreví a dar un paso adelante—. He venido a asegurarme de que no salgáis jamás.

—Ya veremos.

La ira de los demonios palpitó bajo mis pies y agarré a Takkan de la mano. Juntos retrocedimos un paso, luego otro y otro hasta que la tierra volvió a estar quieta y el frío se disipó.

—¿Qué ha sido eso? —preguntó Takkan.

No llegué a responder. Porque de entre los árboles salió volando el halcón más grande y de aspecto más salvaje que jamás había visto, con rayas de tigre en sus plumas bruñidas y orejas puntiagudas como las de un gato. Kiki soltó un grito espantoso cuando sus garras la esquivaron por poco y me arrancaron el sombrero de la cabeza.

—¡Heedi! —gritó una voz invisible—. ¿Qué te he enseñado de tirarte sobre nuestros amigos? Discúlpate de inmediato.

El halcón miró a Kiki con la cabeza gacha y luego se abalanzó sobre el brazo de un niño. Un chico con una sonrisa ladeada que reconocería en cualquier parte.

—¡Gen! —grité.

El hechicero hizo una reverencia.

—Mis disculpas por la encantadora Heedi. Se excita cuando hay actividad demoníaca. Y gracias a Dios, de lo contrario, no os habría visto a Kiki y a ti. Qué bien se os ve, recién exiliadas del reino de los dragones. —Le sopló un beso a mi pájaro—. Sobre todo a ti, Kiki.

¡Puedes oírme!, exclamó el pájaro de papel, perdonando al instante a Gen por el incidente del halcón. *Me lo había estado preguntando.*

—Siempre he tenido afinidad por los pájaros —confesó Gen—. Suelen ser más inteligentes que los humanos.

Kiki se pavoneó y suspiré al ver con qué facilidad se encandilaba mi pájaro de papel.

Tú también tienes buen aspecto, dijo.

Era cierto. Las mejillas de Gen estaban radiantes de salud, sus rulos bien peinados e incluso se había puesto la túnica de kiatano. De no ser por sus ojos azules, podría haber pasado por uno de nosotros.

—Vamos —dijo Gen—, charlemos un poco más lejos de la brecha. Los demonios han estado irritables todo el día.

—¿Os conocéis todos? —dijo Takkan, más consciente que nunca de que no podía oír la parte de la conversación de Kiki.

—¿Si nos conocemos? —dijo Gen—. Compartimos calabozo en Ai'long. Después de todo lo que hemos pasado juntos, Shiori es prácticamente mi tía.

—¿Tía? —me burlé—. Has pasado veinte años de tu vida como una estatua. Que no hayas envejecido no significa que seas más joven que yo.

—Pero parezco más joven. Sobre todo cuando llevas eso puesto. —Gen escrutó mi ropa—. Ibas mucho mejor vestida en Ai'long, incluso cuando los dragones intentaban matarte.

—Es la ropa de mi hermano —respondí, arrebatándole el sombrero al halcón—. No es fácil escabullirse cuando eres una princesa. Pensé que parecía convincente.

Gen arrugó la nariz.

—Quizá para los soldados. Pero no para mí. —Demostró su punto de vista señalando mi mochila, oculta casualmente bajo mi capa—. Todavía tienes la perla. ¿Seguro que es prudente llevarla encima?

—Más que dejarla desatendida en mi habitación —dije con crudeza. Me llevé las manos a las caderas—. ¿No dijiste que Kiata era el último lugar que querías visitar?

—Lo era, pero me mentiste sobre tu problema con los demonios —dijo Gen—. Vine en cuanto pude conseguir una invitación.

Me costaba creer que mi padre y sus ministros aceptaran el consejo de este hombrecito demasiado confiado.

—¿Mi padre te invitó a Kiata?

—Invitó a mi maestro. —Gen acarició el halcón de su hombro—. Encantadora Heedi.

—¿Esa es encantadora Heedi?

Gen se rio.

—No, la verdadera encantadora Heedi murió hace unos doscientos años. Pero los kiatanos están tan desconectados de la magia que elegí el nombre más famoso que se me ocurrió. —Guiñó un ojo—. Un pequeño engaño nunca hace daño a nadie.

—Un pequeño engaño podría llevarte al calabozo si el emperador se entera —dijo Takkan con severidad—. Hemos invitado a una gran hechicera, no a su aprendiz.

Gen le lanzó una mirada.

—Sin embargo, todo este tiempo has guardado mi secreto, lord Takkan. Creo que eso te convertiría en cómplice.

—¿De qué os conocéis? —pregunté.

—Tu prometido es el que convenció a tu padre para que me diera una oportunidad. —Gen esbozó una sonrisa socarrona—. Es un chico listo. Ahora entiendo por qué rechazaste la propuesta de Seryu.

—¿Qué quieres decir con *la propuesta de Seryu*? —dijo Takkan.

Le lancé a Gen una mirada de disgusto.

—¿No te lo ha dicho? —Gen sonrió—. Es toda una historia.

Takkan no sonreía.

—Me muero de curiosidad por oírla.

De repente, deseé que apareciera uno de los remolinos de Ai'long y me tragara.

—Es… es como te dije —balbuceé—. El Rey Dragón iba a matarme porque me negué a entregarle la perla de Raikama. Seryu lo convenció para que me perdonara, pero solo había una forma de hacerlo.

—¿Casándote? —preguntó Takkan.

No se le escapaba nada. Asentí con nerviosismo.

—Los dragones tienen la tradición de tomar compañeras humanas. Yo… tuve que fingir que iba a ser suya.

—No te preocupes —intervino Gen antes de que Takkan pudiera reaccionar—. Fue una actuación por parte de ambos, aunque personalmente yo habría aceptado la oferta de inmortalidad del dragón. —Se dio un golpecito en la barbilla, como si se acariciara una barba imaginaria—. Y, ahora que lo pienso, Shiori no te mencionó ni una sola vez.

Mi disgusto con el joven hechicero se multiplicó por diez.

—Apenas había tiempo para mencionar a nadie, dado que eras una estatua —le dije con frialdad—. Si hubiera sabido que eras tan cotilla, te habría dejado en Ai'long.

Gen sonrió, maldito chico.

Me volví hacia Takkan, intentando ordenar mis palabras antes de hablar. No era de los que se fijaban en el rango o la posición, pero sabía que era un misterio para todos por qué Padre nos había prometido estar juntos. Podía imaginarme los chismes del palacio durante los meses que había esperado mi regreso: ¿Por qué la única princesa de Kiata se casaba con un humilde lord del Norte, cuando podría haber elegido entre todos los príncipes elegibles de Lor'yan?

Incluso un príncipe dragón.

—Consideré la oferta de Seryu —admití en voz baja—. Pero solo porque pensé que Kiata estaría más segura si yo no volvía. Pero cada momento que pasaba en Ai'long, echaba de menos mi hogar. Te echaba de menos a ti.

Takkan levantó la mano de su costado y acarició las puntas de mi pelo plateado.

—Me alegro de que hayas cambiado de opinión —dijo en voz baja—. Más de lo que te imaginas.

Se me revolvió el estómago. Su comprensión era tan sencilla.

—Yo también me alegro —dijo Gen—. Ahora que has vuelto, por fin podré visitar el palacio.

—¿Lo harás? —Miré fijamente al chico—. De repente, entiendo lo acertado de prohibir a los hechiceros entrar en Kiata.

La sonrisa de Gen se volvió triste.

—Kiata es el único lugar del mundo donde no somos bienvenidos. Los burócratas de tu padre no me dejan quedarme en la ciudad más cercana, y mucho menos en palacio. —Hizo ademán de frotarse el cuello—. Llevo semanas acampando aquí con los soldados. Estoy convencido de que mi catre está relleno de piedras, está lleno de bultos.

Kiki rebotó en mi hombro.

Puedes conseguirle una villa en el palacio, ¿no? Al pobre chico le vendría bien una buena noche de sueño, después de haber sido convertido en piedra y todo eso.

—Veré lo que puedo hacer —cedí, levantando las manos—. No pongas esa cara, Gen. No es una promesa. Para ser sincera, preferiría que te quedaras aquí. Takkan dice que los ministros de mi padre están creando problemas y…

El halcón de Gen me interrumpió con un graznido, la única advertencia antes de que una gran piedra saliera volando de entre los árboles y golpeara al joven hechicero de lleno en la nariz.

Con los ojos desorbitados, se tocó la nariz y soltó un gemido.

Luego se desplomó en el suelo, inconsciente.

CAPÍTULO 22

—¡Gen! —grité.

La sangre corría por su cara, vívida y aguda, y su nariz tenía un alarmante tono púrpura. Casi seguro que estaba rota.

Me agaché para despertarlo, pero otra roca voló hacia mi cabeza.

—¡Hechicera! —Docenas de hombres y mujeres salieron de detrás de los árboles, blandiendo cuchillos y lanzas de pesca.

Levanté a Gen y Takkan se lo echó al hombro. No podíamos quedarnos.

Mientras Takkan y yo luchábamos por ponernos a salvo, los aldeanos nos seguían, y las lanzas que lanzaban caían con una precisión asombrosa.

—Perdición de Sharima'en —murmuré—. Aquí estaba yo, preocupada por los demonios. —Empujé a Takkan hacia delante—. Lleva a Gen al campamento.

El testarudo de Takkan no escuchó. Me agarró de la mano, prácticamente remolcándome. Los aldeanos se acercaban.

¡Haz algo! Kiki martilló mis mejillas con sus alas.

¿Como qué?

Lo único que podía hacer era correr, rezando para que los árboles siguieran protegiéndonos hasta llegar al campamento de la brecha. Otra lanza pasó volando, atravesando una rama por encima de mí. Me agaché justo antes de que me quitara el sombrero de Hasho de la cabeza. Mi pelo se soltó.

—¡Agárrenla! —gritó una mujer entre los aldeanos—. ¡Es la princesa demonio!

Takkan estaba a mi lado en un instante, con la espada en alto.

—¡Los centinelas de Su Majestad están en camino! —dijo a los aldeanos. Era la primera mentira que le oía decir: los hombres de mi padre no aparecían por ninguna parte y no iban a venir—. ¡Vayan a casa, vuelvan a sus pueblos!

La mujer que había hablado antes se abrió paso a empujones hacia el frente. Tenía profundos surcos en las mejillas y el pelo blanco recogido en un sencillo moño. Con su sencilla túnica de algodón y su bastón, parecía una amable abuela. Sin embargo, había algo en la suciedad gris que cubría su rostro que me dio escalofríos.

—Apártate, centinela. Deshonras tus votos a Kiata defendiendo a la traidora Shiori'anma.

—No veo ninguna disputa —replicó Takkan—. Juré proteger a mi país, a mi rey, a mi princesa.

—La princesa es la sangresucia. Por el bien de Kiata, ella debe morir. El hechicero también. —Apuntó con su bastón a la forma inconsciente de Gen—. Su magia es la razón por la que los demonios han despertado. No es natural. Prohibida por los dioses. Solo sus muertes pueden sellar las montañas una vez más.

Su fervor despertó a los aldeanos, que se agolparon más cerca.

Esta anciana no es la abuela del pueblo, observó Kiki con recelo. *¿Crees que podría ser una… una… ¿Una sacerdotisa de las Montañas Sagradas?*

Asentí con la cabeza.

No es la única, respondí. Entre la multitud distinguí al menos a tres compañeros de culto, todos con la misma pasta cenicienta en las mejillas.

Fijé mi atención en los aldeanos.

—No la escuchéis —dije, extendiendo las palmas de las manos en un gesto de paz—. No tenéis nada que temer de mí.

—¿Nada que temer? —gritó la sacerdotisa, haciéndose eco de mis palabras con sorna—. El mal aflige estas montañas, que estuvieron selladas durante mil años… hasta que ella empezó a entrometerse. Si Shiori'anma libera a su ejército de demonios, matarán a nuestros hermanos y hermanas, a nuestras madres y padres… ¡a nuestros hijos! Los hombres de Kiata se verán condenados a una batalla interminable, ¿cómo podríamos vencer a enemigos que no pueden morir? Decidme, ¿cómo podemos no tener nada que temer?

La multitud rugió de acuerdo.

—¡Traédmela! —gritó la sacerdotisa—. ¡Solo su muerte puede librarnos de este mal!

Era la orden que los aldeanos habían estado esperando.

Cargaron hacia adelante, apresurando a Takkan para llegar a mí.

—¡Corre, Shiori! —Takkan gritó mientras esquivaba ataques de todas direcciones. No deseaba herir a los aldeanos, un sentimiento que no era mutuo—. ¡Corre!

Hice lo contrario de correr. Saqué las dagas de Hasho de mi cinturón y golpeé con las empuñaduras en la cabeza de alguien. Me abalancé hacia otro ataque cuando Kiki me tiró del pelo, salvándome por poco de una flecha con punta de fuego.

No pude darle las gracias. Las sacerdotisas estaban ensartando nuevas flechas en sus arcos, y mi corazón dio un salto de alarma cuando otra andanada cortó el aire.

—Detenedlas —dije, invocando mi magia. Las dagas que tenía en las manos volaron hacia arriba, inspiradas, y desviaron las flechas.

Las sacerdotisas se adelantaron con calma y volvieron a tensar sus arcos. Ya habían intentado quemarme viva una vez y sabía que no se rendirían fácilmente. Sabían que usar mi magia me cansaría, y que Takkan solo no podría defendernos de tantos.

¿Qué íbamos a hacer?

La siguiente oleada de flechas ardientes se elevó y, justo cuando me preparaba para lo peor, la perla de mi bolsa empezó a zumbar y a temblar. El sonido se hizo más fuerte, amplificado por el repentino gemido que emanaba de las montañas.

—¡Dejen en paz a SHIORI'ANMA! —retumbó el viento, llevando el mensaje de los demonios a través del bosque—. ES NUESTRA.

Un temblor comenzó en las montañas y reverberó hasta donde yo estaba. Los árboles se balancearon. Uno se desplomó delante de mí y, mientras retrocedía tambaleándome, los aldeanos gritaron aterrorizados.

Las flechas del cielo se detuvieron, cayendo en espiral sobre las sacerdotisas. Mientras se revolvían, agarré a Takkan de la mano.

—¿Estás herido?

La rapidez con la que levantó a Gen por encima de su hombro respondió a mi pregunta. Me tomó del brazo, enlazándolo con el suyo.

Luego huimos.

Corrimos hasta adentrarnos en el bosque, lejos de la vista de la brecha. Cuando estuvimos seguros de que nadie nos había seguido, nos refugiamos en un bosquecito delimitado por dos pinos caídos. Había un pequeño estanque cerca, y Takkan tumbó a Gen junto al agua, enjuagando la sangre de la cara del chico mientras yo me hundía en las raíces inmensas de un árbol.

De todos los campeones que se habían abalanzado sobre nosotros para salvarnos, ¡habían sido demonios los que habían acudido en nuestra ayuda!

Solo porque quieren tener el placer de matarme ellos mismos, pensé. Me sentía como un pez en Ai'long, salvada de los tiburones solo para ser asesinada por dragones.

—¿Estás bien? —Takkan preguntó—. Estás temblando.

Sí, estoy temblando.

—Las sacerdotisas… y los aldeanos. Casi matan a Gen… y a ti.

—Y a ti —dijo Takkan en voz baja.

Agradecí que mi prometido no fuera de los que se regodean diciendo que debería haberme quedado en palacio. Yo lo habría hecho.

Hundí los talones en la tierra.

—Tienen razón —dije largamente—. La gente está muriendo por mi culpa.

—La gente está muriendo por culpa de Bandur.

—Yo fui quien lo liberó —respondí—. Es mi responsabilidad encontrar una manera de sellarlo de nuevo en las montañas.

O podrías dejar Kiata para siempre, sugirió Kiki. *Chico Rábano iría contigo, estoy segura. Te seguiría a cualquier parte del mundo.*

Se me encendió la cara, aunque Takkan no podía oír al pájaro de papel.

Nunca le pediría eso a Takkan, la reprendí. *Y además, si hubiera querido esconderme, me habría quedado en Ai'long.*

Bueno, ya no puedes hacer eso, bromeó mi pájaro. *Dudo que te vuelvan a recibir, quizá ni en diez vidas.*

Kiki no estaba siendo de ayuda.

—Todavía tengo la perla —dije en voz alta, abriendo mi mochila—. Su poder es lo que selló las montañas por primera vez. Quizá pueda usarla para atrapar a Bandur de nuevo.

—Es poco probable —dijo Gen débilmente. Se estaba despertando, gimiendo mientras se incorporaba para sentarse—. Malditos sean los Sabios, tengo la nariz rota, ¿verdad? Duele como el fuego demoníaco.

Deja de llorar como si tuvieras los huesos rotos, reprendió Kiki mientras saltaba sobre el hombro de Gen. *Solo es una fractura. Takkan ya ha limpiado lo peor.*

Gen se recostó contra el tronco, pellizcándose la nariz con un pañuelo para contener la sangre. Dejó escapar un sonoro suspiro de alivio.

—Es solo el tabique —dijo, rechazando a Takkan, que se ofrecía a ayudarlo—. Nada que unas noches de sueño reparador no puedan arreglar. Ojalá pudiera decir lo mismo de esa perla.

La perla del Espectro había salido de mi mochila y flotaba temblorosa sobre mi regazo como una luna rota.

—Está cerca de su punto de ruptura. ¿No lo ves? —Gen señaló la grieta en su centro—. Apenas era un rasguño la última vez que lo vi.

Shiori lo usó contra el Rey Dragón, dijo Kiki. *Casi los mata a los dos.*

—Trágico —dijo Gen en voz baja—. No tendrá la fuerza para sellar a Bandur en las montañas. No es que hubieras podido lograrlo, de todos modos. Te habría arrastrado dentro para alimentar a sus hermanos demonios en cuanto te hubieras acercado. —Sonrió satisfecho—. A menos que tus leales súbditos te mataran primero.

Hice una mueca.

—No todos me odian.

—La mayoría sí —dijo Gen. El chico no se anduvo con rodeos—. La encantadora Heedi solía decir que los humanos son sus peores enemigos. Empiezo a entender lo que quería decir.

—¿Qué quería decir?

—Que los humanos son débiles mentalmente, tontos y volubles. Por ejemplo, las sacerdotisas de las Montañas Sagradas. Durante generaciones, han sido rechazadas como celosas herejes. Pero son heroínas del pueblo ahora que te has convertido en el mayor enemigo.

—El miedo une a los enemigos más dispares —murmuró Takkan en señal de acuerdo.

—¿Estás diciendo que debería preocuparme más por los aldeanos que por los demonios? —Fruncí el ceño.

—Depende del demonio —respondió Gen—. La mayoría son peligrosos pero predecibles. Son como bestias salvajes, pero con magia. Con las protecciones adecuadas, protecciones mágicas, que ya no existen en tu país, se puede evitar la mayor parte del daño.

—¿Qué hay de un demonio como Bandur? —pregunté.

—Bandur pertenece a otra clase de demonios —respondió Gen en tono sombrío—. La clase más peligrosa y poderosa: capaz de robar el alma con un toque, de introducirse en tu mente y poseer tus pensamientos, de subyugar a otros demonios bajo su mando. Bandur eligió Kiata precisamente porque sabe que tu pueblo no está preparado contra la magia. Ahora lidera un ejército de demonios que llevan mil años ansiando la libertad. Si los libera, será una fuerza imparable.

—Entonces me aseguraré de que no lo haga —dije. Mi mente daba vueltas, improvisando un plan a partir de las piezas del rompecabezas que Gen había presentado—. Atraeré a Bandur fuera de Kiata.

—¿Dónde lo llevarás? —intervino Takkan.

Dudé, sabiendo que no le iba a gustar la respuesta.

—A las Islas Olvidadas de Lapzur —respondí—. Tengo que ir allí de todas formas para encontrar al Espectro. Estaba pensando que es el guardián de Lapzur… y, si no podemos atrapar a Bandur en Kiata, quizás podamos intentarlo en Lapzur. Es una isla que casi nadie conoce, lejos de cualquier otro lugar. Podemos atraparlo allí, con la ayuda del Especto.

—Ni siquiera conoces a este Espectro, Shiori. Podría ser peor que Bandur. —La voz de Takkan estaba tensa.

—Entonces usaremos su perla como chantaje. Haremos que nos ayude.

—Gen, ¿qué piensas? —preguntó Takkan, lejos de estar convencido.

El joven hechicero se había quedado callado y hurgó en la tierra con una rama larga y retorcida antes de contestar.

—Creo que es la idea más loca que he oído nunca, pero... si no te matan antes, puede que funcione. —La rama se quebró de repente—. Siempre y cuando consigas el amuleto de Bandur.

—¿Su amuleto? —repetí.

—Todos los antiguos hechiceros, como Bandur, tienen uno. Es su debilidad. Incluso podrías considerarlo su corazón. No puedes sacarlo de Kiata sin él.

—¿Por qué no? —pregunté.

—Porque el amuleto es la fuente de su poder y el ancla de su cuerpo físico. Donde va, va él.

Recordé cómo Bandur había venido a mí en el palacio, retorciéndose en sombras y humo y tomando prestado el cuerpo de Qinnia en lugar del suyo. Gen tenía razón.

—Así que dices que está atrapado.

—Su amuleto está atrapado —corrigió Gen—. Está alojado en las Montañas Sagradas, que a su vez atan a Bandur.

—¿Qué pasa si lo tenemos? —Takkan preguntó—. ¿Nos permitiría controlarlo?

—Ayudaría a someterlo —dijo Gen con cuidado—. Hasta cierto punto. Lo que deberías preguntar es cómo extraer el amuleto. Llevarlo lejos de las montañas tendrá un coste, uno que no es sostenible por mucho tiempo. —No dio más detalles—. Al final, tendrás que devolverlo.

—O atarlo a otro lugar —dije, volviendo a mi idea original—. Como Lapzur.

—Se necesitaría un enorme poder para hacer eso —dijo Gen—. Pero quizás el Espectro pueda, con su perla.

—Tenemos un plan, entonces —dije, dejando escapar un suspiro vertiginoso—. O al menos un comienzo. Gen, supongo que te mereces una habitación en el palacio.

El chico se encogió de hombros.

—Sé un par de cosas sobre demonios. —Hizo una pausa—. Es una buena idea, Shiori, pero no está exenta de grandes riesgos. Tienes que saber que en las Islas Olvidadas abundan los fantasmas y los demonios; prosperan allí. Los fantasmas de Lapzur pueden convertirte en uno de ellos solo con tocarte, y los demonios… jugarán contigo lentamente. Se aprovecharán de tus miedos y distorsionarán tus recuerdos hasta que ni siquiera puedas recordar tu nombre. Entonces te matarán.

—Parece el lugar perfecto para dejar a Bandur —respondí—. Se sentirá como en casa.

Gen frunció el ceño, como si mi frívola respuesta le preocupara.

—He tenido suficiente experiencia con demonios —lo tranquilicé—. No caeré en sus trucos.

—Con tanto poder demoníaco concentrado en las islas, la fuerza de Bandur será mayor allí —advirtió—. Lo primero que intentará es recuperar el amuleto. Ten cuidado de que no lo haga.

—Lo haré.

Takkan también asintió. Había estado callado, considerando el plan desde todos los ángulos, supuse.

—¿Sabemos cómo llegar a Lapzur? —preguntó, confirmando mi sospecha.

—Tengo mapas que aluden a su ubicación —respondió Gen—, pero Lapzur es un lugar mantenido en secreto por los hechiceros.

—Hizo una mueca—. Si hubiera podido robar ese espejo para Elang. Yo...

—¿El espejo de la verdad? —Rebusqué en mi mochila y levanté el fragmento que le había ganado a lady Solzaya.

—¿Tienes un trozo? —exclamó Gen, arrebatándome el fragmento—. ¿Por qué no me lo dijiste? Así es como encontrarás Lapzur.

—Lady Nahma dijo que no me mostraría las Islas Olvidadas.

—No por sí solo —asintió Gen, y antes de que pudiera detenerlo, dejó caer el fragmento al estanque que teníamos detrás—. Pero lo hará con algo de ayuda.

—¡Gen!

El chico se llevó el dedo a los labios.

—Mira. El agua está encantada. ¿No te das cuenta? Incluso con la nariz rota, lo noté.

Me giré y por fin comprendí lo que nos rodeaba. Había algo familiar en este lugar, en este estanque. Mi mente se remontó al día en que Raikama nos expulsó a mis hermanos y a mí del palacio. Yo la había seguido hasta aquí. No lo sabía entonces, pero había venido a preguntar a las aguas si yo estaba en peligro.

—Son las Lágrimas de Emuri'en —dije, recordando por fin—. Las aguas revelan las posibilidades del destino.

Algo que deseaba haber sabido hacía mucho tiempo. Quizá entonces no habría asumido que Raikama intentaba matarme. Quizá ahora seguiría viva.

—La magia de Emuri'en debería aumentar la capacidad del espejo —dijo Gen—. Vamos, inténtalo.

Al acercarme a la piscina, mi propio poder se manifestó, pálidos filamentos de oro plateado brotaron de las puntas de mis dedos.

—Filamentos de mi alma —murmuré, fascinada—. Los vi por primera vez en Ai'long.

—Tu magia es tuya —respondió Gen con sencillez—. Siempre ha estado ahí para que la vieras, pero probablemente no buscabas lo suficiente.

Ahora no podía dejar de verla. Pasé los dedos por el agua y las hebras brillaron, como si me hicieran señas para que avanzara. Lentamente, me subí los pantalones hasta las rodillas y me acerqué a las Lágrimas de Emuri'en. La perla del Espectro siguió a mi sombra. Cuando entré en el agua, el fragmento de espejo burbujeó en la superficie.

Introduje la mano en la piscina para recuperarlo pero, cuando mis dedos tocaron sus suaves bordes, mi reflejo desapareció. En su lugar estaba la perla del Espectro, y las aguas se oscurecieron para coincidir con su superficie negra y brillante.

Entonces, en destellos, vi las Islas Olvidadas, con forma de largos dedos esqueléticos raspando el océano. Una torre donde caía la sangre de las estrellas. Una tormenta que asolaba los océanos.

Aquí era donde encontraría a Khramelan. El Espectro.

Empecé a alejarme, pero las Lágrimas de Emuri'en no habían terminado. Las aguas seguían tan negras como la perla y revueltas. Se reunieron a mi alrededor, lanzándome hacia el estanque… y hacia el futuro.

Seis grullas me hicieron volar sobre un mar rojo de fuego demoníaco. Nos dirigíamos a una torre oscura que se recortaba contra una luna rota, y cientos de pájaros de papel nos seguían, aleteando salvajemente mientras las llamas chamuscaban sus alas.

Allí, en las murallas, asediado por los demonios, estaba Takkan. La sangre manchaba su pelo y su cara, y flotaba en el aire, suspendido por cuerdas invisibles.

—¡Takkan! —grité.

Bandur apareció, con sus ojos rubicundos envueltos en la oscuridad. Su sonrisa se curvó como una guadaña, y no dijo nada, no dio ninguna advertencia. De un terrible golpe, atravesó el pecho de Takkan.

Y, como si mi propio corazón hubiera sido golpeado, grité.

CAPÍTULO 23

El sonido de mi propio grito me devolvió al presente, donde seguía sumergida en la piscina. El agua se me metió en la boca, quemándome la garganta con un calor crudo y abrasador. Me agité, desesperada por respirar.

—¡Shiori! —Takkan me agarró del brazo y tiró de mí hacia la superficie—. Shiori, abre los ojos.

Kiki tocó mi mejilla con su ala.

¿Shiori? Mi pájaro de papel intentó colarse en mi mente, pero no la dejé entrar. Una fortaleza invisible protegía mis pensamientos de sus ojos indiscretos.

Me está dejando fuera, le dijo Kiki a Gen angustiada. *No puedo leer sus pensamientos.*

—Se está recuperando de su visión —respondió el hechicero, sacando el fragmento de espejo del agua—. Dale un minuto.

Yo seguía tosiendo y escupiendo mientras me ponía de lado. La luz del sol me escocía los ojos y el verde borroso del bosque se iba enfocando poco a poco. El estanque era cristalino y me pregunté si no habría alucinado con sus aguas oscuras y el terrible futuro que me habían mostrado.

Ojalá.

Gen me tocó el hombro.

—¿Qué viste?

Mis ojos encontraron a Takkan y no se apartaron de él.

Te vi morir, estuve a punto de decir, pero las palabras se marchitaron en mi garganta. No podía decírselo. Sabía que diría algo odiosamente razonable, como que había más de una forma de adivinar el caparazón de una tortuga. O que las aguas solo mostraban una disposición de las hojas de la fortuna.

Insistiría en venir. Luego moriría.

—Dibuja un mapa —dije, mi tono apagado—. Sé dónde está Lapzur.

Mi propia compostura me sorprendió. Por dentro, mis emociones eran un torbellino. Ya no quería ir a Lapzur. Quería abandonar mi promesa y arrojar el corazón de Khramelan a las profundidades del mar para nunca volver a verlo.

Pero la perla de mi mochila me pesaba más que nunca. Se le acababa el tiempo.

Mientras tanto, Takkan había sacado su pincel de escribir y preparaba la piedra de tinta. A su lado, Gen arrancaba páginas del cuaderno de Takkan y las colocaba sobre la superficie plana del tocón del árbol. Después de que Takkan esbozara un mapa de Lor'yan, señalé un punto en la parte inferior izquierda del océano Cuiyan.

—Las Islas Olvidadas están aquí.

—¿Aquí? —Un ceño fruncido arrugó el entrecejo de Takkan mientras marcaba el lugar—. Está tan cerca de Tambu. No puede ser una coincidencia.

Gen dejó escapar un silbido bajo.

—Impresionante, Takkan. Conoces tu tradición. Los primeros demonios nacieron en Tambu.

Reprimí un escalofrío. Lo que mostraban las aguas es solo una posibilidad, me recordé. Si Takkan no va a Lapzur, estará a salvo de Bandur.

Takkan y Gen estaban tan preocupados con sus conocimientos sobre demonios que ninguno de los dos se dio cuenta de que me había acurrucado, apretándome la túnica.

Pero Kiki se dio cuenta.

Eso ha sido grosero, dejarme fuera, me reprendió mientras se posaba en mi regazo. *Tu alma es mi alma, Shiori. Puedes mentirles a ellos, pero no a mí. ¿Qué escondes?*

Volvió a sumergirse en mis pensamientos, traspasando los muros que yo había construido torpemente. Con un grito ahogado, vislumbró lo que las aguas me habían mostrado: mis hermanos como grullas una vez más, haciéndome volar a través de tormentas y mares hasta Lapzur.

Mis muros se levantaron antes de que pudiera llegar más lejos.

¡Shiori!, gritó.

La ignoré.

—Tendremos que volar a Lapzur —comenté en voz alta.

El pincel de Takkan cayó.

—¿Volar?

—Lapzur está al otro lado del mar, y la isla está protegida por las aguas encantadas del lago Paduan —expliqué—. Hundirían cualquier barco. Tenemos que volar.

—¿Cómo? —Takkan sopló sobre la tinta para secar el mapa—. ¿Cómo volaremos hasta Lapzur?

Me estremecí al oírlo.

—Hay muchas opciones —dijo Gen, subiendo el tono. Estaba claro que era un tema que le entusiasmaba—. Podríamos conjurar alas para hacer un caballo volador... encantar una alfombra... invocar pájaros para que nos lleven. —Frunció el ceño—. Pero eso requeriría una gran magia, una magia incluso mayor que la disponible aquí en las Lágrimas de Emuri'en.

Ya sabes la respuesta, Shiori. ¿No vas a decir nada? Kiki me pinchó, en su tono más seco.

No respondí. La inquietud se agitó en mi pecho cuando la imagen de las seis grullas voladoras volvió a mi mente.

—¿Qué hay de un hechizo que la perla haya lanzado antes? —susurré.

—Podría funcionar —admitió Gen—. Si la perla ya está familiarizada con él y los objetos anteriormente encantados aún están en tu posesión... Piensa que es como releer un libro. —Se rio de la metáfora y enarcó una ceja—. Dime, ¿en qué estás pensando?

Me mordí el labio inferior. Tenía que haber otra manera. No podía volver a involucrar a mis hermanos. No podía volver a ponerlos en peligro. Pero no parecía que tuviera otra opción.

—Gen —dije, con mi voz tan suave que apenas la reconocí—, descansa un poco. Déjame hablar con mis hermanos.

Los encontré congregados en los aposentos de Benkai. Desde la maldición de Raikama, los príncipes estaban juntos la mayoría de las veces. Ese fue el regalo de nuestra madrastra para nosotros. A través de nuestras pruebas y de todo lo que habíamos soportado, estábamos más unidos que nunca. Incluso Qinnia estaba aquí, enfrascada en una partida de ajedrez con Yotan.

—¿No soy mucho más agradable que Reiji? —le preguntaba Yotan—. Creo que yo le habría caído mejor a la hija del *khagan*.

Reiji resopló.

—Sí, eres tan encantador que soltarías todos los secretos de Kiata tras una semana en A'landi.

—Mejor que empezar una guerra con esa mueca perpetua.

—¡Shiori! —dijo Qinnia, con cara de angustia por mi llegada.

No habíamos hablado desde el incidente de la cena.

Al verme, mis hermanos se levantaron y empezaron a hablar todos a la vez.

—Hemos oído lo que pasó en las montañas, ¡cómo casi te matan! ¿Estás herida?

—¡Cómo pudiste irte así, y después de lo que pasó anoche! Padre está fuera de sí de preocupación.

—Al menos deberías habérselo dicho a alguien.

—Sí se lo dijo a alguien —observó Wandei—. Mirad quién está en la puerta.

Le había pedido a Takkan que esperara afuera, pero poco escapó a la atención de Wandei. Mientras guiaba a mi prometido al interior, hablé.

—Necesitaba ver la brecha.

—Eso fue impulsivo, hermana. Tú...

—No me digas que debo quedarme en mi habitación —advertí a Andahai— o que no hay nada de qué preocuparse. No derrotarás a Bandur sin mi ayuda.

Ante la mención de Bandur, todo el cuerpo de Qinnia se tensó. Tocó la manga de Andahai y le susurró algo al oído.

—Takkan, mi esposa se encuentra mal —dijo Andahai con rigidez—. ¿Serías tan amable de acompañarla a nuestros aposentos? Última puerta al final del pasillo.

Takkan accedió con una reverencia y siguió a la princesa. Qinnia se aferraba a su faja mientras se marchaba, y yo miré a Andahai con preocupación.

—¿Está…?

—Ella está bien —intervino—. No hay de qué preocuparse. ¿Aprendiste algo en la brecha o la visita fue en vano?

Lo fulminé con la mirada, pero tenía noticias que compartir.

—Creo que he encontrado la forma de derrotar a Bandur, y necesito vuestra ayuda.

—La tienes —dijo Benkai sin vacilar. Mis otros hermanos asintieron—. ¿Qué podemos hacer?

Tragué saliva. Ojalá fuera tan sencillo.

—Tengo que ir a Lapzur —dije—. Es una isla al oeste de Tambu, olvidada por todos menos por hechiceros y demonios. Allí hay un semidragón encarcelado como guardián de la ciudad. Es el verdadero dueño de la perla de Raikama.

Andahai frunció el ceño.

—¿Qué tiene que ver esto con Bandur?

—Todavía tengo la perla —admití finalmente—. Voy a devolvérsela al guardián y liberarlo de Lapzur. —Hice una pausa—. Luego atraparé a Bandur para que ocupe su lugar.

Ahora tenía su atención.

—Una idea inteligente, hermana —dijo Wandei—, ¿pero cómo lo harás?

Yotan estuvo de acuerdo.

—Bandur no es exactamente alguien a quien puedas atraer a un barco.

—Los barcos no me llevarán adonde necesito ir —dije evasivamente. Bajé las pestañas, mirándome los pies y deseando no haber mirado nunca las Lágrimas de Emuri'en—. Necesito volar.

—¿Volar? —repitió Reiji.

—Deja de decir tonterías, Shiori —me reprendió Andahai, sin comprender—. Dijiste que necesitabas ayuda. Benkai nos prestará su barco más veloz.

—Sabe perfectamente lo que dice —dijo Hasho, con sus ojos oscuros fijos en mí. Siempre habíamos estado unidos, y él podía leer lo que había detrás de mi angustia—. La respuesta es sí, Shiori. Hazlo. Conviértenos de nuevo en grullas.

Maldito Hasho. Levanté la cabeza, igual que mis hermanos, y una sensación de terrible inevitabilidad se agitó en mis entrañas. Sabía que era la única manera, pero no podía soportar que mis hermanos volvieran a sufrir semejante maldición.

—No...

—Vayas donde vayas, te llevaremos —dijo con firmeza—. ¿Verdad, hermanos?

Uno a uno, mis hermanos asintieron. Incluso Andahai, aunque fue el último.

—Pero volver a convertiros en grullas... —Inspiré. Los miré, expresando lo que más me preocupaba—. ¿Y si no puedo volver a convertiros a todos?

Hasho sonrió con desgana.

—La vida como grulla no sería el peor destino. He echado de menos poder hablar con los pájaros.

—Disfrutaba bastante volando —añadió Yotan—. Aunque no el comer gusanos y ratones.

—Raikama no te habría dado la perla si no creyera en ti —me dijo Benkai—. Nosotros también tenemos fe en ti. Ahora deja de morderte el labio. Deja que te ayudemos.

Miré a mi hermano mayor, que asintió sombríamente.

—Te llevaremos —confirmó Andahai—, una semana de gusanos y todo eso. Solo respóndeme: ¿cómo llevamos a Bandur? Ya lo has pensado, ¿verdad?

—Necesitaremos su amuleto para sacarlo de Kiata —respondí—. Gen dice que está dentro de las Montañas Sagradas.

—¿Ahora escuchas al niño hechicero? —dijo Reiji—. ¿Cuántos años tiene, doce?

—Trece —corregí—. Sabe más de demonios que cualquiera de nosotros. Puede ayudarnos.

Una pizca de escepticismo nubló la expresión de Andahai, pero asintió.

—Si confías en él, nosotros también lo haremos —dijo—. Mañana, Benkai hará que sus hombres investiguen. Hasho y yo también iremos. Reiji se ocupará de los a'landanos, y Yotan y Wandei idearán una forma de llevar a Shiori y Takkan a Lapzur.

Reprimí un respingo ante la mención de Takkan. No lo había invitado precisamente.

—¿Cuándo partirás hacia la brecha? —pregunté—. Gen aún está allí, y puedo…

—¿Tú? —Benkai se rio—. No vendrás, hermana, ¿o has olvidado que tu ceremonia de esponsales es dentro de dos días? Tendrás mucho que preparar mañana. A menos que planees perdértela por segunda vez.

Nueve Infiernos de Sharima'en, me había olvidado de mi ceremonia de esponsales.

Volví a morderme el labio.

—Tal vez podría pedirle a Padre que la posponga.

—¿Y romperle el corazón a Takkan?—se burló Yotan—. Lleva meses esperándote. Probablemente habría esperado años si hubiera tenido que hacerlo.

—Podría esperar un poco más —dije débilmente—. Distraer a Padre y al consejo, tal vez. Hasta que volvamos.

Andahai frunció el ceño.

—¿No viene a Lapzur? No estarás dudando de él, ¿verdad?

Mis mejillas se encendieron.

—No es eso. Es que... Takkan no puede venir. Los seis no podéis llevarnos a los dos de todas formas.

—Seguro que a los gemelos se les ocurrirá algo lo bastante resistente para dos —dijo Hasho con ironía—. No vamos a volver a ponerte en una manta, ¿sabes?

Lo miré mal. Normalmente podía contar con que Hasho estuviera de mi parte pero, durante mis meses de ausencia, mis hermanos y Takkan habían entablado una amistad duradera. No se pondrían de mi lado contra él.

Kiki tampoco ayudaba. *Puedo reclutar a otros pájaros para que me ayuden*, me ofreció, *si lo que te preocupa es el peso de Takkan.*

—No es eso... —dije.

—¿Y entonces? —preguntaron a la vez Kiki y mis hermanos.

Salté de la silla frustrada.

—No puede venir con nosotros —repetí con vehemencia—. Las Lágrimas de Emuri'en me mostraron el futuro. Si Takkan viene, Bandur lo matará.

Mis hermanos tardaron un instante en reaccionar. Benkai, el segundo hermano más valiente y gentil —al menos conmigo—, fue el primero en llegar a mi lado.

—Así que por eso estás enfadada —dijo—. Ahora todo tiene sentido. Déjame adivinar, ¿no se lo has dicho?

—Por supuesto que no. Es un tonto valiente. Insistiría en ser un héroe.

—Ese tonto valiente puede mantenerse en la batalla —dijo Benkai—. No digo eso de muchos hombres.

Era cierto que Benkai rara vez elogiaba la habilidad de combate de otro, pero no me dejé convencer.

—Bandur no es como los otros demonios.

—No empecéis vuestra vida juntos con una mentira —comentó Hasho en voz baja—. Dile lo que viste. Que venga o no debe ser decisión suya.

—Hasho tiene razón —dijo Andahai—. Dile la verdad, Shiori.

—Tú eres de los que hablan —repliqué—. Tú lo enviaste lejos con Qinnia.

—Mi esposa no tiene lugar en esta conversación —dijo Andahai—. Está en un estado delicado.

—¿Un estado delicado? ¿Qué le pasa?

—Nada —dijo mi hermano mayor con demasiada brusquedad—. El bienestar de mi esposa es un asunto privado. La implicación de Takkan nos concierne a todos.

Empecé a discutir, pero Wandei cortó la conversación.

—Amas a Takkan —dijo con naturalidad, como si acabara de informarme de que todos respirábamos aire—. No siempre podemos proteger a los que amamos aislándolos. Ese fue el error de Raikama.

Sus palabras me hicieron callar. Estaba acostumbrada a que mi hermano más callado apelara a la lógica y la razón, no a mi corazón. Me sorprendió, y mis hombros se hundieron en señal de derrota.

—Se lo diré —susurré débilmente.

No era mentira. Pero las palabras se me clavaron en la garganta como tres espinas afiladas, hasta que la verdad las liberó.

CAPÍTULO 24

Como había prometido, envié a buscar a Gen al día siguiente, desafiando el disgusto de Padre por haberme escapado para argumentar que el joven hechicero me había salvado de la emboscada en las montañas. Una verdad a medias, pero pareció apaciguar un poco a Padre, y la alegría en la cara de Gen cuando llegó mereció la pena.

—¡Por fin, el palacio imperial! —exclamó, con la voz alta por la emoción. Es tan grandioso como imaginaba. Y más limpio.

No pude evitar sonreír. La compañía del chico era una buena distracción de los oscuros pensamientos que me atormentaban.

—Me habría imaginado que con tus experiencias mundanas habrías estado en docenas. —Ladeé la cabeza—. Lo dices como si fuera la primera vez.

Gen intentó sonreír, pero el esfuerzo lo hizo estremecerse.

—Lo es, si no cuentas la del Rey Dragón. Apenas vi nada aparte del calabozo… y la morada de Elang se parece más a una cueva que a un palacio.

—Qué estándares —me burlé—. Créeme, la vida en palacio no es tan emocionante como parece. Al final de la semana estarás deseando volver al campamento.

—Lo dudo. Estoy deseando ir a la corte. —Se quitó el polvo de las mangas y se enderezó para ser casi tan alto como yo—. ¿Hay fiestas a las que pueda asistir? ¿Algún festival o banquete?

—La verdad es que no. Este año no habrá Festival de Verano.

—¿Ni siquiera un banquete para la boda de tu hermano?

—Solo hubo una pequeña ceremonia privada. Mi madrastra falleció hace no mucho. Aún estamos de luto.

—Ah —concedió Gen—. Entonces, ¿por qué todas estas bodas en rápida sucesión? La de Andahai, la de Reiji, luego la tuya…

—Padre no tiene más remedio que casarnos. Kiata aún se está recuperando de la rebelión de lord Yuji.

—Ya veo… para asegurar alianzas y demás. Es la misma historia en todos los reinos. —Gen ahogó un bostezo, como si la sola idea lo aburriera—. No envidio a la realeza, pero al menos tienes a Takkan… ¿Dónde está?

—En una reunión con los ministros. —Rápidamente cambié de tema—. ¿Cómo está tu nariz? ¿Todavía no quieres ver al médico?

Gen resolló.

—La curaré mejor que tus médicos.

—Como quieras. —Señalé el camino empedrado—. Tu villa está en el patio sur. He hecho saber que eres mi invitado, así que nadie debe molestarte. Procura no meterte en líos.

Que los demonios me llevaran, estaba empezando a sonar como Andahai. Normalmente yo estaba en el extremo receptor de tales advertencias.

—¿No vas a darme un *tour*? —sugirió Gen—. Al menos enséñame dónde está la biblioteca. Encontraré materiales para ti. Te vendrían bien unas clases de magia.

Pensé en Seryu y en nuestras lecciones junto al lago. Cómo una vez había hecho una bandada de pájaros de agua, y me enseñó a resucitar a Kiki después de que Raikama la hiciera pedazos.

—Me gustaría, pero tendrá que esperar —dije con un gesto de disculpa—. Tengo un día completo por delante, mi recompensa por escabullirme ayer. Una mañana repleta de más ceremonias para la boda de Reiji, y luego una prueba con las costureras imperiales para mis propios esponsales. —Intenté no poner mala cara por lo de la prueba—. Luego tengo que ver a Qinnia.

—¿La princesa heredera?

Me impresionó que lo supiera.

—Wandei me pidió que le diera mis ropas más resistentes. No me dijo para qué. Puede ser reservado cuando trama algo.

—No tienes ganas de verla.

No estaba preparada. Había visto a la esposa de Andahai con mis hermanos y en las oraciones matutinas, pero desde mi primera noche en casa —cuando casi la apuñalé con mis palillos para comer— la había estado evitando y percibí que el esfuerzo era mutuo.

Está delicada, había dicho Andahai.

Podía leer entre las palabras de mi hermano: debe de haber quedado traumatizada por Bandur, gracias a mí. Debe de odiarme. No la culpé.

—¿Qué pasa? —dijo Gen—. Pareces enferma.

—Solo espero no tener que coser —dije. Un desvío, pero no era falso.

—Comprensible —respondió Gen—. Es un oficio tedioso.

Con un alegre gesto de su mano, desapareció en el vasto patio, y yo solté un suspiro. Dioses, recé para que no llamara demasiado la atención. Al menos no había traído ese enorme halcón.

Vigílalo, ¿quieres?, le pedí a Kiki.

Para el mediodía, Kiki había informado de que el joven hechicero estaba haciendo juegos de manos para los niños de la corte y había conseguido varias invitaciones de sus padres para cenar. Incluso se había disfrazado para aparentar más edad y se había acercado a un puñado de ministros, a los que había conquistado con sus oportunos cumplidos y su plateado encanto. Iba a deslumbrarlos para que apreciaran la magia, dijo.

¡Ja!, dije. *No ha pasado mucho tiempo con burócratas, ¿verdad?*

Está jugando un juego peligroso, murmuró Kiki. *Puede que sea más temerario y atrevido que tú.*

Ya se le pasará.

¿Como tú?, soltó Kikki

Fulminé con la mirada a mi pájaro y me eché al hombro una pesada túnica roja. Mi cuello se inclinó instintivamente para acariciar el forro de seda, suave como la nata.

¿Seguro que quieres donarlas?, preguntó.

Eran las túnicas de invierno que me habían regalado por mi decimosexto cumpleaños, forradas de lana y resistente seda de arena. Prendas que deseaba haber tenido durante los largos meses que pasé en Iro el año pasado.

Wandei me pidió las más resistentes, respondí. *Estas lo son. También son rojas, con un dibujo de grullas. Todo son buenos augurios.*

Los pequeños hombros de Kiki pesaron.

Supongo que necesitaremos toda la suerte posible.

Asentí en silencio. Cerré la puerta del armario y me dirigí a la última reunión de la tarde, la que más temía.

La propia Qinnia abrió la puerta y me dio la bienvenida a los aposentos que compartía con Andahai.

—Las criadas se han retirado por esta tarde —dijo, aunque yo no se lo había preguntado—. Pensé que sería mejor que nos viéramos a solas.

Sus facciones estaban educadas en la máscara de cortesía que todas las damas de la corte habían dominado. Aun así, me di cuenta de que estaba nerviosa al verme. Tenía las manos rígidas sobre el fajín púrpura de su vestido, como para evitar que sus dedos se agitaran, y cada vez que sus pendientes tintineaban, se aclaraba la garganta. Tenía una seriedad amable que no era fácil encontrar en Gindara. No me extraña que Andahai la adorara.

Tomó las túnicas que le había traído y las colocó junto a su cesta de costura. Había una pila de chaquetas y túnicas, una para cada uno de mis seis hermanos.

—Supongo que Wandei no te diría para qué son —le dije.

—Ni siquiera Yotan te daría una pista —respondió moviendo la cabeza—. Esperaban que preguntaras, así que no me dijeron nada. Solo que todo se revelaría en el lago Sagrado.

—¿El lago Sagrado?

Qinnia se encogió de hombros, y yo torcí los labios, molesta. Takkan sabría de qué se trataba, pero yo lo había desairado en cada oportunidad desde que el plan se había puesto en marcha. Temía verlo incluso más que a Qinnia.

Me giré para irme, pero Qinnia me indicó que me sentara. Me estaba esperando con dos platos de melocotones, las rodajas amarillas bellamente dispuestas en forma de flor, sobre la mesa.

—Han llegado del huerto de mi familia esta mañana —dijo, ofreciéndome un plato—. Toma algunas antes de que Andahai vuelva y se lo coma todo. No seré humilde, son tan dulces que las abejas creen que son miel.

Mi estómago se rindió fácilmente y, al ver el postre, olvidé mis nervios y mis modales. Sin insistir para que Qinnia comiera primero, ya que era mi superior, devoré un trozo, otro y otro.

—A esto es a lo que yo esperaría que supieran los melocotones de la inmortalidad. —Me relamí—. Ahora sé por qué Andahai se casó de verdad contigo. Por los huertos de tu familia.

—Haré que os envíen una caja a ti y a Takkan —respondió Qinnia. ¿Fue mi imaginación, o su sonrisa se había ensanchado un pelo?—. Un regalo de esponsales anticipado.

—Quizá deberías esperar hasta después de la ceremonia —murmuré con la boca llena—. Asegúrate de que aparezco esta vez.

La sonrisa de Qinnia se convirtió en una carcajada, que se apresuró a ocultar tras la manga. Se sentó un poco más recta y volvió a su tono formal.

—Quería hablarte de lo que pasó la otra noche.

Tragué saliva y dejé el plato. Era ahora. Había llegado el momento.

Estar lejos de casa había minado mi orgullo, junté mis manos manchadas de melocotón y me arrodillé ante ella.

—Te pido perdón, princesa Qinnia. Te he causado gran angustia y ofensa, y solo busco…

—Shiori, ¿qué estás haciendo? —Qinnia me frenó—. ¿Andahai te ha metido en esto? Por favor, levántate. Levántate.

Volví a sentarme en el diván y me apoyé en las rígidas almohadas que tenía a la espalda, agradeciendo de repente su apoyo.

—¿No me has hecho venir para que me disculpe?

—Te he hecho venir porque Wandei necesita que lo ayude a coser esas túnicas. —Señaló el área alrededor de su cesta de costura—. Y porque yo… quería disculparme.

—¿Tú? —Arrugué las cejas—. Pero yo… te ataqué. Podría haberte hecho daño. Yo fui quien liberó a Bandur de las montañas. Por mi culpa él… —Giré las manos, sin saber cómo articular que él había poseído su mente.

—Pude haber sido yo quien te envenenó. —Se mordió el labio—. Cuatro sacerdotisas fueron capturadas en las Montañas Sagradas. Andahai cree que ellas suministraron el veneno que casi te mata… y alguien en el palacio lo administró. Alguien en quien todos confiábamos.

Oculté una mueca. El espejo de la verdad me lo había confirmado, pero no me había mostrado ningún rostro.

—Con la habilidad de Bandur para cambiar de cuerpo, podría haber sido cualquiera —dijo Qinnia—. Me preocupa que… podría haber sido yo. Rezo para que no haya sido yo.

—No fuiste tú —dije con certeza—. Bandur tiene sus propios planes para mí.

Qinnia apretó en un puño la tela rosa de su túnica.

—¿Estás segura? Podía sentir su ira contra ti.

—¿Qué más recuerdas?

—Tenía mucho frío. —Se estremeció—. Y estaba... entumecida. Era como estar atrapada en una pesadilla.

—Yo también sentí frío —dije en voz baja—. Así supe que Bandur estaba cerca.

Qinnia se levantó la manga y me mostró una pulsera de cuentas de madera.

—La llevo desde que era niña. Mi madre la hizo bendecir por el sumo sacerdote Voan para protegerme del mal. Muchos en el palacio llevan baratijas de este tipo para protegerse de los demonios. Pero no ayudan, ¿verdad?

—No contra Bandur.

—Ya me parecía que no. —Qinnia se desabrochó el brazalete y las cuentas tintinearon al hacerlo—. Crecí tan supersticiosa que contaba mis pasos para asegurarme de que nunca daba cuatro a la vez. Ni siquiera comía cuatro rodajas de melocotón ni me ponía flores blancas en el pelo, para no invitar a la desgracia a la puerta de mi familia. Sin embargo, nunca creí en la magia, ni en dragones, ni en brujería, ni mucho menos en demonios. —Volvió a bajarse la manga—. Pero entonces tú y los príncipes desaparecisteis durante meses. Andahai me dijo que se había convertido en una grulla y que tú tenías que romper su maldición. Al principio no le creí, pero a veces por la noche su espíritu de grulla aún lo persigue. —Se mordió el labio—. En las viejas leyendas, dicen que una vez que has sido tocado por la magia, nunca te abandona del todo.

Me callé. Seryu me había dicho casi lo mismo sobre Kiata: que los dioses no podían borrar todo rastro de magia de la tierra, que mi propia existencia lo demostraba. ¿Significaba eso que me tenían que erradicar y desenterrar como una mala hierba? ¿O era una semilla, una señal de que había llegado el momento de que volviera la magia? Me retorcí las manos.

¿Magia o no magia? ¿Qué era mejor para Kiata?

Era un problema que no sabía cómo resolver, así que lo dejé de lado por el momento.

—¿Andahai te contó lo de la maldición?

—Me lo contó todo —respondió—. Sobre el cuenco en tu cabeza, la perla que te dejó Raikama, tu viaje a Ai'long. Pero, desde aquella horrible cena, ha estado retraído. Sé que intenta protegerme, sobre todo desde...

Su voz se desvaneció y sus manos se tocaron el vientre.

De pronto comprendí y me tapé la boca con la mano.

—¡Los filamentos de Emuri'en! Es una noticia maravillosa.

—Aún es pronto —dijo Qinnia tímidamente—. Se lo dije a Andahai el día antes de que volvieras. Pero casi desearía haber esperado. Una vez le dije que me sentía cansada, y desde entonces el médico me visita todos los días. Se ha vuelto...

—¿Avasallador? —le sugerí—. ¿Sobreprotector e imposible?

Nos reímos a carcajadas.

—Sí, exacto.

—Ese es el Andahai que he tolerado toda mi vida —dije—. Solo contigo es tierno y dulce.

—Tengo suerte —admitió Qinnia—. Pero tú también. Todos nos hemos encariñado con Takkan.

Me sonrojé y una oleada de calor me invadió el corazón. Realmente se había ganado a mi familia como sabía que haría. Otra razón por la que tenía que mantenerlo a salvo.

—¿Te sientes mejor ahora? —pregunté a Qinnia.

—La comida ayuda con las náuseas. El cansancio viene en oleadas.

—La comida también tiene una forma mágica de hacerme sentir mejor —respondí—. Juro que todo lo dulce tiene poderes mágicos.

Mientras mordíamos nuestras rodajas de melocotón al mismo tiempo, intercambiamos tímidas sonrisas. No había forma de explicar por qué, pero parecía como si fuéramos amigas desde hacía años. Amigas que hacían excursiones semanales a Gindara para mirar puestos y cotillear mientras desayunaban buñuelos fritos y sopa de arroz.

—Si Andahai alguna vez se pone grosero a la hora de responder a tus preguntas, pregúntame a mí —le ofrecí—. Te diré lo que pueda.

Qinnia se inclinó hacia el borde de su silla, aceptando la invitación a mi círculo íntimo con una inclinación de cabeza agradecida. Yo también me incliné hacia delante. Sabía lo que quería preguntar.

—Creo que hemos encontrado una forma de derrotar a Bandur —le conté. No podía compartir demasiado por si la comprometía, pero quería su permiso—. Necesitaré la ayuda de Andahai. Los siete tendremos que irnos de nuevo. Pronto.

Qinnia parecía pensativa.

—Todo lo que pido es que traigas a Andahai con vida —dijo—. Es una orden, hermana.

Nunca antes me había llamado *hermana*, y sonreí, reconfortada por nuestra nueva amistad.

—Lo haré.

Estaba de buen humor cuando salí de su despacho, pero ese estado de ánimo desapareció rápidamente.

Allí, al final del pasillo, estaba Takkan.

CAPÍTULO 25

Huí, poniendo tanta distancia como pude entre Takkan y yo, hasta que estuve a punto de llegar al templo Sagrado. Irónicamente, aquí era donde se suponía que Takkan y yo tendríamos nuestra ceremonia mañana.

No se le ocurriría buscarme en esta parte del palacio. Me quité la chaqueta, un espanto bordado que sin duda llamaría la atención, y la metí bajo un arbusto de begonias. Luego me alejé del templo y me dirigí a la cocina más cercana.

Era la más pequeña de las tres cocinas del palacio, y verme entrar hizo que los sirvientes se quedaran inmóviles hasta que recordaron hacer una reverencia. A la primera oportunidad, se dispersaron fuera del edificio. Fingí no oírlos murmurar.

Al estar más alejada de los salones de banquetes reales, esta cocina apenas se utilizaba, y los productos de la despensa eran antiguos. Sinceramente, algunas de las verduras parecían llevar allí desde antes de que yo partiera hacia Ai'long. Las patatas tenían brotes nudosos, la col estaba mustia y las zanahorias se caían cuando las levantaba.

Una oportunidad perfecta para practicar mi magia.

—Revivid —le dije a las zanahorias.

Engordaron y su color —blancuzco por la madurez— se tornó púrpura y naranja. Hilos de magia plateados y dorados tejieron mi hechizo, y me volví hacia las coles y las papas para inspirarlas también. Cuando terminé, el agua estaba hirviendo.

Había hecho sopa de pescado tantas veces que podía seguir todos los pasos sin pensar. La había hecho para mis hermanos cuando estaban enfermos, para Takkan cuando se había herido, para los pescadores de la posada del Gorrión cuando me habían obligado a trabajar allí. Ni una sola vez la había hecho para mí.

Tenía presente cada zanahoria que pelaba, cada patata que cortaba, cada rábano que hervía... y en mi olla conjuraba el sabor de tiempos más felices, cuando era solo una niña que se ponía de puntillas para ver a su madre cocinar. El olor me provocó un fuerte dolor en el corazón y, por un momento, volví a ser la antigua Shiori. Corriendo por los jardines con cometas robadas, saltando en los charcos y llegando tarde a clase, encantando y enfadando a todos mis conocidos. Era una chica sin secretos, sin sombras que invadieran sus sueños. Una niña que no tenía que preguntarse si su casa volvería a ser como su casa.

Cómo echaba de menos a esa chica.

Estaba tan absorta en mi trabajo que no oí el chirrido de la puerta al abrirse.

—Eres difícil de seguir, Shiori. Si no te conociera mejor, pensaría que me estás evitando.

Se me cortó la respiración.

Cuando Takkan entró en la cocina, solté el cucharón.

¿Me había visto salir corriendo de los aposentos de Qinnia? ¿O lo habían enviado mis hermanos? ¿Le habían hablado de mi visión? Ajeno a la tempestad que había desatado en mis pensamientos, Takkan habló.

—Los mensajeros dijeron que no leíste mis invitaciones a comer. O al té, o a la cena.

Esos soplones. Solían estar de mi lado.

—He estado ocupada. Apenas he tenido un momento para mí hasta ahora.

—Oh... —Takkan parpadeó para disipar su confusión y se pasó una mano por el pelo oscuro—. ¿Debería irme?

Sí, dijo mi mente.

—No —pronunciaron en cambio mis labios traicioneros. Quería golpearme la cara con el cucharón.

Pero los ojos de Takkan se ablandaron, y el alivio suavizó el profundo pliegue de su ceño.

—Te he buscado. Tenía la sensación de que te encontraría en una cocina. —Se inclinó sobre mi olla y se iluminó al sentir el olor—. ¿Otra vez haciendo sopa de pescado?

Casi me río de lo esperanzado que parecía.

—No es para beber —dije, sacando mi cucharón—. ¿Ves?

Con un suspiro, rompí mi concentración y liberé los hilos de magia que había estado reteniendo. Las zanahorias se volvieron grises, las patatas brotaron de nuevo y la cabeza de pescado flotó hasta la superficie.

Takkan se quedó mirando.

—Estaba practicando magia —expliqué, arrugando la nariz ante la sopa estropeada—. Mis habilidades están oxidadas. Hacer que los rábanos vuelvan a estar frescos no es gran cosa, pero es un comienzo.

Mi voz se entrecortó. Necesitaba algo más que un comienzo para enfrentarme a Bandur. La visión de Takkan desangrándose acudió a mi memoria y se me cerró la garganta.

—Debería ir a mis aposentos —dije, exagerando un bostezo—. La magia siempre me da sueño.

—Solo es el atardecer. ¿No vas a cenar?

—No tengo hambre —mentí, tres palabras que no había dicho en mi vida.

Takkan ladeó la cabeza con suspicacia, y no ayudó que mi estómago emitiera un gruñido incriminatorio.

—¿Qué pasa, Shiori? ¿Quieres mirarme?

—Tengo que volver —murmuré—. Wandei lleva todo el día en su taller, y debería ir a ver cómo está…

—Wandei fue quien me dijo que te buscara —replicó Takkan—. Él y Yotan dijeron que podrías estar así.

—¿Así cómo? —tartamudeé.

—Evitándome. No me dijeron por qué.

Primero los mensajeros, ahora los gemelos. ¿No había nadie en quien pudiera confiar?

Takkan me pasó una toalla cuando derramé un poco de sopa sobre la mesa, pero seguí sin mirarlo.

Me tocó el brazo.

—Shiori, no seas así…

Su voz era tensa. Tenía derecho a enfadarse conmigo por evitarlo sin explicaciones después de tanto tiempo separados. Paciente como era, me di cuenta de que estaba frustrado.

—¿Recuerdas lo que te dije —dijo, más suavemente—, hace muchos meses, cuando aún estabas atrapada bajo aquel cuenco de madera? Si algo te preocupa, no te escondas de mí.

—Nada me preocupa —mentí, arrepintiéndome inmediatamente—. Solo he estado ocupada.

—No me mientas. No me mientas. —Parecía preocupado—. ¿Me dejarás al menos adivinar?

—No hay nada que…

—¿Es lo que pasó con los aldeanos?

No dije nada. Con la mano libre, apagué el fuego bajo la olla con un chorrito de agua.

—¿Es por la ceremonia de los esponsales? —Su tono bailaba entre la cautela y el humor—. Si Kiki y tú estáis planeando daros otro baño de verano mañana por la tarde…

Maldito Takkan. Levanté la vista y, al ver la preocupación grabada en su frente y la alegría que centelleaba en sus ojos, no pude evitar ablandarme.

—No nadaré. —Eso fue todo lo que dije. Me serví la sopa y me limpié las manos.

—Qué desperdicio de sopa. —Miró con tristeza la olla vacía.

Parecía tan genuinamente decepcionado que no pude contener la risa a tiempo y, cuando sonrió, como por arte de magia, lo que quedaba de mi decisión de evitarlo se desvaneció.

—Te prepararé otra tanda —le prometí—. De verduras frescas, no encantadas. —Todavía riéndome de él, uní mi brazo al suyo—. Ven, acompáñame a casa.

El palacio era hermoso por la noche. Las linternas se balanceaban en los aleros y las luciérnagas parpadeaban sobre los estanques del jardín. Takkan y yo caminábamos uno al lado del otro, con un ritmo natural. Habría sido una velada perfecta si no fuera por los secretos que guardaba.

Sentí que Takkan también se guardaba algo. No era hablador por naturaleza, pero normalmente nuestro silencio era cómodo, fácil.

Esta noche no.

—Takkan... —Me arrodillé—. ¿Qué tienes en mente?

—La reunión de esta mañana con los ministros —confesó Takkan—. No fue muy bien. Creo que deberíamos irnos a Lapzur antes de lo planeado. Aquí no estás a salvo.

Casi me eché a reír. Hawar y su nido de burócratas eran el menor de mis problemas.

—No me digas que te preocupan los avispones —dije con una risita desdeñosa—. Qué preocupón eres. Mi padre haría que los desollaran por fruncirme el ceño.

—Puede ser, pero yo no descartaría su influencia, Shiori. Especialmente la de Hawar. Después de lo que pasó en las montañas, tu padre ha prometido que no volverás a salir de palacio.

Eso era nuevo, y puse los ojos en blanco.

—¿Eso ha hecho? ¿Qué le ha dicho esa rata de Hawar? —Rebusqué en mi bolso el espejo de la verdad—. No, no me lo digas, lo buscaré yo misma.

Ya era hora de que aprendiera a usarlo. Froté el cristal para limpiarlo y lo sostuve en alto.

—Espejo, muéstrame lo que dijeron los ministros.

El espejo se empañó y luego se sumergió en el interior del Nido de Avispones, mostrando a los ministros sentados a lo largo de las paredes con paneles y a Padre de pie en el centro, con una faja de luto sobre sus vestiduras reales.

—¡No puede ignorarlo, Majestad! —gritó el ministro Pahan en sonora protesta—. Ayer mismo, Shiori'anma visitó las Montañas Sagradas. Mientras estaba allí, la tierra tembló…

—La tierra tiembla a menudo, independientemente de la presencia de mi hija —dijo Padre bruscamente.

—Los demonios reaccionaron a su influencia —insistió la ministra Caina—. Ella es un peligro, ¡su magia plaga nuestra tierra! Debemos echarla.

—¡Echen también a la hechicera! —clamaron los ministros.

—¿Y si echarla no es suficiente? Hay miles de demonios en las Montañas Sagradas, señor. Si uno puede escapar, seguramente es solo cuestión de tiempo antes de que los demás también lo hagan. Tal vez deberíamos escuchar a las sacerdotisas. Ha habido sacrificios de sangre durante siglos. Cada una ha sido sacrificada para mantener Kiata a salvo, y Kiata ha estado a salvo… ¡hasta Shiori'anma!

Takkan, sentado en primera fila, ya estaba harto. Se puso en pie.

—La muerte de la princesa solo hará que continúe el temerario ciclo de sangresucias que mueren cada generación. Ella tiene el poder para luchar contra los demonios. Yo mismo lo he visto. Tenemos que darle esa oportunidad.

Los ministros no estuvieron de acuerdo.

—Una muerte cada generación es un pequeño precio a pagar por la seguridad de nuestra gran nación.

—¿Lo es? —Takkan argumentó—. Otras naciones tratan con demonios y magia a diario…

—Y el caos es su gobernante. Kiata es el líder de Lor'yan precisamente porque nos hacemos cargo de nuestro propio destino. ¿Pero qué sabrás tú, lord Takkan? Apenas has pasado tiempo en el corazón de Kiata.

—Enseguida llamas bárbaros a los demás —dijo Takkan con frialdad—. Pero miráos a vosotros mismos. Listos para derramar sangre inocente sin considerar otras opciones.

Se oyeron resoplidos y bufidos. Takkan fue ignorado mientras los ministros volvían a centrar su atención en el emperador.

—Su Majestad, atienda a razones. Entregue a su hija a las sacerdotisas antes de que sea demasiado…

—Ya basta. —Padre se esforzó por sonar tranquilo, pero un trasfondo de ira latía en sus palabras—. No colaboraré con esas cultistas. La próxima persona que lo sugiera despertará mañana en el reino de lord Sharima'en.

Los ministros guardaron silencio.

—Shiori'anma tampoco se convertirá en un arma contra los demonios —dijo el emperador, acorralando a Takkan—. Aunque ella quiera.

El primer ministro Hawar había guardado silencio hasta ahora. Cuando la sala se quedó en silencio, tomó la palabra.

—Entonces deberíamos mantener a la princesa confinada en palacio, Majestad. Al menos hasta que tengamos la oportunidad de interrogar a fondo a las sacerdotisas

capturadas y ejecutarlas por su traición. Estaré encantado de unirme al comandante imperial en el interrogatorio, una vez que la ceremonia de compromiso de Su Alteza se haya completado, por supuesto. Esto sería por su seguridad.

—Su Majestad —protestó Takkan—. No creo que…

—Sí —interrumpió el emperador—. Es una buena idea, ministro Hawar. Lord Takkan, le pido que se asegure de que mi hija no abandone el palacio.

Tiré el espejo. Ya había visto suficiente.

—No puedo creer que Padre escuchara a Hawar. Es un mentiroso de dos caras.

Solté un largo suspiro, desinflándome a medida que el aire me abandonaba. Lo mismo podría decirse de mí, solo que Takkan no lo sabía.

—No creo que tu padre confíe en Hawar —dijo Takkan, siempre leal—. Pero quiere que estés a salvo. Por eso me señaló como tu…

—¿Guardaespaldas? Debes estar encantado ahora que tu papel es oficial. —Me hundí y clavé las uñas en la tierra—. Gracias al menos por votar para que no me mataran.

—Tengo razones egoístas para querer mantenerte con vida.

Eso me hizo sonreír a pesar de mi enojo.

—Creo en tu magia, Shiori. Y en ti —dijo—. La magia ha desaparecido durante tantos siglos que nuestra gente no recuerda el bien que puede hacer.

—¿Como hacer que los rábanos mohosos vuelvan a ser nuevos?

—Como esto —dijo Takkan, señalando las flores silvestres que habían florecido donde mi mano tocaba la tierra.

Gen tenía razón cuando decía que necesitaba practicar mi magia; ni siquiera me había dado cuenta.

—Las flores no van a ganarse a Kiata —dije, pensando en cómo me evitaban ahora los sirvientes de palacio, como si mi magia fuera una enfermedad—. La gente me tiene más miedo a mí que a Bandur. Ese miedo no cambiará aunque lo derrotemos. —Las flores se marchitaron y desaparecieron cuando tiré de los hilos de mi magia—. Demasiada gente ha sido herida por mi culpa. —Tragué saliva—. Quizá sea una amenaza para Kiata.

—Por la forma en que dices eso, sé que tienes algo más en mente. —Takkan se acercó y sus mangas rozaron las mías—. ¿Me estás alejando porque crees que me pondrás en peligro?

¿Cómo me conocía tan bien?

Me quedé mirando al suelo hasta que me levantó la barbilla.

—Ahí está: esa mueca de disgusto. Eres una hábil mentirosa, Shiori, pero tu boca te delata.

Estaba a punto de protestar, pero Takkan no había terminado.

—Olvidas que me pasé todo un invierno observándote. Observando cada sonrisa, cada ceño fruncido, cada giro y cada tirón en busca de una ventana a tus pensamientos. Ahora que puedo ver tus ojos, no hay mucho que puedas ocultarme.

»Siempre te preocupas por la seguridad de los demás —continuó—. Déjame preocuparme a mí por una vez. ¿Me dirás qué es lo que te preocupa?

Me sentía culpable. Esta noche era la última oportunidad que tenía de hablarle de mi visión antes de la ceremonia de esponsales.

Separé los labios, preparándome para confesar, pero se me tensaron las costillas y se me secó la boca. No me salían las palabras. Ya había perdido a Raikama, y la posibilidad de perder a Takkan me dolía más que nada. Mejor que me odie a que muera. Mejor suspender la ceremonia.

Apreté los ojos.

—Quizá deberías volver a Iro. Quizá deberíamos anular nuestros esponsales.

Ya está. Lo había dicho.

Esperé a que Takkan se enfadara, a que su orgullo se apoderara de sus sentidos, como había sucedido cuando lo abandoné hacía un año. Pero se quedó callado y, aunque sus hombros se habían puesto rígidos, no se apartó de mi lado.

—Si vas a decir algo así —dijo al fin—, creo que merezco una mejor explicación.

Nunca había sido una cobarde, pero ahora me sentía como tal. Estaba de espaldas a Takkan. Ni siquiera podía armarme de valor para enfrentarme a él.

¿No solías decir que el miedo es un juego?, Kiki me había regañado esta mañana. *Se gana jugando, no huyendo. Que es lo que estarías haciendo si no se lo dices.*

Tenía razón. Me miré las manos llenas de cicatrices.

—Te vi morir —admití al fin, con mi voz más pequeña—. Las Lágrimas de Emuri'en mostraban a Bandur matándote en Lapzur.

Takkan me giró lentamente por los hombros.

—Por eso quieres romper el compromiso. Por eso quieres que me vaya.

—Sí. —Hice una pausa—. ¿Lo harás?

—No —dijo Takkan, como si no pudiera creer que le pidiera tal cosa.

—Tienes que irte —dije—. Bandur sabe que eres mi debilidad. Te matará.

—No —volvió a decir Takkan en tono acerado. Tomó aire—. ¿Sabes lo que fue para mí quedarme atrás cuando te fuiste a Ai'long? Cada día me preguntaba si volvería a verte. Después de todo un invierno sin oír tu voz y sin poder verte la cara, quería oírte reír. Quería…

—¿Qué querías?

Con mucha ternura, me apartó el pelo de la sien y me colocó los mechones plateados detrás de las orejas. Sus ojos no se apartaban de los míos en ningún momento, lo que me provocaba ardor en las mejillas y un cosquilleo en los nervios. Si me besara ahora mismo, nos haría volar. No, a todo el patio, y entonces los ministros me arrestarían de verdad. Pero me soltó y posó su mano en la tierra, tan cerca de la mía que pude sentir la electricidad entre nuestros dedos.

—No eres un pájaro enjaulado, Shiori. Yo tampoco. Voy contigo.

—No he dicho que tú…

—Te agradezco que temas por mí, porque ahora sé que debo tomar todas las precauciones. —Estrechó el espacio entre nosotros, solo un centímetro—. Entonces… ¿cuándo nos vamos?

Le dirigí una mirada al arco.

—Todavía no he dicho que puedas venir. Serías demasiado pesado para que mis hermanos te llevaran.

—Podrías convertirme en una grulla.

—¡Claro que no! —Lo miré boquiabierta—. No sabes lo que pides.

—Sí que lo sé. Tendrás que atarme si quieres que me quede en Gindara. No me quedaré mirando cómo te pones en peligro, Shiori, nunca más. Ya sea tu marido, tu prometido o simplemente tu amigo.

—Eres imposible —dije, arrugando mi frente—. De acuerdo. Si quieres venir, no te lo impediré. Pero no te convertiré en una grulla.

—Muy bien —concedió Takkan. Había ganado y se esforzaba por no sonreír.

—No debes ser imprudentemente valiente —continué—. Si consigues que te maten, nunca te lo perdonaré. ¿Lo entiendes?

—¿A ti se te aplica la misma regla?

Resoplé.

—Soy imprudente por naturaleza.

—Y yo soy valiente por naturaleza.

—¡Takkan!

—Te lo prometo —dijo, serio ahora—. Pero es bastante egoísta, ¿no crees?, hacerme jurar cuando tú no lo harás. Yo también te necesito, Shiori.

Te necesito. Un mar de calor se apoderó de mí, abrasando cualquier réplica que hubiera podido reunir. Dioses, iba a ser mi perdición.

—De acuerdo, lo prometo.

—Bien —dijo Takkan. Sacó de su capa un pequeño paquete que le cabía perfectamente en la palma de la mano—. Hay otra razón por la que quería verte hoy.

¿Un regalo? Estaba envuelto en tela con estampado de peonías y atado con un cordón dorado que reconocí de una de las tiendas más famosas de Gindara.

—¿Compraste esto para mí? —pregunté.

—No. Quiero decir… no. —Se aclaró la garganta mientras yo lo miraba con curiosidad. ¿Estaba nervioso?—. El envoltorio es de Qinnia. No tenía ninguno propio.

Cada vez estaba más desconcertada. ¿Qinnia había ayudado?

—¿Qué es?

—Ábrelo.

Normalmente, habría rasgado la tela, pero levanté cada pliegue con tanta delicadeza como si fuera el ala de una mariposa. Dentro había un peine sencillo, exquisitamente tallado y pulido. Me lo llevé a la nariz y aspiré el aroma a pino.

—La madera es de Iro…

—¿Cómo lo sabes?

Sonreí tímidamente.

—Huele a ti.

Por lo general, Takkan era bueno ocultando sus sentimientos, pero percibí el leve rubor que le subía por el cuello, asomando por su cuello alto.

—Dale la vuelta.

Al otro lado del peine había pintado un conejo que sostenía una cometa de cuerda roja con grullas voladoras. La misma cometa que Takkan y yo casi habíamos hecho juntos cuando éramos niños.

—En la leyenda —dijo Takkan—, los pretendientes de Imurinya le trajeron joyas y oro, riquezas de todo Lor'yan. Pero el cazador le dio un simple peine para recogerse el pelo y así poder ver sus ojos e iluminarlos de alegría.

Se me encendió la cara. No había pensado en cómo esa parte de la historia de Imurinya se parecía a la mía. Durante todo un invierno, Takkan no pudo verme la cara y había intentado valientemente levantarme el ánimo, incluso cuando no sabía quién era. Ahora, meses después, darme un peine, como había hecho el cazador, era una promesa. De devoción. De amor.

Apenas podía respirar cuando Takkan tomó el peine y lo colocó con ternura en mi pelo.

—Sé que han pasado años —dijo, y el ritmo de sus palabras se aceleró un poco—, y nunca tuviste nada que decir cuando éramos niños, pero quería preguntártelo ahora, antes de que....

—Deja de divagar, Takkan —solté—. ¿Me estás preguntando si quiero casarme contigo?

Lo había dejado sin habla, al menos por un segundo. Lo cubrió admirablemente, y quise darme una patada por ser una tonta impulsiva. Pero, tonta o no, seguía sintiendo curiosidad.

—Iba a preguntarte más formalmente —dijo lentamente—, si... si te comprometerías conmigo. —Esbozó una sonrisa irónica—. Supongo que, al final, el significado es el mismo.

Necesité todo mi control para mantener la voz nivelada y uniforme.

—En la leyenda, el cazador le dio a Imurinya un peine para intentar ganarse su corazón. —Me temblaban las manos mientras hablaba—. Pero el mío ya está ganado. Así que la respuesta es *sí*, Takkan. —Lo miré, intentando contener la alegría que estallaba en mi interior. Entonces volé a sus brazos, radiante de felicidad—. Sí.

Se levantó y me alzó con ambos brazos, acercándome para que nuestras narices se tocaran y su aliento me hiciera cosquillas en los labios.

—¿Por fin vas a besarme? —murmuré con descaro.

Takkan me tocó la barbilla y medio cerré los ojos, dispuesta a que se inclinara y me dejara sin aliento.

Pero se rio por lo bajo.

—Lo sabrás mañana —respondió con el mismo descaro. Me dio un beso en la nariz y luego me dejó en el suelo—. Incentivo para que aparezcas esta vez.

Incentivo era.

No tenía a Takkan por un tipo astuto y descarado, pero debía de haber aprendido algo de mí.

Me gustó.

—Allí estaré.

CAPÍTULO 26

Por fin, era la mañana de mi ceremonia de esponsales. Ya estaba despierta cuando llegaron mis doncellas para vestirme y me encontraba de lo más animada. Sin rechistar, me senté en un banco acolchado y dejé que me envolvieran en una docena de capas de seda y me cepillaran el pelo hasta dejarlo brillante.

—Por favor, ¿me envolvéis esto en el pelo? —les pedí, pasándoles el hilo rojo que había tomado del costurero de Raikama. Si ella no podía estar aquí hoy, yo seguiría honrándola.

Vestirme me llevó toda la mañana. Tenía muchos defectos y, aunque la vanidad nunca había sido uno de ellos, últimamente me cohibía el mechón blanco que se me enroscaba en las sienes. Mis criadas intentaban desesperadamente teñírmelo de negro, incluso empolvándolo con carbón e intentando pintarlo con laca, pero nada servía.

Incliné la cabeza hacia el espejo y me miré el pelo.

De alguna extraña manera, me sentaba bien.

—Dejémoslo —dije finalmente.

—Pero, Alteza...

No tengo nada que ocultar, quise decir. Todos sabían que era una hechicera. Pero sabiamente me mordí la lengua y en su lugar les entregué el peine de Takkan.

—Que así sea.

Las doncellas se inclinaron en silenciosa aquiescencia. Al final, fijaron el mechón y lo escondieron detrás de mi tocado. Sonreí, preguntándome si Takkan notaría su peine detrás de todas las plumas.

Tenía la cara pintada de un blanco ritual, los labios y las mejillas teñidos con colorete y las pestañas cubiertas de kohl. De mi pelo colgaban ristras de rubíes, ópalos y esmeraldas, y discos de jade tintineaban en mis orejas y muñecas. Luego vinieron las últimas prendas: la toga y la capa ceremoniales.

Un año antes, había llevado estos mismos trajes: la misma chaqueta bordada, la misma laboriosa falda con una cola que llegaba hasta detrás de mis talones, el mismo cuello y los mismos puños ribeteados en oro. Sin embargo, la túnica no me resultaba tan pesada como antes. Quizá porque ahora era más fuerte. O tal vez porque estaba ansiosa por la ceremonia.

—Estás preciosa, Shiori'anma —exclamaron mis criadas una vez vestida—. Una verdadera princesa.

Una sonrisa se dibujó en mis labios y, cuando asentí en señal de agradecimiento, Kiki salió de su escondite tras un jarrón.

Mienten, dijo, posándose en mi hombro para observar mi aspecto. *Tienes la cara más blanca que una cáscara de huevo y pareces más un montón de ropa sucia que una novia.*

Me alegro de poder contar contigo para reforzar mi confianza, le contesté.

No te mentiría. Kiki resopló. *Me sorprende que fueras capaz de caminar con toda esa seda, y mucho más de escaparte al lago Sagrado el año pasado.* Se apoyó en mi cuello como si yo fuera un árbol. *No pensarás en volver a hacerlo, ¿verdad?*

Por supuesto que no. Le dije a Takkan la verdad anoche.

¿De verdad? La incredulidad en su cara de papel era casi humana.

Es verdad, me regodeé. *Puedes preguntárselo tú misma.*

Hasho llegó para acompañarme al templo. Cuando vio que estaba vestida y lista para partir, ladeó la cabeza.

—Milagros de Ashmiyu'en, ¿vas a llegar temprano?

—Tienes suerte de que este tocado me tape los ojos, hermano. Te están mirando.

Hasho se rio.

—¿Kiki en tu manga esta vez?

—Hoy en mi cuello. —Doblé el cuello para que el pájaro de papel volviera a su sitio. Mientras mi tocado tintineaba, Hasho le guiñó un ojo a Kiki.

—Espera —dije, alcanzando la almohada redonda de mi diván. Detrás había escondido mi mochila—. Hazme el favor de vigilar la perla durante la ceremonia.

Hasho se estremeció.

—¿No puedes esconderla debajo de la cama?

Lo había intentado. Intenté esconderla en el armario, meterla debajo de la cama e incluso enterrarla bajo los arbustos de crisantemos de mi ventana. Pero nunca me sentía segura si no estaba cerca, sobre todo ahora que sabía que Bandur la quería.

—No es un guisante, Hasho. Es una perla de dragón.

—Estaría más cómodo cuidando a Kiki. Quizás deberías darle la perla a Gen.

—No puedo. —Apreté la correa de la mochila contra las manos de mi hermano, confiando en que encontraría la forma de esconder la bolsa bajo sus propias y copiosas túnicas—. Lo envié lejos.

—¿Lejos?

—Por su propio bien.

No diría más. Fue por el bien de Gen. Tras la reunión del consejo que había observado en el espejo, había buscado al joven hechicero en cuanto había podido.

—Quiero que investigues dónde está escondido el amuleto —dije—. Benkai estará en las Montañas Sagradas. Ayúdalo mientras todos los demás están en mi ceremonia de esponsales.

—¿Eso significa que no estoy invitado?

—Eres un hechicero, Gen. Hawar y sus ministros no se atreverían a hacerme daño, pero no ocurre lo mismo contigo. Mantente fuera del palacio hasta que alguien pueda vigilarte.

Gen resopló.

—¿Quién te vigilará?

—No te preocupes por mí. Solo encuentra el amuleto. —Le di el espejo de la verdad como soborno—. Usa esto.

Sus ojos azules se iluminaron.

—¿También consigo la perla?

—No.

Un gruñido salió de los labios del chico pero, para mi alivio, obedeció.

Cuando llegué al templo, estaba segura de que despedir a Gen había sido la decisión correcta. Todos los ministros y señores de primer rango habían acudido. Se abanicaban al unísono para combatir el calor. Me recordaban a los dragones, sedientos de espectáculo.

El peor era el primer ministro Hawar. Aquí estaba, zumbando alegremente con sus otros avispones, como si no hubiera pedido mi muerte ayer mismo.

Cuando la procesión me llevó al almohadón rojo frente a Takkan, me hundí en mi sitio como si hubiera viajado durante horas, no minutos.

Me dedicó una sonrisa antes de adoptar nuestras posiciones habituales. Qué tontos parecíamos los dos. Takkan con borlas de plata y oro colgando delante de sus ojos, yo con mi pesado tocado y velo. ¡Y nuestras túnicas! Parecíamos caravanas.

Era adorable —y extrañamente apropiado— que estuviésemos sufriendo juntos los rigores de la ceremonia. Ojalá pudiera tomar su mano y decírselo.

—En este noveno día del mes de las luciérnagas —comenzó el sumo sacerdote Voan—, nos reunimos para unir los destinos de Shiori'anma, amada princesa de Kiata e hija única de Su Majestad Imperial, el emperador Hanriyu, y lord Bushi'an Takkan, hijo y heredero de la prefectura de Iro.

Los sacerdotes y sacerdotisas de palacio nos rodearon a Takkan y a mí, portando una larga cinta roja y entonando oraciones en kiatán antiguo. Quería oír lo que decían, pero era imposible con el tamborileo.

Los sacerdotes y sacerdotisas daban vueltas y vueltas, haciendo girar la cinta sobre nuestras cabezas. Daban nueve vueltas a nuestro alrededor, el número de la eternidad. Durante nuestra ceremonia matrimonial, anudarían esa misma cinta para sellar nuestra promesa mutua.

Las vueltas empezaban a marearme, así que centré mi atención en la ventana detrás de Takkan. Una nube se cernía sobre el sol y la oscuridad se deslizaba hacia el templo, acompañada de un rítmico ruido que hacía temblar el techo.

Nadie más parecía oírlo. Ni sentirlo. Pero el sudor que se acumulaba en mi cuello pronto se evaporó, sustituido por el mismo frío glacial que había sentido en las Montañas Sagradas.

¿Kiki? Me acerqué con la mente. Mi pájaro había decidido en el último momento sentarse con Hasho en vez de conmigo. *Dime que sientes eso. El frío.*

¿Frío?, zumbó. *Se me está empapando el pico de tanta humedad.*

Ya no escuchaba. La oscuridad se desplegó por el templo, negra como la tinta y pesada como un sudario. Demasiado pronto envolvió a Padre, al sumo sacerdote, incluso a Takkan.

Yo era la siguiente. Tenía las manos entrelazadas y tensas sobre la falda y, cuando miré hacia mi regazo, una marea de sombras se deslizó sobre mí, ahogando las grullas bordadas y tiñendo de negro las flores de cuentas.

Enhorabuena, Shiori'anma.

La voz procedía de Padre. Levanté la vista con temor. El humo de los braseros del exterior se colaba por las ventanas y sus tentáculos se enredaban en la garganta del emperador hasta enrojecerle los ojos.

Me quedé mirando horrorizada. Empecé a levantarme, pero los sacerdotes seguían con el ritual de las cintas. Mi tocado tintineaba, sus hebras enjoyadas sonaban como campanas de alarma.

Con un parpadeo, los ojos de Padre volvieron a ser los suyos. Pero el corazón se me aceleró e instintivamente me llevé la mano a la cadera, olvidando que le había dado mi mochila a Hasho.

—¿Qué te pasa? —exclamó Takkan. Sus ojos se arremolinaron oscuros de preocupación.

Tenía que mantener la calma. Todos estaban mirando. No podía montar una escena.

—Nada —respondí.

Agaché la cabeza, intentando convencerme de que lo había imaginado. Decidida a concentrarme en la ceremonia.

Seis, conté, marcando las veces que la cinta nos había cruzado a Takkan y a mí. Siete.

Durante la novena y última vuelta, un latigazo de frío me acarició la mejilla, y músculo a músculo mi cuerpo se puso rígido.

¿Sin perlas el día de tu compromiso?, ronroneó Bandur. Su voz me produjo escalofríos, como una hoja helada apretada contra la piel. *Una lástima; se convierten en ti. En uno en particular.*

Mis ojos volaron en todas direcciones, pero no pude encontrarlo.

¿Dónde estaba? ¿Quién era?

Apreté el borde de mi falda.

Eres un descarado por venir aquí. Esto es tierra sagrada. El sumo sacerdote y…

Sus oraciones lastimosas podrían alejar a un demonio común, pero yo soy un rey.

Difícilmente un rey cuando estás atado a las montañas, repliqué. *Aunque te diera la perla, no serías capaz de sostenerla.*

Bandur gruñó, manifestándose finalmente detrás del trono de Padre en una columna de humo.

Yo que tú aprendería a respetar. Pasó una pata por encima del hombro del emperador. *O esta ceremonia de esponsales podría convertirse en un funeral.*

No te atreverías.

¿No me atrevería? No sería la primera vez que mato a un rey.

Necesité todo mi control para no saltar y atacar al demonio. Pero era solo una sombra. Nadie, ni siquiera Padre, lo notó. Mientras que el primer ministro Hawar estaba grabando cada movimiento que hacía con sus ojos encapuchados.

Todo era combustible para que Bandur me torturara aún más.

Podría arreglarlo para que pareciera que asesinaste al emperador, Shiori, musitó el demonio. *Te meterían en prisión, sería fácil recogerte y llevarte a las montañas.*

El odio inundó mis pensamientos.

Nadie creería jamás que yo maté a mi padre.

Te sorprendería lo que unos cuantos cuchillos bien colocados pueden hacer para cambiar la opinión de la gente. Sobre todo con tu reputación. Bandur cacareó. *Los ministros aprovecharían la oportunidad para encadenarte.*

Odiaba que tuviera razón. Sobre todo, odiaba no poder hacer nada.

Bandur se alejó flotando del trono de Padre hacia Takkan.

Pero, ¿para qué molestarme, si conozco tu mayor debilidad?

La ira y el miedo convergieron en mi garganta.

Deja en paz a Takkan.

Qué emoción tan peculiar, el amor humano, dijo Bandur, rodeando a Takkan por detrás. *Nunca lo sentí cuando era uno.*

Ante esto comencé a levantarme, ignorando los ceños fruncidos de los sacerdotes.

Te lo advierto…

No, yo te advierto, Shiori. Viste tu destino en las aguas. Niégame lo que quiero y mataré a quien más amas. Las afiladas uñas salieron disparadas de las patas de Bandur, rozando la mandíbula de Takkan. *Al final seguirás sangrando.*

Entonces, con un movimiento resbaladizo, Bandur cortó la garganta de Takkan.

—¡No! —grité—. ¡Takkan!

—¡Shiori! —Padre bramó—. ¿Qué estás…?

Con el corazón rugiendo, me volví hacia Takkan. Estaba arrodillado, con la cabeza ligeramente inclinada en señal de oración, como se suponía que debía estar la mía. No tenía sangre ni un corte en el cuello. Me llamó la atención, con las cejas fruncidas por la confusión.

En algún lugar del fondo, Bandur aulló de risa, sabiendo que me había engañado. Mi horror huyó, disolviéndose en un pánico glacial.

—Shiori, siéntate —gritó mi padre—. ¡Inmediatamente!

Apenas lo oí. La habitación daba vueltas, y todo el mundo cuchicheaba, los murmullos empezaban a extenderse. Podía leer sus labios con facilidad.

—¿Por qué gritó? —decían las señoras—. Mira sus ojos, tan salvajes.

—Muy impropio —murmuraban los señores—. Hawar tenía razón, hay algo raro en ella.

—¿Qué te dije? Es peligrosa —parloteaba alegremente el propio Hawar con los que estaban a su lado.

Era demasiado tarde para volver a sentarme. Tenía que desviar la atención de cualquier conversación sobre magia o demonios. Tenía que actuar como la Shiori que una vez conocieron: impulsiva, temeraria y completamente impredecible.

Sin pensarlo dos veces, me quité el tocado y pateé las cintas rojas que rodeaban mis pies.

—No me casaré con Bushi'an Takkan —declaré en mi tono más insolente.

Mis palabras dejaron a la sala en silencio. Supuse que eso era una victoria.

La confusión en el rostro de Takkan se había transformado en una consternada comprensión.

—Shiori, no lo hagas.

Tomé aire para armarme de valor.

—No completaré esta ceremonia —dije, dando un pisotón para enfatizar—. No seré atada a un páramo estéril, enviada tan al norte que el sol no es más que un guijarro en el cielo. Lord Bushi'an Takkan regresará a Iro de inmediato. El compromiso ya no existe.

Me levanté la falda, dispuesta a huir. Nadie estaba más sorprendido que Takkan cuando lo enganché del brazo, arrastrándolo hasta sus pies.

—¡Corre! —Le ordené, y me lanzó una mirada de total desconcierto. Pero gracias a las Cortes Eternas, no perdió el tiempo.

Corrió.

CAPÍTULO 27

Oía que mis hermanos nos perseguían, así que atravesé los jardines, me desvié de los senderos y desaparecí en el huerto. No sabía adónde íbamos, solo que tenía que alejarnos del templo todo lo posible.

Habíamos llegado a los durazneros cuando sentí un tirón en el extremo de mi faja. Recurrí a mi magia, pensando en hacer que las frutas salieran volando de las ramas y acribillaran a quienquiera que estuviera detrás de mí. Entonces vi quién había venido.

Los melocotones cayeron al suelo.

Era Hasho. Estaba sin aliento, pero eso no le impidió sermonearme.

—No lances tu magia sobre mí, hermanita. No lo permitiré.

—No voy a volver —dije, tirando de mi faja.

—Entonces explícate.

¿En qué estabas pensando?, gritó Kiki. *Sinceramente, Shiori, creía que habías dejado de ser tan estúpida desde que te rompiste ese cuenco en la cabeza. Pero estaba claro que me equivocaba.*

—Basta —dijo Takkan, interponiéndose entre mi hermano, Kiki y yo—. Ya basta.

—¿Te poseyó Bandur? —preguntó Hasho—. Porque es la única razón que se me ocurre para explicar lo que has hecho.

El sudor hizo que la pintura blanca de la cara goteara por mi frente y las mejillas, escociéndome los ojos y recubriéndome los labios con un barniz amargo. Me enjugué los ojos con el dorso de la mano.

—Eso no está lejos de la verdad.

Sobresaltado, Hasho se llevó las manos a los costados. Dejó escapar un suspiro que se convirtió en una risa arrepentida.

—Debería haber dejado que uno de los otros te atrapara. Cancelar la ceremonia y huir con tu prometida, ¿cómo voy a explicárselo al tribunal? Eso es nuevo, incluso para ti.

Desprecié a Kiki y a Hasho por reírse.

—Id a esconderos —dijo Hasho, haciéndonos señas a Takkan y a mí para que nos fuéramos—. Yo arreglaré las cosas con Padre.

Y tú arregla las cosas con Takkan, añadió Kiki antes de marcharse con mi hermano.

Me volví hacia Takkan, que se había quedado tan callado que me puse nerviosa.

—Supongo que otro tapiz no bastará para servir de disculpa —murmuré, sin saber qué más decir.

—Tu tiempo está mejor empleado lejos de una aguja y un hilo —replicó. Dobló mi chaqueta sobre su brazo—. ¿Estás bien?

—¿Que si estoy bien? —Lo miré con incredulidad—. ¿Estás bien? Acabo de humillarte mortalmente delante de todo el tribunal. Otra vez. ¿No deberías estar furioso conmigo?

—No —dijo Takkan simplemente—. No huiste de mí. Es muy diferente.

—¿No quieres saber qué pasó?

Me levantó la barbilla para quitarme la pintura que me corría por la cara. Me hacía cosquillas.

—Ya me has contado bastante —dijo—. Deja que los demás se lo pregunten. Hace un día precioso y deberíamos disfrutarlo. Como él...

Takkan saludó torpemente a alguien detrás de mí.

—Buenos días, señor Ji.

El señor Ji era un jardinero que había estado recogiendo fruta caída en el huerto y ahora nos miraba boquiabierto. Al oír el saludo de Takkan, hizo una reverencia sin decir palabra.

Me quedé horrorizada. Agarré a Takkan del brazo y lo arrastré por un puente de madera que se adentraba en los jardines. Los milanos gorjeaban y las cigarras eran tan ruidosas como estridentes, pero al menos estábamos lejos de miradas indiscretas.

Takkan se reía.

—No tiene gracia —dije, sinceramente afligida—. En Gindara, los rumores se extienden más rápido que el fuego demoníaco. Es probable que toda la ciudad sepa lo que he hecho. Y tu familia. —Quería enterrar la cara entre mis manos—. Tu familia me va a despreciar.

—Iro está bastante lejos de Gindara —me recordó Takkan—. No se enterarán hasta dentro de unos días por lo menos. Además, no hay nada que puedas hacer para que Megari te desprecie.

—Tu madre será otra historia.

—Mi madre se apaciguará si alguna vez hay hijos. Y mi padre se apaciguará cuando ella se apacigüe.

Le brillaron los ojos y no supe si hablaba en serio o en broma.

—¿Niños? —Repetí mientras mi estómago daba un vuelco—. He dicho que el compromiso había terminado.

—Bueno, si es así, quizá deberías hacer otro tapiz de disculpas.

Le fruncí el ceño con toda mi furia, pero no pude resistirme al tic que me recorría los labios.

—¿Cómo puedes quitarle importancia a esto?

Takkan dejó mi chaqueta en la baranda del puente.

—Le quito importancia porque no me importa lo que los demás piensen de ti o de nosotros. Incluso si nunca saben la verdad, no me importa.

»Habrá muchas pruebas y malentendidos en nuestro futuro, Shiori. Estamos destinados a pelear, y a veces puedo estar demasiado enfadado para correr detrás de ti. Y mucho menos contigo. —Se rio entre dientes—. Pero tengo fe en que al final siempre reiremos juntos. Tengo la sensación de que nos reiremos de hoy dentro de unos años.

Dentro de unos años. La forma en que lo dijo me empañó los ojos.

Entrelazando mis manos con las suyas, lo atraje hacia los jardines, lejos del templo, hasta que nos refugiamos bajo una glicinia olvidada. Allí, busqué su peine en mi pelo y lo peiné para aflojar uno de los hilos de cuentas que colgaban de mis mejillas.

—¿Qué haces? —preguntó Takkan.

—Recogiendo las cuentas —dije, mis dedos trabajando hábilmente—. Habrán despejado el templo, así que no podemos volver. Pero eso no significa que no podamos terminar la ceremonia.

Peiné la última cuenta y mostré el hilo rojo desnudo en la palma de la mano. Luego, al darme cuenta de lo que había dicho, me sonrojé.

—Yo... prefiero que sea aquí, de todos modos, antes que en ese templo sofocante con todos los cotillas de la corte mirando.

Takkan sonrió ante mi lenguaje blasfemo.

—¿Seguro que quieres unir tu destino al mío? —preguntó—. ¿Un señor de tercer rango de un páramo tan al norte que el sol no es más que un guijarro en el cielo?

Mis mejillas se encendieron de vergüenza. Esas fueron mis palabras.

—No quería decir eso.

Su voz sonó divertida.

—Lo sé.

—Takkan...

—Tus hermanos me advirtieron de que una vida contigo significaría muchos golpes a mi orgullo. Pero mi amor por ti es mucho mayor que el orgullo, Shiori. Mucho más grande que cualquier cosa. —Inclinó la cabeza y me miró con ternura—. Ahora, ¿qué has dicho sobre terminar la ceremonia?

Era la magia más profunda cómo Takkan podía alejar toda la oscuridad que plagaba mi mente. Cómo convirtió la vergüenza que calentaba mis mejillas en alegría, y cómo esa alegría irradiaba por todo mi cuerpo, filtrándose por poros y cabellos hasta que podría haber rivalizado con el sol con mi brillo.

Incluso mi interior estaba radiante.

Desenrollé el hilo rojo que tenía en la mano y lo miré a los ojos.

—Rodéate de quienes te quieran siempre —empecé—, a pesar de tus errores y tus defectos. Forma una familia que te encuentre cada día más bella, incluso cuando tu pelo esté blanco por la edad. Sé la luz que haga brillar el farol de alguien.

Esas habían sido las palabras de Raikama para mí, un último deseo de felicidad.

Con sumo cuidado, empecé a enrollar el hilo alrededor de su muñeca.

—Así es como Imurinya se ató al cazador para que pudieran viajar juntos a la luna, ¿lo sabías?

Una pregunta tonta.

Claro que lo sabía, Takkan era un erudito de los cuentos.

Enrollé el hilo a su alrededor una, dos, tres veces.

—Te ato a mí, Bushi'an Takkan. No porque mi padre, mi madrastra o mi país me lo pidan, sino porque así lo deseo. Siempre te elegiría a ti. Eres la luz que hace brillar mi linterna.

Hice un nudo.

Entonces Takkan tomó el hilo, anudando el otro extremo alrededor de mi muñeca.

—Te ato a mí, Shiori'anma —dijo—. Que nuestras hebras estén siempre anudadas mientras capeamos alegrías y penas, fortuna y desgracia, y pasamos nuestros años desde la juventud hasta la vejez. Somos de un solo corazón, unidos por el honor, y un solo espíritu, ya sea en la tierra o en el cielo. Desde ahora hasta dentro de diez mil años.

Incliné su barbilla hacia mí.

—Y ahora, ¿no tienes una promesa que cumplir?

Con un paso, borró la distancia que nos separaba y sus labios se posaron en los míos en un beso.

No un rápido y tímido beso en la mejilla o en la frente, como los que me había dado en el pasado.

Ni siquiera el tierno beso que me había dado en la nariz la noche anterior.

Un beso de verdad, de labios contra labios y aliento contra aliento, que hizo que me golpearan las rodillas y que el mundo se balanceara, tal y como yo sabía que lo haría. Me puse de puntillas inconscientemente cuando Takkan tiró de mí, con los brazos entrelazados y los dedos entrelazados, aún atados desde la ceremonia. Nos besamos una y otra vez, hasta que nos emborrachamos el uno del otro y los dedos de nuestros pies dejaron profundas huellas en la tierra y pétalos de glicina púrpura coronaron cada centímetro de nuestras cabezas.

—Tu destino está ligado al mío ahora —susurré, con mis labios contra los suyos—. Tu corazón es el mío, y donde estás es mi hogar. Afrontemos lo que afrontemos, lo afrontaremos juntos.

—Juntos —repitió con firmeza—. Siempre.

Takkan era el final de mi cuerda. No importaba lo lejos que vagara mi cometa, siempre encontraría el camino de vuelta a él. Y, aunque aún nos esperaba lo imposible, mi corazón descansaba un poco más tranquilo sabiendo que él nunca me soltaría.

CAPÍTULO 28

Por mucho que lo deseara, Takkan y yo no podíamos escondernos en los jardines para siempre. Tarde o temprano teníamos que enfrentarnos al palacio. Por primera vez, elegí ir por mi cuenta, y Takkan fue a buscar a Gen, que aún no había enviado noticias desde las montañas.

¡Ahí están!, dijo Kiki, revoloteando sobre mi cabeza cuando salí a los senderos del jardín. *Tus hermanos te esperan en la Corte de la Libélula. Han preparado una explicación que… ¡Shiori! ¡Ese es el camino equivocado! ¿Adónde vas?*

A ver a mi padre.

¿No está enfadado contigo?

Vacilé.

Lo averiguaré. Toqué el ala de mi pájaro. *Quédate. Es algo que tengo que hacer sola.*

El santuario de mi madre estaba en la esquina noreste de los jardines imperiales, rodeado de sauces. Era la parte más tranquila de los terrenos del palacio. Muchos supusieron que no respetaba a mi madre porque no la visitaba a menudo, pero no era eso.

Venir a este lugar era como reabrir una vieja herida.

Padre ya estaba allí, subiendo las escaleras de madera. Unos pálidos rayos de sol brillaban sobre su espalda y, cuando nuestras sombras se superpusieron, no me reconoció.

—¿Puedo acompañarte? —le pregunté.

Levantó la vista con recelo, con expresión cautelosa. Confiaba en que Hasho le hubiera dado alguna explicación por mi abrupta marcha en la ceremonia, pero aun así parecía disgustado. Y con razón.

—Por favor, Padre —dije en voz baja. Finalmente, asintió.

Lo seguí hasta el santuario. El lugar estaba helado, a pesar de la puerta abierta y el calor de la tarde. De las vigas colgaban estandartes de marfil que deseaban a mi madre un buen viaje al cielo. Había tres sacerdotisas atendiendo el fuego del santuario, una hoguera que ardería para siempre en la memoria de la emperatriz. Cuando nos vieron, se inclinaron y salieron arrastrando los pies.

Detrás de la ofrenda de arroz, oro y vino del altar, había una estatua de madera de mi madre. Padre me decía a menudo que me parecía a ella, pero yo no le veía mucho parecido, salvo por nuestros largos cabellos de ébano y nuestras barbillas puntiagudas. Sus ojos eran redondos y amables. Los míos eran afilados y desafiantes.

Padre se inclinó profundamente ante la estatua y murmuró sus oraciones.

Yo también me incliné pero, por más que lo intentaba, no se me ocurrían palabras para mi madre. Los pocos recuerdos que tenía de ella ni siquiera eran reales. Raikama los había sembrado en mi mente para darme paz y felicidad pero, ahora que sabía la verdad, solo sentía remordimientos.

—¿Cómo era ella? —pregunté cuando Padre se levantó.

Era una pregunta que él siempre desviaba diciendo algo vago, como *Era muy amable. Muy guapa.*

Esperaba lo mismo hoy, pero Padre hizo una última reverencia ante el altar. Luego contestó, con disimulo.

—Odiaba el incienso porque le daba sueño. Una vez, se quedó dormida durante la ceremonia de nombramiento de Andahai.

—¿En serio?

—Sí. —Padre se volvió hacia las escaleras—. Era más parecida a ti de lo que crees.

El reproche me produjo una punzada en el pecho.

—Siento lo que ha pasado esta mañana. Mi comportamiento fue… inexcusable.

Se detuvo bruscamente.

—Es una suerte que Bushi'an Takkan sea un hombre paciente. Un buen hombre. Porque no puedo nombrar a ningún otro que te acepte, princesa o no, después de que hayas deshonrado así a su familia.

Agaché la cabeza, soportando la reprimenda. Quería argumentar que no había deshonrado tanto a su familia como antes. Después de todo, me había escapado con él. Sabiamente, me guardé mis pensamientos.

—Me has decepcionado, hija. Esperaba que tuvieras un sentido del deber más fuerte. Sobre todo después de todo lo que ha pasado contigo y tus hermanos.

Su pausa fue deliberada, dándome un momento para estremecerme.

—No te reprenderé más en el santuario de tu madre. —Padre se cruzó de brazos, con las mangas largas dobladas para no barrer el suelo sagrado—. Todo lo que diré es que planeaba enviarte lejos como castigo, pero tus hermanos me rogaron que lo reconsiderara. En cualquier caso, no es mi perdón lo que debes buscar, sino el de lord Takkan.

Levanté la vista, quizás con demasiado entusiasmo.

—Sí, Padre. Por supuesto que tienes razón.

Mi complacencia le hizo fruncir el ceño.

—Raras palabras de mi única hija. Entiendo que ya has hablado con él.

Cuando asentí con cuidado, soltó un gruñido.

—Que los dioses recompensen al joven Takkan por su paciencia. —Un suspiro—. Ven. Pasea por los jardines conmigo antes de que el resto del palacio descubra que estamos aquí.

El sol poniéndose iluminaba las copas de los árboles, pintándolas de un rojo salvaje. Saboreé la vista, sabiendo que desaparecería en cuestión de minutos. Entonces tragué saliva, preguntándome si mi padre solía recorrer este camino con mi madre.

—¿La echas de menos? A mi madre.

—Tu madre estaba ligada a mí por Emuri'en. Si los dioses son bondadosos, la volveré a encontrar cuando ascienda a los cielos.

—Desearía haberla conocido mejor.

Padre siguió caminando, y pensé que sería el fin del tema... hasta que se detuvo en el puente de madera sobre un estanque de carpas.

—Tu madre era testaruda, como tú, y a menudo impertinente, como tú. Pero siempre tuvo en cuenta a los demás antes que a sí misma. Cuando cayó enferma, juré no volver a casarme. Ella no quiso oír hablar de eso. Quería que crecieras con una madre. Incluso si eso significaba que la olvidarías.

Se me hizo un nudo en la garganta y me costó hablar.

—Por eso te volviste a casar.

—Mi matrimonio con tu madrastra no fue por amor, pero éramos amigos. Ver que mis hijos la querían, y ella a ellos, alivió parte del dolor de perder a tu madre. También ayudó a tu madrastra.

—Ella también estaba de luto —murmuré—. Por su hermana.

—¿Ella te dijo eso?

—Sí, antes de morir —dije con voz gruesa—. ¿No te pareció extraño que nunca hablara de su pasado, que ni siquiera tuviera un nombre?

—Tenía un nombre cuando la conocí, pero quería olvidarlo. Su vida en casa no era feliz. La conocí solo porque su padre intentaba casarla en una…

—Una ceremonia de selección —murmuré.

—Sí. —Mi padre pareció sorprendido de que lo supiera y desvié la mirada mientras continuaba—. Los reyes y príncipes que habían oído hablar de su belleza se reunieron en Tambu con ofrendas de joyas y oro. Al principio, yo también fui. Había oído que era amable y compasiva, y esperaba encontrar una nueva madre para ti. Pero el concurso me desestabilizó, así que me fui.

—Entonces, ¿cómo llegó a casarse contigo? —pregunté.

—Es una larga historia —respondió Padre—. El concurso duró muchos meses, causando luchas entre los pretendientes. Uno de los grandes reyes de Tambu temía que estallara una guerra. Me pidió que volviera para ayudarla a tomar una decisión. Cuando volví a verla, estaba de luto por su hermana. La pobre murió poco después de que comenzara la selección.

Levanté la cabeza, con la respiración entrecortada.

—¿La conociste alguna vez?

—Una vez —dijo—. Pero no lo recuerdo bien. A tu madrastra nunca le gustó hablar del pasado. Y menos de su hermana.

Retrocedí, intuyendo que Raikama tenía algo que ver con las lagunas en la memoria de Padre. Pero entonces volvió a hablar.

—Lo que sí recuerdo es que tenía los ojos más solitarios que jamás había visto. —La voz de Padre se desvió, como si borrara recuerdos—. Y tenía una serpiente a su lado. Siempre supuse que por eso tu madrastra encontraba consuelo en las serpientes. Porque le recordaban a su hermana.

Me dolía el pecho y tuve que apartar la mirada, fingiendo estar fijada en una abeja que revoloteaba de flor en flor. Había tantas cosas sobre Raikama que Padre no sabía. Algún día, tal vez, le contaría que había sido una poderosa hechicera, que había sido ella quien nos había enviado lejos a mis hermanos y a mí para protegernos de lord Yuji y Bandur... pero nunca le contaría toda la verdad. El último de los secretos de mi madrastra moriría conmigo.

Que era la hermana perdida con la que Padre se había casado. Y su nombre había sido *Channari*.

—Nuestro dolor nos unió —dijo en voz baja, continuando la historia— y nos hicimos íntimos. Una noche, la víspera de que eligiera marido, me hizo una pregunta peculiar: si de verdad no había magia en Kiata.

A pesar del dolor que sentía en el pecho, me incliné hacia delante. Padre nunca me había contado esto.

—Cuando le dije que era cierto, me explicó que era la magia la que había matado a su hermana y que deseaba alejarse de ella tanto como pudiera. Me dijo que había decidido elegirme a mí, si consideraba renovar mi traje. —Inspiró—. Era lo último que esperaba.

—¿Qué le dijiste?

—Le dije que cien soberanos de Lor'yan llevaban meses declarándole su amor eterno. —Se rio en voz baja—. Le dije que debía elegir a uno de ellos, porque mi corazón pertenecía a la madre de mis hijos. Pero ella estaba decidida. *Las fracturas de nuestros corazones nunca sanarán*, dijo. *Pero yo quiero recomponer el mío. No es un amante, ni siquiera un marido, quien puede hacerlo, sino una familia. Seamos una familia los unos para los otros*, y cumplió su palabra —dijo Padre—. ¿Recuerdas que cuando la conociste la llamaste *Imurinya*?

—Porque brillaba —dije—. Como la dama de la luna.

—Fue la vez que más feliz la vi. —El fantasma de una sonrisa asomó a su boca antes de que volviera a ponerse solemne—. La ruptura que se produjo entre vosotras dos la hirió profundamente, Shiori. Ella te quería. Mucho.

El calor inundó mi nariz y mis ojos.

—La echo de menos, Baba —dije a través del dolor de mi pecho.

Rara vez lo llamaba *Baba*. Siempre me había parecido raro, sabiendo que era el emperador de Kiata, un hombre venerado, amado y temido, incluso por sus hijos. Pero, en ese momento, era mi padre primero y emperador después.

—¿Es terrible que eche más de menos a Raikama que a mamá? Mamá tuvo seis hijos que la conocieron y la quisieron. En el fondo, yo también la quiero, pero era demasiado joven para conocerla. Raikama… no tenía a nadie. Excepto a mí— dije con mi voz más grave.

—Ella te amaba como si fueras suya. Eras la hija de su corazón.

Padre no podía saber que esas eran las mismas palabras que Raikama me dijo antes de morir. Mi autocontrol se derrumbó y las lágrimas inundaron mis mejillas antes de que pudiera detenerlas.

Padre se inclinó sobre el puente, contemplando una carpa que mordisqueaba unas algas. Su voz era lejana, pensativa.

—Ella lo eligió para ti, ¿lo sabías?

—¿A quién? —Parpadeé—. ¿A Takkan?

—Había planeado casarte con un rey extranjero, o con uno de los hijos de lord Yuji para reforzar el apoyo de los señores de la guerra al trono. Tu madrastra luchó para que eligieras a tu pareja, pero el consejo no lo permitió. Así que juró que tu matrimonio al menos te traería felicidad.

—Creí que quería enviarme lo más lejos posible de Kiata.

Padre esbozó una débil sonrisa.

—Creo recordar que pensabas que Iro era el rincón más oscuro del mundo. ¿No fue hace solo unas horas cuando lo llamaste *páramo*?

Me encogí de vergüenza.

—Supongo que está bastante lejos. ¿Pero por qué Takkan? Ni siquiera vino a la corte.

—Lo hizo, una vez. Te dije antes que Bushi'an Takkan no es el tipo de chico al que le iría bien en la corte. Supongo que nunca te expliqué lo que quería decir.

No lo había hecho, y yo había asumido que Takkan era un bárbaro sin tacto, un humilde señor de tercer rango. Qué equivocada había estado.

—A su padre nunca le ha importado el poder —explicó el emperador—. Algo que he llegado a valorar cuanto más tiempo reino. Lo mismo ocurre con Takkan. Incluso de niño, carecía del artificio necesario para encandilar a la nobleza.

—Es demasiado honesto —dije secamente.

—En efecto —dijo papá—. Un rasgo que me gustaría que compartieras.

Hice una mueca.

—Durante su visita, consiguió impresionar a tu madrastra.

—¿Raikama? —Fruncí el ceño, se había encendido la mecha de mi curiosidad. Raikama había sido infamemente fría con los cortesanos—. ¿Cómo?

—Fue sin querer, estoy seguro. Una noche, los niños de la corte se reunieron a su alrededor. Sus padres les habían ordenado que adulasen su belleza, y así lo hicieron, pero ya sabes cómo irritaba eso a tu madrastra. Así que les preguntó qué pensaban de la cicatriz de su cara. Todos los niños mintieron diciendo que apenas la notaban.

—Excepto Takkan —susurré. Takkan no mentía, y la cicatriz de Raikama era lo primero en lo que se fijaban todos cuando la veían. Larga y llamativa, le había cortado la cara en diagonal, pero ni una sola vez la ocultó o bajó la cabeza avergonzada.

Padre asintió.

—No había dicho una palabra hasta ese momento, pero nunca olvidaré su respuesta. *Si quisieras que te dijeran que eres guapa, esconderías tu cicatriz. Pero no es así. Cuenta tu historia, una historia destinada solo a aquellos que merecen oírla.*

—Oh, Takkan —murmuré. Intenté imaginarme el encuentro, con Takkan insultando a la consorte imperial y Raikama sin dar ninguna pista de lo que pensaba—. Sus padres debieron mortificarse. Su madre, especialmente.

—Así fue. —Padre rio entre dientes—. Durante meses, nos envió tapices de disculpa y un número alarmante de conejos tallados en pino. Tu madrastra hizo que los tiraran todos. Así que imagina mi sorpresa cuando lo eligió para ti. Hasta el día de hoy, no sé por qué esas palabras le gustaron a ella.

Yo tampoco lo sabía. La cicatriz de Raikama seguía siendo un misterio para mí.

—¿Por qué accediste?

—Confiaba en su juicio. Ella siempre estaba llena de secretos pero, en lo que respecta a Takkan, ella fue muy convincente. Una vez que accedí a considerar al chico, me hizo prometer que no te lo diría. Sabía que no le darías una oportunidad.

—Tenía razón —susurré. Pero el destino había encontrado la manera de unirnos de todos modos. Me pregunté si Raikama había sabido que sería así.

—Tenía razón. —Padre caminó hasta el final del puente—. A menudo era muy previsora. Cuando tú y tus hermanos estabais lejos, sentía que algún oscuro encantamiento había caído sobre vosotros, pero nunca perdió la fe en que algún día volveríais a casa.

La ironía de sus palabras debería haberme hecho estremecer, pero las creí. Raikama nos había maldecido a mis hermanos y a mí, exiliándonos a las afueras del país, pero lo había hecho para protegernos. Cómo debió de dolerle.

Padre bajó la voz.

—No deseo que vuelvas a marcharte, pero no estás a salvo en Gindara. —Hice ademán de hablar, pero me silenció con una mano—. No discutas conmigo y ni una palabra de volver a las Montañas Sagradas.

Me mordí la lengua. Padre me conocía demasiado bien.

—Los soldados de allí conocen los planes que el Rey Demonio tiene para ti. Si te ven cerca de la brecha, supondrán que ha invadido tu mente y te ha hecho prisionera.

Mis ojos volaron hacia arriba.

—¿Es necesario?

—Todas las precauciones son necesarias, Shiori. El pueblo te culpa de los ataques del demonio, y el consejo me presiona para que te destierre de Kiata.

Era demasiado decirle a Padre que íbamos a robar el amuleto de Bandur y llevarlo a Lapzur. Mis hermanos tenían razón, no había posibilidad de que lo aprobara.

—Algo bueno puede salir de tu arrebato de hoy —dijo Padre—. La gente está confundida por lo sucedido, incluso los que estaban sentados más cerca de ti y de lord Takkan. Supondrán que te envío a un templo para que reflexiones sobre tu comportamiento.

—En realidad, iré a Iro —dije. Era una mentira que había practicado pero, al decirla ahora, mi voz se volvió ronca por la emoción—. El castillo de Bushian está bien fortificado, y lo condené lo suficiente durante la ceremonia como para que nadie espere que esté allí. Ni siquiera Hawar.

Padre lo consideró.

—Lleva al menos a uno de tus hermanos. Me sentiría más tranquilo si uno te acompañara al norte. Hay muchos que te desean el mal, hija. —Su voz se tensó, y supe que pensaba en Hawar y sus avispones amotinados—. Márchate tan pronto como puedas.

Asentí con la cabeza.

—Nos iremos mañana.

Era mentira, por supuesto, y me odié por ello. Por hacerle creer que me enviaba a Iro, a un lugar de santuario, cuando en realidad no podía estar más lejos de la realidad.

Me iba mañana. Pero no huía del peligro, sino que iba directa hacia él.

Ya había anochecido cuando regresé a la residencia. Mi estómago gruñía malhumorado y yo estaba más que emocionada por comer. Irrumpí en el pasillo que compartíamos mis hermanos y yo, dispuesta a gritar en sus habitaciones y convocarlos a todos a cenar, cuando vi a Takkan frente a mi puerta.

—Shiori... —Me agarró del brazo—. Deprisa.

Mis labios se separaron por la sorpresa. Empecé a preguntar qué pasaba, pero Kiki salió volando de mi habitación, mordiéndome el pelo y arrastrándome hacia dentro.

¡Tenemos que darnos prisa!, gritó. *¡Hawar se lo ha llevado!*

¿A quién?, dije, parpadeando de confusión. *¡Kiki! ¿A quién se ha llevado Hawar?*

Sin explicación, mi pájaro de papel se zambulló entre las rendijas de mis puertas, todavía frenética.

Takkan y yo la seguimos, y mi corazón casi se paró. El halcón de Gen estaba al acecho fuera de mi ventana enrejada, con un fragmento de espejo brillando en sus garras arqueadas. Sus redondos ojos amarillos parpadearon, y lanzó un fuerte grito cuando dejó caer el fragmento en mis manos.

El cristal estaba manchado de sangre, y un fuerte presentimiento se retorció en mis entrañas.

—Gen —respiré—. Han arrestado a Gen.

CAPÍTULO 29

El halcón se elevó hacia las nubes, donde se habían congregado multitud de aves. Se agolpaban sobre la puerta suroeste, cerca de los calabozos imperiales.

Gen realmente tiene afinidad por los de mi especie, comentó Kiki con aprobación.

Sí y, por la forma en que gritan, parece que está en problemas, dije mientras la lanzaba por la ventana.

Busca a mis hermanos, le ordené. *Encuentra a Benkai primero.* Mi segundo hermano pronto sería alto comandante, y todos los centinelas, soldados y guardias estaban bajo su autoridad.

—Takkan, ven conmigo.

Una gran tropa custodiaba los calabozos. Un músculo irritado hizo tictac en mi mandíbula cuando vi al primer ministro Hawar, rodeado por un puñado de centinelas imperiales.

—Suelten al chico —exigí.

—Mis disculpas, princesa Shiori —dijo Hawar con una cortante reverencia—. Supongo que te refieres al hechicero. Lamentablemente, está detenido.

—¿De qué se lo acusa?

—El chico fue encontrado lanzando magia oscura sobre la brecha —respondió Hawar—. Por lo que sabemos, podría estar confabulado con los demonios de las Montañas Sagradas para hacerle daño, Alteza.

Mis fosas nasales se encendieron.

—Sabes que eso es mentira. Gen vino aquí, fue invitado aquí, para ayudar. Fui yo quien lo envió a la brecha.

—Entonces eso es muy desafortunado —dijo Hawar—. Tu padre y el príncipe Benkai han dejado claro que la zona está restringida. Si deseas impugnar sus órdenes...

—Mi hermano ya está en camino —dije enfadada.

—Espero que se dé prisa. Lamentablemente, no puedo garantizar el bienestar del joven hechicero.

Apreté los puños.

—Si le han hecho daño...

—Nos esforzamos por tratarlo con la mayor amabilidad, Alteza, pero el chico opuso resistencia.

Otra mentira.

—¿Qué pelea podría dar un niño de trece años contra un regimiento de guardias imperiales entrenados?

—Mira por encima de ti —dijo Hawar sedosamente—. Incluso ahora, hace magia potente.

—¡Solo son pájaros! —escupí. Me enfrenté a los centinelas dispersos entre la multitud—. ¿Hawar os tiene a todos de su lado? ¿Qué ha sido de vuestra lealtad a la familia imperial?

—Los centinelas están bajo juramento de proteger a Kiata ante todo —replicó Hawar—. Kiata está amenazada.

Takkan agarró al primer ministro por el cuello.

—Deja entrar a la princesa en el calabozo. Ahora.

Tomado por sorpresa, Hawar se agitó y golpeó con su abanico la cabeza de Takkan.

—¡Suéltame de una vez! ¡Inmediatamente, Bushi'an Takkan! ¿Cómo te atreves? Tu padre se enterará de esto. Haré que toda la corte denuncie a tu familia…

Takkan ya había tenido suficiente. Agarró el abanico del ministro y lo partió por la mitad con una mano.

—Ya has dejado claro lo que piensas de mi familia —dijo con frialdad—. Dices que el norte está lleno de brutos y bárbaros. —Dejó caer el abanico roto para poder desenvainar su daga y clavó su hoja contra el bulto que se tambaleaba en la garganta del ministro—. Me alegra confirmar tu punto de vista. ¡Ahora deja entrar a Shiori!

Fue lo más sabio que jamás había visto hacer a Hawar: mover los dedos para pedir a los guardias que se hicieran a un lado. Irrumpí en el calabozo.

—¿Dónde está el hechicero? —pregunté. Uno de los guardias señaló las escaleras. Bajé corriendo y encontré a Gen en la primera celda a mi izquierda.

El chico tenía la cara magullada y ensangrentada, y la nariz rota de nuevo. Estaba tumbado sobre un lecho de paja, con el pelo negro revuelto. Cuando me vio, levantó una mano y sacudió la mano para saludarme y asegurarme que estaba vivo.

—Aquí todo el mundo dice que tengo facilidad para meterme en líos —le dije, ayudándolo a levantarse—. Tú no eres mucho mejor.

—Los problemas siguen al poder —murmuró, tocándose la nariz para evaluar los daños. Se quejó—. Maldita sea, no he podido terminar de curarme y ahora el puente va a estar torcido para siempre.

—Este no es el momento para ser vanidoso. ¿Puedes caminar? —Dejó escapar un gemido, pero asintió.

—Eso fue inteligente, llamar a los pájaros. —Intenté animarlo con una sonrisa—. Kiki estaba impresionada.

—Sabía que lo estaría. —Fue todo lo que dijo Gen.

Afuera era un pandemónium. Mientras yo había estado en el calabozo, Kiki había liderado el ejército de pájaros contra Hawar y sus hombres. Águilas y halcones golpeaban a los soldados, y los cuervos picoteaban la nariz y las orejas de Hawar. El primer ministro recurrió a agarrar un tarro de madera del suelo para protegerse la cara mientras se apresuraba a escapar.

Solo son pájaros, dijo Kiki, imitando lo que le había dicho a Hawar. Su pecho de papel se hinchó con orgullo. *No creo que puedas usar esa excusa nunca más.*

Espero no tener que hacerlo, respondí, pero le di una palmadita cariñosa en la cabeza. *Bien hecho.*

Me gustó bastante dirigir un ejército, dijo Kiki. *Puede que vuelva a hacerlo. Nos vendrían bien más alas.*

Salió volando justo antes de que llegaran Benkai y sus hombres. Me hubiera gustado quedarme y escuchar a mi hermano reprender a los guardias de los calabozos, pero Gen necesitaba ayuda. Ignorando las protestas del chico, Takkan y yo lo llevamos a la enfermería para que le pusieran vendas y luego a los aposentos de Takkan para que se pusiera una túnica nueva y descansara un poco.

Había pilas de libros, pergaminos y papeles esparcidos por el suelo de madera, y pinceles de escribir sin lavar por todo su escritorio. Eché una mirada curiosa a mi prometido. Sus habitaciones en Iro estaban obsesivamente ordenadas.

—He estado investigando —fue la tímida explicación de Takkan.

—¿Demonios? —preguntó Gen. Levantó uno de los pergaminos y hojeó su contenido—. Los conocimientos de Kiata en la materia están lamentablemente desfasados.

—Por suerte, te tenemos a ti —dije, dejándome caer sobre un almohadón.

Gen dejó el pergamino.

—No pude conseguir el amuleto —dijo finalmente—. Estuve cerca, pero entonces... —Vaciló. El fracaso fue obviamente un golpe para su orgullo—. Entonces tuve miedo.

—¿De los centinelas? —preguntó Takkan.

Gen se burló.

—Apenas se fijaron en mí. —Bajó la voz—. Pero Bandur sí.

—¿Está dentro de la brecha? —pregunté.

—No te preocupes, no le he dicho nada —dijo Gen rápidamente—. Me alejé de la brecha antes de que pudiera llegar hasta mí. Pensé que tus centinelas eran el mal menor. No sabía que tu primer ministro los tenía en el bolsillo.

Me estremecí.

—Creo que Padre tampoco lo sabía. Lo siento, Gen. No debería haberte pedido que fueras.

—Mejor que me enfrente a Bandur que a uno de tus hermanos —dijo—. Además, ahora sé exactamente dónde está el amuleto. Recuperaste el espejo, ¿no?

—Lo trajo tu halcón —respondí, sacando el fragmento de mi mochila. Tenía tanta prisa por salvar a Gen que ni siquiera me había tomado la molestia de limpiar la sangre del cristal. Ahora veía que no era sangre en absoluto, sino un extraño polvo cobrizo que brillaba tenuemente en mis dedos al frotarlo.

—Hay una pequeña perforación en la brecha que es diferente del resto —explicó Gen con cansancio—. La roca allí es más oscura, casi carmesí. Parece la pupila de un ojo. Según el espejo, el amuleto de Bandur está encajado bajo la capa de roca.

Ninguna roca podría impedirme derrotar a Bandur.

—Lo encontraré.

—No deberías ser tú quien lo haga —dijo Gen—. Eso es lo que él querrá. Te atraerá a las montañas y se llevará tu perla.

Takkan había estado en silencio todo este tiempo pero, en el momento en que abrió la boca, supe exactamente lo que iba a decir.

—¿Y si yo…? —Se detuvo bruscamente cuando vio mi cara.

No te acercarás al amuleto, le informé con la mirada. *Ni se te ocurra.*

Takkan se retiró, pero sus labios formaban una fina e inflexible línea. Este no era el final de nuestra disputa.

—Quienquiera que tome el amuleto debe tener cuidado —continuó Gen, con los párpados caídos por el cansancio—. Estar tan cerca de Bandur será una carga terrible. Masticará tu alma y te pesará.

—Gracias, Gen —dije, empezando a remolcar a Takkan fuera de la habitación—. Mis hermanos y yo discutiremos esto mañana. Descansa un poco.

Antes de que el joven hechicero pudiera protestar, le cerré la puerta. Takkan y yo nos instalamos en la habitación contigua. Suspiré.

—Así debe sentirse Padre cuando se preocupa por mí.

—Yo lo vigilaré —dijo Takkan—. Me temo que no se puede confiar en los guardias de los príncipes. Ni en los tuyos.

—Gracias. —Mis hombros cayeron, como si hubiera estado soportando el peso del mundo, y me asomé al interior para ver a Gen. Estaba profundamente dormido, con el pecho tembloroso mientras inspiraba y espiraba—. Aquí ya no es seguro para él —le dije a Takkan—. Voy a enviarlo a casa. Mañana a primera hora.

—No le gustará.

—No me importa —dije. Mi decisión estaba tomada—. Le pediré a Andahai que le consiga un barco. Partirá del lago Sagrado. —Hice silencio. Se me ocurrió una idea—. Le diré a Padre que yo también voy en el barco, de camino a Iro para mi exilio.

—En realidad, nos dirigiremos a las Montañas Sagradas —dijo Takkan, comprendiendo mi plan.

—El momento es perfecto.

Estuvo de acuerdo.

—Dos pájaros de un tiro. Inteligente, Shiori.

Fue inteligente. Pero la inteligencia no solía hacerme sentir tan culpable. Deseé no tener que mentir a Gen, o a mi padre.

Me encogí de hombros.

—Deberíamos hablar del amuleto —dije, intuyendo que Takkan seguía pensando en ello.

Takkan se animó, asumiendo ingenuamente que había cambiado de decisión.

—Debería ser yo quien lo consiguiera.

—En absoluto —dije en un tono que no admitía desacuerdos—. Te conté lo que vi en las aguas y me prometiste que no serías imprudentemente valiente.

—Esto no tiene nada que ver con ser imprudente o valiente. Soy el único que puede hacerlo.

—Tengo seis hermanos —dije con firmeza—. Si yo no puedo ir, uno de ellos lo hará.

—Serán grullas —argumentó Takkan—. ¿Cómo pueden custodiar el amuleto de Bandur?

—Tienen experiencia con la magia. Tú no.

—No veo por qué eso es relevante.

—Es extremadamente relevante —dije con más convicción de la que podía explicar. Dioses, había olvidado lo testarudos que podíamos ser los dos.

Alargué la mano para tocarle el brazo.

—Confía en mí.

Exhaló en silencio.

—Confío en ti —dijo—. Aunque la última vez que alguien me pidió confianza, me cayó una bola de nieve en la cara.

Lo dijo tan inexpresivo que parpadeé.

—¿Megari?

—¿Quién si no?

Me reí, imaginándome a su hermana disipando su mal humor con una bola de nieve bien dirigida. Megari y yo éramos de la misma calaña, almas sabias pero depravadas.

—No me extraña que seamos tus personas favoritas.

—Así es —respondió con una sonrisa—, aunque mi hermana a menudo hace que me arrepienta.

—No lo haré —juré—. No tengo bolas de nieve en la manga. Solo...

—¿Pájaros de papel?

Sonreí.

—Solo pájaros de papel.

Mi mano seguía en su brazo y Takkan la tomó, entrelazando mis dedos con los suyos. En ese simple gesto, nos reconciliamos. Y aunque el silencio creció entre nosotros, encontré fuerza en las palabras que dejamos sin pronunciar.

Gen tenía mucho mejor aspecto al día siguiente. Se paseaba junto a Takkan y a mí, con el viento despeinando sus rizos y un toque de quemadura solar en las mejillas. Si tenía algún indicio de que yo estaba tramando algo, no dijo nada. Lo cual me preocupaba. Me había acostumbrado a su incesante parloteo.

—¡Shiori! —Hasho gritó mientras nos acercábamos al lago Sagrado—. ¿Todas esas galletas del desayuno te han convertido las piernas en gelatina? Te estábamos esperando.

Mis hermanos estaban reunidos en fila. En cada uno de sus rostros había una variación de la misma sonrisa orgullosa y, cuando me acerqué, se separaron para revelar su creación.

—Contemplad —declaró Yotan, señalando detrás de él—. ¡Está terminada!

Era una cesta voladora.

Redonda en su mayor parte y con la forma de una gran cesta de pesca, parecía mucho más robusta que la vieja cesta con la que volamos al monte Rayuna: sus lados estaban construidos con un simple tejido de finas tiras de bambú, mientras que la base estaba reforzada con tablones de cedro.

—Es preciosa —respiré—. También parece resistente.

—Aún no has visto la mejor parte —dijo Yotan—. ¡Gen!

Justo a tiempo, el joven hechicero gritó.

—¡Vuela!

Seis cuerdas ricamente tejidas surgieron del interior de la cesta, sus extremos se elevaron hacia el cielo y se doblaron con el viento.

Aplaudí, maravillada. Así que eso era lo que Qinnia había hecho con todas aquellas túnicas de seda.

—¡Es una cometa! —Sonrió Gen—. Me recuerda al pulpo de Solzaya.

Vi el parecido, ahora que lo mencionaba, y me hizo reír.

—Pensamos que este año no había Festival de Verano —dijo Hasho—, y es tradición que hagamos juntos una cometa.

—Hemos esperado a que hicieras el último nudo. —Me pasó una cuerda de seda. La séptima y última en atarse a la cesta. La petición era un guiño a mi nombre, que literalmente significaba *nudo*. Mi madre me había llamado así, sabiendo que era su séptimo y último hijo, el que uniría a mis hermanos por mucho que el destino nos separara.

Recorrí con las manos la tela roja de la cuerda, reconociendo mi vieja túnica de invierno. Un par de ojos de grulla bordados me miraron desde la seda, lo que me hizo sonreír mientras ataba el último nudo a la cesta. Luego, tras un suspiro, lo solté.

Como si tuviera alas, la séptima cuerda voló hasta unirse a las demás. Sabía que era la magia de Gen la que las transportaba, pero el espectáculo me llenó de asombro. Levanté los brazos hacia el cielo, imitando las cuerdas y llegando tan alto como podía.

—¿Qué estás haciendo? —preguntó Hasho.

—Estirándome —dije—. Tomándome un momento para respirar y escuchar el canto del viento. Recordando lo que es estar en casa y caminar bajo un sol familiar.

Volví a colocar los brazos a los lados. Cerca de mis pies había una caja de suministros que había traído Wandei, y me agaché para asir un puñado de pinceles. Lancé un pincel a cada uno de mis hermanos.

—La cesta parece un poco sosa —dije guiñando un ojo—. ¿Qué tal si pintamos un poco, como en los viejos tiempos?

El resto de la tarde decoramos la cesta con dibujos de cometas que habíamos construido juntos a lo largo de los años: una tortuga, un siluro, un zorro y un conejo. Y, en el fondo de la cesta, Takkan escribió, en elegante caligrafía, *Siete nudos fuertes*. Nadie habló de demonios ni de sacerdotisas ni de perlas; era como un día del Festival de Verano, pero sin tanta comida. No me importaba. Simplemente volver a estar con mis hermanos, como antes de la maldición, era precioso.

En algún momento, Gen se retiró solo hacia el lago Sagrado. Pedí disculpas a mis hermanos y lo seguí. Si Gen se dio cuenta, no se volvió. Siguió caminando a lo largo del lago, y yo bordeé la orilla para mirar bajo el agua.

¿Has traído pasteles de arroz? Casi podía oír a Seryu preguntar. *Entonces tendrás que esperar un poco más para verme, Princesa.*

Su voz, su sonrisa, su habitual desdén, todo estaba en mi imaginación. Ningún cuerno de plata atravesaba el agua, ninguna cola de serpiente brillaba con escamas de esmeralda. Ningún Seryu.

Apenas llevaba una semana de vuelta, y mis días en Ai'long ya me parecían una eternidad. Lady Solzaya, el rey Nazayun y Elang eran poco más que un sueño. La amistad de Seryu, un recuerdo lejano. Me preguntaba si la de Gen también lo sería.

El chico había reclamado un lugar en la orilla y lanzaba guijarros al lago. Una, dos, tres veces saltaban.

Me acerqué a él.

—¿Buscas dragones?

El lago se agitó al oír mi voz, y Gen me miró a través de nuestro reflejo.

—Aquí es donde conociste a Seryu, ¿verdad? —preguntó.

—Donde me salvó de ahogarme, sí. Después, solíamos reunirnos aquí para nuestras clases de magia.

—No parece que te haya enseñado mucho.

Fruncí el ceño y Gen levantó las manos.

—¡Estoy bromeando! —Suspiró, jugueteando con el nuevo vendaje de su nariz.

—¿Qué pasa?

—Probablemente sea mejor que no me lleves a Lapzur. Para ser un gran hechicero, parece que necesito que me salven mucho.

Fue mi turno de suspirar, y lo puse de pie.

—Vamos, no sirve de nada lamentarse. Es un verano glorioso después del mediodía, ni demasiado caluroso ni demasiado húmedo. Deberíamos disfrutarlo.

Le pateé suavemente las piernas, obligándolo a caminar junto al lago.

—¿Por qué buscaste el reino de los dragones? Nunca terminaste tu historia, después de la parte en que Elang te pidió que robaras el espejo de Solzaya.

Mi pregunta le arrancó una pequeña sonrisa.

—Empezó con un desafío —respondió Gen—. Hacía siglos que nadie veía un dragón. Mis amigos del colegio decían que ya no existían. Yo no estaba de acuerdo. Así que me retaron a sumergirme en el mar y traer pruebas de uno.

—¿Buscaste Ai'long por un desafío?

—¡Por honor! —Gen dijo con garbo—. Y una perla de dragón, si no recuerdo mal.

Gen hizo crujir sus nudillos.

—Es una de las únicas formas de ganar poder sin hacer un juramento de hechicero. Ninguno ha sido capaz de adquirir una.

Bandur lo hizo, pensé. Al menos por un corto tiempo.

—Tardé más de un mes en planearlo —continuó—. Leí todos los libros que cayeron en mis manos, pero la mayor parte de lo que aprendí era información errónea. Leí que comer algas blancas moldeadas bajo la luna llena te permite respirar bajo el agua.

—¿No es así?

—No lo suficiente como para llegar a Ai'long —dijo Gen—. Solo el sangi puede hacer eso, y yo no sabía cómo hacerlo. Así que até mis brazos a las patas de una tortuga. Son lentas en tierra pero notablemente rápidas bajo el agua. Así me encontró Elang. El resto ya lo sabes.

Lo sabía, sí.

—Se suponía que me enseñaría magia de dragón a cambio de ese maldito espejo. —Hizo una larga pausa—. ¿Te enseñó Seryu algo útil?

—Solo un hechizo para dormir —respondí, mis ojos gravitando hacia el lago. Un brote de algas flotaba en la superficie, y no dejaba de pensar que era el pelo de cierto dragón—. Aún no lo he usado.

Gen miró hacia atrás, observando la distancia que nos separaba de los demás. Tomó otra piedra y la lanzó al agua, viéndola saltar tres, cuatro, cinco veces.

—Deberías haberlo usado conmigo anoche —dijo. Luego me miró con más intensidad—. ¿Cuándo llega el barco?

Me estremecí, delatándome.

—¿Qué barco?

—No mientas a un hechicero, Shiori.

—Aún no eres un hechicero.

—Os oí hablar a ti y a Takkan anoche a través de la puerta.

Por supuesto que lo había hecho. Quería darme una patada. En qué horrible mentirosa me había convertido.

Gen se cruzó de brazos.

—Deja que me quede, al menos hasta que tengas el amuleto de Bandur. Ninguno de ellos tiene magia. —Señaló a Takkan y a mis hermanos junto a la cesta—. Necesitarás mi ayuda.

No me dejé convencer.

—Ya has hecho bastante por nosotros, Gen. Más que suficiente. Nunca me perdonaría que Bandur te hiciera daño.

No dijo nada y se giró hacia el lago. Un barco con velas de color naranja brillante patinaba sobre el agua, su cabeza de dragón de madera nos miraba con una sonrisa tallada.

—Al menos es un barco impresionante.

—Mi padre cree que el barco es para mí —confesé—. Se supone que debe llevarme al otro lado del lago, al mar de Taijin, a Iro.

—¿No debería la hija del emperador tener un séquito que la acompañe?

—Es una despedida secreta —dije, pateándome las faldas. Eran demasiado largas, pensadas para llevar con sandalias con tacos en lugar de botas, pero su dobladillo espumoso cubría muy bien mis pantalones.

—No sabía si tendría la oportunidad de volver a palacio antes de esta noche —expliqué, acariciando la cartera redonda que llevaba en la cadera, del tamaño justo para transportar el fragmento de espejo y la perla—. No te preocupes, no voy a enfrentarme a demonios con un vestido con mangas de farol.

—Me lo estaba preguntando —musitó Gen—. Bueno, espero que este barco se dirija realmente a algún lugar más cálido que Iro. Aunque supongo que un clima gélido es preferible a uno desértico.

—Mis hermanos lo fletaron para llevarte a casa —titubeé, recordando que Gen no tenía hogar, que su familia había muerto hacía mucho tiempo—, o adonde quieras ir. Tus pertenencias ya están a bordo.

No me dio las gracias.

—Parece difícil de hundir —dijo en su lugar—. Tuve que encantar un bote camaronero para llegar a Gindara. Esto será mucho más agradable.

—¿No vas a oponer resistencia?

—Sé cuando me ganan —respondió—. Eres más astuta de lo que creía, Shiori. Si luchara contigo ahora, me lanzarías el hechizo durmiente de Seryu.

Torcí los labios, pero no lo negué.

—Supongo que es útil.

Gen frunció el ceño con una nota de respeto a regañadientes.

—Tu magia es mayor de lo que parece.

—Gracias —dije con sarcasmo.

—La animación de Kiki es particularmente impresionante, y supongo que podrías realizar algo de telequinesis con facilidad, tal vez incluso resucitar una flor muerta o un árbol. Pero podrías hacer mucho más. Podrías estudiar con los maestros y beber la sangre de las estrellas, convertirte en una verdadera hechicera.

Kiata necesitará hechiceras ahora que la magia está despertando. Tú podrías ser la primera.

Odié el destello de tentación que se encendió en mi interior, un aleteo en el vientre por desear algo que sabía que no debía. Había probado la magia muchas veces. Era fácil desear más, creer que había recibido un don para hacer algo bueno por el mundo. Ahora deseaba tener más, lo suficiente para sellar las montañas y enviar a Bandur tan lejos que ni siquiera recordara Kiata.

Sacudí la cabeza con vehemencia.

—Si me lo hubieras preguntado hace un año, te habría dicho que sí. Habría huido para convertirme en una hechicera y así poder ver el mundo y vivir lo suficiente para ser testigo del paso de nuevas eras. Pero tengo a mi padre y a mis hermanos, a mi país. Quiero pasar mis días aquí, con ellos. —Mi voz se suavizó—. Me gustaría vivir una vida tranquila. En algún lugar del norte con mucha nieve.

—¿Como Iro? —Gen sonrió con complicidad—. Nunca sería feliz con una vida así. Nací para convertirme en hechicero, para ayudar a grandes líderes y hacer grandes cosas. Voy a ser una leyenda.

—Pero, en mil años, todos los que conoces se habrán ido. Verás morir a todos tus seres queridos.

—No tengo a nadie querido para mí.

—Puede que algún día...

Gen se burló.

—Los hechiceros no se enamoran.

No había nada que pudiera decir para convencerlo. Reconocí el brillo obstinado de sus ojos, la firmeza de su mandíbula. Cometería sus propios errores, igual que yo.

—Todas las leyendas tienen una chispa de verdad —fue todo lo que pude decir—. A veces más que una chispa. No olvides quién eres en el camino de convertirte en una. Una leyenda, eso es.

—Gracias, tía Shiori. No lo haré.

A pesar de su tono despreocupado, Gen se dirigió hacia el barco.

—¿Qué pasa? —pregunté.

Su largo flequillo negro le caía sobre los ojos y se quedó pensativo de repente.

—El precio del juramento de un hechicero es uno que solo unos pocos están dispuestos a pagar. Yo también tuve seis hermanos, como tú, una vez. No se preocupaban por mí ni la mitad de lo que los tuyos se preocupan por ti pero, si aún estuvieran vivos… me pregunto si yo también buscaría una vida tranquila.

Sonaba tan viejo. Pero ya había visto más de lo que la mayoría vería en diez vidas.

Le di un codazo.

—Ven, vamos al barco.

Gen no había terminado.

—La guerra es algo terrible —murmuró—. Tal vez incluso peor que los demonios. Rezo para que encuentres una forma de salvar Kiata de ambos.

—Yo también lo ruego.

Juntos, nos acercamos a la orilla del lago donde esperaban mis hermanos y Takkan. Gen se despidió de cada uno de ellos, luego hizo una pausa antes de decirme adiós.

—Enséñame ese hechizo para dormir antes de irme. Lánzamelo.

—¿Ahora?

—Si no puedo probar que estuve en Ai'long, algo de magia de dragón tendrá que bastar. —Se encogió de hombros—. Además, detesto los barcos y no sé nadar mucho. De todos modos, prefiero estar durmiendo.

—Es fácil —dije, recordando las instrucciones de Seryu—. Lo único que hay que hacer es tocar a alguien en la frente y tener pensamientos somnolientos.

—¿Eso es todo?

—Bueno, el dragón dijo que también ayuda si no se ejecuta el hechizo.

Gen resopló.

—Supongo que no va a funcionar conmigo, entonces. Quizá deberías intentarlo más tarde…

No llegó a terminar la frase. Mi mano salió disparada para golpear su frente. Cuando sus talones se balancearon hacia atrás, Takkan lo agarró con pulcritud y lo subió a la nave.

No lo seguí. Mis pies estaban clavados en su sitio, anclados por la repentina pesadez en mi pecho. Primero Raikama, luego Seryu, ahora Gen. Me había despedido demasiadas veces últimamente, y cada una era un peso en mi corazón.

—Pareces más triste que el chico —observó Takkan al volver del barco.

Si hubiera esperado un momento más, me habría colgado. Pero, cuando me volví hacia él, mis ojos estaban hinchados de contener las lágrimas.

Mis palabras salieron crudas, sin sonido.

Quédate conmigo.

Takkan comprendió de inmediato. Me pasó un brazo por los hombros y me estrechó.

—No voy a dejarte. Te lo prometo.

Sabía que lo creía. Después de todo, los hilos del destino de Emuri'en nos unían. Hilos que trascendían el tiempo y el lugar, anudándonos de una vida a otra.

Pero los hilos podían cortarse, y los hilos del destino no eran una excepción.

¿Qué era el caos sino un cuchillo que cortaba el tejido del destino?

CAPÍTULO 30

El crepúsculo se deslizaba sobre las Montañas Sagradas. La luna era una corona tenue contra un cielo negro como el carbón, pero la brecha brillaba con un rojo profundo y visceral. Un crudo recordatorio de que el Rey Demonio estaba dentro, esperándome.

Padre había extendido el rumor de que me exiliarían en secreto a Iro, y yo había abandonado el palacio sin avisar, con todos mis hermanos fingiendo que me despedían. Hasta el momento, nadie se había preguntado adónde íbamos realmente. Pero alguien debió darse cuenta de que no habíamos llegado a las carreteras y nos habíamos desviado hacia los bosques.

Me agazapé frente a un pino, con los dedos presionando ansiosamente la tierra húmeda, mientras mis hermanos repasaban nuestro plan por última vez.

Como es el más rápido, Benkai treparía hasta el ojo de la brecha y extraería el amuleto. Yo invocaría a Bandur, luego convertiría a mis hermanos en grullas y volaríamos hasta Lapzur.

Mis hermanos sonaban tan tranquilos como si fueran cocineros preparando al vapor el barril diario de arroz. Como si nada pudiera salir mal.

Seryu me había advertido una vez que mis emociones afectaban a mis habilidades, pero nunca había sido tan evidente como ahora. La magia chispeaba bajo mis manos y mis pies, haciendo que hojas y briznas de hierba brotaran de la nada y se marchitaran al instante siguiente, como si no pudieran decidirse a vivir o morir.

Cálmate, reprendió Kiki. *Nos vas a entregar a los demonios.*

Escarmentada, junté las manos en mi regazo. Todo lo que apreciaba estaba en juego esta noche.

—Debemos estar alerta —decía Benkai—. Nos hemos ganado de enemigo al primer ministro, y sospecho que no se cree que Shiori se haya ido a Iro esta tarde. Se pondrá pesado si nos encuentra aquí.

—Estaremos en guardia, comandante —dijo Wandei—. Shiori no pondrá un pie cerca de la brecha, ¿verdad, hermana?

Hice un gesto insensible con la cabeza.

—Bien —dijo Benkai—. ¿Entonces comenzamos?

Uno a uno, mis hermanos juntaron las manos e inclinaron la cabeza para mostrar su asentimiento. Pero, cuando llegó el turno de Takkan, dejó su linterna.

—¡Takkan! —susurré, agarrándolo de la manga mientras se levantaba—. ¿Qué estás…?

—Déjame ir en tu lugar —le dijo Takkan a Benkai—. Te necesitan para volar como una grulla. Si te pasa algo, Shiori nunca llegará a Lapzur.

Benkai miró mi mano en la chaqueta de Takkan.

—Hablas como si fueras prescindible —replicó—. No lo eres. Especialmente para mi hermana.

Takkan no se rendiría.

—Bandur te atacará en cuanto sienta que vas tras el amuleto.

—Entonces seré rápido —dijo Benkai—. No ponga esa cara, lord Takkan. Mis hermanos y yo no somos ajenos a la magia oscura. Todo lo que pedimos es que protejas a nuestra hermana.

Con eso, Benkai montó en su caballo y cabalgó hacia la brecha. Kiki también había ido a reunir refuerzos emplumados para el viaje que se avecinaba.

Fui al lado de Takkan. Tenía la mandíbula tensa, y prácticamente podía sentir la frustración rodando por sus hombros. Pero no se quejó.

Mientras él y mis hermanos hacían ajustes de última hora en la cesta, me apoyé en el árbol y saqué el fragmento de espejo de mi mochila.

—Muéstrame a Benkai.

Fiel a su palabra, Benkai había sido rápido. Ya estaba escalando la montaña, manteniéndose en las sombras y moviéndose tan silenciosamente que ni siquiera sus soldados de abajo se percataron de su presencia. Recé para que el Rey Demonio tampoco lo hiciera.

—Deprisa —le susurré mientras escalaba, utilizando su daga como pico cuando no encontraba una grieta o un punto de apoyo. Se mantuvo a un brazo de distancia de la brecha; su encantamiento proyectaba un resplandor escarlata sobre él.

Con un gruñido, Benkai se acomodó en un saliente a medio camino de la montaña y empezó a buscar el amuleto. Contuve la respiración hasta que encontró el pequeño trozo de roca carmesí oscuro: la pupila, como había dicho Gen. Allí, con todas sus fuerzas, clavó su daga en una fisura, y la tierra soltó un gemido.

Benkai trabajó con rapidez, tallando alrededor y dentro del ojo, buscando.

Me agarré al espejo, con los hombros tensos, hasta que por fin su hoja tintineó contra el metal.

Mi hermano sacó la daga y metió todo el brazo dentro. Tiró. Una cadena tintineó y una astilla negra atravesó la roca carmesí.

Jadeé. Era el amuleto.

Astilló la brecha y tiró con más fuerza, pero el amuleto se enganchó en algo. Cuando cortó más profundo, un humo negro salió de la brecha.

Con un gruñido, el humo se transformó en la forma de un lobo.

¿Qué crees que estás haciendo, mortal?

A su favor, mi hermano mantuvo la compostura. Tiró una y otra vez, pero el amuleto no cedía. Bandur se rio.

¿Estamos atascados? Tal vez tengas que cortar más profundo.

Antes de que Benkai tuviera la oportunidad, el demonio agarró la cadena oxidada de su amuleto. En cuanto la tocó, su cuerpo se solidificó en carne y hueso y agarró a mi hermano por el cuello.

¿Dónde está tu hermana?, rugió.

Me puse rígida. Un escalofrío me recorrió la nuca y no me atreví a responder.

Shiori, sé que me estás escuchando, se burló Bandur mientras Benkai luchaba contra él. Cada vez que mi hermano clavaba su daga en la carne del demonio, la niebla y la sombra reparaban la herida en cuestión de segundos.

Ven a buscarme, princesa. Antes de que solo te queden cinco hermanos. El demonio presionó con una uña afilada el pecho de mi hermano. *Veamos si recuerdas cómo volar.* Y empujó a Benkai de la montaña. El espejo se oscureció.

Me sentía demasiado mal para gritar. Impulsivamente, me levanté para ayudarlo, pero Andahai dejó caer una pesada mano sobre mi hombro.

—No vayas a ninguna parte —dijo—. Reiji y yo lo encontraremos. Lo traeremos de vuelta. Prepárate para nuestra señal de lanzar la maldición.

Tuve que luchar contra todos mis instintos para no discutir.

—Deprisa —fue todo lo que dije.

Mientras Andahai y Reiji se dirigían a la brecha, abrí mi mochila —solo un pellizco— para devolver el espejo. La perla emitió un fuerte zumbido que sacudió con fuerza la mochila.

—¡Para ya! —dije, golpeando la bolsa y advirtiendo a la perla que se estuviera quieta. Unas rayas de luz desafiantes se abrieron paso entre las costuras de mis dedos—. Para. Nos vas a delatar.

La perla no escuchó. Se retorció contra mi agarre y luchó por salir de la bolsa.

Wandei intentó agarrarla, Hasho también. Takkan lanzó su capa sobre ella, pero la perla no se detuvo. Derribó a Takkan y salió disparada hacia los árboles. Corrí tras ella, siguiendo su brillo mercurial hasta que se sumió en la oscuridad. ¿Hacia dónde se dirigía? Había perdido el rastro y me interné en el bosque hasta que derrapé por una loma en un claro, prácticamente golpeando en él.

—Te tengo —siseé, volviendo a meter la perla en la mochila. Raikama tenía razón cuando decía que tenía mente propia; era mejor guardarla bajo llave antes de que me metiera en problemas.

Apenas cerré la mochila, oí el crujido de una rama detrás de mí.

Ocurrió tan rápido que ni siquiera tuve tiempo de cerrar las manos en puños.

El brazo de un centinela se abalanzó sobre mí, con sus guanteletes de metal silbando en el aire, y un instante después mi espalda chocó contra el pomo de su espada.

Caí al suelo.

Cuando abrí los ojos, era prisionera. Unas cuerdas sujetaban mis muñecas y tobillos, y una docena de centinelas levantaban sus espadas, cercándome con sus hojas de acero. Por las muecas que mostraban, parecían incómodos con sus órdenes, pero nadie se atrevió a hablar.

Estúpida, estúpida, Shiori. Apreté los dientes y pateé el suelo. Faltaba mi mochila, por supuesto. ¿Dónde se había metido?

La única buena noticia era que Benkai estaba vivo.

Me habían plantado frente a él, a no más de diez pasos. Sus mangas negras estaban rasgadas, y había nuevos arañazos en su orgulloso rostro, junto con hojas en su pelo. Un árbol debió de amortiguar su caída.

Benkai comandaba el ejército. ¿Por qué lo retenían sus propios hombres? ¿A quién había poseído Bandur esta vez?

Desenrosqué los dedos, deseando que el más mínimo hilo de magia entrara en mis cuerdas. Pero la cabeza aún me rugía por el golpe en la espalda, y el mundo me daba vueltas. No podía concentrarme.

—Me temo que su liberación iría en contra de la ley de Su Majestad, comandante —decía alguien detrás de mí—. La única forma en que puedo explicar la presencia de tu hermana es que el Rey Demonio controla su mente. La tuya también, al parecer, ya que eres su cómplice.

Estiré el cuello para encontrar al primer ministro Hawar de pie detrás de mí. Sus largas mangas estaban dobladas hacia atrás para que la suciedad no manchara la seda inmaculada, y mi mochila colgaba de su muñeca. La sostenía lejos de él, como si contuviera langostas y huesos en lugar de una perla mágica.

Sus ojos eran claros. Bandur no residía en él. Aun así, deseaba poder borrar de un puñetazo la expresión de suficiencia de su rostro.

—Libéranos, Hawar —dijo Benkai—. ¿No temes la ira de Padre?

—¿Debería? —Hawar respondió—. Tal vez podamos hablar juntos con Su Majestad.

En ese mismo momento, llegó un palanquín dorado y el emperador bajó de él, con sus blancas vestiduras de luto en marcado contraste con la luz escarlata de la brecha. Los soldados le abrieron paso mientras caminaba en mi dirección, con el ceño fruncido por la preocupación y la ira.

—Padre —le pedí—. Puedo explicarte...

Mis palabras murieron en mi garganta. El aire se enfrió con un chasquido invisible y del bosque salió un siseo de humo. Se posó sobre Padre y le rodeó el cuello.

—¡No! —susurré. El pavor y el horror se agolparon en mis entrañas mientras Bandur se fundía con la carne del emperador—. ¡Bandur, no!

Entonces Padre parpadeó, y ya no era mi padre. Bandur se rio como nunca lo había hecho Padre.

La risa salió de su garganta en un lento y malvado redoble.

Ese no es el emperador Hanriyu, quise gritar. *Es el Rey Demonio*. Pero me contuve. Mis decisiones precipitadas me habían traído hasta aquí, y nadie me creería si dijera que el demonio había poseído a Padre. Creían que yo era la poseída.

—Te advertí que no vinieras a las Montañas Sagradas —pronunció Bandur por boca de mi padre—. Los demonios quieren tu sangre, y vienes aquí, prácticamente ofreciéndosela. ¿Qué locura te ha invadido, hija? ¿Y hechizar a tu propio hermano para que se una a tu traición? —Miró a Benkai, aún encadenado—. Debes aprender una lección.

La mirada del Rey Demonio se clavó en mí, pero solo yo podía ver el rojo de sus ojos, burlándose de mí. *No pongas esa cara, Shiori. Te dije que no era tu único enemigo. Hawar hizo la mayor parte del trabajo.*

Sal de él, dije, furiosa. *Fuera de aquí.*

Debo decir que me gusta ser emperador. El poder, el respeto… el efecto en ti. Forzó los labios de mi padre en una mueca. *Deberías haber visto su cara cuando Hawar le dijo adónde habías ido. Él mismo trajo un carruaje hasta aquí, le preocupaba que pudiera salir y morderte.*

La rabia hervía en mi pecho, subiendo al rojo vivo. Me dolía contenerla y apreté los dientes. Aunque Bandur se burlara de mí, no cedería. Quería que diera un espectáculo ante los centinelas. No volvería a caer en ese truco.

En lugar de eso, me dirigí directamente a mi padre.

¡Padre!, grité en la mente de Bandur. *Padre, sé que estás ahí. Lucha contra él. No lo dejes ganar.*

La barbilla del emperador se levantó. Se enderezó y cuadró los hombros, con los ojos girados perezosamente en mi dirección. Era inútil. Bandur era demasiado fuerte.

Pero yo no iba a rendirme.

—¡Padre! —grité, lanzándome hacia él—. ¡Detente!

Mientras me movía, el suelo temblaba. Pequeñas rocas y guijarros se derramaron por la brecha, que brillaba más que antes. Los centinelas me apartaron del emperador, sus espadas apuntando ahora a mi garganta.

Ya, ya, Alteza, se burló Bandur. *Debes controlar ese temperamento. Estás alterando a los demonios.*

—¿Ves cómo reaccionan las montañas ante su presencia? —Hawar gritó—. Es como advertí, Su Majestad. ¡Está llamando a los demonios!

Bandur fingió ser sacudido por mi ataque. Se echó hacia atrás y cruzó sus largas mangas bordadas.

—Tiene razón, ministro Hawar. Es hora de que le dé una lección a mi hija. —Bandur imitó la sonrisa de Padre, dándole un toque malvado—. Es hora de volver a casa, Shiori.

Todos los demás pensaban que el emperador iba a llevarme a casa, pero yo sabía lo que Bandur quería decir en realidad. Los demonios esperaban dentro, su magia inquieta hacía temblar la tierra.

¡Shiori!, gritaban. *Shiori, has venido. Libéranos.*

Sonaban diferentes a como lo habían hecho en el pasado, casi como si estuvieran suplicando. Pero no me conmoví; estas criaturas eran tan manipuladoras como su rey.

Y por las Cortes Eternas, Bandur no me iba a llevar de vuelta a la montaña.

Me preparé. El brillo rojizo de los ojos de mi padre ya se estaba desvaneciendo, como dos ascuas que se convierten en ceniza, y de sus fosas nasales brotaban bocanadas de humo. Bandur salió volando del cuerpo de mi padre en un torrente de sombras y humo, pero yo estaba preparada. Cuando me agaché, las cuerdas de mis muñecas cobraron vida y se lanzaron hacia el primer ministro para arrebatarle la mochila.

Abrí la bolsa y solté la perla. Flotó ante mí, con las fracturas dentadas de su oscura superficie resplandecientes.

Bandur se rio.

Bien jugado, Alteza. Pero, si usas esa perla conmigo, no te quedarán fuerzas para cambiar a tus hermanos.

Soy más fuerte de lo que parezco, dije.

Tal vez. ¿Pero lo es la perla?

El ministro Hawar lanzó un grito de indignación. Bandur era invisible para él, así que todo lo que vio fue a mí sosteniendo la perla en alto sobre el cuerpo inconsciente del emperador.

—¡Shiori'anma ha atacado al emperador! —Hawar gritó histéricamente—. ¡Mátenla! ¡Mátenla!

—¡Basta! —Benkai gritó, saltando. Andahai y Reiji cargaron a su lado—. Arresten al primer ministro.

La mitad de los centinelas obedecieron a su comandante, pero la otra mitad siguió a Hawar. Sus espadas salieron volando, solo para chocar contra las cadenas de Benkai y aquellos leales a él.

Nunca había visto a mi segundo hermano en combate, y de repente comprendí por qué los soldados luchaban por unirse a su mando. Las cadenas que lo ataban se convirtieron en un borrón de plata, derribando a todos los hombres a su paso. Ni siquiera el centinela más ágil tenía una oportunidad.

Mientras todos están distraídos, vendrás conmigo, dijo Bandur, enroscando sus garras alrededor de mi muñeca.

Le lancé la perla, dispuesta a invocar su poder.

Entonces su cuerpo sufrió un espasmo y de sus extremidades y cola brotó humo. Bandur gruñó, pero siguió temblando.

—¡No la tocarás! —se oyó gritar desde lo alto de la brecha—. Volved al barco.

Tuve que entrecerrar los ojos para ver quién era, y el corazón me dio un vuelco de alarma.

Takkan.

Todo este tiempo había estado escalando la brecha… ¡y tenía el amuleto!

—¡Vuelve a mí! —volvió a gritar Takkan.

Los ojos de Bandur se volvieron líquidos de ira, pero no tuvo elección. Se disipó en humo y, cuando el amuleto lo absorbió de nuevo, la montaña volvió a temblar.

—¡Tenemos que irnos! —gritó Andahai, arrastrándome del brazo mientras las réplicas sacudían el bosque—. Volvamos a la cesta. Lanza la maldición.

—Pero Takkan…

—Benkai y yo lo ayudaremos. Está en nuestro camino. ¡Vamos!

Mi corazón rugió en mis oídos, pero corrí, tropezando mientras la tierra temblaba. Me ardían los pulmones cuando divisé un resbalón de seda brillante entre los árboles.

—¡Lanza la maldición! —exclamó Hasho mientras me ayudaba a meterme en la cesta—. Deprisa.

Me metí en la cesta y abrí la mochila. La perla brilló al tocarla. La última vez que había usado su poder, apenas había sobrevivido. Dios sabía lo que pasaría esta vez.

Flotaba sobre mi palma, oscura y brillante al mismo tiempo, como si estuviera ansiosa por ponerse a trabajar. Antes de perder los nervios, pronuncié las palabras que había ensayado y temido:

Protege a mis hermanos como hiciste una vez. Conviértelos en grullas para que podamos devolverte al Espectro.

Lo dije una sola vez, impregnando cada palabra de significado, como si fuera un voto sagrado. A su vez, la perla escuchó. Y, milagros de Ashmiyu'en, obedeció.

Su luz inundó a mis hermanos, alcanzando incluso a los más alejados de mí: Andahai y Benkai, que aún corrían hacia el bosque con Takkan.

Se me llenaron los ojos de lágrimas al ver cómo empezaban a transformarse. Sus espadas golpeaban el suelo, sus gritos humanos se entrecortaban mientras sus cuellos y extremidades se estiraban, plumas negras brotaban a lo largo de sus gargantas y alas afiladas brotaban de sus dedos. Por fin, seis coronas carmesíes pintaron sus cabezas. Completamente transformadas, aletearon frenéticamente hacia mí y, en un destello brillante, toda la luz de la perla volvió a su interior. Sus mitades se cerraron de golpe, emitiendo una onda expansiva que me lanzó contra la cesta.

Cuando me levanté, una legión de águilas, halcones y gavilanes surcó las nubes. Fiel a su palabra, Kiki había reclutado decenas de pájaros para volar con nosotros. Junto con mis hermanos, agarraron con sus picos los extremos de las cuerdas de la cesta.

—¡Esperad! —grité—. ¡Esperad a Takkan!

Estaba cerca y saltó hacia la cesta, con los dedos atrapando sus bordes tejidos.

Lo alcancé y lo agarré por el brazo.

—Te tengo —respiré, tirando de él hacia arriba.

Aterrizó encima de mí y el impacto nos tiró a los dos al suelo. Lo habíamos conseguido.

¡Todos a bordo!, gritó Kiki a mis hermanos. Batieron las alas y aceleraron hasta que sobrevolamos las copas de los árboles. Sus alas emplumadas de nieve me resultaban familiares, y la emoción de rozar las nubes también. Mis costillas se tensaron al ver volar a mis hermanos. Era como si hubiéramos retrocedido en el tiempo. Esperaba que no se arrepintieran de haber confiado en mí una vez más.

Cuando las Montañas Sagradas de la Fortaleza se desvanecieron tras nosotros, solté una larga exhalación. Usar la perla me había agotado y mi cuerpo me pedía descanso.

Me arrastré hasta Takkan.

—Eso ha sido lo más imprudente, lo más tonto…

—¿Lo más valiente que has visto? —Takkan terminó por mí.

Me tocó la mejilla. Respiraba con dificultad, y me tragué cualquier otro reproche.

—Fue valiente —dije.

Lo ayudé a pasarse la cadena de Bandur por el cuello y vi cómo el amuleto se balanceaba sobre su pecho. Era negro como la obsidiana, con una grieta en el centro no muy diferente de la perla del Espectro. El instrumento de un demonio.

—Duerme —dije, pasando los dedos por la frente de Takkan. Y no podría decir si fue mi encantamiento o su agotamiento lo que lo hizo, pero su respiración se estabilizó y su pulso se igualó. Su mano no soltó la mía.

Apoyé la cabeza en su hombro, metí los pies junto a los suyos y extendí una manta sobre nosotros para darnos calor. Lo último que vi antes de quedarme dormida fue el brillo del amuleto y, mientras mis hermanos nos llevaban por tierra y mar, la risa de un demonio resonó en mis sueños.

CAPÍTULO 31

Me desperté con el ulular del cielo nocturno rompiéndose.

Los truenos agitaban las nubes y los relámpagos no tardaron en aparecer. Estábamos cabalgando sobre las alas de una tormenta que se avecinaba. Los vientos se hicieron violentos y nos persiguieron sobre el océano Cuiyan.

Protegiéndome de la lluvia, me puse de rodillas y miré por encima del borde de la cesta. Guiados por Kiki, veinte pájaros volaban junto a mis hermanos, imperturbables ante la tormenta.

—¿Dónde estamos? —pregunté.

Kiki no miró hacia atrás.

No muy lejos de las islas Tambu.

—¿Tan rápido?

Los vientos están ayudando. Lo único bueno que puedo decir de esta tormenta.

Apoyé el codo en el borde de la cesta y agarré una de las cuerdas de seda mientras miraba hacia abajo. Las nubes oscuras me tapaban la vista pero, si miraba a través de los huecos, podía distinguir los cientos de islotes que manchaban el mar iluminado por la tormenta. La tierra natal de Raikama.

Se me hizo un nudo en la garganta, me lo tragué y me concentré en el lejano horizonte. Tendríamos que aterrizar antes del amanecer o mis hermanos perderían las alas mientras volaban sobre el agua.

La lluvia arreciaba y el viento golpeaba la cesta, haciendo girar las cuerdas como si fueran cuerdas de cítara. Se me revolvió el estómago y volví a agacharme para alcanzar a Takkan.

Su cabeza yacía a mis pies, con los ojos cerrados. El amuleto de Bandur pesaba sobre su pecho, pesado como una muela, oscuro y ominoso. Quería liberarlo de esa carga, pero no me atrevía a tocarlo. Otro trueno agrietó el cielo, pero Takkan apenas respiraba. Tenía la sensación de que a lo que se enfrentaba mientras dormía era mucho peor.

Con cuidado, le quité la lluvia de las mejillas. Tenía la piel fría y le froté las manos con las mías para intentar calentárselas.

La última vez que lo atendí así, apenas lo conocía; de hecho, me molestaba su mera existencia. Le había cosido las heridas con todo el cuidado que pondría en unos pantalones viejos. Por lo que parecía, aún tenía cicatrices.

El calor subió a mis mejillas. Gracias a las Bandadas, mis hermanos estaban demasiado ocupados volando como para darse cuenta de que yo miraba sus músculos y su piel suave a través de los desgarros de la túnica de Takkan. Siempre me lo recordarían.

—Debería haber sabido que eras tú —murmuró Takkan, con los párpados entreabiertos.

—¿Qué? —Me acerqué preocupada—. ¿Qué has dicho?

—Todos esos puntos desiguales que me hiciste. —La comisura de su boca se levantó—. Igual que en el tapiz de disculpas que enviaste. Esa debería haber sido mi pista de que eras tú, Shiori.

No pude evitar mis reflejos. Le di un puñetazo en el hombro, probablemente más fuerte de lo que debería.

—¿Te ha dolido? —pregunté, sintiéndome inmediatamente fatal—. ¿Te he hecho daño? —Mi mirada bajó hasta el amuleto que llevaba en el pecho.

Takkan se ahogó de una carcajada.

—No. Me lo merecía.

Ahora tenía los ojos abiertos, pero carecían de su espíritu habitual.

—Deberías llevar mis armas —dijo con voz ronca—. No dejaré que Bandur te haga daño, aunque se lleve mi cuerpo, pero es mejor estar a salvo, por si acaso.

Me mordí la mejilla y asentí. Solo vi el arco de abedul tallado que llevaba cuando nos conocimos. Pintado en la parte más ancha de su empuñadura estaba el escudo familiar de Takkan: un conejo sobre una montaña, rodeado de cinco flores de ciruelo... y una luna blanca llena. Lo agarré.

—¿Algo más?

—La daga en mi cinturón. Dos cuchillos en mi bota.

—¿No hay espada?

—No la he traído.

Lo miré de reojo.

—¿Qué centinela no trae su espada?

—Aquel al que tontamente te ataste. —Una pequeña sonrisa se dibujó en su boca—. De todos modos, soy mejor arquero que espadachín. Hubiera sido un peso extra.

—Me parece justo.

Guardé la daga en mi faja y luego encontré los cuchillos. Empezaba a guardarlos cuando la cadena del amuleto empezó a retorcerse alrededor del cuello de Takkan.

—Se está despertando —ronroneó—. Shiori… aléjate de mí…

Takkan cubrió el amuleto con las manos, intentando retener a Bandur en su interior. Se le fue el color de la cara. Sus ojos parpadeaban, marrón tierra en un momento y rojo como el fuego del demonio al siguiente.

—Takkan —agarré su brazo, intentando ayudarlo.

Fue un error. Takkan tenía la mirada inyectada en sangre y me agarró la muñeca con un gruñido de lobo.

Deberías escuchar a tu prometido, Shiori'anma.

Enganché el codo y se lo mandé volando a la barbilla, pero Bandur fue demasiado rápido. Me empujó hacia atrás, riendo alegremente mientras yo caía contra el lateral de la cesta.

—¡Shiori! —Los ojos de Takkan volvieron a ser marrones y agarró el amuleto del Rey Demonio, intentando una vez más derribarlo. Pero Bandur ya había ganado.

De los dedos de Takkan salieron volutas de humo, y todo su cuerpo se estremeció, sin fuerzas, hasta que cayó de rodillas. Entonces, el humo brotó del amuleto, enrollándose y humeando hasta adoptar la forma de un lobo.

Recogí del suelo el arco de Takkan y tanteé con una de las flechas de plumas azules.

—Es más fuerte de lo que parece, tu prometido —dijo Bandur, merodeando por la cesta para acecharme—. Pero cada mortal tiene su debilidad. Tú eres la suya.

La cuerda del arco me rozó los nudillos y apreté los dientes.

—Sabes que tus flechas no hacen nada contra el humo, ¿verdad?

Apunté la flecha y alcé el arco.

—Mírame. Aquí me quedaré quieto por ti. —Bandur se sentó y movió la cola como un cachorro. Incluso en su forma más nebulosa, encontraba la forma de burlarse de mí.

Con una carcajada, Bandur se disolvió en una neblina informe.

—La hechicera fue muy lista al atarte a la perla —dijo—. Pero si pensó que eso te daría más tiempo para escapar de mí, se equivocó. Mira. Mira lo que has hecho.

No necesité mirar. La perla estaba más rota que nunca, como dos mitades de luna unidas por el puente más delgado.

—¿Llegarás a Lapzur antes de que se rompa? —preguntó Bandur. Sopló una bocanada de aire, desprendiendo el mechón blanco de detrás de mi oreja—. La desgasta, Alteza. Con gusto te quitaría su peso de encima.

—¿Y liberarte de tu juramento? —Escupí—. Preferiría morir.

—La fortuna te sonríe, entonces, porque esa es una parte bastante crucial del plan.

El amuleto temblaba sobre el pecho de Takkan, y Bandur empezó a hablar, susurrando palabras de magia oscura que no podía entender.

Me arrastré hasta el lado de Takkan y lo sacudí.

—¡Despierta! Despierta, Takkan. Tienes que devolver a Bandur su amuleto.

Mientras intentaba despertarlo, los pájaros que Kiki había reclutado para ayudar a volar la cesta lanzaban gritos espeluznantes. Todo este tiempo, habían volado en armonía, pero algo había cambiado. Se separaron en manadas, como si estuvieran asustados.

—¿Qué está pasando? —Le grité a Kiki—. ¿Por qué se van…?

Mi pregunta se convirtió en un grito. Atrapada por un viento tumultuoso, la cesta se sacudió, lanzándome contra Takkan mientras nos sumergíamos bajo las nubes.

Las cuerdas bajaron a tirones, retorciéndose y haciendo girar la cesta. Busqué a tientas algo a lo que agarrarme mientras mis hermanos intentaban desesperadamente recuperar el control. Incluso sin las otras aves, deberían haber sido capaces de estabilizarnos. Pero algo tiraba de nosotros.

Yo lo notaba. Y mis hermanos podían verlo. Estaban tan agitados como los pájaros de Kiki, solo que no me abandonaron. Viraron bruscamente, batiendo sus alas.

La cesta se estremeció y Bandur esbozó una sonrisa amenazadora.

—Prepárese, Alteza. Ya vienen.

¿Quiénes eran? Ni siquiera podía ver lo que estaba pasando.

—¡Kiki! —grité—. ¿Qué está pasando?

¡Demonios!, gritó. *¡Desde abajo!*

El pavor se enroscó en la boca de mi estómago.

Los demonios de Tambu surgieron como una masa repleta, el brillo de sus ojos rojos iluminando zorros, murciélagos, tigres y serpientes. Sus rostros eran llamativos, como las máscaras que llevan los niños para ahuyentar a los malos espíritus en Año Nuevo.

También sonaban como niños, gritando y riendo mientras sacudían a mis hermanos. Sus colas se enroscaban en las cuerdas y sus alas batían con entusiasmo contra la parte inferior de la cesta. Cuando sus garras empezaron a cortar y desgarrar, mi corazón se estremeció de miedo.

Las rizadas de bambú salían volando, un ojo de tortuga pintado y una cola de zorro de seda se desprendieron en el mar de nubes para no volver a ser vistos jamás.

Golpeé a los demonios con mi daga.

—¡Marcháos! —grité—. ¡Salid! ¡Fuera!

Se rieron.

La daga era inútil. Mi magia también lo era. Cada vez que lanzaba un ataque, aparecían más demonios.

Un tigre alado asestó un zarpazo a las plumas de Benkai, y un murciélago clavó sus afilados dientes en las alas de Kiki hasta que mi pájaro de papel huyó despavorido. Otros estaban más interesados en la cesta, merodeando por sus lados y despojándola de sus partes.

Sintiéndome acorralada, me volví una vez más hacia la perla. Tarareaba en voz baja, como suele hacer en presencia del peligro. Cuando la saqué de mi mochila, su poder se extendió más allá de mi control, atrapando a los demonios en penachos de brillante luz blanca.

Sus gritos eran como cuchillos contra el cristal, fuertes y estridentes. Las alas se agitaban, las colas se agitaban, las garras se agitaban mientras los demonios luchaban por librarse de la luz nacarada. Me di la vuelta y observé cómo los demonios se replegaban en su enjambre y se retiraban a las islas de abajo.

Exhalé un suspiro de alivio. Un suspiro de alivio prematuro, por desgracia.

Me había olvidado de Bandur.

Saltó a la cesta, con el pelaje erizado y los ojos inyectados en sangre. Esta vez no esperó. Se abalanzó y yo me preparé.

El ataque nunca llegó.

Takkan se había despertado y sostenía el amuleto hacia el ci lo. Estaba a punto de amanecer, y los últimos hilos de luz de l se colaban entre las nubes, tocando el amuleto.

—¡Regresa! —gritó Takkan—. ¡Vuelve, Bandur!

Al oír la orden, el cuerpo de Bandur empezó a retorcerse, como si unas cuerdas invisibles tiraran de él hacia el amuleto. El demonio giró furioso para enfrentarse a Takkan.

—¿Crees que tienes fuerza para vencerme?

Takkan no respondió, pero se levantó y se puso cara a cara con Bandur. Una guerra silenciosa estalló entre ellos, el demonio empujando y luchando contra el control de Takkan. Las sienes de Takkan se llenaron de sudor. Retrocedió un paso y apretó la mandíbula, con los ojos blancos mientras luchaba contra el demonio.

Por fin, Bandur se apartó de un tirón.

—Me quedaré con tu alma por esto —juró.

En un último esfuerzo, su garra golpeó y agarró a Hasho por el ala, desgarrando plumas y huesos. Luego, con un silbido, Bandur desapareció en el amuleto.

La cesta se tambaleó y las cuerdas se soltaron primero del pico de Hasho y luego de los de mis otros hermanos.

Abajo, caímos en Tambu, el origen de los demonios y el lugar de nacimiento de mi madrastra, la Reina sin Nombre.

CAPÍTULO 32

Una frondosa copa amortiguó nuestra caída. Takkan y yo caímos de la cesta en direcciones opuestas, estrellándonos contra el suelo de la selva a través de una red de ramas extendidas.

Se escuchó un ruido sordo.

Los insectos revolotearon, las hojas crujieron y las ramas se partieron. La luz brillaba en oleadas, como aceite caliente, y el sudor resbalaba por mis poros.

Con las fuerzas que tenía, me apoyé en los antebrazos y hundí los codos en la tierra húmeda y caliente. Luego me quedé quieta, acordándome tarde de buscar demonios.

Nada.

Cuando estuve segura de que no había peligro, me puse en pie, apartando las ramas que me rozaban la cintura.

—¿Takkan? —grité—. ¿Kiki?

La lluvia había cesado, y la luz del sol bostezaba a través de las copas, una visión que me impulsó a moverme. Ya había amanecido, así que mis hermanos deberían ser hombres de nuevo. ¿Pero dónde estaban? Sus transformaciones no fueron precisamente pacíficas y tranquilas. Seguramente habría oído sus gritos.

Un destello de seda roja penetró en la niebla y corrí hacia él. Allí, no lejos de la cesta, yacía Takkan. Kiki y mis hermanos también, ¡pero seguían siendo grullas!

Las hojas y la suciedad se pegaban a la piel de Takkan. Respiraba, pero estaba inconsciente. Con el corazón palpitante, lo inspeccioné rápidamente. Había nuevos desgarros en su túnica, dejando al descubierto un hombro bronceado y más de las cicatrices que le había dejado en el pecho. Pero estaba ileso, gracias a Emuri'en. Lo apoyé contra un árbol y le quité las gotas de sudor de la nariz con los dedos.

Un músculo de su mandíbula se crispó.

—Hasho… —murmuró, y sus ojos empezaron a abrirse—. Su ala…

Sin comprender, me giré para mirar a mis hermanos. Solo eran cinco, todos graznando sonidos que no entendía.

El pánico se apoderó de mí.

—¿Dónde está Hasho?

En cuanto pregunté, la niebla se disipó y lo vi.

Mi hermano menor yacía acurrucado, con todo el cuerpo recogido contra sí mismo. Su garganta zumbaba dolorosamente y su vientre se agitaba con cada respiración. Me agaché a su lado y observé las alas que tenía plegadas. Su ala izquierda ardía, con las plumas carbonizadas.

—Hasho —me atraganté.

—Fue Bandur —dijo Takkan, bajando el tenor de su voz—. No pude detenerlo a tiempo. Lo siento.

No supe qué decir. Mi atención estaba fija en las franjas de luz acuosa que acariciaban el ala negra de Hasho, y me daba cuenta de que no se había convertido en un hombre. Ninguno de mis hermanos lo había hecho.

Andahai cree que el encantamiento es diferente esta vez, dijo Kiki. *No cambiarán de una forma a otra.*

Inspiré, con la mente en blanco. Eso es bueno, me dije. En su estado, Hasho no podría soportar una transformación.

—Tenemos que encontrar ayuda para Hasho. Tiene que haber un pueblo en esta isla.

Yo buscaré, ofreció Kiki, saltando para tener una vista desde arriba. Un instante después, estaba revoloteando de vuelta a nosotros, gritando, *¡Serpientes! ¡Serpientes!*

De los árboles, de las rocas, incluso de los arbustos, nos acosaban las serpientes. Las más gordas colgaban de las largas ramas de los árboles y sus escamas manchadas se fundían con el exuberante paisaje selvático. El espectáculo me recordó al jardín de Raikama. Esa era la única razón por la que no tenía miedo.

Parecen hambrientas, dijo Kiki nerviosa. *Me están mirando fijamente. Tal vez mi papel sea sabroso para estas serpientes de Tambu, cada día me parezco más a un pájaro de verdad, ¿sabes?*

Aún estás lejos de ser un pájaro de verdad, Kiki, respondí. *Además, las grullas comen serpientes, no al revés.*

Entonces pídeles a tus hermanos que se las coman.

Nadie se come a nadie. ¿Has intentado hablar con ellas?

Lo he intentado. Mi pájaro de papel levantó un ala temerosa. *Espera, viene alguien.*

Las serpientes se separaron, dejando paso a la serpiente más grande que jamás había visto. Sus escamas se confundían con las hojas de palmera que se amontonaban bajo su cuerpo pero, cuando se deslizó fuera del follaje, se transformaron. Primero se mimetizaron con la tierra de color ámbar y luego se desvanecieron hasta el blanco pergamino, el mismo tono que la cara de la serpiente de Raikama.

Se levantó y me llegó a la cintura. Sacó una lengua bífida y emitió un largo silbido.

Kiki se estremeció.

¿Qué está diciendo?, pregunté.

Dice que se llama Ujal, y pregunta si eres la hija de la Dama de la Serpiente Verde.

¿La Dama de la Serpiente Verde?

La Dama se fue hace muchos años, continuó Kiki, *pero Ujal puede oler restos de su magia en ti... hija de Channari.*

Al oír el nombre, una nota de dolor zumbó en mi pecho.

¿Conocía a mi madrastra?

Su padre sí.

El pasado de Raikama era un misterio que ansiaba desentrañar, pero me mordí la lengua, conteniendo el impulso de preguntar más a la serpiente. No era el momento.

Me arrodillé, nivelando mi mirada respetuosamente con la de Ujal.

Mi hermano está herido. ¿Sabes dónde podemos buscar ayuda?

Sus escamas cambiaron de color una vez más mientras se deslizaba en la dirección por la que había venido.

Cuando me levanté y Takkan recogió a Hasho, Ujal había desaparecido entre la densa maleza. Temí haberla perdido de vista, pero sus serpientes habían esperado. Nos indicaron el camino, moviéndose como una sola y a una velocidad impresionante, como una tela ondulante sobre la tierra.

No perdí de vista el suelo. Gruesas raíces se interponían en nuestro camino, a menudo ocultas bajo un manto de hojas y flores silvestres. Pasamos junto a un bosquecito de bambúes negros y demasiadas cascadas para contarlas, pero todo lo demás era verde. Ujal podría haberme guiado en círculos y nunca me habría dado cuenta.

El amanecer se convirtió en la mañana, y el sol se volvió inclemente, agitando y espesando el aire. Mi respiración se había convertido en una serie de jadeos, y la ropa me pesaba sobre la piel, pegajosa de transpiración. Los días más calurosos de Kiata no eran nada comparados con esto.

Eché un vistazo a Takkan. Normalmente habría estado a mi lado, haciendo comentarios ociosos sobre la jungla para distraerme del calor. Hoy no. Sus pasos eran lo bastante pesados como para que me diera cuenta, y su piel tenía un tinte grisáceo. Sus ojos estaban ensombrecidos por medias lunas oscuras y sus anchos hombros estaban caídos, como si soportara algo más que una grulla herida. Pero su ánimo no se había alterado. Cuando me vio, me saludó con la mano. En lugar de devolverle el saludo, pasé mi brazo por el suyo y caminé a su lado el resto del trayecto.

Hemos llegado, anunció Kiki cuando Ujal se detuvo ante una corta valla de madera. Arrugó el pico. *Este es el santuario*.

Era un edificio solitario al final de un camino de tierra: una amplia casa de teca que había visto días mejores. El musgo cubría las paredes, cuya pintura naranja estaba descolorida por años de lluvia, y los carteles de oración colgantes estaban agrietados y descascarados. Me aventuré a pasar la valla de madera, siguiendo la línea de estatuas de piedra hasta el umbral.

—¿Hola? —dije en mi mejor tambun—. ¿Hola?

Había una chica de piel bronceada barriendo las hojas del patio, y dejó caer la escoba cuando vio las serpientes detrás de mí.

—¡Tío! —gritó, desapareciendo en el santuario.

Poco después apareció un hombre de mediana edad con un pañuelo naranja y sandalias de paja. Era delgado, no más alto que yo. Tenía profundos pliegues de irritación en la frente; quizá estaba rezando cuando lo interrumpieron. Su dura mirada pasó de las serpientes a la grulla en brazos de Takkan, y luego a las otras cinco que se elevaban sobre nosotros de forma protectora.

Nada de esto parecía sorprenderlo lo más mínimo.

Busqué a tientas las palabras en tambun para pedir ayuda, pero no tenía por qué molestarme. El chamán hablaba kiatán.

—Dicen que una tormenta trae serpientes a casa —dijo—. ¿Qué problemas traéis con vosotros para que la mismísima Reina Serpiente venga a mi puerta?

—Buscamos ayuda —dije, señalando a Hasho—. Esta grulla está herida.

—¿La Reina Serpiente os ha traído aquí por la vida de un pájaro? Curioso de verdad. —El chamán recogió sus mangas deshilachadas y se cruzó de brazos. No parecía curioso en absoluto—. Entra.

Mientras giraba sobre sus talones hacia el santuario, Ujal y sus serpientes retrocedieron hacia la jungla.

—¡Espera! —grité, persiguiendo a la Reina Serpiente. Su piel había vuelto a cambiar, esta vez para combinarse con las piedras grises del camino. Cuando se detuvo, me incliné y le hablé, casi sin aliento.

—¿Te volveré a ver?

Respondió con un ronquido.

Dice que las selvas están plagadas de demonios, transmitió Kiki. *No te aventures en ellas con él*. Kiki ladeó la cabeza hacia Takkan. *Y menos de noche*.

Eso no era lo que había preguntado, pero la Reina Serpiente ya se había escabullido, desapareciendo entre los arbustos junto al camino.

Así que no era Hasho quien había inquietado a las serpientes. Era Takkan.

—Tú —dijo el chamán, señalando a Takkan cuando volvimos a entrar en el santuario—. Espera afuera.

Con mucho cuidado, Takkan me pasó a Hasho. Las plumas de mi hermano rozaron mis codos cuando lo envolví en mis brazos. Era tan ligero y frágil, casi como un niño.

La habitación era pequeña, amueblada con una mesa baja y un tarro de incienso para ahuyentar a los mosquitos. En silencio, coloqué a Hasho sobre una estera de paja para que el chamán lo examinara.

—El demonio que lo marcó —empezó a decir el chamán con tono áspero, como si hablara de un melón de invierno y no de un pájaro vivo y que respira—, ¿cómo se llamaba?

—Bandur.

El chamán frunció el ceño.

—No lo reconozco.

—Es... recién forjado —respondí—. En Kiata.

Los bordes de sus ojos se contrajeron, y pude adivinar lo que estaba pensando: que no había demonios en Kiata. Que Kiata había reprimido su magia durante siglos, hasta que incluso nuestros dioses callaron.

Soltó el ala de Hasho y rodeó con los dedos el largo cuello de mi hermano.

—Es mejor dejar pasar estas cosas, por desafortunadas que sean. La marca de un demonio es difícil de deshacer. Renacerá en una vida mejor.

—¡No! —exclamé, dándome cuenta con horror de lo que el chamán iba a hacer. Me abalancé para bloquearlo—. No... por favor. Es mi... mi hermano.

Si hubiera pronunciado esas palabras a alguien en Kiata, probablemente me habrían tomado por loca. Pero el chamán ni siquiera se inmutó.

Con calma, soltó a Hasho.

—Deberías haberlo dicho antes. ¿El encantamiento de la grulla no es obra del demonio?

—No —dije con inquietud—. Es mío.

—Ya veo. —Se quedó pensativo—. Mis acólitos contendrán el toque del demonio solo en su ala. Pero no puedo garantizar que se recupere del todo. Solo lo sabrás cuando vuelva a ser un hombre.

Una punzada de preocupación se clavó en mi pecho.

—¿Vivirá?

—Sí. —El chamán miró a Takkan, cuya larga silueta se deslizaba por las paredes—. Es este el que más me preocupa. No puede quedarse en el templo; su presencia atraerá a los demonios. Tengo entendido que ya lo ha hecho.

—¿Cómo lo has sabido? —pregunté.

El chamán ofreció a Hasho agua de una jarra.

—Especulé. Los demonios se sienten atraídos por los que llevan su marca.

—Parece que sabes mucho sobre ellos.

—Tambu es la cuna de los demonios. Forman parte de nuestras vidas.

Aquella idea me resultaba tan extraña que necesité un momento para asimilarla. Sin embargo, le creí. La magia aquí no era enterrada, como lo era en Kiata; estaba hilada en el tejido mismo de Tambu. Podía sentir —en el aire, en los árboles, incluso en los pequeños lagartos que correteaban por las paredes— el potencial de la maravilla, del caos, de los milagros. Como la mayoría de los kiatanos, nunca había estado en el extranjero. Nunca había estado en un lugar donde dioses y demonios y mortales conviven. Eso era insondable en mi tierra natal. Sin embargo, aquí se sentía como la cosa más natural.

—¿No temes a los demonios? —dije.

—Temo más a los humanos que a los demonios —respondió el chamán—. Hay muchos tipos de demonios, pero la mayoría son de mente simple. La mayoría en Tambu se quedan en los bosques, aunque uno o dos al año causan travesuras en el pueblo: el mes pasado hubo uno que quiso dejar el pozo local salado.

Incliné la cabeza. Esas travesuras eran muy distintas de las experiencias que yo había tenido con demonios.

—Enseñamos a los niños a tratarlos como avispas —continuó el chamán—. Mientras no los molestemos ni llamemos su atención, se mantienen al margen. —Enderezó los pliegues de su faja, con un tono tan soso que bien podría haber estado hablando de la ropa lavada—. Raro es el demonio con la astucia y el poder para causar un gran daño. Pero este Bandur...

—Era un hechicero —susurré—. Antes de convertirse.

—Como pensaba —respondió—. Los demonios se sienten atraídos por el poder, los débiles por los fuertes. Su naturaleza es traer la ruina y el caos, pero tienden a seguir el ejemplo. Así que cuando un hechicero se convierte en demonio... la combinación de su codicia humana, su magia natural y su hambre de demonio atrae a muchos a su esclavitud. Como pudiste ver cuando llegaste.

Los ojos del chamán estaban fijos en Takkan, y comprendí lo que estaba pensando.

—Takkan no es un…

—Sé que está marcado —interrumpió el chamán—, y sé lo que lleva en ese amuleto. Hay un lugar no muy lejos que será seguro para él. Te llevaré allí mientras mis acólitos atienden a tu hermano.

Tragué saliva, intranquila por dejar a Hasho solo.

Tus hermanos lo cuidarán, dijo Kiki. *No te preocupes, se asegurarán de que no pase nada*.

El chamán seguía esperando mi respuesta.

—Gracias… —Vacilé, sin saber cómo llamarlo.

—*Oshli* es suficiente —dijo—. No hay necesidad de honoríficos.

Sin decir una palabra más, Oshli me condujo detrás del templo por un sinuoso camino de tierra. Las casas que encontramos por el camino estaban en ruinas, sus tejados blanqueados por el sol y sus jardines abandonados a su suerte. Parecían abandonadas desde hacía mucho tiempo.

—¿Es esta la carretera principal? —pregunté.

—Lo fue una vez —respondió el chamán—. La gente solo baja a la aldea Puntalo de camino a visitar el santuario. Se cree que la zona está maldita.

—¿Maldita?

No sonrió.

—Es superstición. He vivido aquí toda mi vida y estoy bastante bien.

Nos condujo al último estacionamiento de la carretera.

—Aquí dentro. Los demonios no vendrán a este lugar.

Era una pequeña parcela de tierra, abandonada hace años, con maleza creciendo en las grietas del camino de piedra. Tres cabañas de madera se alzaban en el patio abierto, invadidas por telarañas y musgo.

Una cocina, un dormitorio y un almacén, supuse. Las casas del sur de Kiata tenían una distribución similar.

Un parpadeo de movimiento atrajo mis ojos hacia la cabaña más grande; adentro, una cortina de muselina se ondulaba con el viento cálido, y a través de las ventanas rotas pude distinguir un banquito tambaleante. No había nadie más, pero oía a alguien cantar débilmente la melodía cadenciosa de una canción que conocía desde la infancia.

—¿Por qué no vienen aquí los demonios? —pregunté—. ¿De quién es esta?

Oshli no debió oír mis preguntas, porque no respondió.

—Este árbol desciende de una arboleda sagrada —decía—. Todas las casas de esta calle tuvieron alguna vez un árbol así, pero solo este sigue vivo. Cuando anochezca, debes atar a tu compañero al árbol y encender los braseros.

—¿Atarlo? ¿Al árbol? —repetí, consternada por la instrucción—. Creía que los demonios no vendrían a esta casa.

—No entrarán —replicó Oshli, con un deje de nerviosismo en el tono—. Pero el que está dentro puede salir.

—¿Hay alguna forma de someter a Bandur? —preguntó Takkan con calma. La calma de Takkan rivalizaba con la del chamán, y solo yo me estremecí.

—Los demonios son inmortales; solo la magia puede matarlos. —Oshli hizo una pausa—. Pero los humanos no carecemos de defensas.

Rodeó el árbol, sin apartar la mirada de Takkan.

—Volveré con incienso y cuerda antes del anochecer. Haz lo que te ordeno y los demonios de Tambu te dejarán en paz. No puedo hablar por el que está dentro de él.

Sintiendo que su presencia no era del todo bienvenida, Takkan se quedó junto al árbol.

—Esperaré aquí mientras familiarizas a Shiori con la casa.

Antes de que pudiera protestar, se retiró al patio, dejándome a solas con el chamán de rostro adusto.

Muchas gracias, Takkan, refunfuñé en mis pensamientos.

Oshli entró en la cabaña de nuestra derecha.

—Puedes quedarte en la cocina esta noche —dijo—. Hay una cama al otro lado de la cortina y algo de comida en la despensa. No es mucho, pero te servirá hasta que vuelva.

—Creía que aquí ya no vivía nadie.

—Vengo a veces, a presentar mis respetos. —El más leve parpadeo de su frente perturbó su calma.

—¿Quién vivía aquí? —volví a preguntar.

Un momento de vacilación.

—El propietario se marchó hace muchos años a la capital —respondió—. Solo yo vengo, a veces, a traer ofrendas al árbol.

Eso explicaba la comida de la despensa.

—¿Ofrendas al árbol?

No me miró.

—Para las dos hermanas que una vez residieron aquí.

Se me erizó el vello de la nuca.

—¿Qué fue de ellas?

—Ambas se perdieron con Tambu, pero de formas muy distintas.

Mis ojos volaron al encuentro de los del chamán. Dos hermanas.

—Esta era su casa, ¿no? Vanna y... Channari.

Channari. Cada vez que decía el nombre, mi corazón daba una punzada. Channari era el nombre del verdadero yo de mi madrastra, un secreto que había ocultado a todo el mundo, incluso a mi padre.

—Esta era su casa —repetí—. Tú las conocías.

Por fin había roto la compostura del chamán, que apretó los labios con fuerza.

—Todo el mundo las conocía. La bella y la serpiente.

No había malicia en su respuesta, pero aun así me estremecí.

—¿Eran amigos?

—Channari no tenía amigos. —Hizo una pausa—. Pero conocía a Vanna.

—¿Cómo era ella?

Las duras líneas que rodeaban la boca de Oshli se suavizaron, dándome una idea del niño que había sido.

—Era amable, generosa y gentil. Tenía el poder de hacer que cualquiera la adorara, incluso su severa Adah nunca podía decirle que no. Las chicas del pueblo se peleaban por cepillarle el pelo y los chicos competían por tocarlo.

—Más suave que las plumas de un ave acuática —murmuré, recordando el pelo de Raikama.

—Sí.

Lo miré, y la melancolía de su rostro se apagó con un latido demasiado tarde.

—¿Estabas enamorado de ella? —pregunté, sorprendida por mi propia desfachatez.

A su favor, no vaciló.

—Todos lo estábamos. Todos la adoraban. Creían que la misteriosa luz de su pecho era un regalo de los dioses. Había nacido con ella. Cuando reía, emanaba a través de su ropa como el sol. La llamaban *la Dorada*. —El rostro de Oshli se convirtió en una máscara—. Mi padre era el chamán entonces y me pidió que la mantuviera alejada de atenciones no deseadas hasta que se casara. Así nos hicimos íntimos. Ella confiaba en mí. —Soltó un suspiro—. Pero, tras la muerte de Channari, cambió. Dejó de hablar con sus amigos, incluso conmigo.

Sus manos cayeron a los costados, y me pregunté por las historias que dejaba sin contar.

—¿Qué cambió? —pregunté.

—La luz de su interior brillaba de forma diferente, su espíritu se hizo... más fuerte. Nadie más lo notó, pero yo conocía a Vanna. A pesar de su resplandor, nunca había sido tan fuerte como su hermana. La gente me tomaba por loco, pero siempre me he preguntado si era Vanna a quien su padre enterró en la selva. —La expresión de Oshli se volvió dura una vez más—. Hoy, cuando la Reina Serpiente te trajo aquí, por fin tuve mi respuesta.

—El verdadero nombre de mi madrastra es un secreto que prometí guardar —susurré.

—Yo también lo guardaré —dijo Oshli solemnemente—. Hay pocos que recuerden a Vanna tan bien como yo. O a Channari.

Él mismo había dicho que había sido amigo de Vanna, pero no de Channari. ¿Por qué las recordaba a ambas, cuando otros no lo hacían?

—Hace meses, las cenizas de la Reina Sin Nombre llegaron a mi santuario —dijo Oshli, sacando a relucir el nombre de Raikama como si me hubiera leído el pensamiento—. Tú las enviaste, ¿verdad?

Asentí.

—Eso pensaba. Pensé en llevárselas al rey de Tambu, para que las enterrara en su palacio, pero ahora que sé que es el espíritu de Channari el que está dentro... La enterraré junto al árbol sagrado de la selva. No está lejos de donde moran Ujal y las otras serpientes.

—A ella le hubiera gustado estar con las serpientes —asentí—. Me gustaría acompañarte si hay tiempo.

—Mañana, entonces —dijo Oshli—. No es casualidad que hayas aterrizado en Sundau. Los espíritus más fuertes viven incluso después de la muerte, y sospecho que Channari te ha traído aquí.

—¿Por qué?

—Quién sabe. ¿Para encontrar respuestas? ¿Para protegerte? Solo el tiempo lo dirá. —Se quedó en el umbral—. El destino te observa de cerca, Shiori'anma, como lo hizo con ella. Nunca la favoreció. No asumas que te favorece a ti.

Sus palabras eran graves. Tenía intención de meditarlas con el peso que merecían pero, en el momento en que la puerta se abrió y Oshli abandonó el recinto, mi estómago soltó un gruñido fuerte y grosero.

Eché un vistazo al exterior y vi a Takkan dormido bajo el árbol y a Kiki zumbando por las cabañas. Mi mano se posó sobre mi estómago. ¿Cuánto hacía que no comía? El hambre se apoderó de mí en una oleada torrencial, y menos mal que Oshli había mencionado que había comida en la despensa.

Las moscas de la fruta y los mosquitos zumbaban sobre un cuenco de pulpa de coco podrida, pero dentro de la alacena encontré un tallo de caña de azúcar, un tarro de cacahuetes y dos mandiocas crudas. También una tintura de zumo de pandan y sésamo molido. Especias que en Kiata habrían costado una fortuna, pero que aquí eran corrientes.

Dediqué unos minutos más a saquear la despensa y luego puse todo lo que había encontrado sobre la mesa, junto a los fogones. Ya sabía qué hacer.

—*Channari era una chica que vivía junto al mar*, cantaba, *que mantenía el fuego con una cuchara y una olla. Remover, remover, una sopa para una piel bonita. Hervir, hervir, un guiso para el pelo negro y espeso. Pero, ¿qué preparaba para una sonrisa feliz? Pasteles, pasteles, con alubias dulces y caña de azúcar.*

Cuando por fin levanté la vista, sosteniendo mi cuenco de masa, Takkan estaba fuera de la ventana, con los brazos cruzados sobre el alféizar, con Kiki en el hombro. Escuchaba atentamente.

Estuve a punto de dejar caer la masa, pero Takkan se asomó por la ventana para agarrar el borde del cuenco y sujetarme al mismo tiempo. Luego inhaló profundamente, aspirando el olor a coco y cacahuetes que impregnaba la cocina.

—¿Cuánto tiempo llevas parado aquí? —pregunté

—¿Parado? Estaba protegiendo ese cuenco con mi vida.

Me reconfortó oír humor en su voz, aunque solo fuera una sombra de su alegría habitual. Bajé los hombros.

—Creía que estabas durmiendo.

—Lo estaba, hasta que te oí cantar. No quería detenerte.

Deberías seguir haciéndolo, bromeó Kiki. *Esa canción tuya espanta a todos los pájaros. Apuesto a que también a los demonios.*

Miré fijamente a mi pájaro, contenta por una vez de que Takkan no pudiera oírla.

—Es solo una canción tonta. Algo que solía tararear Raikama. Probablemente me he equivocado en todas las notas.

—No hay notas equivocadas cuando eres feliz —replicó Takkan con seriedad—. Suenas más feliz de lo que has estado en días.

—Me... Me gusta estar aquí —admití—. Es casi como si ella siguiera aquí conmigo.

Una oleada de dolor me invadió el pecho y me concentré intensamente en remover la masa.

Takkan me tocó la mano.

—¿Me la enseñarás cuando volvamos a casa?

—¿La canción?

Asintió con la cabeza, y de repente quise abrazarlo y llorar en sus brazos al mismo tiempo. Me volví para limpiarme la nariz con la manga.

—La comida estará lista dentro de una hora. ¿Puedes esperar?

—Por supuesto. —Recogió los dos cubos vacíos apoyados contra las paredes—. Es el tiempo justo para buscar un pozo.

—¿Vas a salir con este calor?

—No me importa.

Su voz era ligera, pero tenía algo. Algo que me hizo notar la distancia entre nosotros. El hecho de que se apartara de mí, de que aún no hubiera entrado en la cocina.

Lo que daría por ahuyentar esas sombras de sus ojos. Decidí que a Takkan le vendría bien ocuparse de un recado, aunque solo fuera para no pensar en Bandur.

—Muy bien —dije—. Pero llévate a Kiki contigo.

Y si hay alguna señal de Bandur, ven a decírmelo inmediatamente, le ordené a mi pájaro.

Ella asintió con firmeza.

No te preocupes. Oirás mis gritos desde el otro lado del pueblo.

CAPÍTULO 33

Por la tarde, el calor de la isla ya era insoportable, y me sentí la mayor idiota de Tambu por decidir cocinar pasteles al vapor. Hasta los mosquitos habían huido de la cocina en busca de un lugar más fresco.

Así fue como me encontró Oshli: abanicándome en un rincón, mirando cómo se cocinaba la masa.

Dejó su bolsa en el suelo con un golpe seco.

—Estás sola.

—Takkan fue en busca de un pozo. Dijiste que solo tenía que quedarse junto al árbol después del anochecer. Faltan horas para que anochezca. —Al ver que Oshli fruncía el ceño, cambié rápidamente de tema—. ¿Cómo está mi hermano?

—La grulla está convaleciente y debería poder volar de nuevo mañana. Sin embargo, las otras cinco graznan sin cesar y sus plumas han mudado por todo el santuario —informó sin dejar de fruncir el ceño—. Es toda una tarea de limpieza para mi sobrina.

—Lo siento…

—Ahórrate las disculpas —dijo secamente el chamán—. A ella apenas le importa. Se ha aficionado a los pájaros para eludir sus oraciones. —Soltó un gruñido—. Deduzco que te irás mañana de cualquier manera. Sundau no es el destino final de nadie. No lo ha sido desde la selección de la Dorada.

Otra vez con ese nombre, *la Dorada*. Sabía que se refería a Vanna, pero escuchar el título me hizo estremecer.

—En Kiata, la llamábamos *Tu Resplandor*. —Hice una pausa, sin saber adónde quería llegar—. ¿Cómo aprendiste kiatán?

—El rey me lo pidió. Cuando la Dorada partió hacia Gindara, pensó que ella me llamaría. Nunca lo hizo.

Oshli empezó a desempaquetar los objetos que había traído: un atado de incienso, cuerda, un saco corto de arroz, dos manzanas de azúcar, huevos y media carpa. Olfateó.

—¿Qué estás horneando?

—Pasteles —respondí—. ¿Quieres probar? Están casi listos.

Oshli levantó la tapa de la vaporera y echó un vistazo a los bollitos. Tomó un pastel y lo masticó.

—Es más duro de lo que recordaba. Los pasteles tambun deben ser blandos y pegajosos. —Dio otro bocado—. Pero supongo que el sabor está ahí, vagamente.

—¿Los has probado antes? —pregunté.

—Vanna solía traer pasteles como estos. Los cortaba en forma de flor y los decoraba con pétalos de rosa.

Aparté un plato para Takkan y me senté con Oshli a la mesa. Durante toda la tarde, mi mente había bullido con preguntas sobre Raikama.

—¿Me hablarás de Channari?

—¿Qué hay que contar? No éramos amigos.

La respuesta de Oshli fue brusca, una clara señal para hablar de otra cosa. Pero yo nunca me había caracterizado por mi tacto.

—Cualquier cosa. Cualquier cosa, por favor —insistí.

Dejó el pastel. Su rostro se había endurecido y creí que no llegaría a hablar.

—Los otros niños y yo le tirábamos huevos de tortuga cuando pasaba por la calle. La llamábamos monstruo, demonio serpiente, bruja. Muchos otros nombres mucho más crueles. —El chamán cerró los ojos. Sus palabras eran pesadas, y pude oír que el pasado había sido durante mucho tiempo un terrible peso sobre su conciencia—. Su Adah la obligaba a llevar una máscara dondequiera que fuera, incluso en casa. Podía oír cómo la golpeaba cuando desobedecía. Creo que era la única persona a la que temía. La hacía trabajar duro, le daba tareas para que no la vieran. Tenía cara de serpiente. Sus ojos... solo sus ojos hacían que los hombres adultos se acobardaran.

—Estaba maldita —dije.

—Era una hechicera —dijo Oshli—. Se rumoreaba que podía hacerte cambiar de idea con un parpadeo de sus ojos y que podía llamar a las serpientes para que hicieran su voluntad.

No eran rumores. Mis hermanos y yo habíamos presenciado muchas veces la hipnótica esclavitud de la magia de Raikama.

—Solíamos decir que Channari hechizó a Vanna para que la amara. Vanna fue la única que fue amable con ella, la única que la lloró cuando murió. Aunque ahora supongo que fue al revés.

—¿Cómo murió? —pregunté—. ¿Cómo crees que murió?

—Hubo un ataque —respondió Oshli—. Un demonio vino a por ella en plena ceremonia de selección. Solo Vanna fue testigo. Dijo que Channari intentó protegerla y, al hacerlo, la mató.

La mentira me oprimió el pecho. Raikama me había dicho la verdad justo antes de morir, que el demonio había matado a Vanna, no a Channari. Y mientras Channari lloraba, la perla del corazón de su hermana se arraigó en ella, cumpliendo su deseo de ser bella de la forma más horrible: le dio el rostro de Vanna.

—Cuando salió del luto, había cambiado. —Oshli apartó la mirada, con los hombros encogidos—. Era más fría, su luz apagada como la de la luna. Algunos pensaban que se había vuelto loca. Se cortó. En la cara.

Me llegó la revelación y un cosquilleo me recorrió la espalda. La misteriosa cicatriz en la cara de mi madrastra, la razón por la que la tenía tan visible, había sido fuente de chismes en palacio durante muchos años. Incluso yo me había preguntado su origen. Ahora lo sabía.

Odiaba ver la cara de mi hermana en el espejo, me había dicho Raikama antes de morir.

Se había hecho la cicatriz a propósito. Como recuerdo de su vida como Channari.

—Su Adah estaba furiosa por ello —continuó Oshli—, pero no sirvió de mucho para disuadir a los pretendientes. Compitieron por su mano, sometiéndola a pruebas imposibles, obteniendo cosas como corazones de mosquito y oro del fondo del mar. La mayoría fueron eliminados. Al final, ella eligió al más improbable de los hombres.

—Mi padre —dije.

—Ni siquiera era un pretendiente. Pero se fue con él una n
che, tan silenciosa y rápidamente que nadie se dio cuenta hasta
se habían ido. Creímos que todos los reyes y príncipes declar

la guerra a Kiata, pero fue como si una bruma hubiera caído sobre los pretendientes, todos se olvidaron de ella.

—Excepto tú —dije.

—Mi memoria no está intacta. Pero sí, como dije antes, recuerdo más que la mayoría.

Después de todos estos años, la magia de Raikama se mantenía fuerte.

Aun así, había una pieza del rompecabezas que no encajaba.

—El demonio que atacó a Vanna, ¿recuerdas algo de él?

Oshli negó con la cabeza.

—Solo que Channari luchó contra él con una lanza. —Empezó a levantarse—. Se rompió durante la batalla, pero la conservo. ¿Quieres verla?

Por supuesto que sí. Lo seguí hasta el árbol del patio. Apoyada en el tronco había una larga lanza, de madera oscura por el paso del tiempo.

Oshli tomó el arma y la sostuvo en posición vertical. Era tan alta como yo, pero tenía la punta partida.

—Una vez mató a un tigre con ella —dijo Oshli—. Entró en la aldea y mató a los cuatro hombres que intentaron luchar contra ella, y el resto huimos. Channari se quedó. No por nosotros, sino por Vanna; dudo que le hubiera importado que el tigre nos devorara. —Con ambas manos, Oshli me pasó con cuidado el arma—. Aquella fue la primera vez que vislumbré a la verdadera Channari, a la que incluso los tigres temían, y no a la chica que se pasaba el día sentada en un taburete roto pelando raíz de taro con su máscara. Era excepcionalmente fuerte, audaz y leal. Esa era la mujer que se convirtió en tu madrastra.

Contuve el aliento unos segundos antes de hablar.

—Gracias.

Oshli asintió lentamente. Por un momento pensé que volvería a hablar, tenía los labios entreabiertos. Pero, antes de que pudiera preguntarle qué había estado pensando, se volvió hacia el camino y se marchó.

No estuve sola mucho tiempo. Muy pronto, Kiki regresó y divisé la silueta de Takkan no muy lejos. El pájaro de papel se posó en mi hombro, y dejé que se metiera en mis pensamientos, poniéndose al día de lo que se había perdido mientras estaba fuera.

No dije nada e hice rodar la lanza entre mis manos, trazando sus surcos y bordes. Incluso rota, era pesada; apenas podía levantarla por encima de los hombros sin esforzarme. Que Raikama la hubiera blandido contra un tigre era un testimonio de su fuerza, y un recordatorio de cómo me había levantado dos veces, como si pesara poco más que una muñeca.

Había pensado que venir al lugar de nacimiento de Raikama me daría respuestas sobre su pasado. En lugar de eso, tenía más preguntas que nunca.

La sangre manchaba el extremo roto de la lanza. Estaba seca, ennegrecida por el tiempo. No podía saber si la sangre era de mi madrastra o de otra persona.

Busqué en mi mochila el espejo de la verdad.

—Muéstrame de quién es la sangre de esta lanza.

Pasaron los segundos y el cristal solo se empañó de humedad.

Kiki arrugó el pico.

Maldito espejo mágico. Espero que Elang le esté sacando más partido que tú.

Me encogí de hombros.

Lady Nahma me dijo que solo mostraría lo que quisiera que yo viera. Quizá el pasado sea mejor guardarlo en el pasado.

¿Ah, sí? Nunca te tomé por una sabia, Shiori.

Mi cara se arrugó en una pequeña sonrisa cansada.

No es que no tenga sospechas.

Crees que la sangre es del Espectro.

Lo creía, y finalmente bajé la lanza. Takkan había vuelto, llevando dos cubos de agua.

—Parece que ha empalado a uno o dos demonios —dijo, señalando la lanza.

—Era de Raikama —respondí—. Oshli dice que la blandió para luchar contra el demonio que mató a su hermana.

Antes de que pudiera preguntar más, lo dirigí a la cocina.

—Te guardé pasteles. Cómetelos antes de que se estropeen.

Takkan tomó uno del plato.

—Son los pasteles de Channari. De la canción.

Asentí, impresionada de que se acordara.

—De todas las islas y todos los pueblos de Tambu, vinimos al suyo —murmuré—. Y aquí estoy, horneando sus pasteles en la casa de su infancia.

—Tu destino está más ligado al de ella que al de nadie.

—¿Incluso el tuyo? —bromeé.

Takkan separó los labios, pero no respondió. El crepúsculo se acercaba rápidamente, y las sombras se hicieron más audaces. Salían de las grietas de las paredes y cubrían la casa con una capa de oscuridad. Cuando tocaron los ojos de Takkan, su mirada se ennegreció, como una luz apagada.

Dejó la tarta y dio un paso atrás, volviendo a distanciarse de mí.

—Deberías agarrar las cuerdas.

No perdí el tiempo. Tomé las cuerdas y el incienso que Oshli había dejado. Juntos, lo atamos al árbol del patio. No pude evitar pensar en los hilos que habíamos atado alrededor de nuestras muñecas unos días antes. En cómo aquellos nudos se habían hecho con amor y risas, mientras que este, que apreté contra el pecho de Takkan, se había hecho con miedo.

Si estuviera en mi lugar, encontraría alguna historia que contarme para aliviar mi mente y distraerme de mi calvario. Historias sobre monos con cabellos mágicos, carpas que concedían deseos y pinceles que daban vida a los objetos, como en las cartas que me había escrito. Sin embargo, era inútil. Se me había hecho un nudo en la garganta de preocupación.

—Prepararé un fuego para encender los braseros. —Es lo único que podía decir.

Ni siquiera comió, comentó Kiki mientras yo volvía a la cocina.

Tragué saliva y recogí sus pasteles sin tocar.

Dejémoslo.

Buscaba algo con lo que encender el fuego y, por casualidad, aparté la tela de muselina que colgaba de la pared. Detrás de la cortina había un banco roto, el mismo que Oshli había mencionado. Apoyé la lanza de mi madrastra contra la pared para aliviar los hombros de su peso.

No pongas esa cara, dijo Kiki, intentando animarme. *Con Takkan atado a ese árbol, tendrás la cama para ti sola. Solo hay una en toda la casa, y...*

No sabía por qué me había sonrojado.

No es eso, dije secamente.

¿Es por la sangre, entonces? Kiki estaba de un humor chismoso, lo cual no era nada inusual. Se posó en la lanza, picoteando sus surcos deformados mientras yo buscaba por la habitación. Hubiera jurado que había visto un escondite de pedernal en alguna parte.

¿De verdad crees que Vanna fue asesinada por...?

Demasiado tarde, sentí una punzada de pánico.

Kiki, no digas su no...

¿Kramelan?

Sucedió. El nombre había sido pronunciado, y me puse en pie de un salto, con la adrenalina subiéndome a la cabeza. Sujeté con fuerza el pico de Kiki y miré al exterior, con el corazón acelerándose en mi pecho. El sol estaba a punto de ocultarse y Takkan me daba la espalda.

¿Qué te pasa, Shiori?, trinó Kiki. *Takkan no puede oírme de todos modos.*

No es Takkan quien me preocupa.

Un mechón de humo había salido de la vela junto a la ventana. Excepto que esa vela nunca había estado encendida.

Una terrible certeza se apoderó de mí.

Desde la ventana, vi salir humo del amuleto que rodeaba el cuello de Takkan. Se deslizó entre los nudos que sujetaban a Takkan y se filtró por su boca y sus fosas nasales.

—¡Agarra la lanza! —gritó—. ¡Ahora, Shiori!

Con un grito ahogado, me lancé a por el arma de Raikama. Había llegado a la puerta cuando apareció Takkan, con las cuerdas aún colgando de su cintura y los ojos parpadeando incontrolablemente del marrón al rojo.

Me bloqueó, con una sonrisa que distorsionaba sus facciones.

Me abalancé, pero Takkan esquivó la lanza con facilidad y tomó el asta con una mano. Sus ojos ardían rojos como bayas de lobo mientras me empujaba contra la pared.

Sabes, siempre he querido conocer al Espectro. La voz de Bandur se clavó en mis pensamientos. *Y ahora sé su verdadero nombre, gracias a ti.*

Clavó la lanza en mi hombro, y un estallido de dolor atravesó mi clavícula.

Kiki se lanzó contra el demonio, pero yo la agarré por el ala y la arrojé por la ventana: no tenía ninguna posibilidad contra Bandur. Tampoco yo la tenía. Ni siquiera pude apartar la mirada cuando el Lobo se hizo realidad, con su horrible rostro superpuesto al de Takkan.

—Muy inteligente por tu parte, intentar enfrentar al Espectro contra mí. Pero cometes un error, Shiori'anma. Imaginas que será como yo, abierto a la razón y a la conversación.

—¿Tú? ¿Abierto a la razón y a la conversación? —me burlé. Tenía las manos en la lanza, pero poco a poco me fui acercando a la cocina, intentando alcanzar los cuencos sin lavar que había dejado sobre la mesa—. No me hagas reír.

—Se llama *Espectro* por una razón. Hay un lado oscuro en su naturaleza, y su tiempo en Lapzur seguramente ha erosionado todo lo bueno que alguna vez hubo. Será un demonio hasta la médula, solo que con la fuerza de un dragón. Pronto lo verás.

—Sí —dije entre dientes—, lo veré. Soltando la lanza de Raikama, aplasté un cuenco sobre la cabeza de Takkan.

La habitación quedó en silencio mientras él caía al suelo, inconsciente. Bandur se había ido, al menos por ahora.

No tenía tiempo que perder. Con el corazón palpitante, arrastré a Takkan de vuelta al árbol. Todo su cuerpo se tensó cuando le até las cuerdas, y sentí una mueca de dolor al ver cómo los nudos se le clavaban en la piel. Justo cuando pensaba aflojar las ataduras, un gruñido escapó de sus labios. No sabía si Takkan me estaba ayudando inconscientemente o si en realidad estaba luchando contra Bandur. Pero apreté los dientes y las até con más fuerza. Luego encendí incienso alrededor del árbol y prendí fuego en cada brasero. Cuando terminé, ya era de noche.

Estaba agotada y me desplomé sobre el banco roto de Raikama. Apoyé la cabeza contra la pared, intentando no preocuparme por Takkan y, en su lugar, imaginar la vida anterior de mi madrastra. A mi lado, el espejo de la verdad yacía bajo un montón húmedo de ropa sudorosa.

—Me pregunto si se sentaba aquí —le murmuré en voz alta— y se quedaba mirando por la ventana. No tiene mucha vista. Seguro que la ayudaba a dormir.

Mientras hablaba, Ujal se deslizó en la cabaña, arrastrándose silenciosamente a mi lado.

Te está diciendo que duermas, dijo Kiki. *Necesitarás descansar para las batallas venideras. Los suyos vigilarán a Takkan esta noche.*

—No estoy cansada.

Las palabras de la Reina Serpiente no eran una petición. Sus ojos amarillentos brillaban como los de Raikama, y una calma se apoderó de mí, obligándome a obedecer sus deseos.

Si le hubiera preguntado a Seryu cómo romper el hechizo del sueño…

—Los dragones y las serpientes son realmente primos —murmuré antes de desplomarme sobre el banco roto, con la cabeza apoyada en la pared.

Mientras me dormía, me di cuenta de que Ujal y sus serpientes rodeaban el árbol, formando un círculo protector alrededor de Takkan.

Lo que no noté en absoluto fue el espejo de la verdad, que brillaba bajo mi brazo.

En mis sueños, yo aún no había nacido y esta casa no estaba abandonada. Pertenecía a una familia de dos hermanas. La primera era una chica un poco mayor que yo, morena y marcada, con los brazos tan musculosos como los de un centinela curtido. Llevaba el pelo recogido en una trenza larga y desordenada pero, cuando se giró, vi su rostro cubierto por una fina máscara de madera.

Channari.

El banco roto ya lo estaba entonces, y se tambaleó cuando ella se sentó. Sus manos trabajaban hábilmente, pelando una raíz de taro, pero sus pensamientos vagaban lejos, tan lejos como podía alejarse de la cocina de su Adah, de las cuatro paredes que la rodeaban como una jaula. Lo que daría por escapar de este lugar para siempre y desaparecer en los bosques.

Lo que daría por vivir entre los árboles y las bestias salvajes. Solo allí se sentía segura. Solo allí olvidaba que era un monstruo.

Tomó la siguiente raíz de taro para pelarla.

—Es una pena, ¿verdad? —decía su hermana, ajena a los pensamientos de Channari—. Sabes que Adah va a elegir al más rico, pero todas los ricos son tan feos. Y viejos.

—¿Tenías a alguien más en mente?

Su hermana se sonrojó.

—Claro que no —dijo, demasiado deprisa.

Channari no dijo nada. En secreto, estaba segura de que su hermana tenía un amante. El otro día había encontrado una nota en el bolsillo de Vanna. *Tú eres la luz que hace brillar mi linterna*, decía, pero no le pareció oportuno sacar el tema.

—Uno pensaría que todo el oro del mundo puede comprar belleza y salud, pero no es así.

—No. —La mandíbula de Channari crujió. Nada suavizaría las escamas de su rostro hasta convertirlo en carne. Lo había intentado. Había intentado cortarse las gruesas manchas de las mejillas, masticando un trozo de madera para no gritar e ignorando los abrasadores destellos de dolor cuando su mano firme mellaba los ásperos surcos entre las orejas y el cuello. Pero de la noche a la mañana, su piel volvió a crecer igual. Solo le quedaba el dolor, grabado a fuego en lo más profundo de su ser.

Nada la haría bella. Ni todo el oro del mundo.

—No —volvió a decir—. Lo sabría.

—Lo siento, Channi —suplicó Vanna—. No quería decir eso. Sabes que no.

—Lo sé —salieron despedidas las palabras de la garganta de Channari.

Vanna rodeó los hombros de Channari con los brazos y apretó sus mejillas, como solía hacer cuando eran pequeñas. Su mejilla siempre estaba demasiado caliente, y la de Channari, demasiado fría. Juntas, decía, estaban en su punto.

Su hermana levantó la mejilla y apretó la mano de Channari.

—Cuando sea princesa o reina, te compraré las mejores cremas y pinturas que el dinero pueda comprar.

Vanna tenía buenas intenciones, pero las palabras le dolieron igualmente. Esta vez Channari no pudo forzar una sonrisa.

—¿Y mis ojos de serpiente?

Vanna soltó una risita, sin oír la amargura que se deslizaba en su voz.

—Puedes usarlos para hipnotizar a nuestros enemigos.

—Si tuviera ese poder, haría que todos se olvidaran de que estoy ahí —replicó Channari en voz baja.

Vanna no escuchó. Alguien la llamaba fuera. Channari exhaló, aliviada cuando Vanna se escabulló.

A veces… a veces no podía tolerar el alegre optimismo de su hermana. A veces se preguntaba si sería más fácil que Vanna pensara que era un monstruo. Les dolería menos a las dos.

Channari se bajó sigilosamente del banco roto y, sin querer, se vio a sí misma en la pileta. Los trozos de taro flotaban en el agua, ocultando sus ojos y su nariz. Una brisa los separó y Channari se estremeció.

Ver al monstruo en su reflejo en lugar de la niña que debería haber sido: una con trenzas negras, ojos cobrizos, nariz suave y labios carnosos. Pensó que ese dolor se habría aliviado con los años, pero no fue así. Solo se había atenuado y se había convertido en parte de ella, cosido en lo más profundo de su alma.

En su oscuro y secreto corazón, lo que anhelaba, incluso más que desapareciera su rostro, era que alguien la amara. Que alguien la mirara a los ojos y la hiciera sentir bella, aunque no lo fuera. Que alguien le quitara la soledad grabada en el corazón para poder reír sin sentir la amargura en la lengua cuando el sonido se desvanecía.

Quería ser la luz que hiciera brillar la linterna de alguien.

Pero eso nunca ocurriría. No para ella.

Golpeó el agua con los puños hasta que su reflejo desapareció.

CAPÍTULO 34

Por la mañana, las hogueras que rodeaban el árbol se habían apagado, las varitas de incienso estaban quemadas y las serpientes que habían llegado para proteger a Takkan habían desaparecido.

La intensa lluvia que había caído por la noche se había reducido a una llovizna y, cuando entré en el patio, Takkan apenas se movió. Incluso dormido, hacía muecas, aferrando el amuleto de Bandur con una mano como si intentara romperlo en un puño. En los dos días que llevaba el amuleto, ya le había pasado factura. Estaba notablemente más delgado, y en sus mejillas aparecían nuevos huecos cuando no forzaba una sonrisa. Sus ojos también se volvían más apagados y hundidos con el paso de las horas, especialmente cuando oscurecía.

Takkan dejó escapar un leve resoplido cuando lo arrastré hacia la cabaña. Una vez en el refugio, le aparté el pelo y le sequé la piel. Fue entonces cuando vi las marcas de quemaduras a lo largo de su manga.

—¿Qué ha pasado? —susurré.

Un silbido atrajo mi atención hacia la ventana, donde Ujal se recostaba contra los postigos deformados.

El demonio era más fuerte de lo que esperaba, dijo mientras Kiki traducía. *Pero mi familia nació para luchar contra los de su clase.*

—Gracias. —Dudé. Ujal sonaba cansada—. ¿Hubo algún herido?

Tu gratitud no es necesaria, ni tampoco tu preocupación. Para nosotros es un honor luchar por la hija de Channari y proteger a su prometido.

Agaché la cabeza en señal de respeto, pero ahora la levanté, sorprendida.

—¿Cómo sabías que era mi prometido?

Las serpientes son sensibles a la magia. Siempre lo hemos sido. Y vosotros estáis unidos. Hizo una pausa. *Luchó bien. No muchos pueden soportar una posesión tan poderosa como la de Bandur.*

—Channari lo eligió para mí —dije antes de pensar. Pero era la verdad.

La Reina Serpiente guardó silencio durante lo que pareció un largo rato.

Mi padre decía que sabía juzgar a las personas, respondió. *Podía ver la luz en los demás, mientras que ellos solo veían la oscuridad en ella. Ese era su mayor dolor.*

Había sentido un poco de ese dolor anoche, en mis sueños. Todavía me dolía el corazón.

Ujal empezó a deslizarse por el otro lado del muro.

—¡Espera! —la llamé. Una última pregunta me rondaba la cabeza—. Oshli me dijo que un demonio mató a su hermana. ¿Era…? —Me detuve, sabiendo que no debía pronunciar el nombre de Khramelan en voz alta—. ¿Era semidragón?

Ujal vaciló y soltó un largo silbido antes de patinar entre la maleza y las flores silvestres y salir por la puerta.

Me volví hacia Kiki.

¿Qué ha dicho?

Que sus destinos se entrelazaron una vez y luego se separaron. Kiki se encogió de hombros. *Signifique lo que signifique.*

Yo tampoco lo entendía. Tendría que ver si Oshli sabía más.

De vuelta al interior de la cabaña, Takkan se removía. La luz del sol se derramaba sobre su rostro, ahuyentando las sombras de sus ojos y aportando un rastro de color a sus mejillas. Me atreví a pensar que eso significaba que estaba mejor.

Me acerqué a él, sintiéndome mal mientras se frotaba la cabeza.

—Si te preguntas por qué te duele —dije—, te he dado un buen golpe en el cráneo con un cuenco.

—Ah. —Takkan puso cara de avergonzado—. Eso lo explicaría.

Le ofrecí un poco de agua.

—Vi las marcas de quemaduras. ¿Estás herido?

—Estoy bien —aseguró.— Las serpientes ayudaron. También las cuerdas. Te lo contaré otro día, cuando no me piten tanto los oídos.

Intentaba sonar irónico, pero había un trasfondo de dolor que hizo que mi corazón se sintiera pesado y ligero a la vez. Al no conseguirlo, le besé la mejilla.

Su piel estaba caliente. Más cálida aún cuando mis labios la abandonaron. Me deleité con su mirada de asombro.

—¿Y eso por qué?

—Para asegurarme de que no te has convertido en un demonio. —Pellizqué su barbilla juguetonamente—. Los demonios no se sonrojan.

Se le levantó una comisura de los labios y sentí una sensación de triunfo.

Ahora sé lo que fue para él todo el invierno pasado, intentando hacerme sonreír, pensé.

Se balanceó hacia delante para levantarse.

—¿Quedan pasteles? Parece que me olvidé de comer ayer, y luchar contra todos tus demonios me ha hecho un agujero en el estómago.

—¿Todos mis demonios? —Me crucé de brazos—. Tú eres el que los atrae, y tenías un ejército de serpientes ayudándote. —Me mordí el labio—. ¿De verdad tienes hambre?

—Podría comer. Debería comer.

—Come algo, entonces. —Permití—. Pero come algo más que pasteles: demasiados dulces en el desayuno te harán lento, ¿y cómo vas a derrotar a todos mis demonios si tienes indigestión?

El humor brilló en los ojos de Takkan.

—Los huevos te sentarán bien —continué, animada—. Oshli trajo algunos ayer, junto con pescado. Pensaba prepararlos para nuestro vuelo a Lapzur, y me vendría bien algo de ayuda. Es decir, si su señoría aprendió a cocinar mientras crecía en la tundra de Iro.

—Todos los centinelas aprendemos lo básico.

—Bien. Entonces cocina arroz y huevos al vapor mientras yo preparo el pescado. Kiki ahuyentará las lagartijas y las moscas de la fruta. —Me levanté, le pasé el saco de arroz y lo empujé hacia la cocina—. No dejaré que nos enfrentemos a más demonios con e' estómago vacío.

De la noche a la mañana, mis hermanos se habían convertido en la atracción más popular de Sundau. Cuando Takkan y yo llegamos al santuario, media docena de niños de la aldea se agolpaban alrededor de las grullas, dándoles de comer bayas y granos de arroz.

Hasho estaba entre mis hermanos y pedía a gritos su parte. Me animaba verlo tan animado. Si no fuera por su ala oscurecida, me habría olvidado del ataque de Bandur.

Tiene buen aspecto, comentó Kiki. *Más gordo que ayer, además. Quizá debería haberme quedado en el santuario en vez de holgazanear contigo en esa vieja cabaña encantada.*

Mientras la fulminaba con la mirada, apareció Oshli.

—Me preguntaba cuándo aparecerías —dijo el chamán. Una bolsa de tela colgaba de su hombro y se la echó a un lado—. Date prisa. Puede que los niños estén encantados con tus hermanos, pero te aseguro que sus padres ya están tramando guisarlos para la cena.

Eso me hizo moverme, y rápido. Silbé para que mis hermanos me siguieran.

No fue fácil llevar a la selva a seis grullas sobrecargadas y alteradas pero, una vez que digirieron un poco sus desayunos, sus mentes parecieron agudizarse.

A mí me ocurría lo contrario. Cuanto más nos adentrábamos en el bosque, más vagaban mis pensamientos. Me sentía torpe aquí, tropezando con las enredaderas y los helechos serpenteantes, y mi carne era cebo para los mosquitos. No podía estar más lejos de casa, de lo que conocía y amaba. Sin embargo, una parte de mí no estaba dispuesta a marcharse.

Un día en la tierra natal de Raikama solo había encendido mi curiosidad por su pasado. Quería quedarme y aprender sobre la chica que había sido una vez, pero la perla no podía esperar. Tampoco Takkan.

—¿Qué tienes en mente? —preguntó, caminando a mi lado mientras mis hermanos volaban delante—. ¿Raikama?

Hice una mueca.

—¿Tan fácil es leerme?

—Más fácil que cuando tenías un cuenco sobre la cabeza.

—Nunca vas a olvidar eso, ¿verdad?

—Nunca.

Eso me valió una carcajada, pero mi diversión fue efímera. Me mordí el labio.

—Estaba pensando en cómo solía rogarle que me dijera de dónde era. Nunca hablaba de su casa, ni una sola vez. Ni siquiera sabía su nombre… hasta el final. —Mi voz se suavizó—. Anoche soñé con ella. Para ser sincera, no recuerdo casi nada. —Tragué saliva—. Pero cuando cierro los ojos, sigo viendo la isla como ella. No quiero perder eso.

—Entonces cuéntamelo —dijo—. Déjame ayudarte a recordar.

Respiré hondo, intentando evocar el anhelo de Channari de escapar a la jungla.

—Tenía nombres para todo, incluso para las flores que se aferran a los árboles como sartas de cuentas y perlas. —Mi voz se hizo más gruesa a medida que avanzaba—. Sabía qué cortezas curaban los dolores de estómago, qué helechos sabían dulces si los fermentabas el tiempo suficiente y qué pétalos se volvían amargos cuando los hervías. Sabía dónde encontrar orquídeas para cada color del amanecer y cómo ablandar los frutos de las palmeras para extraer su preciado aceite. Incluso sabía dónde encontrar fuego, moscas por la noche, en las colinas bajas cubiertas de hierba junto a la selva, de modo que, si su linterna se apagaba, aún podía encontrar el camino de vuelta a la casa de su Adah.

Entonces vacilé y se me secó la boca.

—Este era su hogar. Después de todos estos años, por fin sé de dónde venía.

Takkan no dijo nada, pero me tomó la mano. Descubrí que eso era todo el consuelo que necesitaba.

El árbol sagrado no estaba lejos de donde había aterrizado nuestra cesta, pero nunca lo habría encontrado sin Oshli. Nos condujo por un estrecho barranco cubierto de bambú y palmeras.

Allí, entre un matorral de abedules de corteza pálida y un extenso campo de orquídeas lunares blancas, había un árbol marchito, poco más que un tronco.

Parpadeé.

—¿Este es el árbol sagrado?

—Esto es todo lo que queda —dijo Oshli—. El árbol murió hace años.

—Sin embargo, lo recuerdas.

—Es mi deber recordar lo que otros han olvidado —dijo solemnemente—. Pero solo soy un recipiente. Algunos recuerdos se me escapan incluso de las manos.

Sabía que se refería a Raikama.

El chamán señaló las orquídeas y un par de mariposas revoloteaban entre sus pétalos. Su voz se volvió suave, casi tierna.

—Eran las flores favoritas de Vanna. —Hizo una pausa—. También las de Channari. Las hermanas eran como el sol y la luna, diferentes como el día y la noche, pero a las dos les encantaban las orquídeas.

—Vanna está enterrada aquí —dije.

No era una pregunta, y Oshli no dijo nada mientras colocaba su linterna ante la tumba de Vanna. Fruncí el ceño al ver que el farol estaba encendido aunque aún era de día. Su luz brillaba sobre las orquídeas, firme e inquebrantable. Entonces sentí un pellizco en el corazón.

Las linternas, la luz, confirmaron lo que había sospechado todo el tiempo.

Había amado a Vanna. Por eso nunca se había ido de Sundau. Por eso se había quedado.

—Que sus espíritus estén juntos al fin —me dijo Oshli en voz baja, devolviéndome una caja de madera que reconocí. Dentro estaban las cenizas de Raikama, así como los recuerdos que mis hermanos y yo habíamos colocado para acompañarla en su viaje a los dioses.

El hilo rojo que había atado alrededor seguía allí, con su color apagado por el tiempo y el sol. Al verlo, sentí que el corazón se me hinchaba de emoción. Había enviado la caja desde Kiata, segura de que nunca volvería a verla. Ahora estaba aquí, a medio camino de Lor'yan, en el lugar de nacimiento de Raikama, reuniéndola con su hermana y su hogar.

Incluso después de la muerte, el destino de Raikama y el mío estaban unidos.

—Eres su hija —dijo Oshli— y una hechicera por derecho propio. Es hora de deshacer la maldición que pesa sobre las hermanas y reparar los males que pesan sobre sus almas.

Se marchó antes de que pudiera volver a hablar con él, y hundí las rodillas en la hierba. Mis hermanos me rodearon, inclinando a su vez sus largos cuellos.

Quieren dejarte un momento a solas, dijo Kiki, sentándose en mi brazo. *Terminaremos de remendar la cesta y atormentaremos a algunos pájaros locales hasta que acepten venir con nosotros.*

Asentí sin decir palabra.

Me tocó la mejilla con la cabeza y se fue volando.

Cuando me quedé sola, coloqué la caja en la tierra, entre las orquídeas lunares que se mecían suavemente. Con la lanza de Raikama, cavé un pequeño hueco y enterré la caja dentro.

Me incliné, apoyando la frente en la tierra. Cuando mi madrastra agonizaba, no había tenido tiempo de perdonarla por todo lo que había hecho. Apenas había comprendido los sacrificios que había hecho por mi familia. Nuestra familia.

—Ojalá pudiera pedirte perdón —susurré a la tierra, creyendo que, de algún modo, Raikama podría oírme—. Y ojalá pudiera perdonarte a ti a cambio. Ojalá supiera algo más que una pizca de tu historia. —Las palabras me ardían en la garganta, y me castigué tragando saliva—. Siempre te echaré de menos.

El olor a orquídeas inundó mi nariz. Las gotas de lluvia brillaban sobre los pétalos blancos, arranqué la más hermosa y la coloqué sobre las cenizas de Raikama.

—Que tu espíritu encuentre la paz, madrastra —dije—. Ya sea que elijas quedarte aquí, entre tus serpientes, o encontrar tu camino al cielo.

Me incliné una vez más. Entonces, mientras me levantaba y me quitaba el polvo de las mangas, siete pájaros de papel salieron de entre las hierbas. Los mismos que había metido en la caja de Raikama para que la acompañaran a su último descanso.

Levantaron el vuelo y me rodearon.

Vienen contigo, dijo Ujal, camuflada entre las orquídeas. Se deslizó hacia mí. *¿Qué tarea te encomendó Channari para que te vigilara incluso después de la muerte?*

¿De verdad me vigilaba?

Empecé a contestar, pero me quedé boquiabierta al darme cuenta de que Kiki no estaba. Nadie estaba traduciendo.

—¿Cómo… cómo te estoy entendiendo?

La lengua de las serpientes la entienden los que consideramos parientes, respondió Ujal. *Mi padre compartía con Channari un vínculo inquebrantable. Era para ella lo que tu pájaro es para ti. En cierto modo, somos familia: tú eres su hija, yo soy la suya. Pero no podía confiar en ti hasta que entendiera por qué llevas esa maldita gema a tu lado*. Los ojos sulfurosos de Ujal se posaron en mi mochila. *El corazón que maldijo a la Dorada, quien a su vez maldijo a Channari.*

Ujal hablaba de la perla de Khramelan.

—Me pidió que se la devolviera a su verdadero dueño —respondí—. Fue su última petición.

Su verdadero dueño… Ujal soltó un silbido largo y enfadado. *¿Así llamaba al demonio?*

Medio demonio, corregí mentalmente, pero preferí no decirlo.

La cola de Ujal serpenteó alrededor de la lanza de Raikama, y sus escamas se volvieron rojas y negras, a juego con la sangre seca.

Me preguntaste por el demonio con el que luchó. Mi padre le advirtió que no confiara en él, pero ella pensó que era su amigo. Ese fue su único error. Escupió sus siguientes palabras. *Al final, él la traicionó.*

Ya lo sospechaba, pero ahora… Finalmente confirmé la verdad.

—El Espectro —susurré—. Él fue el demonio que mató a Vanna.

Sí, innecesariamente. Channi había jurado darle la perla cuando su hermana falleciera de forma natural. Pero ese acuerdo se rompió cuando él la mató, así que la perla lo condenó a su destino actual. Ujal hizo una pausa. *No se alegrará de verte, Shiori'anma. Ni mucho menos.*

—Pero una promesa es una promesa —dije en voz baja—. No es un beso al viento, que se lanza sin cuidado. Es un pedazo de ti misma que se entrega y no volverá hasta que se cumpla tu promesa.

Miré a Ujal a los ojos.

—Channari aún tiene una parte de mí. Debo devolver la perla para poder reclamarla. Así ella podrá descansar.

La ira de Ujal se desvaneció y asintió lentamente.

Entonces los siete pájaros de papel cayeron, aterrizando sin vida entre los pliegues de mi túnica. Mientras los recogía, Ujal soltó la lanza. Empezó a hundirse en la tierra, desapareciendo entre los macizos de flores.

Te observa, hija, dijo la serpiente mientras ella también se confundía con las orquídeas. *A mi padre le habría alegrado saber que al final encontró una familia.*

Mucho después de mi partida de Tambu, sus palabras me acompañaron. Recordarlas nunca dejaba de hacerme llorar.

CAPÍTULO 35

Salimos de Tambu con un viento de suerte en contra, nuestra cesta se deslizaba en un cálido vendaval sobre las aguas esmeralda del Cuiyan.

Debería haber sabido que era demasiado bueno para durar.

—Mira —murmuró Takkan, señalando un manto de niebla que se desplegaba sobre el agua—. Ese debe ser el lago Paduan.

Donde la niebla tocaba el Cuiyan, sus aguas esmeralda se oscurecían. Cuando mis hermanos se acercaron, el aire se volvió frío, como si hubiéramos atravesado un velo oculto.

Se hizo de noche rápidamente, y rayas negras y violetas pintaron las alas de mis hermanos antes de sumergir el mundo por completo en la oscuridad. Al principio fue hermoso. Ninguna estrella parpadeaba y la luna era esbelta, como una guadaña raspando las nubes. Cuando se hizo demasiado oscuro para ver, saqué la perla. Al tocarla, se abrió un pelo, emanando la luz de las estrellas perdidas para guiar nuestro camino.

Ojalá pudiera decir que el resto del viaje fue tranquilo y que cualquier oscuridad que nos esperara la desterré con la perla. Pero no fue así.

Minutos después, los pájaros que Kiki había reclutado empezaron a gritar y a agitar las alas.

¡Otra vez no!, gritó Kiki mientras nos abandonaban, volando por donde habíamos venido. *¡Cobardes! Volved aquí. ¡Volved!*

Sin la ayuda de los pájaros extra, la cesta se tambaleaba contra el viento. Mis hermanos se aferraron más a las cuerdas, encorvando sus cuellos mientras se esforzaban por llevarnos. Pero fue inútil. Nos hundimos más y más, y mi estómago dio un fuerte golpe... mientras contenía mis gritos.

—¡Ayúdanos! —grité, dirigiendo mi atención a la perla. La luz parpadeó desde su grieta, pero en lugar de ayudar, se dispersó entre las nubes. Dejándome en la oscuridad.

¡Azote de mi existencia! Empecé a lanzar una maldición tras ella, pero la cesta hizo otra caída y se me hundió el estómago. Suficiente con la perla. Tenía que ayudar a mis hermanos.

Lancé al cielo los siete pájaros de papel de Raikama.

—¡Despertad!

Uno a uno, cobraron vida y recogieron las cuerdas de la cesta con sus picos. Su ayuda no evitaría que cayéramos, pero nos daría tiempo. Suficiente para llegar a Lapzur, si teníamos suerte.

Teníamos que estar cerca.

Las Islas Olvidadas surgieron desde abajo, sus aguas salpicadas de rocas dentadas y acantilados colgantes.

Los vientos azotaban y el lago Paduán se agitaba hambriento. Bajo la apariencia de esta tormenta, la oscuridad dio a luz a un tenebroso monstruo. Ninguno de nosotros vio al guardián de Lapzur acercarse sigilosamente, con sus alas negras escondiéndose bajo las nubes.

Hasta que rompió nuestra cesta.

Me estampé contra Takkan mientras el mundo temblaba, y los fragmentos de madera y la seda hecha pedazos estallaban en todas direcciones. De algún modo, mientras el mundo a nuestro alrededor se desmoronaba, conseguí agarrarme a la mano de Takkan… o quizá él se agarró a la mía, no sabría decirlo. Un grito se me había hecho un nudo en la garganta, y me mordí la lengua hasta que la boca se me llenó de sangre. Su sabor a hierro fue lo único que saboreé mientras caíamos.

En la oscuridad choqué contra plumas y alas batiéndose.

¡Mis hermanos!

Me habían encontrado y enroscaban sus cuellos entre mis brazos.

¡Eso estuvo cerca!, gritó Kiki, aferrándose al cuello de Andahai.

Por un pelo.

Recuperé el aliento y miré a Wandei, Yotan y Reiji. También habían rescatado a Takkan, pero les costaba sostenerlo. Al principio pensé que era porque pesaba más que yo, pero entonces vi que el amuleto de Bandur traqueteaba contra su pecho, sacudiéndose violentamente mientras salía humo…

Los ojos de Takkan se encontraron con los míos, con una disculpa tácita en su rostro.

La adrenalina me recorrió como un rayo.

Takkan, no te atrevas…

No sabía si era Takkan o el amuleto lo que lo había hecho actuar, pero se soltó de la espalda de mis hermanos y se zambulló en el mar.

Me lancé tras él, pero la perla regresó de repente. Se clavó en mis costillas y tiró con saña, separándome de mis hermanos. Mientras Takkan desaparecía en las profundidades del lago Paduan, la perla me alejaba silenciosamente.

Nos elevamos sobre el agua, bajo la negra noche, hacia una ciudad tan antigua que tenía el color de la ceniza. Una ciudad esculpida de desesperación y decadencia.

Lapzur.

La perla me dejó caer sobre un acantilado que dominaba el mar embravecido. Me aparté del agua y me encontré cara a cara con un ejército de fantasmas, todos silenciosos como tumbas. Algo me decía que habían estado esperando mi llegada.

Mis rodillas rozaron el suelo mientras me levantaba. Detrás de los fantasmas estaban las ruinas de Lapzur: muros agrietados y tejados maltrechos, carreteras que terminaban destrozadas, cementerios de árboles sin cabeza. Su horizonte era bajo, excepto por una torre en el centro, tan violentamente alta que parecía una espada clavada en el corazón de la isla.

Era la misma torre de mi visión. En la cima estaba el lugar donde había visto morir a Takkan.

Corrí hacia el borde del acantilado.

—¡Takkan! —grité—. ¡Kiki! ¡Hermanos!

Solo las olas del océano me respondieron. Kiki, Takkan, mis hermanos… no aparecían por ninguna parte.

El viento susurró contra mi cuello, y me giré al oírlo, tratando de mantener el valor a pesar de la sensación de hundimiento en mis entrañas. Más fantasmas se habían reunido en el acantilado. Su presencia agrió el aire. De sus esqueléticas estructuras colgaban tiras de carne muerta, con el pelo blanco enredado en sus espinas dorsales. Los que tenían ojos me saludaron con miradas ardientes.

Los que no tenían ojos miraban al frente a través de los agujeros de sus cráneos.

Comenzaron a avanzar hasta que me vi acorralada a unos pasos del borde del abismo.

No me atrevía a luchar. Sabía lo que pasaría si me tocaban: me convertiría en un fantasma como ellos. Atrapada aquí sin alma. Por toda la eternidad.

—¡Khramelan! —grité, escudriñando el enjambre de rostros huecos en busca del semidemonio.

¿Dónde estaba? Acababa de intentar matarme en el lago Paduan. Tenía que estar por aquí.

Levanté la perla en alto.

—Esto es lo que quieres, ¿no? Ven y tómala.

Cuando mis palabras resonaron en la noche hueca, los fantasmas se detuvieron. Arquearon el cuello.

Al principio pensé que Khramelan había venido. Pero cuando levanté la vista y vi la mancha de luz roja en el cielo, sentí un escalofrío. El color era estridente —un tajo en el paisaje monocromático de Lapzur— y fue nuestra única advertencia antes de que descendieran los demonios.

Adoptaban la forma de muchas bestias diferentes unidas de forma tosca: osos de pelaje gris con colas de lagarto y alas de murciélago palmeadas, cabezas de tigre con vientres de serpiente y aletas de tiburón. Algunos incluso tenían rasgos humanos distorsionados. Pero, a diferencia de los demonios de Tambu, estaban hechos de sombra y humo, y solo se convertían en carne cuando tocaban la tierra. Estaban ligados a Lapzur del mismo modo que los demonios de casa estaban ligados a las Montañas Sagradas.

Me eché boca abajo y busqué mi cuchillo. Pero los demonios me ignoraron y se abalanzaron sobre los fantasmas, cortándoles la garganta y arañándoles los ojos.

Te juro, Shiori, que es un milagro que tu curiosidad no te haya matado. Kiki salió disparada a la vista con los siete pájaros de papel detrás. *¿Qué haces, mirando así? Ven conmigo, por aquí.*

Siguiéndola, corrí hacia la ciudad, usando instintivamente la torre como brújula. Un camino tras otro conducían a un callejón sin salida, y juré que los edificios se movían. Fijé como objetivo uno con tejados inclinados de arcilla y ventanas arqueadas pero, por más que lo intenté, no pude alcanzarlo.

La ciudad era un laberinto que se movía y nunca encontraba el camino.

Solo la torre no cambiaba nunca. Cada vez que la veía, me acobardaba, pensando en el destino que le depararía a Takkan. Pero finalmente la miré de frente. Realmente la miré. En la cima se alzaba un demonio alado, parcialmente sumergido en la oscuridad. Estaba tan quieto como el desfile de estatuas que rodeaban la base de la torre, solo que yo sabía que no era una estatua.

—Khramelan —susurré.

Kiki gimió.

¡Dale su vil corazón para que podamos encontrar a los demás y salir de aquí!

Lo estaba intentando. Grité su nombre y corrí hacia la torre, pero no pude pasar la estatua del Dios de los Ladrones que custodiaba las escaleras hasta la base. Cada vez que me acercaba a ella, espirales de humo salían de sus ojos, y el oscuro encantamiento de la isla me llevaba de vuelta a las afueras de la ciudad.

Era como si Khramelan no quisiera que llegara hasta él. Como si quisiera que me quedara atrapada aquí, para que me devorara un fantasma o un demonio, lo que me alcanzara primero. Ahora que la perla estaba en Lapzur, llegaría hasta él sin importar si yo vivía o moría.

Se me calentó la sangre. Bueno, ciertamente tenía una preferencia.

Salté por encima de una puerta lunar destrozada hasta un callejón, agachándome detrás de la pared que parecía escombros para evitar que me detectaran. Con las manos temblorosas, crucé la mochila sobre el cuerpo e hice inventario. Mi fragmento de espejo, la perla —que se había entumecido desde que me trajo a este lugar maldito— y dos cuchillos sin filo que había conseguido en Sundau.

Eché un vistazo a la torre. ¿Era seguro volver a correr? No lo era. Los demonios estaban ganando la batalla y ahora acechaban las calles, pisoteando los cráneos rotos que aún se movían y agarrando mechones de pelo blanco en sus mandíbulas como trofeos.

Un par de alados planeó sobre ellos.

—Tenemos órdenes —anunciaron a todos los de abajo—. Seguid a la humana. No puede estar lejos.

Los demonios asintieron al unísono. Tenía que moverme.

Ahora mismo.

Me subí a un muro, utilizando los ladrillos rotos como agarraderas, y luego me deslicé por el camino de al lado y corrí.

Podría haber sido una mosca atrapada en una telaraña. Los dos demonios alados me seguían y se abalanzaron sobre mí para acorralarme. Uno a uno, los demonios desplumaron a Kiki y a mis pájaros de papel hacia las sombras y, antes de que pudiera gritar, me rodearon.

—Princesa tonta —los demonios hablaron como uno solo, un coro pervertido de todas las voces que había conocido y apreciado—. No quieres ir a la torre. El guardián está allí, y no es nada divertido. Siempre mata a todos muy rápido. Ven con nosotros, te llevaremos con el rey. Pero, primero, un poco de diversión.

Los dos demonios se estremecieron, y sus alas de águila se encogieron mientras sus rostros atigrados se transformaban en los de Hasho y Andahai. Esperaban que me estremeciera y me perturbara, pero, sinceramente, me había acostumbrado a tales engaños. Además, había fantaseado muchas veces con golpear a Andahai en las tripas. Primero acuchillé a Hasho, haciéndole un corte en el pecho. De la herida brotó un humo negro como la tinta. Sabía que se cerraría de nuevo pronto, pero me había ganado unos segundos.

Clavé el cuchillo en la parte posterior del cráneo de Andahai. La carne cedió fácilmente bajo mi cuchillo, como si su cabeza fuera un nabo hervido.

Andahai gruñó de dolor. El demonio se abalanzó sobre mis tobillos, riendo mientras yo saltaba hacia atrás.

—Tenemos una luchadora —gruñó—. Las luchadoras tienen almas deliciosas. No me extraña que el rey la quiera.

Tenía mejores cosas que hacer que escuchar chismes demoníacos. Giré, blandiendo mis cuchillos contra los demonios que habían capturado a Kiki y a mis pájaros de papel pero, en cuanto liberé a mis amigos, los falsos Hasho y Andahai volvieron a agarrarme. Habían terminado de jugar y me alzaron con ellos por los aires, volviendo a sus formas originales mientras volaban.

Me tapó la boca con la mano, ahogando mis gritos, y me arrastró hacia las sombras.

Luché, pero ninguna garra se clavó en mi piel, ningún diente mordió mi carne. Tenía el corazón acelerado, igual que el mío.

Me giré para mirarlo. En la tenue luz gris de Lapzur, sus rasgos eran más duros y ásperos de lo que había visto antes. Pero entonces me fijé en el arco de abedul que colgaba de su hombro, el pelo resbaladizo por el agua del mar, el fino corte de sangre que manchaba su mejilla.

Se me paró el corazón. Era el verdadero Takkan, no una ilusión.

—¡Estás vivo! —exclamé asombrada.

Inclinó la cabeza, haciendo un pequeño gesto de reconocimiento. Me condujo por un estrecho callejón hasta una casa abandonada con frontones derruidos. Los demonios habían retrocedido y se dirigían hacia nuestro escondite con refuerzos.

—¿Dónde estás, sangresucia? —gruñeron—. Tenemos a tus hermanos rodeados. Sal antes de que desgarremos su carne, pluma a pluma, y nos demos un festín con sus almas.

Me apoyé en Takkan, deslizando mi brazo bajo el suyo y conteniendo las ganas de saltar y buscar a mis hermanos por el cielo. No era tonta.

Una vez que sus burlas pasaron a la distancia, me giré para mirar a Takkan. Estaba rebosante de preguntas.

Se llevó un dedo a los labios. Su rostro estaba demacrado; la tensión que el amuleto ejercía sobre él era dolorosamente fuerte.

—Los demonios tienen órdenes de llevarte a Bandur —susurró—. Les ha dicho que si él, y no el Espectro, adquiere la perla, los liberará de Lapzur.

Me quedé quieta. Así que por eso luchaban los fantasmas y los demonios. Los fantasmas eran leales a Khramelan, mientras que los demonios se amotinaban contra él.

Los demonios son atraídos por el poder, los débiles por los fuertes, había comentado Oshli.

Sin embargo, algo no tenía sentido.

¿Por qué Bandur creía que la perla lo elegiría a él y no a Khramelan?

Cierto, no había saltado exactamente al corazón de Khramelan en el momento en que había puesto un pie en Lapzur, pero ¿por qué? ¿Qué me estaba perdiendo?

—He estado intentando encontrar a Khramelan —dije. Empecé a salir de nuestro escondite, pero Takkan me hizo retroceder.

—Bandur te estará esperando. Déjame ir primero.

Le lancé mi mirada más feroz.

—Prometiste que no harías nada heroico ni estúpido, Bushi'an Takkan, y sin embargo saltaste en medio del lago Paduan como un tonto. No creas que lo he olvidado.

—Saltar a la espalda de tus hermanos no fue heroico ni estúpido —replicó—. Fue un movimiento calculado para alejar a Bandur de ti.

—¡Podrías haber muerto!

—Pero no lo hice. —Tocó su nariz con la mía con ternura—. Tampoco te abandoné.

Mis labios se entreabrieron. Quería argumentar que estaba debilitado, que Bandur lo mataría. Pero intentar razonar con él solo me haría perder un tiempo precioso. Sabía que vendría conmigo sin importar lo que argumentara. Así que, en lugar de eso, me comprometí.

—Iremos juntos.

—Ve delante.

Lo tomé de la mano y eché a correr. Nuestros pasos resonaban detrás de nosotros y mi respiración se agitaba mientras nos adentrábamos en el corazón de Lapzur, en dirección a la torre. A nuestro alrededor, los edificios parpadeaban, pero ignoré las oscuras ilusiones que intentaban presentarme.

Por fin nos acercamos a la estatua del Dios de los Ladrones, y Takkan sujetó el amuleto de Bandur sobre su pecho. No vi al Rey Demonio, pero tenía que estar cerca. El amuleto tiraba de nosotros hacia delante, como si lo hiciera una cuerda. Nos permitió atravesar la barrera invisible que me había bloqueado antes, y subimos las escaleras hasta su patio.

Allí estaba Bandur, rodeado por los demonios de Lapzur. Así que era cierto: los había ganado para su bando.

Al verme, se levantó de un árbol muerto y torcido y volvió a la vida. Ya no era humo, sino un lobo de carne y hueso con pelaje gris, ojos rojos como la sangre y garras afiladas como cuchillas.

—Aquí estás, Shiori'anma, como esperaba —saludó—. ¿Por qué tan hosca? Les dije a los demonios que eras inteligente, incluso te ahorré su tormento habitual. ¿No aprecias mi consideración?

La mano de Takkan se dirigió al amuleto de Bandur.

—¡Vuelve! —gritó.

El cuerpo de Bandur se convulsionó, el humo salía de sus brazos y sus orejas puntiagudas, pero se resistió.

—Lo soportaste bien, Bushi'an Takkan —dijo con calma—, pero, ¡no tienes poder sobre mí aquí, en el corazón de las tinieblas!

Para demostrarlo, Bandur volvió a invocar el amuleto. Se rio mientras Takkan y yo retrocedíamos, ambos conmocionados.

—Déjanos pasar —exigí, odiando cómo me temblaba la voz—. Khramelan debe reunirse con su perla.

—Estoy totalmente de acuerdo, Shiori. Una promesa es una promesa, después de todo. No dejes que te impida cumplirla. —Bandur se apartó galantemente de la entrada de la torre—. Adelante.

Estas eran las últimas palabras que esperaba de él.

Era una trampa. Sabía que era una trampa, pero ¿qué otra opción tenía?

—No lo hagas —susurró Takkan.

Seguí adelante, y junto a Takkan ascendimos a la torre, subiendo los cientos de escalones de dos en dos. Cuando por fin llegamos a la cima, la perla zumbaba más fuerte que nunca y golpeaba mi cadera como un tambor.

El Espectro seguía allí, sentado en el borde del tejado. La oscuridad lo envolvía, impidiéndome ver más que el contorno de su espalda mientras me acercaba.

Abrí la bolsa por última vez en busca de la perla y la sostuve en alto.

—Te he traído a casa —le dije—. Como prometí.

Al ver al Espectro, la perla giró de mis manos y emitió una luz brillante. Pero no fue hacia él.

En su lugar, tan rápido como un cometa, salió disparado hacia la insondable oscuridad de la noche.

Khramelan se volvió por fin y alzó una gruesa garra negra. De un manotazo, me rodeó la cintura y saltó de la torre.

CAPÍTULO 36

El dragón se elevó en picado y la torre del Ladrón desapareció bajo las nubes. El viento me azotó la cara, picándome los ojos con tanta fuerza que apenas podía ver.

—¡Khramelan! —grité, golpeándolo con los puños.

El batir de sus alas ahogó mis gritos y volamos más alto, girando hasta que su enorme espalda quedó frente a la luna. Allí se quedó suspendido, dejando que el brillo plateado de Imurinya iluminara su forma oscura, desde el cuerno hasta la garra, y brillando en la cresta dentada de su columna vertebral.

El humo se enroscaba en las puntas de sus alas, que se plegaban a la perfección en la noche sin estrellas, y cada una de sus escamas negras como el ónix estaba afilada como la punta de una lanza.

Sus ojos no coincidían con los de Elang. Uno era rojo intenso y despiadado, como el de un demonio. El otro era azul como el mar: su ojo de dragón. En el centro brillaban dos pupilas gemelas, cada una partida por la mitad como la perla.

—¡Khramelan! —volví a gritar.

Esta vez, el dragón gruñó. El sonido hizo que todo su cuerpo temblara y me zumbaron los oídos. Todo me dolía, como si estuviera dentro de un tambor que acababa de ser golpeado.

—No te corresponde pronunciar ese nombre —gruñó—. Dilo una vez más, y el polvo de tus huesos se unirá a los demás imbéciles que osaron invadir mi isla.

—Ya me hubieses matado si ese fuera tu plan —dije, encontrando valor al centrarme en sus ojos desorbitados en lugar de en su corpulenta figura—. Pero he venido aquí con tu perla. Debe estar llamándote.

Dondequiera que esté.

No respondió. Ni siquiera reconoció que me había oído, aunque yo sabía que sí.

—¡Khramelan! —grité—. ¡Toma nuevamente tu perla!

Con una prisa que me hizo saltar el estómago, me levantó, colgándome ante sus ojos rotos.

—¿Tú la mataste?

¿Está hablando de mi madrastra?

—¡No, no! —grité—. Yo soy su…

—No importa quién seas. —Sus colmillos rozaron su labio inferior mientras me miraba con desprecio—. ¿Crees que porque mi oscuridad se ha disipado tendré piedad de ti? Niña estúpida y descarada. Nunca, en todos los infaustos años de Lapzur, nadie se ha atrevido a traer a otro demonio aquí.

Se me cortó la respiración. De todas las cosas absurdas… ¿Khramelan creía que Bandur y yo éramos aliados?

—Me malinterpretas.

—No hay nada que malinterpretar. No eres la primera que viene aquí desde su muerte. Mientras yo sea guardián de esta isla, no importa lo oscuro que vea. No perdono a nadie.

—¡No! —grité—. ¡Traje a Bandur aquí para hacerlo guardián y liberarte!

—¿Así que le diste mi verdadero nombre, lo que le ha permitido dirigir a mis propios demonios contra mí? ¡Qué útil!

—Eso... eso fue un error —admití—. Pero si reclamas tu perla...

El ojo demoníaco de Khramelan brillaba notablemente más que el del dragón.

—La perla no me aceptará así.

¿Así? ¿Qué quería decir con eso?

—Channari quería que te la diera —susurré—. Ella me envió. Soy su hija.

Khramelan se estremeció al oír el nombre. Había poder en los nombres. El de Channari aún significaba algo para él.

—La perla, Khramelan —grité—. Tienes que conseguirla antes de que Bandur...

—Como dije —interrumpió—, mientras sea guardián de esta isla, no perdonaré a nadie. Channari ha muerto. Pronto te reunirás con ella.

Y me dejó caer al mar.

CAPÍTULO 37

Era un tipo especial de terror: saber que, en cuestión de segundos, mis huesos se romperían en mil pedazos y toda mi vida quedaría reducida a un charco de sangre. Incluso ahora, no podía distinguir entre mis tripas, mis pulmones y mi corazón. Mi cuerpo se movía más rápido que mis pensamientos, y todo lo que podía sentir era el pánico chirriante de que cada momento podría ser el último.

—¡Kiki! —No estaba lista para rendirme—. ¡Hermanos!

No hubo respuesta.

Mi mochila se deslizó de mi hombro. Vi con horror cómo desaparecía en la niebla.

Agujas de rocío helado llovieron sobre mi piel mientras me zambullía en el furioso mar. Me dolía como un demonio, pero no podía gritar. Sentía los pulmones como rocas en el pecho, arrastrándome hacia abajo, y todo el aire de mi interior se había esfumado. Aunque pudiera gritar, ¿de qué serviría? Nadie podía oírme ni verme en esta oscuridad.

No tenía nada.

Nada, excepto la magia de mi sangre.

Era insoportable intentar concentrarme mientras caía.

Estiré los sentidos, buscando algo, cualquier cosa: hojas atrapadas en los puños del viento, ramitas de los árboles encogidos de Lapzur, motas de piedra. Un trozo de seda.

Mi corazón dio un salto. Era la seda roja de mi túnica de cumpleaños. Extendí la mano hacia ella, envolviéndola con las hebras de mi magia —mi alma—, acercándola más y más. En mi estado de delirio, casi podía oír a las grullas bordadas en la chaqueta aullando y graznando.

Contra el viento rugiente, las grullas hacían un escándalo. Grullas de verdad, con sus alas batiendo el rocío del lago Paduan mientras atravesaban la niebla.

¿Podría ser?

—¡Hermanos! —Me atraganté.

Vi primero a Kiki, navegando triunfante a su timón. La luz de la luna se reflejaba en los dibujos dorados de sus alas, haciéndolas brillar. Lanzó un grito y seis grullas se lanzaron bajo mi cuerpo, atrapándome con sus largos cuellos. En sus picos estaban los restos de mi chaqueta y mi toga de cumpleaños, lo bastante abiertos para sostenerme.

Rodé sobre mi vieja túnica, abrazando sus pliegues.

¡Kiki, nunca me había alegrado tanto de ver a alguien!

Te dije que siempre me llamaras primero, dijo con suficiencia. *No puedo dejar que te mueras. Sería mi fin también.*

Algo parecido a una carcajada subió por mi garganta.

Gracias, mi querida amiga.

Era como en los viejos tiempos, yo agarrada a los bordes de una manta destrozada, mis hermanos tanteando los límites de la vida y la muerte. Pero normalmente huíamos. Hoy no.

—¡Tenemos que volver! —grité a mis hermanos.

Pero no hacía falta que dijera nada. Ya estaban en camino.

La espuma del mar se enroscaba contra la costa de Lapzur. Desde el aire, la isla parecía una mano fantasmal, con cinco dedos esqueléticos que se extendían desde tierra firme. En lugar de huesos y nudillos había escarpes y acantilados y vetas de agua lacustre helada que se agitaban entre las masas de tierra.

Demonios alados se cernían sobre las cimas mientras nos acercábamos a la torre. Esperaban ansiosos nuestro regreso y, en cuanto atravesamos la niebla para adentrarnos en la isla, salieron disparados.

Los demonios eran rápidos. Mis hermanos no tenían ninguna posibilidad de esquivarlos ni de luchar contra ellos, no mientras soportaran mi peso. Andahai ordenaba a las otras grullas que volaran más alto y más rápido y a mí que me agachara. Pero yo no podía quedarme. Tenía que enfrentarme a Bandur.

Silbé a Kiki y a los siete pájaros de papel. Antes de perder los nervios, salté.

Kiki y los pájaros atraparon mis pies con sus alas. Se reacomodaron formando un tenue puente, y yo corrí rápido hacia la torre.

Salté al tejado y aterricé a pocos pasos de Takkan. Estaba flotando sobre un pozo de piedra. Tenía la cara manchada de sangre oscura y una luz dorada y plateada brillaba alrededor de su silueta.

Se me cerró el estómago. Era el momento que había visto en las Lágrimas de Emuri'en.

Cuando Takkan me vio, sus dedos se desplomaron a su lado y sus labios se entreabrieron. Pero no habló. No tenía fuerzas.

—Suéltalo —ahogué, divisando a Bandur al acecho tras el pozo.

—Si aún fuera humano, me conmovería este despliegue sentimental —replicó el demonio—. Pero, ¡ay! No pongas esa cara de dolor, Shiori. Aún no le he quitado el alma. No es que el chico no se haya ofrecido: daría su vida por ti. Desafortunadamente, no es su vida la que me interesa.

Era la mía.

—¿Ahora, vendrás a mí en paz? —preguntó Bandur burlonamente mientras flexionaba sus garras sobre la garganta de Takkan—. ¿O saltarás sobre mí en venganza cuando lo destroce?

—Shiori —susurró Takkan con voz ronca—. ¡No!

—Dame tu palabra de que ningún demonio hará daño a Takkan —dije apretando los dientes—. O a mis hermanos.

Bandur tocó su amuleto.

—Eso puedo prometértelo.

Las cadenas que sujetaban a Takkan se desvanecieron y su cuerpo cayó sobre las losas. No tuve oportunidad de acercarme a él antes de que los demonios arrojaran su cuerpo inerte a mis hermanos en el cielo y unos grilletes invisibles me ataran las muñecas y me arrastraran hasta el pozo.

—¡Takkan! —grité.

Me elevaron por encima del pozo y me inclinaron hacia delante para que pudiera ver el oscuro abismo que se arremolinaba debajo, esperando mi caída. No podía retorcerme, no podía girar y, cuando intenté resumir mi magia, las cadenas que me rodeaban el cuello se tensaron hasta que no pude respirar.

Bandur se acercó por detrás y apretó su mejilla contra la mía. Al sentir su contacto, me quedé en blanco. Su pelaje me punzó la piel como agujas de hielo, entumeciendo todos mis sentidos.

—Todo ese tiempo en las montañas me ha dado muchas horas para pensar. —Su amuleto colgaba de su cuello, burlándose de mí mientras lo buscaba en vano—. Ha sido un rompecabezas averiguar cómo tratar con esa perla tuya, pero mi paciencia se ha visto recompensada.

No estaba escuchando. Rogaba a la perla en silencio, una y otra vez. Tenía que ayudarme contra Bandur, como lo había hecho contra lady Solzaya. Pero, ¿dónde estaba?

—¿Estás prestando atención, Shiori'anma? —Bandur tiró de su amuleto y las cadenas que me rodeaban se tensaron hasta que me arqueé de dolor. Se rio—. Me han dicho que no eres una estudiante diligente de historia. Sin embargo, sabes lo que hay dentro de este pozo, ¿verdad?

No tuve más remedio que mirar. Las piedras parecían extenderse eternamente, más profundas incluso que la altura de la torre. Gen se había apasionado tanto por la sangre de las estrellas que esperaba algo espectacular de su pozo. Un despliegue deslumbrante que eclipsara la belleza de la primera nevada del invierno, que llevara los colores del universo.

Pero parecía sopa. Una sopa espesa, burbujeante, con el color y la densidad de la pasta de sésamo negro.

—La sangre de las estrellas es la fuente de la mayor magia de Lor'yan —decía Bandur—. La mayor que los mortales pueden alcanzar. —Esbozó una sonrisa amplia y salvaje—. Dentro de su pozo está el poder de los dioses, donde se hacen los juramentos y se rompen los lazos. Pero hoy no necesitaremos su poder.

Volví a quedarme helada.

—¿De qué estás hablando?

—La perla, Shiori. Tu promesa se cumplió cuando el Espectro puso sus ojos en ella. Tu vínculo con la perla está roto, ya no te protege.

El pavor golpeó mi garganta. No podía hablar.

—¿No me crees? —Barrió el cielo con la mano, como indicando la ausencia de la perla—. ¿Dónde está ahora, cuando más la necesitas?

En ninguna parte. La perla no estaba en ninguna parte.

—No puede ser —susurré—. Khramelan no la ha tomado.

—Como te dije antes, el guardián de Lapzur hace tiempo que sucumbió a la debilidad y la obsolescencia. Ni siquiera su propia perla lo reconoce. No lo quiere. Es libre de elegir un nuevo guardián.

—Eres un iluso si crees que ese serás tú.

—Mientras tú y el Espectro viváis, tengo algo de competencia —admitió Bandur—. Pero, una vez más, la solución es un exquisito regalo del destino. —Se lamió los labios—. Tu alma es fuerte y abundante, Shiori'anma. Una de las mejores que he olido. Sostendrá a mi ejército y nos dará la fuerza que necesitamos para matar a un dragón. —Su voz se elevó mientras mi corazón se hundía—. Y una vez que tú y Khramelan estéis muertos, la perla será mía, junto con los demonios de Lapzur. Seremos libres.

El apocalipsis me golpeó en las tripas.

—¡Querías venir a Lapzur! Tú… ¿tú planeaste esto?

—Culpable —ronroneó Bandur—. Incluso te dejé mi amuleto al frente de la brecha para que te aseguraras de encontrarlo. Deberías agradecérmelo —se burló—. Lo único que lamento es haber dejado que tus demonios de Kiata languidecieran en las montañas. Fueron unos anfitriones tan hospitalarios. Me dolió mentirles. Pero estaban tan desesperados, tan dispuestos a creer cualquier cosa que les dijera. Como tú.

Una descarga de ira se apoderó de mis músculos y luché contra mis cadenas, intentando golpear al demonio.

—Una pequeña visión en las aguas, y casi estabas dispuesta a dar la perla a cambio de la vida del centinela. Nunca entendí lo que viste en él, Shiori. Pero ya que pareces valorar tanto su vida...

Señaló con la barbilla a los demonios que montaban guardia tras él.

—Encuentren al centinela y mátenlo. A las grullas también.

—¡No! —grité—. Hiciste un juramento, tú...

Bandur se acercó.

—Un consejo —dijo en tono sombrío—. La próxima vez que hagas un trato con un demonio, asegúrate de sellarlo con tu alma.

El odio hervía en mí y temblé, retorciéndome con todas mis fuerzas. Pero ni siquiera podía tocar a Bandur. Así que escupí.

Bandur no se inmutó cuando mi saliva resbaló por su mejilla.

—No hace falta que te alteres, Shiori. Cumplí la promesa que te hice: seguirás sangrando. —Tomó mi mano mientras yo forcejeaba y, despacio y con reverencia, la giró con la palma hacia arriba—. Después de todo —dijo mientras su uña patinaba profundamente por las venas de mi brazo—, nada agita el alma como lo hace el dolor.

La sangre se agolpó brillante contra mi piel. Al principio corría como un delgado río, manchando el borde amarillo de mis mangas, antes de ramificarse en pequeños riachuelos que se deslizaban por mi brazo. Las rodillas se me doblaron cuando la sangre salió de mí y el mundo se tambaleó.

Concéntrate. Apreté las mandíbulas. *Concéntrate, Shiori.*

—Siempre tan callada —dijo Bandur—. No tengas miedo de llorar. No hay vergüenza en la agonía.

No le di el gusto. El cuerpo me dolía como un demonio, pero estaba acostumbrada a contener la voz. Acostumbrada también a aguantar el dolor.

¡Khramelan!, grité en mi mente. *¿Dónde estás?*

Bandur arrastró las uñas contra la piedra con nostalgia.

—Es bastante poético, ¿no crees? Una vez vine aquí para consumir la sangre de las estrellas. Mi paso por aquí marcó el final de una vida y el comienzo de otra. Así será para ti.

CAPÍTULO 38

Mi sangre empezó a derramarse más rápido. Caía en remolinos de color carmesí, como gotas de lluvia al fondo del pozo. Entonces Bandur me clavó una garra en el corazón, como había hecho una vez lady Solzaya, y arrancó una hebra de mi alma. A medida que salía de mí, como un hilo que se desenrolla, mi cuerpo empezó a brillar en plata y oro. La hebra se multiplicó en docenas, bajando y bajando hasta que pude ver cómo la oscuridad empezaba a agitarse.

Bandur hizo señas a los demonios para que se acercaran, agitando las hebras de oro plateado en su dirección.

—Bebed. Tomad su fuerza y usadla contra su antiguo guardián. Una vez que esté muerto, os liberaré a todos y tomaremos el mundo para nosotros. ¡Que esta sea su última hora en esta isla maldita!

Sus gruñidos se silenciaron, y ese fue el sonido más escalofriante de todos. Puse los ojos en blanco y me aferré a las reservas de fuerza que me quedaban.

No me rendiría sin luchar.

—Su alma es demasiado dura —se quejaron los demonios—. No se cortará.

—¡Entonces morded más fuerte!

La cadena del amuleto de Bandur sonó sobre el pozo, pero yo estaba demasiado débil para alcanzarla.

Todo lo que pude hacer fue susurrar.

—Khramelan. Khramelan.

Podía sentir el poder del nombre de Khramelan mientras lo pronunciaba, una y otra vez hasta que el viento lo llevó a través de Lapzur, hasta que el sonido se hundió profundamente bajo las piedras de la torre, hasta que la palabra bordeó la oscuridad que ondulaba dentro del pozo de la sangre de las estrellas.

Bandur había esgrimido el nombre como arma contra Khramelan para vencer a los demonios de Lapzur. Yo lo usaría para convocarlo de nuevo.

—Khramelan. Khramelan.

La cresta de Bandur se erizó, y el amuleto se hundió en su pelaje, dejando de zumbar. Algo le había llamado la atención.

Era la perla. Había vuelto, una grieta de luz se deslizaba desde su centro roto. La visión me mareó. El color de mi mundo se había desvanecido y apenas podía mantener los ojos abiertos.

—Ve con Khramelan —le supliqué débilmente—. Reúnete con él.

La perla no respondió. Permaneció oculta en mi sombra, como una observadora adormecida.

—Así que por fin has venido —dijo Bandur, volviéndose hacia la perla. La abrazó—. ¡Y me elegirás a mí!

—No —gruñó el guardián de Lapzur—. No lo hará.

La perla volvió a volar hacia el olvido, como lo había hecho cuando Khramelan se estrelló contra la torre. Solo sus alas abarcaban la extensión de toda la azotea, y empequeñecía a Bandur con facilidad.

—Inclináos —ordenó Khramelan a los demonios, pero ya no obedecieron. Ahora eran de Bandur.

Y Bandur les había ordenado matar.

Salieron disparados para atacar, mordiendo y rechinando a su antiguo amo. Khramelan los apartó con sus alas, pero aun así no se doblegaron. Llegaron más demonios, en oleadas implacables y, a pesar de lo formidable que era Khramelan, sentí con pavor que Bandur estaba ganando.

Sangre del color del oro deslustrado manchaba los pliegues de las alas de Khramelan: cortes y arañazos profundos y diagonales que le habían hecho los demonios. En estas condiciones, no podría contenerlos para siempre.

Los fantasmas acudieron en ayuda de Khramelan y, en un choque insonoro, se libró una gran batalla. Los humanos y las grullas y los pájaros de papel no tenían lugar en esta lucha, solo morirían en ella. Pero yo no podía hacer nada para ayudarlos.

—¡Fuera de aquí! —grité cuando vi a mis hermanos sumergirse a través de la niebla. Habían regresado y mordían las cadenas invisibles que me sujetaban.

—Tontos —susurré y sentí alivio en mi corazón de que estuvieran vivos—. Marchaos antes de que los demonios os maten. Marchaos.

Por supuesto, me ignoraron. Takkan también. Mi visión era demasiado débil para distinguir su cara, pero reconocí el suave de sus pasos, el calor de su mano sobre la mía.

—Me queda una flecha —me dijo—. Tus hermanos y yo creemos que, si disparo al amuleto de Bandur, podremos liberarte.

—Hazlo —susurré—. Estoy lista.

Takkan fue rápido. No podía imaginar cómo iba a elegir a un demonio en medio de la horda, pero oí el chasquido de la cuerda de un arco y el zumbido de su flecha al volar.

Un instante después, caí. Su flecha había dado en el blanco.

Mis hermanos me levantaron mientras mis dedos rozaban el borde del pozo. Takkan me sujetó de los brazos y Kiki me agarró del pelo, mientras los siete pájaros de papel me mordisqueaban las mangas y el cuello.

Seis príncipes, ocho pájaros y un señorcito, todos aquí para evitar que te caigas a un pozo, dijo Kiki, negándome con la cabeza. *No ha sido tu mejor día, Shiori.* Se posó en mi hombro, con los destellos dorados y plateados de sus alas más brillantes que nunca. *Pero hemos pasado por cosas peores.*

—Así es —repliqué mientras tomaba la mano de Takkan y me levantaba lentamente.

Saliendo de un rincón oculto, la perla se arrastró hacia mí. Me crucé de brazos.

—No eres más que un niño, ¿verdad? —la regañé—. Te llevé al otro lado del mundo, casi te matan una docena de veces, ¿y tienes demasiado miedo de volver con él?

La perla palpitó, con bastante pesar, al parecer. No salió de las sombras.

Irritada, me acerqué a ella cojeando y la puse bajo mi brazo.

—Tu hogar es su corazón, y su corazón es tu hogar. No perteneces a nadie ni a ningún otro lugar. Sea lo que sea lo que ha ocurrido entre vosotros, debéis resolverlo. Ayúdalo ahora o Khramelan morirá.

Un guiño de la luz de la perla me bañó, lo que tomé como un asentimiento.

—Vamos —le dije con firmeza—. Sabemos lo que tenemos que hacer.

Había poco tiempo. Por muy poderoso que fuera Khramelan, no podría derrotar a los demonios de Lapzur él solo. Bandur ya empezaba a aullar su triunfo.

Agarré la perla con ambas manos. Sus mitades empezaron a abrirse, chispas de luz danzando como luciérnagas, pero no me inmuté. Ni siquiera parpadeé.

—Libera a Khramelan de esta isla —ordené a la perla—. Él es el dragón al que perteneces, y tú eres el corazón que busca. La isla y todos sus demonios y fantasmas serán de Bandur. Haz que así sea.

En un estallido abrasador, el poder de la perla explotó sobre Lapzur. La perla flotó sobre mis manos, girando más rápido que nunca, la gran fractura en su centro crepitando como un relámpago.

¡Ya basta!, exclamó Kiki. *La perla… ¡te está matando!*

Apenas la oí. La luz, el viento y el calor brotaron de la perla giratoria, y mi espalda se arqueó cuando tiró de los brillantes hilos plateados y dorados de mi alma.

La perla brillaba cada vez más. Me ardían las pupilas de solo mirarla, pero no podía apartar la mirada. Su luz ya abarcaba toda la isla, cubriendo con una red a todos los demonios y fantasmas, incluso a Bandur. Sentía que estaba a punto de romperse, que su centro se astillaba un poco más a cada instante para emitir más luz, más poder.

—Basta —ordené a la perla—. Ya basta.

Por supuesto, no me hizo caso. Alargué la mano para sujetarla, para evitar que se partiera en dos.

Fue como sostener una estrella en explosión. El calor me escaldó las mejillas y mi pelo se deshizo, volando salvajemente. Ante mis ojos, cada mechón se volvía blanco plateado… hasta que no pude distinguir mi pelo de la luz. Justo antes de que fuera demasiado para soportarlo, la perla salió despedida de mis manos hacia el lado de Khramelan. Un estallido de luz sacudió el cielo, y los demonios que chasqueaban las alas de Khramelan y apuñalaban su carne volaron en pedazos. Khramelan emergió del frenesí, con la garra enroscada alrededor de la perla, y lanzó un rugido ensordecedor.

Los fantasmas de la isla se levantaron una vez más. Recogieron los cráneos caídos y los huesos cortados y se aglomeraron en una masa que desgarraba a los demonios.

Khramelan también encontró su fuerza.

Lanzándose desde el cielo, se zambulló y aterrizó sobre la espalda de Bandur, inmovilizándolo contra el suelo.

—Deseabas convertirte en el Rey de los Demonios —atronó Khramelan—. Bienvenido a tus dominios. A partir de ahora, tu poder no se extenderá más allá de estas aguas. Mi reinado ha terminado y ahora comienza el tuyo. Te ato a las Islas Olvidadas de Lapzur.

Bandur comenzó a retorcerse, su pelaje se convirtió en humo cuando la magia de la isla se apoderó de él.

—¡No! —gritó—. ¡No!

Los demonios de Lapzur bramaron cuando comenzó el festín, y los fantasmas abrieron sus fauces y los consumieron enteros. Defendidos por el poder de la perla de Khramelan, los fantasmas blandieron su toque maldito y todos los demonios de la isla se transformaron en fantasmas. Fue un castigo apropiado por traicionar a su antiguo guardián, e irónico para Bandur, ya que ahora sería el único demonio de las Islas Olvidadas.

Con magnífica fuerza, Khramelan agarró a Bandur por la cola y lo arrojó al pozo, sellándolo con una llamarada de fuego demoníaco.

La torre se estremeció terriblemente cuando Lapzur reclamó a su nuevo guardián.

Takkan y yo habíamos huido a las murallas de la torre, pero ahora las escaleras estaban bloqueadas por el fuego demoníaco. No había salida.

—¡Tenemos que saltar! —grité.

Mis hermanos se cernían abajo, asaltados por vientos feroces.

Nunca llegarás a casa sin la cesta, se lamentó Kiki.

Apreté los dientes.

Tenía razón, pero salir de esta isla era mi principal preocupación. Ya me preocuparía de Kiata más tarde.

Cogidos de la mano, Takkan y yo nos lanzamos desde la torre.

Mientras caíamos en picado hacia el mar, mis hermanos giraron para alcanzarnos, pero el viento era demasiado fuerte y los sacudió fuera de su rumbo.

En la oscuridad, Khramelan apareció a nuestro lado. Takkan y yo caímos sobre su ala, rodando por el impacto hasta que chocamos contra los pinchos de su espina dorsal.

—¡Sujétate! —le grité a Takkan, agarrándome a una escama y aferrándome con todas mis fuerzas.

Más rápido que los hijos del viento, Khramelan pasó junto a Lapzur, atravesando la niebla que envolvía las Islas Olvidadas. Contuve la respiración, esperando a ver seis coronas carmesíes a nuestro paso.

Si no hubiera agotado todos los músculos de mi cuerpo, habría soltado un grito de júbilo. Pero me conformé con un murmullo de satisfacción en mi corazón.

Habíamos ganado. Bandur estaba atrapado en Lapzur para siempre, esperaba.

Observé cómo la isla retrocedía a nuestras espaldas, cubierta por el mar y la niebla hasta convertirse en algo tan pequeño como un grano, una mancha. Luego, nada.

—Deberías descansar —dijo Takkan mientras nos acomodábamos en el pliegue del ala de Khramelan. Se rasgó la manga para empezar a vendarme el brazo—. Necesitas curarte.

Separé los labios para protestar, pero Takkan me frenó.

—Puede que no sea capaz de lanzar encantamientos para dormir, pero tengo un hechizo propio.

Me quedé perpleja hasta que sonrió y empezó a cantar:

Deja que vengan los espíritus del sueño
a bailar en tus sueños.
Que bailes con ellos
y despiertes en un mundo más bello.

Era una vieja canción de cuna que todos los niños de Kiata conocían y que yo no había oído en años.

La voz de Takkan era mágica, y era lo que necesitaba.

Por una vez fui obediente.

Recosté la cabeza en su regazo y dejé que me hechizara.

CAPÍTULO 39

Amaneció sobre las pálidas aguas del Cuiyan. Khramelan apenas había dicho una palabra durante todo el vuelo, pero reconocí las costas de mi patria mucho antes de ver las barcas de pesca y los barcos camaroneros que salpicaban el mar, y antes de que el aroma a pino de verano se agudizara en mis fosas nasales.

Era el sol sobre las plumas de mis hermanos, su luz tenue y familiar, igual que lo había sido otras cien mañanas cuando fueron maldecidos. Su calor filtrándose bajo sus alas y permaneciendo en sus coronas carmesí era lo que me decía que habíamos vuelto a Kiata.

Estaba medio despierta cuando Khramelan nos arrojó descuidadamente a Takkan y a mí a tierra. Fue un brusco despertar, y casi caigo rodando por el acantilado hasta el mar.

Takkan me agarró del brazo y me apartó del borde del precipicio.

Mientras mi pelo se agitaba en espirales de un blanco plateado, volé a sus brazos, riendo y riendo sin poder parar.

Se esforzaba por parecer severo, por ahogar la torpe sonrisa que amenazaba su seriedad, y fracasaba adorablemente. No me importaba que mis hermanos, que habían aterrizado en el mismo acantilado, estuvieran cerca. No me importaba que Kiki se elevara por encima de nosotros, gritando órdenes a su nueva pequeña legión de subordinados de papel para que pincharan a las palomas que pasaban. Lo único que me importaba era Takkan.

Lo agarré por el cuello y lo besé.

Teníamos los labios agrietados por el viento y el frío, el pelo revuelto por el viento y muy necesitado de un lavado, y estaba segura de que mi aliento era cualquier cosa menos dulce. Y, sin embargo, mientras me apretaba contra él, profundizando nuestro beso con la misma crudeza y pasión, deseé que todos los días empezaran así.

—Alguien debe de encontrarse mejor —comentó Takkan cuando por fin paramos a tomar aire—. ¿A qué ha venido eso? No es que me queje…

—Por ser tú —respondí, plantándole más besos en la nariz, las mejillas y los dientes, por accidente. Nos reímos juntos—. Por ser mío.

Takkan se incorporó y se apoyó en el codo. Con un brazo fuerte, me acercó.

—Siempre fui tuyo. Solo que tardaste mucho en darte cuenta.

—Así fue —murmuré, a un latido de besarlo de nuevo.

—¿Habéis terminado? —interrumpió Khramelan.

Como niños sorprendidos haciendo travesuras, Takkan y yo nos pusimos rápidamente en guardia.

Me puse en pie justo cuando Khramelan aterrizaba.

La luz del sol manchaba su espalda, marcando de dorado sus escamas. Inclinó la cabeza para mirar directamente al sol.

Absorbió su calor como si no lo hubiera sentido en años. Y me di cuenta de que probablemente no lo hizo.

La perla acechaba en su sombra. Al igual que sus ojos, seguía rota. Empecé a preguntarle por ella, pero antes de que tuviera la oportunidad, me arrojó un trozo de cristal a los pies.

—Esto es tuyo —dijo bruscamente.

Era el espejo de la verdad.

—No te acostumbres a esparcir tus pertenencias por el lago Paduan. No las recuperarás.

—Gracias —dije mientras sacudía el fragmento y me lo limpiaba con la manga.

Khramelan se dirigía hacia el borde del acantilado, con las alas ya desplegadas, cuando corrí tras él.

—¡Espera!

Gruñó, y por muy poco evité que me golpeara con el ala.

Me tambaleé, dejando prudentemente cierta distancia entre nosotros.

—Mis hermanos… —empecé—. La perla los convirtió en grullas para que yo pudiera llegar a Lapzur. Por favor, devuélvelos a su forma humana.

Khramelan apenas echó un vistazo a las seis grullas que se paseaban por la arena.

—Lo que hayas hecho con la perla no es de mi incumbencia.

—Pero…

—Los humanos son todos iguales. Les hago un favor y me piden otro.

Mi mandíbula se trabó.

—No es un favor. Arriesgaron sus vidas para ayudar a salvarte.

—Sus vidas estarán mejor empleadas como grullas que como hombres.

La furia me hervía en la garganta, pero me la tragué, sabiendo que no serviría de nada arremeter contra Khramelan. Se iría volando y mis hermanos quedarían atrapados para siempre como grullas. Así que elegí mis próximas palabras con cuidado.

—Los humanos te trataron como a un monstruo y los odias —dije—. Lo comprendo. Ellos hicieron lo mismo con Channari.

Esta vez Khramelan no se inmutó cuando pronuncié el nombre de mi madrastra. Sin conmoverme, me aventuré a dar un paso hacia él.

—Fueron amigos. Hace mucho tiempo.

—Tu madrastra cometió el error de creerlo —replicó—. Le costó caro.

—Eso he oído —dije, recordando las palabras de Ujal—. Seguro que te odiaba. Pero te lo habrás merecido.

Al oír eso, Khramelan se calló.

Sintiendo una oportunidad, dije en voz baja.

—¿Por qué mataste a Vanna?

Khramelan me dirigió una mirada sombría.

—Channari y yo teníamos un acuerdo —respondió, hablando entre dientes—. Le prometí que no haría daño a la Dorada y que no reclamaría la perla de su corazón hasta que ella muriera. Después de todo, soy inmortal. Unas décadas de espera no tienen importancia.

—¿Qué pasó?

—Obviamente, no esperé. —Khramelan miró fijamente al sol—. Me engañaron para que atacara a Vanna. Channari no protegió a su hermana de mí. Tuvo la oportunidad de matarme, pero dudó. Otro de sus errores.

Mis ojos se posaron en una puñalada en su pecho. A diferencia de las heridas que se había hecho luchando contra los demonios de Bandur en Lapzur, esta no se había curado. Era profunda y antigua, pálida contra su carne negra como la noche, y muy cerca del corazón.

Así se había roto la lanza de Raikama.

—Todavía me duele de vez en cuando —dijo Khramelan—. Como tú dices, me lo merecía.

Me quedé callada, llena de lástima y remordimiento por todos los males del pasado, y un triste asombro de que todos hubieran conducido a este momento.

Pero algunas cosas seguían sin tener sentido.

—Si Vanna murió, ¿no debería haberte tocado a ti la perla?

—Rompí mi promesa a Channari —dijo Khramelan—. Cuando un inmortal rompe su promesa, pierde una parte de su alma. La perla me encontró... indigno.

Miré a la perla mientras merodeaba a la sombra del semidragón.

—Eligió a Channari. Se enterró dentro de ella, obligándome a esperar hasta que muriera. —Hizo una pausa—. Ella me maldijo: *Hasta que yo muera, vivirás en la oscuridad.*

—Lo sentiste cuando ella murió —dije.

—Fue como despertar de un sueño —dijo Khramelan—. Los demonios también sintieron mi cambio. Por eso estaban ansiosos por seguir a Bandur.

Asentí, comprendiendo.

—¿Qué pasó después de que mi madrastra te maldijera?

—Desapareció en Kiata, y el Rey Dragón me atrapó para que fuera el guardián de Lapzur. —Khramelan enseñó los dientes—. Por eso, nunca lo perdonaré.

—Buscarás tu venganza.

—Iré donde quiera —dijo—. Eso es lo que significa ser libre, después de todo. Durante dieciséis años he sido el guardián de Lapzur. Bandur estará allí mucho más tiempo.

—Espero que se quede atrapado en ese pozo para siempre —dije.

—Encontrará una salida. Incluso los demonios merecen ser libres. La mayoría de ellos, al menos —gruñó—. La magia demoníaca creó Lor'yan, igual que los dioses y los dragones, y se les debe respeto. Algo que tus antepasados olvidaron claramente.

Enfrenté su mirada con el ceño fruncido.

—Mis antepasados atraparon a los demonios para mantener a salvo Kiata.

—Y durante toda su vida funcionó —gruñó nuevamente—. Los humanos son egoístas y miopes. Pero considera esto: cuando los demonios finalmente se liberen, estarán furiosos. Ellos infligirán mil años de venganza sobre su tierra. Pregúntate entonces si tus antepasados tomaron la decisión correcta.

Su rencor me sorprendió y respiré con inquietud.

—Simpatizas con ellos.

—Claro que simpatizo con ellos. Soy medio demonio —dijo—. Mi especie no carece de sentimientos, y puedo sentir a mis hermanos de Kiata. Están angustiados. Con dolor.

Era demasiado esperar que Khramelan usara la perla para sellar las Montañas Sagradas una vez más.

Retrocedí un paso, recelosa de sus alas y de lo fácil que le resultaría tirarme al mar desde el acantilado.

—Siento todo lo que han hecho mis antepasados —dije, realmente apenada—. Pero, si lo que dices es cierto, no puedo dejarlos libres.

—¿Entonces por qué debería liberar a tus hermanos, cuando tú no liberarás a los míos?

Era una buena pregunta y tragué saliva.

—No sé si puedo responder a eso —contesté con sinceridad—. Excepto que sabes lo que es estar maldito, estar atrapado entre mundos.

—Sé lo que es estar solo —dijo Khramelan—. Tus hermanos se tendrán los unos a los otros.

—Tú tuviste a Channari —dije en voz baja—. Su último deseo fue que te devolviera tu perla. Al final no te odiaba.

Las palabras deshicieron su ira y, por primera vez, plegó las alas a los lados, dejando que el sol lo cubriera por completo.

Armándome de valor, le acerqué la perla.

—Por favor —le dije en voz baja.

Se quedó mirando su reflejo en la superficie oscura de la perla; incluso al sol, su luz fracturada salpicaba sus pupilas, como si hubieran cosechado una red llena de estrellas. Entonces sus hombros se hincharon y soltó un gruñido temible.

—Me pediste ayuda, princesa. Reza para no arrepentirte.

Sin más advertencia que esa, nos arrojó a Takkan y a mí sobre su ala una vez más y voló hacia las nubes.

CAPÍTULO 40

Me arrepentí mucho de haber pedido ayuda a Khramelan. Mientras se alejaba del océano y giraba sobre el corazón de Kiata, mi estómago dio un fuerte golpe de miedo.

—¡Alto! —grité, desesperada por llamar la atención de Khramelan—. ¡Para! La gente te verá.

No sabía si me había oído, pero no podía ser una coincidencia que inmediatamente hiciera lo contrario, agachándose y acelerando. Ahora, mientras pasábamos pueblo tras pueblo, podía oír los gritos.

Nadie había visto un demonio en mil años, y solo podía imaginar el terror y el pánico que infundiría esta enorme yegua nocturna con alas tan anchas como para tapar el sol.

—Esto no era lo que yo quería decir con ayudar —le dije a Khramelan—. ¡Basta ya! ¡Basta!

Esto te pasa por confiar en un demonio, gritó Kiki desde atrás. *Date prisa y salta sobre las espaldas de tus hermanos antes de que el lunático te deje caer del cielo*.

Incluso si hubiera querido, no podría. Mis hermanos no podían igualar su velocidad, y nadie podía predecir a dónde iría después. Se desviaba y se abalanzaba cada dos segundos, como animado por los gritos que lo seguían.

Por favor, que esto sea una pesadilla, pensé. A lo mejor los demonios me han capturado en Lapzur y aún estoy dormida. Pensándolo bien, no estaba segura de preferir eso.

De lo que estaba segura era de que la mitad de Kiata había visto a Khramelan cuando llegó a las Montañas Sagradas.

Allí, por fin, aminoró la marcha.

Mientras rondaba, ignorando a la legión de soldados armados y alarmados junto a la brecha, pude sentir cómo cambiaba el viento. Los escombros caían por la ladera de la montaña y los árboles del bosque se tambaleaban. No sabría decir si los demonios del interior reaccionaban ante mí o ante Khramelan.

—¿Los oyes? —me preguntó Khramelan, rompiendo su silencio—. ¿LOS OYES?

Shiori…, susurraron los demonios. Libéranos….

—¡Sí, los oigo! —grité—. Ahora, ¿te detendrás?

Los soldados de Padre evitaron que Khramelan respondiera.

Las lanzas salieron disparadas hacia sus alas, una o dos rebotaron contra sus nudillos y estuvieron a punto de empalarnos a Takkan y a mí —alabados sean los grandes dioses por la gruesa piel de Khramelan—. Se alejó en espiral hasta que las armas apenas pudieron tocarlo. A continuación llegaron las flechas, que asolaron las nubes, arqueándose y cayendo como estrellas moribundas.

Khramelan cruzó a toda velocidad el bosque y el palacio. El hogar se desvaneció, un borrón de techos de tejas azules, puertas bermellón y exuberantes jardines salpicados de árboles de flores rosas. No quería pensar en cómo iba a explicarle a Padre el paseo de Khramelan.

Nuestro recorrido aéreo por Kiata había terminado, y Khramelan tuvo el descaro de aterrizar en medio de la plaza comercial de Gindara, justo delante del templo de la capital. La multitud se dispersó en oleadas, gritando de terror mientras corría. Los carros volcaron, las mulas y los caballos se estrellaron contra las farolas y los barcos de los canales chocaron entre sí, haciendo caer al agua cajas de valiosa carga.

La tierra tembló bajo los pies de Khramelan, y del alero del templo cayeron faroles y tejas verdes oxidadas. Nos depositó a Takkan y a mí sobre la tienda de un mercader de especias.

—¿Me pediste ayuda? —dijo entre los gritos—. Aquí tienes. De nada.

—¿Esto es ayuda? —fue todo lo que pude decir. Las tripas se me habían subido a la garganta y apenas podía contener las náuseas que me producía el vuelo errático de Khramelan.

Me dio la espalda.

—He vivido en una pesadilla durante dieciséis años, y tu país lleva en un sueño desde hace mil. Todo el mundo tiene que despertar.

Esas fueron las últimas palabras que me dirigió antes de saltar de nuevo al cielo.

Piedras, naranjas y melones caían tras el demonio, y yo sabía que, una vez que se perdiera de vista, me apuntarían a mí. Takkan y yo habíamos empezado a bajar de la tienda cuando algo se alzó tras el dosel púrpura a rayas.

La perla. Tal vez fuera un truco del sol, pero habría jurado que inclinó su hendidura para mirarme, y su luz guiñó un ojo. Una especie de *de nada*, por todos los problemas que había causado en mi vida.

Luego se lanzó contra Khramelan, que flotaba justo debajo de las nubes, y envolvió al semidemonio en un destello de luz. Por fin, empezó a transformarse.

Sus escamas brillaron de repente, pasando de ser negras como el ónice a verde azulado como un bosque de zafiro y jade. Las púas de sus alas se lijaron y, cuando estas se abrieron, vi que sus ojos también habían cambiado. Uno era de un azul nítido, como el cielo que nos cubría, y el otro seguía siendo rojo, aunque ya no era el rojo sangre de demonio que había sido antes. El color era más cálido, más profundo. Un ojo digno de un dragón.

Las flechas se detuvieron, las piedras voladoras y las naranjas también. El miedo se convirtió poco a poco en asombro, y tanto adultos como niños salieron de sus escondites para contemplar el espectáculo.

—¡Un dragón! —murmuraban—. ¡Un dragón!

Algunas personas comenzaron a inclinarse, y sacerdotisas y monjes del templo rezaron en voz alta. Sonaban tambores y campanas, y algunos ancianos incluso lloraban.

—Los dioses han vuelto.

Deberías ponerte a recoger monedas, dijo Kiki. Apuntó con un ala a alguien en la calle. *Mira, una persona ya lo está haciendo. Seguro que al final del día estarán vendiendo máscaras de dragón por todas partes.*

Eso me hizo reír.

—Shiori —susurró Takkan, dirigiendo mi atención hacia el pabellón del templo donde habían aterrizado mis hermanos—. Mira.

Ellos también estaban cambiando, su encantamiento por fin se había deshecho. Por última vez, sus plumas se convirtieron en carne y sus alas se fundieron en brazos y piernas humanos. Las coronas de sus cabezas se convirtieron en mechones de pelo que necesitaban ser lavados.

—¡Andahai! —grité, saltando y corriendo—. ¡Benkai, Reiji, Wandei, Yotan! ¡Hasho!

Antes de que mis hermanos pudieran ponerse en pie, eché los brazos alrededor de Wandei y Benkai —los más cercanos a mí— y los abracé con fuerza.

—Nuestros huesos aún se están estirando, hermana —dijo Wandei con una mueca—. Nos vendría bien un momento.

Lo solté, pero solo para abrazar a Yotan y Reiji. Hasho mantenía el brazo a la espalda, pero sonreía tanto que no pregunté qué le pasaba.

A lo lejos, Khramelan hizo un pequeño y casi imperceptible gesto con la cabeza. Ya no tenía alas, pero podía volar, su cuerpo se mantenía a flote gracias a la perla, por fin entera, que brillaba en su pecho.

Se lanzó al cielo, se enroscó en las nubes y desapareció entre los pájaros, igual que había hecho en el recuerdo de Channari.

Dragón y perla se habían reunido, mi promesa a Raikama se había cumplido.

Cuando me volví para reunirme con los demás, un rayo de luz plateada danzó sobre mi brazo, iluminando un brazalete de hilos rojos en mi muñeca. Dos brillaban más que el resto: el que me unía a Takkan y el otro… a un punto invisible en lo alto de las nubes.

—Madrastra —susurré.

Uno de sus pájaros de papel se posó en mi palma, con la cabeza inclinada de forma inquisitiva. No hablaba, pero yo sabía lo que preguntaba.

Sentí una punzada en el corazón.

—Estoy lista —dije.

Con un movimiento de cabeza, el pájaro cortó el hilo de Raikama de mi muñeca y el viento se lo llevó. Quise perseguirlo, pero me contuve. Vi cómo, con un último destello, el hilo se desvanecía sobre mí, para no volver a aparecer.

Apreté los brazos contra el pecho.

Ahora estaba sola.

Los pájaros de papel de Raikama se posaron en los hombros de mis hermanos... y en los de Takkan. Y juntos, me abrieron sus alas.

Estás sin ella, parecía decir el gesto. *Pero no estarás sola.*

El viento se los llevó y los siete pájaros de papel se alejaron siguiendo los hilos que habían cortado. Sabía que no volverían.

La punzada en mi corazón se desvaneció mientras me deslizaba entre Hasho y Takkan. Tomé la mano de Takkan pero, cuando alcancé la de Hasho, se estremeció. Estaba jugueteando con los pliegues de su capa y metió el brazo bajo ella rápidamente.

—¿Te ha rozado una flecha? —pregunté preocupada.

—No, no. Es que no estoy acostumbrado a llevar ropa. Tardo un minuto en olvidar mis plumas.

Siempre un mal mentiroso, Hasho.

—¿Está tu brazo...?

—Estoy bien. —Hasho me tomó de la mano, apretándola fuerte como si quisiera probarse a sí mismo.

Yo no estaba convencida, pero el lejano ruido de los festejos me distrajo. A nuestro alrededor, los niños cantaban y bailaban por las calles, agitando abanicos de colores. Los comerciantes y vendedores volvieron a sus puestos y estalló otra ronda de petardos.

Algunas cometas planeaban sobre los parques. Si no lo hubiera sabido, habría pensado que era un día de fiesta.

La gente ya estaba limpiando el desastre que había hecho Khramelan y, por cada mirada de desconfianza que recibía, había una docena de sonrisas radiantes. Me dije que debía concentrarme en las sonrisas y no preocuparme demasiado por los ceños fruncidos, al menos hasta que llegáramos a casa de Padre.

Mis hombros se relajaron y olvidé lo que iba a decirle a Hasho. Los giré a él y a Takkan hacia el resto de mis hermanos, enredando mis brazos alrededor de los suyos hasta hacer un nudo.

—Ha sido un largo viaje —murmuré, abrazando a mi familia. Con descaro, miré a los siete jóvenes—. ¿Hay tiempo para comer antes de volver a casa?

Visitar Gindara siempre era un placer, y me daba vértigo mientras recorríamos las calles de la ciudad. El bullicio era aún mayor que de costumbre, debido a la escena que había montado Khramelan. Pero, al cabo de una hora, las barcas de pesca en forma de media luna volvían a flotar por los canales y la mayoría de los comerciantes habían limpiado sus puestos y tiendas. Los carros cargados de alfombras y loza de la ruta de las especias avanzaban a trompicones, los farolitos de seda colgaban de cada esquina y los niños corrían a los callejones para darse un festín con sus bocadillos favoritos.

Ya podía oler la calle Cherhao. Dedicada por completo a la comida, era uno de mis lugares favoritos de Kiata. Casualmente, también estaba de camino al palacio, así que no podíamos evitarla por completo. Lo consideré una bendición de los dioses.

Yotan compró un sombrero de paja para cubrir mi pelo blanco. Era demasiado grande y me sentí tonta, pero sería prudente intentar permanecer de incógnito. Aunque estábamos a unas manzanas de donde habíamos empezado, casi todo el mundo seguía hablando del dragón del cielo. Se correría la voz sobre mí. Y rápidamente.

—Tenemos que darnos prisa —dijo Andahai con cautela. Él y Benkai observaban las miradas que venían hacia nosotros—. No seas exigente con la comida, Shiori. Cualquier cosa servirá.

—Todos están muy contentos. ¿De qué hay que preocuparse? —dijo Yotan—. Quizá Kiata esté de nuevo preparada para la magia.

—Creen que han presenciado un milagro —replicó Reiji, siempre pesimista—. Eso no significa que estén preparados para pájaros de papel voladores y príncipes que se convierten en grullas.

—O quizá sí —dijo Wandei, dándole la razón a su gemelo por una vez.

Reiji seguía escéptico.

—Veremos qué opina el consejo sobre lo ocurrido.

Me quedé callada. No quería preocupar a nadie, pero a cada paso me subía un mareo a la cabeza. La comida ayudaría.

—¿Estás bien? —preguntó Takkan. Mientras los demás observaban las reacciones al dragón, él me observaba a mí.

Jugueteé con mi sombrero.

—Solo tengo hambre. Y estoy cansada.

Takkan frunció las cejas y me soltó la mano.

—Ahora vuelvo.

Fruncí el ceño a su espalda. No era propio de él marcharse sin dar explicaciones, pero no tardé en darle vueltas a su desaparición.

La comida era una distracción gloriosa, y mis hermanos y yo pasábamos por delante de un carrito de pasteles de arroz.

Mi carrito favorito de pasteles de arroz, para ser exactos. Lo había frecuentado a menudo en mi vida anterior. La chef y yo nos llevábamos bien.

Agachando la cabeza, me acerqué a ella.

—Quiero dos docenas de pasteles de media luna rellenos de melocotón, una docena normal con pasta de loto y otra docena con alubias rojas. —Hice una pausa, recordando que viajaba con siete chicos que llevaban más de un día sin comer—. Que sean tres docenas con alubias rojas. Y las de cacahuete también.

A pesar de mi sombrero, mi enorme pedido me delató.

—Princesa Shiori, ¿eres tú? —exclamó la señora Hana—. ¡Así es, así es! Bienvenida.

Demasiado para permanecer de incógnito. Al cabo de unos minutos, los cocineros de otros vendedores me acosaban. Alguien me empujó una bandeja a los brazos, y pronto estaba repleta de brochetas de carne chisporroteante, berenjenas rellenas de queso y gambas, sopas de fideos con bolas de pescado flotantes y albóndigas que se retorcían y bailaban al andar.

—No me había dado cuenta de lo querida que eras por el distrito gastronómico de Gindara —comentó Takkan al volver a mi lado. Sonrió irónicamente—. Empiezo a pensar que debería haberte regalado pasteles en lugar de un peine.

—No. —Dejé la comida, pensativa—. Los pasteles solo los saboreo un minuto. Tu peine, lo atesoraré para siempre. —Me limpié el azúcar de los dedos y le guiñé un ojo—. Pero prefiero los pasteles a las flores.

Se rio.

—Tomo nota.

—Ahora prueba esto. —Metí una brocheta de cordero al comino en la boca de Takkan—. Apuesto a que esto no lo tenéis en Iro.

Le ofrecí una albóndiga picante que goteaba aceite de chile y, antes de que pudiera terminársela, le planté en la palma de la mano el pastel de arroz más gordo, rebosante de pasta de alubias rojas.

¿No me toca a mí?, preguntó Kiki. *¿O me quedo con los gusanos de papel?*

Me reí de ella. Era como si hubiera retrocedido en el tiempo hasta el Festival de Verano del año pasado. Volvía a ser la despreocupada princesa Shiori, famosa por su exigente paladar y su habilidad para conquistar todos los platos del festival.

Pronto no solo me rodearon los vendedores de comida. También lo hacían los habitantes de la ciudad. Los más alegres me bendecían y lloraban.

—La suerte de los dragones está contigo, princesa Shiori.

Los curiosos preguntaban.

—¿Puedes decirnos qué pasó con el dragón? ¿Por qué antes era un demonio?

Y detrás de la multitud, murmuraban temerosos los rezagados.

—Así que es verdad, la princesa tiene magia. Mira su pelo, ¡como un fantasma! ¿Qué puede significar que un dragón esté aquí? Los demonios deben ser cada vez más fuertes... Apuesto a que es su culpa... Eso es lo que dijo mi amigo de Yaman, que el hechizo que nos hizo dormir todo el invierno, los incendios que han estado arrasando el bosque... todo se debe a Shiori'anma.

Me tragué la última bola de pescado de mi pincho y la clavé en un pastel de arroz que no había comido. Se me había quitado el apetito, me puse el sombrero y me abrí paso entre la multitud, odiando que Andahai hubiera tenido razón después de todo. Teníamos que volver a casa.

Benkai había estado susurrando a los centinelas que patrullaban la ciudad y, a su señal, dispersaron a la multitud. Takkan y mis hermanos, que eran soldados entrenados, me rodearon y me llevaron a las afueras de la ciudad.

Pateé una piedra suelta en el camino mientras esperábamos un carruaje que nos llevara a casa.

—Quién me iba a decir que echaría tanto de menos ese cuenco en la cabeza.

—Creo que tu apetito te delató más que tu cara —se burló Reiji—. ¿Siete docenas de pasteles de arroz?

—Pedía para todos —respondí—. Pero debería haber tenido más cuidado. Estoy cansada. No estaba pensando.

Súbitamente agotada, me hundí en un banco junto al jardín público.

—Perdón a todos.

Yotan se relamió.

—No te disculpes. Después de una semana de ratones y gusanos, yo también estoy saliendo de mi cerebro de pájaro. Además, necesitabas comida. Parecías un fantasma. Y no solo por tu pelo.

Me peiné con los dedos, cohibida, los nudos plateados de mi pelo, y Takkan se sentó a mi lado.

—Ignóralo —susurró—. Ignóralos a todos.

Siempre sabía leerme. Asentí con la cabeza. Lo intentaré.

Una bolsa de cáñamo colgaba de su muñeca, recordándome que le preguntara adónde había ido antes.

—¿Fuiste de compras? —le pregunté—. Me preguntaba por qué habías desaparecido misteriosamente.

—Compré vendas y ungüento para tu brazo —respondió—. Sé que en palacio tendrán mejores medicinas, pero aún estamos a una hora de las puertas por lo menos. Y has perdido mucha sangre. —Empezó a abrir el bote—. Esto te ayudará.

Arrugué la nariz.

—Huele fatal.

—Por eso esperé a que terminaras de comer.

Fruncí el ceño pero, por mucho que odiara admitirlo, el ungüento realmente me ayudó a sentir mejor el brazo. Cuando terminó, mojé los dedos en la medicina y se la unté en los cortes de la cara. Le acaricié la mejilla.

—No soy la única que se ha hecho daño, así que no soy la única que debería oler a estiércol —le dije suavemente.

Takkan se echó a reír y me besó las yemas de los dedos, con olor a estiércol y todo. Estaba a punto de decir algo más cuando Andahai arruinó nuestro interludio.

—Delante de la familia, no —dijo mi hermano mayor con brusquedad, y habría jurado que la espalda de Takkan se puso recta como una lanza.

—Es hora de irnos —dijo Andahai, ignorándome—. El carruaje está a punto de llegar. Necesitas descansar, Shiori. Todos necesitamos descansar.

¿Por qué dirigió sus ojos a Hasho cuando lo dijo?

—¿Qué me he perdido? —Volví a mirar a mi hermano menor. Había estado callado todo este tiempo, reservado y comiendo poco. Un gato callejero había trotado a su lado y un gorrión se había posado sobre sus hombros, mordisqueando las migas sobrantes. Siempre había sido mi hermano más sensible, y supuse que necesitaba más tiempo para recuperarse de su transformación.

—¿Está Hasho…?

—Está bien.

La brusca respuesta de Andahai disparó mis sospechas y, antes de que mis hermanos pudieran detenerme, me abrí paso hasta el lado de Hasho.

—Hace demasiado calor para llevar capa —dije, tirando de la pesada tela que llevaba sobre el hombro. Se estremeció, y por fin comprendí por qué se había retirado de nuestra compañía.

Su brazo derecho, el mismo que Bandur había maldecido, seguía siendo un ala. Y negro como una bolsa de noche.

—¡Hasho! —exclamé conmocionado.

Hasho levantó el ala, dejando que sus extremos asomaran por encima de la capa. Sus plumas eran largas y ahusadas, en una cruel imitación de dedos. El brazo de un pájaro, no el de un hombre. Nunca podría agarrar una taza de té, ni escribir, ni dibujar, ni siquiera caber en una manga.

—Es un brazo —dijo Hasho, doblando el ala a su lado—. Podría haber sido peor. —Esbozó una media sonrisa—. Solo necesito una mano para ganar a Reiji al ajedrez.

—Oh, Hasho —susurré, con un sollozo sacudiéndome el pecho—. ¿Por qué no…? ¿Por qué no dijiste nada? Quizá Kiki pueda localizar a Khramelan, quizá no sea demasiado tarde y pueda…

—No se puede hacer nada —interrumpió mi hermano menor—. Lo sé desde hace tiempo. Lo he aceptado.

—Pero…

Hasho me acarició la mejilla con sus plumas.

—Este no es el peor de los desenlaces. Aún puedo hablar con los pájaros… y con Kiki.

Su tono era suave, pero firme.

—No discutas —suplicó. Mi hermano retrajo el ala—. Al menos la gente nos creerá cuando les digamos que pasamos nuestros días como grullas.

—La gente ya empieza a creer —dije a través del dolor de garganta—. Y gracias a Khramelan, tendremos que enfrentarnos a eso más pronto que tarde.

Esperaba que Khramelan me ayudara a resolver el problema de los demonios de Kiata, pero solo los había agravado más de la cuenta. No podía ignorar a los demonios para siempre.

—¿Es nuestro derecho mantenerlos prisioneros? —murmuré, casi para mis adentros—. La magia… y los demonios. Tal vez ese fue el error de nuestros antepasados en primer lugar.

—No puedes liberar a los demonios —dijo Reiji—. Eso sería una locura.

Lo sería.

Y sin embargo… No podía soportar la idea de que Kiata se asfixiara durante otros mil años sin magia.

Tal vez estaba siendo egoísta por pensar en cómo el ala de Hasho le marcaría el resto de su vida, en cómo un toque de la maldición de Raikama siempre perseguiría a mis hermanos, en cómo nunca podría pasear por la calle Cherhao —o por cualquier otro lugar— sin oír murmullos de que era una bruja o un monstruo. De cómo deseaba desesperadamente que mi hogar volviera a ser mi hogar.

Tal vez fuera una tonta por pensar que yo tenía algo que ver con el destino de Kiata.

Pero, si yo no hacía nada, ¿quién lo haría? ¿Era peor ser una cometa sin ancla, vagando perdida en el viento, o una cometa que no se atrevía a aprovechar el viento y nunca volaba? Una al menos tenía una oportunidad de encontrar su hogar, por escasa que fuera. La otra no tenía ninguna.

Al subir al carruaje, supe qué cometa debía elegir.

CAPÍTULO 41

—¿Me mandaste llamar? —Me tembló la voz y me incliné lo más bajo que pude, como solía hacer cuando sabía que me esperaba una severa reprimenda. La única vez que Padre me citaba a solas en sus aposentos privados era cuando había hecho algo imperdonable, y montar un dragón en medio de Gindara ponía en vergüenza todas mis travesuras anteriores.

Mi imaginación se desbocó: me preparé para que me desterraran, me casaran con un príncipe a'landano o me encerraran en una celda y solo me dieran de comer arroz blando con té amargo.

—¿Has descansado? —preguntó Padre, interrumpiendo mis pensamientos.

Por su tono áspero, supe que no era una invitación a levantarse.

—Sí.

—Demonios de Tambu, hija —refunfuñó entonces—. El revuelo que has armado en las últimas horas…

Nunca había oído a Padre maldecir.

—Lo siento. Sé que es culpa mía, no debería haber…

—Quiero ver tu brazo —dijo—. Tus hermanos me contaron lo que hizo el demonio. Que… que te hirió.

No era lo que esperaba.

Me remangué con cuidado y desabroché la venda. Me había bañado desde mi regreso, pero aún olía fuertemente al ungüento que Takkan me había untado en la piel, y me punzó las fosas nasales.

La mandíbula de Padre se tensó al ver los cortes de mi brazo. Menos mal que Bandur ya estaba encerrado, porque parecía dispuesto a apuñalar al demonio y cortarlo en trozos para guisar.

—¿Tus manos también? —preguntó Padre.

—Son viejas heridas —le expliqué sobre las cicatrices de mis dedos.

Normalmente, en su presencia, las ocultaba bajo las mangas, pero ahora mis manos se movían mientras hablaba, y las cicatrices de mis dedos hormigueaban. Había dejado de prestarles atención en algún momento de mi viaje a Ai'long. Me habían servido como doloroso recordatorio del precio que había pagado por salvar a mis hermanos. Pero, últimamente, empezaba a verlas de otra manera: como un signo de fuerza y de todo lo que aún quedaba por hacer.

—Hay que cambiar las vendas —dijo Padre. Había un cubo de agua caliente detrás de él, lo que me hizo darme cuenta de que me había estado esperando.

Empecé, pero Padre me lo impidió.

—Yo lo haré —dijo.

Se rio suavemente ante mi sorpresa.

—No siempre fui emperador, ¿sabes? Como tus hermanos, me entrené para ser centinela. Mi padre se aseguró de que me atara y puliera mi propia armadura, fregara mis propios cuencos, cosiera mis propias heridas... como cualquier otro soldado. Quédate quieta, esto puede doler.

Me mordí el labio mientras me limpiaba la herida, fijando mi atención en la mosquitera de madera de la ventana.

Los aposentos de Padre eran simples, con una sencilla mesa de palisandro, una estantería a juego llena de pergaminos y libros, un largo diván adornado con grullas y orquídeas y un espejo de bronce que llevaba en palacio desde el reinado del primer emperador de Kiata.

Tras la muerte de mi madre, sus aposentos se convirtieron en su santuario privado, y a los invitados solo se les permitía entrar en el patio delantero. Incluso mis hermanos y yo podíamos contar con los dedos de una mano el número de veces que habíamos sido invitados a los apartamentos residenciales de Padre.

Sin embargo, allí estaba yo, derramando vendas sobre una alfombra de lana regalada por un rey de Samaran, con la herida curada con seda cruda que había viajado por la ruta de las especias desde A'landi hasta Kiata, y la carne cosida por un emperador de las Nueve Cortes Eternas.

No pude evitar pensar que, sin la armadura de sus ropajes ceremoniales, su tocado de oro y sus cinturones con medallas, parecía simplemente un padre que ha pasado demasiadas noches en vela preocupándose por sus hijos.

—Relaja esos hombros, Shiori. ¿Crees que te he mandado llamar para castigarte?

—No es más de lo que merezco.

—Muchos estarían de acuerdo contigo.

Los ministros, obviamente. Probablemente la mayoría de la corte también. Todo Kiata, en realidad.

—¿Has hablado con el consejo? —pregunté con cuidado.

Mi pregunta hizo que el rostro de Padre se endureciera una vez más.

—Se ha disuelto por el momento. —Hizo una pausa—. Mientras estabas fuera, Hawar confesó que te había envenenado.

—¿Hawar confesó? —Eso me conmocionó.

—Dijo que sus acciones estaban justificadas —dijo Padre con una risa seca—. Después de que aparentemente me atacaras en las Montañas Sagradas, pensó que era seguro admitir que dos cultistas se le habían acercado meses atrás con veneno. Dijo que había vuelto a fundirse para siquiera considerar hacer daño a una princesa de Kiata, pero cuando tú mostraste signos de una aflicción mágica... dijo que no tenía más remedio que proteger el reino.

Me estremecí.

—¿Qué le ha pasado?

—Fue ejecutado ayer —respondió Padre sin sentirlo—. No se ha dado el nombre de sus cómplices, pero tengo fe en que tu espectáculo en Gindara provocará que algunos se presenten.

No dije nada.

Me preguntaba cuántos en palacio coincidían en secreto con Hawar en que yo era un problema. Tal vez por eso el espejo de la verdad no me había mostrado la identidad de mi asesino: porque no había actuado solo.

Padre puso mala cara.

—Hay pocos en los que confíe estos días.

Podía oír las palabras sin decir: *¿Puedo confiar en ti, hija?*

Me estremecí.

—Siento haber mentido. Sobre ir a Iro. Sobre todo.

—Estoy acostumbrado a tus mentiras —dijo Padre—. Pero no a las de tus hermanos.

El reproche me hizo estremecer, pero me lo merecía. Me incliné aún más.

Tras una pausa, preguntó:

—¿Adónde fuiste realmente?

—A las Islas Olvidadas de Lapzur —respondí—. Raikama me pidió que fuera allí para cumplir sus últimos deseos. Me llevé a Bandur conmigo, y está atrapado allí. Nunca volverá a asolar Kiata.

—Son buenas noticias —comentó. Su tono no revelaba nada, y no mencioné cómo Bandur lo había poseído en las Montañas Sagradas. Comprendía su orgullo; ese sería un secreto que moriría conmigo.

Me señaló el pelo.

—¿Es este el precio que pagaste por nuestra liberación?

Le ofrecí una pequeña sonrisa.

—No he cambiado tanto como parece. Sigo siendo impertinente y no se me da bien seguir instrucciones.

—Me lo creo. —El emperador me pasó la mano por la frente, como hacía cuando yo era pequeña—. Te costará acostumbrarte, pero te sienta bien. Siempre fuiste una niña de invierno.

Su mano cayó sobre mi hombro.

—No más mentiras. No más secretos. ¿Puedes prometérmelo?

Di un paso atrás.

—Baba —dije en voz baja, en lugar de responder—, ¿habrías protegido a todos los sangresucia como me has protegido a mí… o solo te importa porque soy tu hija?

La pregunta lo tomó por sorpresa. Inspiró.

—Si te soy sincero, normalmente, cuando el emperador se entera de la existencia de los sangresucia, ya están muertos

Tal vez por eso me habían elegido esta vez. Porque, a diferencia de los otros nacidos antes que yo, yo tenía el oído del emperador.

Tenía una voz.

Tenía que usarla.

—Yo también seré honesta —dije—. Voy a volver a la brecha. Quiero hablar con los demonios.

—¿Has perdido el juicio? —Los ojos de Padre se entrecerraron—. No se te permite acercarte a ese lugar maligno. Una ley que conocías bien la primera vez que la rompiste. Vuélvela a quebrantar y no tendré más remedio que castigarte.

—Si me hubiera quedado donde estaba, Bandur seguiría en Kiata —argumenté—. Déjame encargarme del resto de los demonios.

—Los demonios mataron a tu madrastra. No dejaré que te maten a ti también. —Sus ojeras se hicieron más profundas y por primera vez me di cuenta de lo mucho que había envejecido en el último año—. Si algún día tienes hijos, lo entenderás. Cuando tú y tus hermanos desaparecisteis, habría dado cualquier cosa, mi corona, mi reino, mi vida, por teneros a salvo.

Se me hizo un nudo en la garganta e hice algo que nunca me había atrevido a hacer, ni siquiera cuando era niña. Tomé la mano de Padre y la estreché con fuerza.

Puedo hacer que volvamos a estar a salvo, quise asegurarle. *Puedo detener a los demonios*. Pero esas palabras no salían.

Porque, hiciera lo que hiciera, las cosas nunca volverían a ser como antes. El hogar que había anhelado cuando estaba bajo la maldición de Raikama había desaparecido, y lo único que podía hacer era construir uno nuevo. De alguna manera.

—Kiata es mi hogar —dije en su lugar—. Déjame luchar por él.

Los ojos de Padre eran espejos de los míos, reflejando la misma terquedad y resolución.

—No soy tonto, hija. Entiendo lo que le pasó a Hasho. —Apretó los puños y necesitó un largo suspiro para recuperar la compostura—. Podrías sufrir cosas mucho peores.

—Aunque así sea, no tengo miedo. Esto es para lo que nací. Durante tanto tiempo, he ignorado mi papel como princesa, como hija de Kiata. Déjame cumplir con mi deber ahora.

Las manos de Padre cayeron a sus costados. Sabía que estaba usando sus viejas palabras contra él.

—Echo de menos los días en que te escondías de tus tutores en los árboles. Entonces no me preocupaba por ti ni la mitad de lo que me preocupo ahora.

Mi boca se torció en una sonrisa de complicidad.

—¿No me alejarás de las montañas?

—Quiero hacerlo —dijo con disimulo—. Pero te conozco, Shiori, y sé que tienes a tus hermanos contigo. También al joven lord Bushi'an. Ya se han escabullido una vez; lo volverían a hacer sin dudarlo. Así que mejor que os equipe a todos con lo que necesitáis y evitar que os enfrentéis a estos demonios sin preparación.

—Gracias —dije—, en serio.

Luego fruncí el ceño y me puse a pensar.

—¿Siguen vivas las sacerdotisas capturadas en las montañas?

—Una… apenas…

Casi me compadecí de la mujer.

—¿Podría concertar una audiencia? —pregunté—. Deseo hablar con ella.

La sacerdotisa Janinha era un espectro de la vieja engreída que había encontrado en las montañas. Tenía manchas de sangre en las mejillas y el pelo le colgaba en mechones pajosos, embadurnados de tierra y barro. Sin su bastón de madera, parecía demasiado débil para hacer daño, pero no me dejé engañar. No cuando sus ojos se clavaron en mí como dos guadañas, recién afiladas y sin remordimientos.

¿Seguro que no puedo ir yo también?, preguntó Kiki. *No pude sacarle los ojos a Hawar, al menos déjame a mí con los de esta sacerdotisa.*

Casi deseé haber cedido. Pero era mejor que hablara con la sacerdotisa a solas.

Los guardias la arrastraron a la habitación y la arrojaron sobre una sábana de algodón negro colocada en el suelo de la cámara para proteger el parqué de su sangre. No había ventanas, pero la luz de la linterna iluminaba las ronchas y las pestañas de sus cetrinas mejillas.

Sin embargo, bajo su dura mirada, me sentí como si yo fuera la prisionera.

—Mi padre te ha condenado a muerte por mil cortes —dije con frialdad—. Responde con sinceridad a mis preguntas y me encargaré de que tengas un destino misericordioso.

—He estado esperando para verte, Shiori'anma —ronroneó Janinha, ignorando por completo mi ofrecimiento—. ¿Qué es lo que deseas saber?

No dejé que sus ojos oscuros me enfriaran.

—Posees conocimientos sobre los sangresucia. ¿Los que me han precedido siempre han podido oír a los demonios?

Un silbido se escapó de entre los dientes de la sacerdotisa. Tardé en darme cuenta de que se estaba riendo.

—No hables como si pudieras luchar contra tu destino —replicó—. Princesa o no, eres una presa, Shiori'anma. O mueres por nosotros, o mueres por ellos.

—Responde a la pregunta —dije con dureza.

—Sí, todos los sangresucia se sienten atraídos por las montañas. ¿Crees que eres la primera en derramar sangre por los demonios?

¿No lo era? Mis labios se crisparon de curiosidad. Tenía mi atención.

—La última vez fue hace cuarenta años. La que derramó sangre antes que tú era una niña tonta que no tenía ni idea de lo que era hasta que fue demasiado tarde. Cuando los demonios la atrajeron hacia ellos, pensó que eran los dioses hablándole, prometiéndole riqueza, poder y belleza. Ella les dio su sangre, creando una brecha. Una mucho más pequeña que la tuya, pero igual… Le dejamos hacerlo. La gente empezaba a olvidar la maldad de los demonios, y nada despierta la memoria como un poco de sangre.

»Prendimos fuego a toda su aldea mientras dormía. Le dijimos que eran los demonios que había liberado y, a diferencia de ti, sabía que tenía que expiar. —El rostro de la sacerdotisa se iluminó—. Estábamos encantadas por ayudar.

—Vosotras, monstruos… —susurré.

—Con sus cenizas, sellamos las montañas antes de que un solo demonio pudiera escapar. —La sacerdotisa inclinó la cabeza—. Podemos hacerlo de nuevo… contigo, Shiori'anma.

Apreté los dientes.

—Asesinaste a una niña inocente… ¡a todo un pueblo! E incriminaste a los demonios por tus propios pecados…

—Si no fuera por lo que hicimos, muchos más habrían perecido —dijo Janinha, interrumpiéndome—. Mi orden entiende que el sacrificio es necesario. Estamos dispuestos a morir por el bien de Kiata. ¿Vosotros lo estáis?

—Por el bien de Kiata —dije—. ¿Qué sabes tú de eso?

Los guardias la arrancaron de las rodillas para llevársela, pero ella dirigió la mano a la parte posterior de la boca e hizo un brusco giro. De ella salió un diente ennegrecido, cubierto de sangre y podredumbre.

Lo aplastó entre los dedos. Mi corazón dio un vuelco cuando se desmenuzó en su palma, como arena oscura.

—¡Para! —grité. Los guardias desenvainaron sus espadas, pero la sacerdotisa arrojó las cenizas en alto y sus espadas se congelaron a mitad de movimiento.

—No hace falta que te levantes, princesa —graznó mientras yo saltaba—. Ya casi he terminado.

Una a una, las linternas de bronce que cabeceaban por las paredes se enfriaron. Y mientras la oscuridad envolvía la cámara, ella pronunció sus últimas palabras.

—Si no entras en el fuego, al amanecer Kiata arderá en tu lugar. Solo tus cenizas nos salvarán.

Con eso, los guardias fueron liberados.

Un segundo antes de que sus espadas se hundieran en su carne, la sacerdotisa cayó muerta.

CAPÍTULO 42

—Quizá es mentira —dijo Reiji cuando le informé de lo ocurrido—. No sería la primera vez que las sacerdotisas intentan engañarte.

—Ella lanzó un encantamiento —insistí—. Había poder en sus palabras, como cuando Raikama nos maldijo. Dio su vida por ello.

—¿Crees que es una maldición? —preguntó Benkai.

Asentí con la cabeza.

Benkai me creyó.

—Su orden ha reclutado muchos seguidores desde el avistamiento de Khramelan ayer —dijo—. Culpan de cualquier destrucción a los demonios, así que es probable que cualquier maldad que hayan planeado comience cerca de la brecha. Cabalgaré y avisaré a mis hombres. Registraremos la zona y evacuaremos los pueblos cercanos.

—Ten cuidado —le advertí—. Todavía tienen cenizas de los últimos derramamientos de sangre.

Cenizas que les daban magia, tanta que me preocupaba que la promesa de Janinha de hacer arder Kiata se hiciera realidad.

—Tomo nota, hermana.

Wandei se inclinó hacia delante, dejando el papel que había estado doblando en forma de abanico.

—Si realmente es una maldición, encontrar a los otros cultistas no evitará lo inevitable. ¿Qué podemos hacer si Kiata se incendia como advirtió?

Dudé, nerviosa por decir lo que pensaba.

—La magia es lo que alimenta su maldición, así que solo la magia puede detenerla.

—¿Pero cómo? —preguntó Wandei.

Me volví hacia Benkai.

—Cuando estás en guerra, ¿a quién buscas como aliado?

—Al enemigo de mi enemigo —respondió con facilidad.

—Exactamente —dije—. Los enemigos de las sacerdotisas son los demonios. He… He estado pensando que debería hablar con ellos.

Esperaba que mis hermanos no estuvieran de acuerdo, que discutieran conmigo y me dijeran que era una idea peligrosa. Mis expectativas se cumplieron. Los seis empezaron a hablar a la vez, pero apenas pude oír lo que decían. Porque no eran las voces más altas de mi cabeza. Eso pertenecía a mi pájaro.

¿Qué les vas a decir?, trinó Kiki. «*Lo siento, pero ¿te importaría matar a todos mis enemigos por mí? Como agradecimiento te traeré pasteles durante los próximos mil años mientras permanezcas prisionero en las montañas. Ah, y, por favor, deja de hacer temblar la tierra cada vez que te enfadas por estar encerrado: asusta a los aldeanos y los despierta en mitad de la noche*».

Sonaba ridículo cuando lo decía así, pero aun así…

—¿Qué les vas a decir? —Hasho se hizo eco de la pregunta de Kiki.

—Sinceramente, no lo sé —admití—. Pensé que tendría más tiempo para pensarlo.

Wandei golpeó con su abanico a una mosca que zumbaba sobre Yotan.

—Según las sacerdotisas, tienes un día. Si insistes en este curso de acción, yo diría que es mejor que te pongas a pensar.

Salí a pasear para despejar la mente.

El otoño había llegado de la noche a la mañana, las copas amarillas teñían los árboles y el rocío helado se pegaba a los aleros del Pabellón de las Nubes. Takkan debía estar esperándome, pero lo oí reír con dos niños junto al estanque de las carpas. Los dos iban colgados a su lado, tirando de sus brazos y hablando tan deprisa que solo pude captar las palabras *princesa* y *cuento*.

Cuando me vieron, se sobresaltaron. Sus ojos se dirigieron primero a mi pelo, suelto y sin horquillas y completamente blanco como la plata, y luego a Kiki, que estaba sentada en mi hombro, con sus alas de papel batiendo tan vivazmente como las de un pájaro de verdad. Me saludaron tímidamente antes de acordarse de inclinarse.

Les devolví el saludo sonriendo con cautela hasta que empezaron a reírse. No sabía por qué razón.

—Es la princesa Shiori, ¿verdad? —le susurró la chica a Takkan—. ¿Dónde está el cuenco en su cabeza?

¿Les había hablado del cuenco? No me extrañaba que se quedara mirando.

—¿Les dirás a Suli y Sunoo lo que pasó con el cuenco? —Takkan me preguntó.

—Se rompió —dije sin rodeos. No se me daban bien las historias.

—Cuando encontró la forma de acabar con la maldición —dijo Takkan, retomando mis palabras—, el cuenco se rompió en cien pedazos, salvando a Shiori'anma de un horrible y malvado fuego.

—Me alegro —dijo el chico, aplaudiendo—. Pero ¿por qué tiene el pelo blanco?

—Por perseguir fantasmas —respondí—. Y luchar contra demonios.

Mostré los dientes y puse cara de monstruo. Los niños se rieron. Luego persiguieron alegremente a Kiki —los dos no se enteraron en absoluto de que era un pájaro mágico de papel volador— y le hice señas a Takkan para que se acercara a la pasarela.

—Sunoo y Suli —musité, señalando a la pareja—. ¿Son amigos tuyos?

—Buenos amigos —respondió Takkan—. Su padre, el señor Lyu, es el mensajero jefe.

Takkan también conocía el nombre del jardinero.

—¿Conoces a todo el mundo en palacio?

Se encogió de hombros.

—Me he familiarizado con algunos miembros del personal. Han sido amables.

—¿A diferencia de tus compañeros, lores y ladies?

Por su silencio ya podía adivinarlo. La corte de Gindara estaba llena de aduladores y buscadores de estatus, e imaginé que no había sido demasiado acogedora con mi prometido, rústico y norteño. Ni siquiera mis hermanos habrían hecho lo que Takkan había hecho por mí el invierno pasado; me había abierto las puertas de su casa cuando me consideraba una humilde cocinera de taberna y me había tratado igual que a una dama de alcurnia. Para ser un lord, incluso de tercer rango, era irremediablemente candoroso y modesto. La corte debió devorarlo entero.

Y lo escupió.

—No te preocupes —admití—. Yo también creo que son intolerables. ¿Por qué supones que mi mejor amiga es un pájaro de papel?

—¿Y todos los cocineros de la calle Cherhao? —se burló Takkan.

—Exactamente.

Me incliné sobre el puente, viendo las trenzas de Suli rebotando sobre sus hombros mientras perseguía a Kiki por el pabellón. Desde atrás, parecía la hermana pequeña de Takkan.

—Debes de echar de menos a Megari —le dije—. Hace más de medio año que no la ves.

—Intercambiamos cartas a menudo. Así es como conocí a Suli y Sunoo: llevan mis cartas a su padre a cambio de historias.

—¿Qué tipo de historias? —pregunté—. Yo también quiero historias.

—La mayoría eran sobre ti.

Oh.

—Te eché de menos cuando estabas en Ai'long —dijo Takkan—. Contar historias sobre ti me ayudó.

Tragué saliva, incapaz de contener el calor que se me hinchaba en el pecho.

—Todavía estoy enfadada conmigo misma por haber perdido el cuaderno de dibujo que me regalaste —confesé—. Pero nunca perderé tus cartas. Ya he memorizado la mitad. Las releo todas las noches para dormir.

—Me embruteces, Shiori —dijo Takkan con ironía—. ¿Tan aburridas son?

Sonriendo, imité a un joven Takkan:

—*Mi hermana encontró un ciempiés en el granero esta mañana y, pensando que era una dulce e inofensiva oruga, se lo trajo para comer. Aún me zumban los oídos de lo fuerte que ha gritado mi madre.*

Takkan se llevó la palma de la mano a la cara. Parecía que deseaba saltar al estanque.

—¿Yo escribí eso?

—Sí.

Mi sonrisa se volvió malvada. Me encantaba que se sintiera incómodo y que se le pasara la incomodidad en un suspiro. Me acerqué hasta que nuestros brazos se superpusieron en la baranda de madera.

—Tus cartas son un tesoro. Cuando las leo, me siento un poco menos… perdida. Siento que estoy donde debo estar. —Me quedé mirando el agua, observando cómo las carpas de manchas naranjas y negras mordisqueaban los soportes del puente—. Tu corazón es tu hogar —murmuré—. Hasta que no lo entiendas no perteneces a ningún sitio.

—Le dijiste eso a la perla cuando estábamos en Lapzur —recordó Takkan.

Así era. Estaba tan desesperada por conseguir que la perla me escuchara que había olvidado que las palabras vinieron primero de Elang. Un mensaje de un semidragón a otro. Esperaba que Elang encontrara su hogar algún día.

—Todavía no estoy segura de entender lo que significa para mí —confesé.

Una sombra apareció en los ojos de Takkan, y me di cuenta de que sus pensamientos habían vuelto a nuestro enigma actual. Se volvió hacia mí.

—¿Qué puedo hacer para ayudar?

La simple pregunta, tan espontánea y sincera, me hizo levantar la vista del agua.

—No sé qué hacer con los demonios —admití—. Si los mantengo atrapados, la magia también lo estará. Pero, si los libero… desato el caos en Kiata.

—¿Qué crees que deberías hacer? —Takkan me levantó la barbilla—. Te conozco, Shiori. Crees que hay otro camino. Dímelo.

Inspiré temblorosamente y me armé de valor.

—No puedo olvidar la forma en que Khramelan habló de ellos. Sentía… lástima por ellos. Me hace preguntarme si puedo razonar con ellos. Quizá incluso pedirles ayuda.

Takkan parpadeó sorprendido.

—Bueno, no pueden ser menos agradables que las sacerdotisas.

Eso me arrancó una leve sonrisa.

—Cierto.

Me solté el peine del pelo. No había llevado el regalo de Takkan a Lapzur por miedo a perderlo, como había perdido su cuaderno de bocetos, y ahora lo sostenía, admirando las grullas, el conejo, la luna pintada en su lomo.

—Nunca pregunté… ¿tú pintaste esto?

—Sí —respondió Takkan, aclarándose la garganta—. Fue idea de Megari incluir el conejo. Dijo que traería suerte… y que las grullas te cuidarían. —Hizo una pausa—. Las ha estado doblando como tú le enseñaste. Te suplica que vengas a casa y les des vida.

Al parecer, Pao le ha estado dando cuerda con lo de escabullirse de la fortaleza, y le vendría bien tener un ejército de pájaros de papel de su lado.

Un ejército de pájaros de papel a su lado. Se me pusieron los ojos en blanco y me enderecé, incapaz de contener la emoción que de repente bullía en mi pecho.

—Takkan, creo que ya está. —Me agarré a sus manos, zumbando ahora.

—¿Qué es? —preguntó Takkan.

—¿Puedes conseguirme mil hojas de papel? —dije—. Envíale también otra carta a Megari. Dile que es una genia.

—Vamos a plegar pájaros de papel —anuncié al pequeño grupo que se había reunido en mi habitación.

Takkan, mis hermanos y Qinnia estaban sentados en semicírculo en el suelo, con pilas de papel dispuestas ante cada uno de ellos.

—Mil pájaros de papel, para ser exactos.

Qinnia arrancó una página de su pila.

—¿Qué vas a hacer con todos estos pájaros? ¿Pedir un deseo?

Se refería a una leyenda que todos conocíamos.

Para honrar a Emuri'en y a sus grullas, los dioses concedían un deseo a quien enviara mil pájaros al cielo. Yo había pasado todo un invierno doblando grullas de papel, con la esperanza de ganarme los oídos de los dioses y romper la maldición de mis hermanos.

Pero los dioses llevaban siglos callados. Ya no confiaba en que me escucharan.

—Ningún deseo —respondí—. Las aves me servirán de ejército contra las sacerdotisas... y los demonios, si es necesario.

Por el ceño fruncido de Benkai y Reiji, su escepticismo era evidente: ¿un ejército de pájaros de papel?

Sí, mi ejército. Necesitaría magia para contrarrestar la maldición sobre Kiata. Las Lágrimas de Emuri'en estaban cerca de la brecha. Recurriría a su poder si mi propia magia no era suficiente, y los pájaros me ayudarían a extenderla.

—Confiad en mí —les dije antes de explicarles el plan.

Durante la tarde, les enseñé el método adecuado para plegar grullas de papel. Wandei fue el que aprendió más rápido, y luego empezó a experimentar con los pliegues e hizo golondrinas de papel, palomas, águilas e incluso un fénix. Enseñó las variaciones a Yotan y Reiji, que decidieron que eran demasiado complicadas y se limitaron a hacer grullas. Mientras tanto, Benkai, Andahai y Takkan competían furiosamente para ver quién doblaba antes cien pájaros.

Qinnia plegaba los más pequeños que había visto nunca. Una docena le cabía fácilmente en la palma de la mano.

—Necesitarás soldados de todos los tamaños —explicó.

En un rincón, Hasho estaba sentado con una bobina de hilo negro, anudando los ojos que Qinnia cosería después a los pájaros.

—Para que puedan ver —explicó cuando me sorprendió mirando—. Como Kiki.

Mi pájaro de papel le sonrió. Llevaba todo el día revoloteando a su lado y me alegraba ver lo unidos que estaban.

Trabajamos juntos y al anochecer teníamos mil pájaros.

Mil y uno, me recordó Kiki. *No lo olvides, yo soy la primera.*

¿Cómo podría olvidarlo? Nunca me dejarías.

Cierto. Me tomó del pelo y me arrastró hasta la ventana más cercana. *Mira todas las estrellas. ¿Ves la grulla de siete puntas? He estado esparciendo rumores sobre ella.*

¿Qué clase de rumores?, dije por los pelos. *Esa constelación es la grulla sagrada de Emuri'en.*

Ya no. Ahora sois tú y tus hermanos. Tenéis una estrella cada uno.

Eso es…

Solo me estoy asegurando de que te recuerden, Kiki interrumpió. *Si tú eres recordada, yo también lo seré.*

Velando por tus propios intereses como siempre, ya veo.

Esperaba que Kiki se quejara, pero adoptó un tono serio que nunca había oído antes.

No quiero que me olviden, admitió. *Ni siquiera sé lo que es ser un pájaro de verdad.*

Su seriedad me sorprendió.

Creía que no querías ser como los demás pájaros, dije suavemente. *Mudar las plumas, tener que sentir frío y calor, comer gusanos…*

Un pájaro puede cambiar de opinión. Aunque no sobre los gusanos.

Kiki…

Deberías volver adentro. Estar con tu familia. Kiki agitó el pico hacia mi familia.

Andahai estaba abriendo una calabaza de vino para celebrarlo. Yotan tocaba melodías familiares de nuestra infancia con la flauta. Reiji y Benkai se quejaban en voz alta de lo descuidadas que parecían sus grullas en comparación con las de Takkan.

Mantén una linterna encendida por mí, dijo.

Antes de que pudiera responder, se lanzó por la ventana.

Con una sonrisa en los labios, coloqué una linterna junto a la ventana y conté las siete estrellas de la grulla sagrada.

Tal vez fuera mi imaginación, pero esta noche parecían brillar más que todas las estrellas del cielo.

CAPÍTULO 43

Olí los fuegos al amanecer.

El aire se había vuelto denso, y me desperté tosiendo y sacudiendo las mantas. Segundos después, sonaron las campanas de palacio y los tambores de guerra.

Me apresuré a asomarme a la ventana y se me oprimió el pecho al otear el horizonte. Era el amanecer más oscuro que había visto nunca; el sol estaba lo bastante pálido como para poder mirarlo sin pestañear. Las nubes salpicaban el horizonte como tinta oscura. No tenía vistas de las Montañas Sagradas, pero el humo ondulante guiaba mis ojos hacia una llamarada de luz roja antinatural.

Los bosques estaban ardiendo. Y no con un fuego cualquiera. Las llamas eran de un rojo chillón, tan negras en su núcleo como una noche sin estrellas. Era un fuego que conocía muy bien, uno que no podía apagarse fácilmente, excepto con magia.

Fuego demoníaco.

Si no entras en el fuego, Kiata arderá en tu lugar, me había advertido la sacerdotisa.

Y así había comenzado.

Si no ayudaba, el fuego demoníaco se extendería. Lo destruiría todo.

Dile a Takkan que se reúna conmigo en el jardín de Raikama, le dije a Kiki, llenando su pico con un mensaje escrito a toda prisa. *A mis hermanos también. Rápido.*

Me vestí en un tiempo récord, até la armadura de cuero que Hasho me había prestado y me puse el casco. Luego tomé la mochila llena de pájaros de papel y deslicé el espejo de la verdad en su interior. Al salir, golpeé con fuerza la puerta de mis hermanos. Milagros de Ashmiyu'en, todos respondieron, listos para partir.

—Es una trampa —dijo Andahai, diciendo lo que todos pensaban—. Las sacerdotisas quieren atraerte.

—Una lamida de fuego y te convertirás en cenizas —convino Yotan.

—Lo acordamos ayer —dije—. Nada cambia solo porque sea fuego demoníaco. Tengo que irme.

—Perdéis el tiempo discutiendo. —Qinnia apareció en el pasillo, con una mano protegiendo su barriga, que empezaba a notarse—. Dejad que se vaya.

—Deberías estar descansando —dijo Andahai, su voz se suavizó de firme a tierna.

—Si no estuviera embarazada, iría contigo —me dijo Qinnia, ignorando a su marido. Uno de los pajaritos de papel que había doblado se había caído de mi mochila y lo volvió a meter dentro—. Que hoy tengas la suerte de los dragones, hermana mía. Vuelve con nosotros sana y salva.

La abracé y me fui antes de que nadie más pudiera discutir.

Takkan llegó al jardín de Raikama al mismo tiempo que yo. Al igual que mis hermanos, iba enfundado en su armadura de centinela, pero solo con ver a Takkan se me revolvió el estómago. Se había recogido el pelo oscuro, y me fijé en todo lo que tenía en la cara. El contorno redondeado de sus orejas, la pronunciada inclinación de sus pómulos, su mandíbula cincelada. Dos de los cordones dorados anudados sobre sus hombros estaban enredados y los peiné con los dedos, intentando no ruborizarme mientras mi mirada se posaba en las placas de acero sobre su pecho.

—Buenos días. —Me regaló mi sonrisa favorita, un latido antes de lanzarme un bollo de arroz—. Desayuno —dijo, lanzando uno a cada uno de mis hermanos también—. Son de ayer, así que puede que estén un poco rancios, pero supuse que necesitaríamos fuerzas. Shiori, sobre todo.

—No entiendo cómo nos reuniremos con Benkai —dijo Reiji—. Deberíamos estar reuniendo nuestras monturas y uniéndonos al resto de los soldados de camino a las montañas.

—Te alegrarás de no haber traído tu caballo —replicó Takkan, intercambiando una mirada conmigo—. Las escaleras son estrechas.

—¿Escaleras? —Wandei frunció las cejas con confusión—. No veo escaleras.

—Confié en ti cuando dijiste que lo tenías todo planeado —dijo Andahai—, pero…

—Olvidas que nuestra madrastra era una hechicera —interrumpí—. Una hechicera muy poderosa y capaz. ¿Estamos listos?

Mientras Takkan y mis hermanos murmuraban su asentimiento, Hasho se acercó al estanque. Él también había pensado en el futuro, y sumergió un puñado de pañuelos en el agua.

—Para el humo —dijo, entregándonos a cada uno un pañuelo húmedo.

Volvió a sentarse junto al estanque. Un trío de alondras se había posado en su hombro, y soltó un silbido bajo mientras les acariciaba las plumas con el ala. Podía sentir la magia de Raikama, igual que yo.

Metí el pañuelo en el bolsillo y di un último mordisco a mi bola de arroz. Luego hice un gesto a mis hermanos para que se acercaran a la piscina.

—Mirad. Llévame a las Lágrimas de Emuri'en —grité, levantando el ovillo de hilo rojo de Raikama.

A mi orden, el agua del estanque se precipitó, revelando una escalera lo bastante ancha como para que descendiera una persona a la vez.

Yotan exhaló con asombro.

—¿Raikama tuvo esto en su jardín todo el tiempo?

Nos ahorra horas de trotar por el campo, dijo Kiki, estirando el pico en un bostezo.

Hasho, la única otra persona que podía entenderla, se rio.

—Benkai se va a enfadar por haber malgastado todas estas mañanas yendo y viniendo a las montañas.

Guié a todos por el pasadizo, hasta que al final brilló una luz. En menos de cien pasos, habíamos recorrido una mañana de viaje fuera del palacio.

En cuanto salimos al bosque, una oleada de calor abrasó mi cara. El humo me picó en los ojos y entró en mis pulmones, haciéndolos pellizcar dolorosamente.

Me llevé el paño a la cara y lo até para poder respirar.

Era imposible saber dónde se habían originado los incendios, pero ya se habían cobrado esta parte del bosque. Lo que antes había sido un rico bosque de cipreses y pinos era ahora un páramo humeante. Las brasas chisporroteaban en la tierra bajo mis pies mientras corría tras el ovillo de Raikama, y no era solo el humo lo que me hacía llorar los ojos. También era la tristeza.

Más allá de la siguiente colina, se libraba una batalla. Las espadas tintineaban, las lanzas chocaban. Hombres y mujeres gritaban. Sus gritos se hacían más fuertes cuanto más nos acercábamos. Yo solo rezaba para que Benkai estuviera ganando. Que pudiera mantener a los sacerdotes y sacerdotisas distraídos el tiempo suficiente para que yo encontrara las Lágrimas de Emuri'en.

Aún no me habían visto, pero sabía que eso no duraría mucho. Tenía que ser rápida.

¡Aquí está, Shiori!, gritó Kiki cuando el hilo rojo se detuvo. *¡Ya está aquí!*

Contuve un grito ahogado. Todo lo que quedaba de las Lágrimas de Emuri'en era un pozo de barro arrugado. Una única orquídea lunar yacía sobre la tierra agrietada, con sus pétalos rosados chamuscados.

Un gran tesoro de Kiata, la última fuente de magia que sobrevivió a los dioses, había desaparecido.

Todavía había un cosquilleo en el aire cuando me acerqué a la fosa y, cuando me agaché en el borde, su poder residual me puso la piel de gallina. Sin embargo, solo eran retazos de magia. Hilos de un tapiz hecho pedazos. ¿Sería suficiente?

La ira palpitaba en mis sienes, o tal vez era el humo, mi pánico, mi miedo. Esperaba poder sacar fuerzas de la magia del estanque, pero ahora parecía que solo me tenía a mí misma.

Recogí el hilo de Raikama sobre mi regazo, y mis manos se cerraron en puños cuando me fijé en los montones de leña seca que había junto al pozo. Si los sacerdotes y sacerdotisas de las Montañas Sagradas pensaban hacer de este lugar sagrado una pira, se equivocaban.

—Mantened la guardia alta —advertí a mis compañeros—. Están cerca.

Era hora de trabajar. Abrí mi mochila para liberar a los pájaros de papel.

—¡Despertad! —susurré, imbuyendo mis palabras con poder. Los pájaros cobraron vida—. ¡Volad!

Hasta ahí llegué.

Una flecha pasó volando, tan cerca que me zumbaron los oídos. Takkan me empujó al suelo y, nada más agacharnos vimos cómo volaron más flechas. Una cortó el ala de Hasho. Otra atravesó el muslo de Yotan.

Con gritos agudos, nuestros enemigos bajaron de los árboles humeantes y los refuerzos cargaron por detrás. Vestidos de blanco de pies a cabeza, entraban y salían del humo como fantasmas.

—¡Luchad! —ordené a mis pájaros.

Con un silbido, se dispersaron. Alimentándose de mi propia ira y pánico, eran feroces. Los picos se clavaron en los carnosos globos oculares, y las alas, finísimas como cuchillas, en las mejillas y los dedos. También vinieron pájaros de verdad, que se lanzaron desde el cielo en señal de solidaridad. Kiki soltaba una carcajada cada vez que sacaba sangre.

Pronto Benkai y sus soldados nos encontraron. El sudor cubría las sienes de mi hermano, y cada centímetro de su armadura estaba chamuscado.

—Ya era hora —saludó Andahai a nuestro hermano—. ¿Por qué tan sombrío? Podrías luchar contra estos fanáticos mientras duermes.

No sabría decir si Andahai estaba siendo sarcástico. Al parecer, Benkai tampoco.

—Es mucho más que unos pocos, hermano —respondió Benkai. Pronto supe a qué se refería. De detrás de las montañas brotaban cientos de nuevos soldados, tal vez miles.

Los sacerdotes y sacerdotisas habían levantado su propio ejército: aldeanos, pescadores, mercenarios, incluso nobles y un puñado de centinelas traicioneros. Tenían las mejillas embadurnadas de ceniza, lo que les permitía atravesar las oleadas de fuego demoníaco que brotaban de la tierra.

—Protege a Shiori —ordenó Benkai antes de desaparecer en la refriega con un grito primitivo.

El fuego demoníaco crepitó, corriendo a través de los árboles chamuscados hacia mí. Mientras Takkan y mis hermanos me protegían de los ataques, yo me concentraba en el fuego demoníaco.

Tenía que detenerlo. Con una lenta exhalación, desenredé mi magia y canalicé sus hilos hacia los fuegos. Los hilos se anudaron alrededor de cada fuego, exprimiendo su vida. Pero, por cada fuego que extinguía, nacía uno nuevo.

No podía hacerlo sola.

En respuesta, se oyó un estruendo procedente de las montañas. Me balanceé sobre mis talones. El fuego demoníaco también se estremeció y volvió a rugir, más alto y feroz que nunca.

Miré hacia arriba. Con los árboles sin hojas, tenía una vista clara de las Montañas Sagradas.

Shiori, murmuraron los demonios a través del viento. *Libéranos.*

¿Podrían ayudarme? ¿Me ayudarían?

El viento silbaba contra la daga que llevaba en la cadera. Todo lo que tenía que hacer era ofrecerles un poco de mi sangre, y vendrían. Un corte rápido en el brazo bastaría.

Pero no encontraba el valor.

Mi vacilación me costó cara. El fuego demoníaco saltó en todas direcciones, con llamas más altas que los árboles. Se abalanzó sobre mí sin piedad, inflándose y rugiendo como una bestia monstruosa. No importaba hacia dónde corriera, me seguía, destruyendo todo y a todos a su paso.

Andahai tenía razón. Era una trampa. El fuego demoníaco no descansaría hasta tenerme.

Con todas mis fuerzas, solté la mano de Takkan y lo empujé lejos de mí. Mi prometido era fuerte y firme, pero lo había tomado por sorpresa. Retrocedió a trompicones, fuera del alcance del fuego demoníaco.

Un muro de llamas nos separó. El fuego me rodeó, atrapándome dentro y manteniendo a Takkan y a mis hermanos fuera.

Mientras viviera, nunca olvidaría la angustia en los ojos de Takkan, que estaba al otro lado del fuego. Su mirada pasó por encima de mí y recorrió la anchura y la altura de las llamas, como si buscara alguna forma de atravesarlas.

No hay ninguna, pensé. *Takkan, loco insensato, ¡sal de aquí!*

Sacerdotes y sacerdotisas salieron por detrás del humo y cargaron contra el muro de fuego demoníaco. Hacia mí. Las flechas de Takkan se dispararon, y mis hermanos alzaron sus arcos para unirse a él.

Los cuerpos cayeron. Hacia delante, hacia atrás, de lado. Flechas de plumas azules sobresalían de sus espaldas.

Pero nuestros enemigos eran demasiados. Y en cuanto los cultistas traspasaron el muro, deslizándose a través de él como si estuviera hecho de agua y no de fuego, ningún cuchillo o flecha pudo seguirlos.

Mis pájaros y yo atacamos valientemente juntos mientras avanzaban. Hice un corte en el abdomen de un sacerdote, apuñalé la clavícula de una sacerdotisa y no le di en el corazón a otro por poco. Pero solo estábamos retrasando lo inevitable.

Por detrás, alguien me agarró de la muñeca y me arrancó la daga de las manos. Una sacerdotisa blandió su lanza contra mi espalda, y mis huesos emitieron un horrible crujido al caer sobre mi estómago. Un aluvión de patadas se abalanzó sobre mis costillas y mi barbilla se golpeó contra el duro suelo, con la boca tan llena de mugre que ni siquiera pude gritar de dolor.

—¿Dónde está tu magia ahora, sangresucia? —se burlaron cuando mi concentración se rompió y los pájaros de papel cayeron sin vida a mis costados.

—Esto es por Guiya. —Una patada me dio en la espalda—. Por Janinha. Por Kiata.

El dolor llegó en una explosión encandilante, y todo mi mundo se quedó en blanco antes de volver a un estridente color.

Me mordí el labio, saboreando la sangre. Me incitaron a gritar, a maldecir o a gritar. Pero no hice ningún ruido. Esos fanáticos no podían matarme. Al menos, no golpeándome hasta la muerte. La única forma aceptable de morir era por fuego demoníaco para que pudieran recoger mis preciadas cenizas.

—Tan llena de espíritu, Shiori'anma —dijo una sacerdotisa, alzando su lanza para recuperar el aliento—. En otra vida, tal vez podrías haberte unido a nosotras.

No estaba escuchando. Tenía los labios apretados y uno de los pajaritos de papel que Qinnia había doblado pasó volando junto a mi mejilla.

Despierta, le grité. *Ayúdame*.

Mientras sus alas se agitaban, llamé al resto de los pajaritos. Tenían el tamaño de arañas, y Qinnia había tenido razón: necesitaba soldados de todos los tamaños. Soldados lo suficientemente pequeños como para volar sin ser vistos.

Kiki diría que estaba loca, y tal vez lo estaba.

Pero ya no tenía miedo.

He cambiado de opinión, le dije a los pajaritos. *Decidle a las montañas que he cambiado de opinión*.

Mis pájaros de papel volaron sobre el fuego demoníaco, fuera del alcance de mis asaltantes, tan pequeños como las chispas que escupían las llamas. Antes de que nadie se diera cuenta de que estaban allí, volaron. Mi paliza había terminado, y ahora dos de los cultistas me arrastraban hacia las Lágrimas de Emuri'en. Pronto unas ramas chasquearon contra mis huesos rotos, y alguien me apoyó contra una espada clavada en la fosa. Estaba tan débil que enseguida me resbalé y caí de lado. Nadie me ayudó a levantarme.

Los sacerdotes y sacerdotisas cantaron sobre mí. Hablaban en kiatán antiguo, rezando para que mis cenizas anunciaran el nacimiento de una nueva era, para que los demonios nunca fueran libres. Nada de eso era nuevo para mí, así que ignoré sus palabras devotas y escuché la tierra bajo mis pies.

Estaba quieta. Silenciosa.

Deprisa, pensé hablándole a mis pájaros. *Por favor*.

El calor me abrasaba la espalda y las llamas crepitaban mientras apretaba la mejilla contra la tierra. Me dolía tanto que no podía moverme. Pero no podía soltar el hilo que me ataba a los pájaros de papel. No antes de que entregaran mi mensaje.

Finalmente, el suelo tembló. Más fuerte que antes. Y esta vez no se detuvo.

Algunas sacerdotisas tropezaron. Sus cánticos vacilaron. Cuando recuperaron el equilibrio, lanzaron puñados de ceniza al aire y reanudaron los cánticos, más rápido.

El fuego demoníaco se hizo más alto, más caliente. Se elevó desde la tierra formando un alto muro y, a medida que se acercaba a mí, mi sudor se hacía más hirviente. La madera se convirtió en ceniza bajo mis tobillos y las llamas crepitaron contra mi carne. En el mejor de los casos, me quedaban unos segundos. Necesitaba toda mi fuerza de voluntad para no entrar en pánico, para contener mis gritos y respirar mientras el fuego demoníaco saltaba para devorarme.

—¡Shiori! —gritó una voz desde arriba—. ¡Shiori!

Estaba tan delirante que al principio pensé que eran los demonios.

Eché la cabeza hacia atrás y entrecerré los ojos a través del humo.

¡Takkan y Hasho! Estaban en el cielo, montados sobre lomos de águilas, cisnes y un montón de pájaros que no podía ver… ¡con Kiki! Colgaban sobre mí, un suspiro por encima de las altísimas llamas.

Takkan tenía el arco en las manos, apuntando hacia abajo. Oí el estiramiento y la vibración de una cuerda. Tres silbidos, uno tras otro.

A través de las llamas ni siquiera vi volar las flechas.

Uno a uno, los sacerdotes y sacerdotisas fueron cayendo. Las rodillas se hundieron en el barro y los dedos se curvaron en la tierra. Los que sobrevivieron siguieron cantando mientras caían.

El fuego demoníaco rugía. La ventana sobre mí se cerró, los corazones negros de las llamas retorciéndose para devorarme. Pero los segundos que Takkan y Hasho ganaron fueron suficientes.

Primero el aire se volvió frío. Luego, un velo oscuro se extendió sobre el sol, ahogando su luz enfermiza. Las sombras cubrieron la tierra. A mi alrededor, las llamas se redujeron a brasas y el bosque se oscureció.

Solo brillaba la brecha. Su ferviente luz roja brillaba más y se extendía por el bosque, buscando.

Cuando por fin cayó sobre mí, el suelo se estremeció tumultuosamente.

Los demonios estaban aquí.

CAPÍTULO 44

Los demonios se abrieron paso a través de la brecha y avanzaron por el bosque. Rayando luz escarlata, eran pesadillas encarnadas, cosidas de hombre, bestia y monstruo. Los más humanos iban ataviados con armaduras pálidas y fantasmales, mientras que otros solo llevaban pieles de bestias: pelo, plumas o escamas.

Monstruos de ojos rojos descendieron sobre los sacerdotes y sacerdotisas, acabando con sus vidas antes de que tuvieran siquiera la oportunidad de gritar. Un destello de colmillos, un silbido de humo y, como una llama, se extinguían. Todo lo que quedaba eran sus túnicas blancas.

Mientras el viento se llevaba sus restos, Takkan corrió a mi lado. Solo podía imaginar cómo me veía, marchita y rota como la última orquídea lunar de las Lágrimas de Emuri'en. Con mucha ternura, me subió a su regazo.

—Te pondrás bien —me dijo, acariciándome.

—No mientas. No se te da bien.

—En realidad no es tan malo, hermana —replicó Hasho, un mentiroso aún peor que Takkan. Me gustaría poder decírselo, pero el dolor me recorría cada punto del cuerpo y me mordí el labio.

La sonrisa de Hasho desapareció y Takkan apretó los dientes como un hombre decidido a romperse una muela. Me apartó el pelo de los ojos y me pasó las yemas de los dedos por las sienes.

—No te sueltes, Shiori —dijo—. Lucha.

Estaba luchando… y perdiendo. Apenas sentía los hematomas de la espalda ni las costillas rotas del costado. Mi cuerpo se estaba enfriando.

Takkan debió notar que temblaba, porque apretó su cuerpo contra el mío y murmuró algo a Hasho, que inmediatamente me lanzó su capa y empezó a frotarme los dedos.

Pero fue inútil. Sentía que se me iba la vida. Me estaba muriendo.

Ni siquiera me di cuenta de la llegada de los demonios, hasta que Takkan levantó la cabeza y Hasho tomó su espada corta.

Una suave luz roja los bañaba, acentuando sus ojos famélicos y huecos. Recé por no haber cometido un horrible error.

No atacaron, como habían hecho cuando Bandur me arrastró a las Montañas Sagradas. Estaban extrañamente indecisos.

—Ven con nosotros —dijeron, sus voces reverberando en los huecos de mis oídos—. Tenemos muchos más esperando a ser liberados.

—No —dijo Takkan—. No podéis quedárosla.

Los demonios lo ignoraron y extendieron su luz hacia mí. Empecé a flotar, y Takkan me agarró de la mano, negándose a entregarme. Hasho también se acercó, bloqueándonos con su cuerpo y blandiendo su espada corta.

Los demonios gruñeron.

—¡Detenéos! —rugí—. Iré con vosotros… pero no debéis hacerles daño.

Uno de los demonios se adelantó. Cuando su sombra cayó sobre mí, mi dolor se convirtió en un dolor sordo. Mis heridas seguían ahí, pero el dolor había desaparecido.

Levanté los ojos, confundida.

—No tienes por qué sentir dolor —dijo el demonio. Su voz no era ni amable ni cruel. Simplemente firme—. Ven ahora. No dañaremos tu compañía.

—Suéltame —le susurré a Takkan, apartando la mano.

Sus ojos estaban vidriosos por el dolor. Se aferró.

No.

Le toqué la mejilla con la nariz, y mis ojos recorrieron desde el nacimiento de su pelo hasta el hoyuelo de su barbilla. Luego apoyé la frente en la suya y, con las manos aún entrelazadas, busqué en el bolsillo el hilo de Raikama.

En aquel momento era poco más que una maraña, pero aún contenía magia. Brillaba en mis manos, cálido por la luz.

Besé a Takkan sin decir palabra antes de empujar el hilo hacia sus manos.

Los demonios se apoderaron de mí.

—¡La tenemos! —gritaron—. ¡Volved!

Salimos disparados hacia las nubes, y todo lo que podía ver era a Takkan abriéndose paso entre los árboles, rastreando el deslizamiento de mi forma entre la masa insondable de demonios. No le quité los ojos de encima mientras pude. Avanzaba con el hombro, veloz e implacable, con todos sus músculos concentrados en el único objetivo de encontrarme. Nada lo detendría, ni los árboles voladores arrancados por la tierra temblorosa, ni los vientos violentos ni las repentinas fracturas del suelo.

—¡Shiori! —seguía gritando—. ¡Shiori!

—Takkan —susurré.

Un dolor me subió al corazón y aparté la mirada. Otra voz gritaba mi nombre. Una vocecita que mis oídos captaron de inmediato.

Kiki.

Dirigió una ola de pájaros de papel hacia la brecha.

¡Shiori! Será mejor que no te olvides de mí. ¡Ya voy!

Con una sonrisa de oreja a oreja, cerré los ojos y dejé que la oscuridad me consumiera.

CAPÍTULO 45

Desperté en las entrañas de las Montañas Sagradas. Atrapada entre paredes cavernosas, yacía sobre un lecho de piedra inflexible no muy lejos de la brecha.

La brecha estaba plagada de magia, y había crecido en los últimos días, extendiéndose torcidamente por la ladera de la montaña en una gruesa veta. Incluso desde adentro, brillaba.

Con un tremendo esfuerzo, me apoyé en los codos. Algo crujió contra las rocas y contuve la respiración.

—¡Kiki! —grité débilmente mientras docenas de mis pájaros de papel me rodeaban—. Estás aquí.

El ala de Kiki estaba rota, atravesada por una flecha, y arqueó su largo cuello hacia los pájaros de papel que se arrastraban detrás de ella, escondidos tras las rocas.

No podíamos dejar que vinieras sola.

Le toqué el ala, intentando repararla. Mi pulgar rozó el patrón plateado y dorado de las plumas, tan tenue que rara vez me fijaba en él. Después de todos estos meses, por fin entendí lo que era.

El trozo de mi alma que nos unía.

No te molestes, dijo mi pájaro, apartando el ala. *No saldremos de aquí.*

Siempre tan pesimista, ¿verdad?

Era la primera vez que los ojos del pájaro de papel la traicionaban. Eran suaves y húmedos, la tinta se corría. Casi como si estuviera llorando.

Me dolía tragar saliva, y me puse de rodillas lentamente.

—Mira —susurré—, estoy mejorando.

Mentirosa.

Era una mentirosa, pues seguía muriéndome. Nuestras almas estaban unidas; ella lo sentiría.

—La montaña está más tranquila que la última vez —comenté, inclinando la cabeza hacia nuestros alrededores. Ninguna ilusión de hogar o del jardín de Raikama engañaba mis ojos, ningún demonio disfrazado de mis hermanos me hacía señas. Todo estaba quieto. Vacío. Casi… pacífico—. ¿Dónde están los demonios?

Mi respuesta llegó tan pronto como pregunté. El humo atravesó la brecha, silbando por todos los rincones. Cuando mis pájaros de papel se alzaron en un capullo protector, los demonios se materializaron.

Me acorralaron contra una pared. Cientos de ojos rojos se clavaron en las sombras, observándome con la mayor intención, tan curiosos como desesperados.

—HAS PEDIDO VOLVER. AHORA CUMPLE TU PROMESA.

Kiki saltó detrás de mi pelo.

No vas a liberarlos de verdad, ¿cierto?, susurró. *Solo da la orden y atacaremos. Podemos sellar las montañas.*

No dije nada, pero el pavor gruñó en mis entrañas. Les había dicho a los demonios que había cambiado de opinión. Los había convocado para que vinieran a por mí, y así lo habían hecho. Ahora me estaban esperando y, cada segundo que pasaba, su ira aumentaba. Calentaba las montañas, hacía temblar la tierra.

Si tienes un plan, ahora sería un buen momento para ponerlo en práctica, gritó Kiki.

Busqué a tientas una piedra suelta y apreté su filo contra la palma de la mano.

Voy a liberarlos, dije por fin.

¿Cómo? Los ojos negros de Kiki se abrieron de par en par. *¿Te has vuelto loca? No puedes liberar a los demonios.*

No pueden estar encerrados aquí para siempre, dije. *Puede ser que mis antepasados lo pensaran, pero esto tiene que acabar.*

Te matarán, Shiori, suplicó Kiki. *Y a mí.*

Se lo haré prometer, dije, más segura que nunca. *Los inmortales están obligados a cumplir sus promesas.*

Eso no funcionó muy bien con Bandur.

Esta vez funcionará. Me hice un tajo en la mano, conteniendo un grito mientras la sangre manaba sobre las líneas de la palma, e invoqué mi escudo de pájaros de papel cerca.

—He venido aquí por voluntad propia —dije, mi voz era apenas más que un susurro—. Y estoy dispuesta a daros mi sangre. Os liberaré, pero a cambio haréis algo por mí.

Los demonios se callaron y sus ojos rojos brillaron en la oscuridad de la cueva. Mientras mi sangre corría por mi brazo, las gotas caían sobre mis pájaros de papel, pintando sus cabezas de carmesí.

—HABLA.

—Os daré mi sangre —repetí—. A cambio de vuestro juramento de que no haréis daño a ningún ser vivo en Kiata.

Aceptad mis condiciones y volveréis a ser libres. La magia será libre una vez más.

Los demonios murmuraron sonidos de desacuerdo.

—La naturaleza de un demonio es la destrucción. Somos siervos del caos y no nos atará ningún juramento. —Arañaron las paredes con las uñas, y la estridente cacofonía me hizo zumbar los oídos—. Tu vida no te pertenece, sangresucia. Nos pertenece a nosotros.

—Entonces veremos quién es más rápido.

Los demonios se abalanzaron con una velocidad sobrenatural. En ningún universo podría haberlos derrotado limpiamente. Pero había hecho trampa.

Sabía que los demonios nunca aceptarían mi trato. Estaba indefensa, solo con un ejército de pájaros de papel. Pero de lo que no se habían dado cuenta era de que había estado recogiendo las hebras de mi alma y cortándolas para liberarlas.

Lady Solzaya me había dicho una vez que creía que el alma humana estaba formada por innumerables hilos que la ataban a la vida. Y que esos hilos podían cortarse uno a uno. Contaba con que tuviera razón.

Antes de este momento, siempre había entendido que mi sangre rompería las cadenas de los demonios y los liberaría de las montañas. Pero nunca había entendido el sentido de mi otro don como sangresucia: por qué podía prestar fragmentos de mi alma para crear nueva vida.

Había inspirado muchas cosas durante el último año, pero solo una vez había cedido parte de mí para siempre: cuando creé a Kiki.

De todos mis encantos, solo ella había durado, había permanecido a mi lado y compartido mis pensamientos. Creía que era porque había manchado su corona con mi sangre, pero me equivocaba. Eran sus alas: el hilo de mi alma formando un patrón de plata y oro para que todos lo vieran.

Esas hebras brotaban ahora de mi pelo, de las puntas de mis dedos, de cada punto de mi ser. Zumbaban como cuerdas de cítara, y en mi mente las recorría, inspirando a los pájaros de papel que tenía a mis pies.

Vivid, los insté.

Mi magia funcionó rápidamente. Sus corazones cobraron vida, latiendo en sincronía con el mío. Con cada uno que se elevaba, yo caía un poco, pero no me detuve hasta que no tuve más que dar.

Solo entonces me derrumbé. Los demonios se me echaron encima, los dientes rozándome la piel y las garras atravesándome la carne. No sentí dolor. Sentía la cabeza y el cuerpo ligeros, como si flotara. Volando, como mis pájaros cuando se separaban y planeaban más allá de la brecha, posando sus alas sobre sus fauces escarlatas y sellándolas hasta que solo quedaba una mancha de roca al descubierto.

Sonreí y levanté la mano. Un último filamento de alma colgaba de mi muñeca, y era el único hilo que me ataba a la vida. Me bastaría un pensamiento para enviarlo lejos y volver a coser la brecha, pero una vez que lo hiciera, dejaría de ser.

Los demonios se quedaron inmóviles, con el crujir de sus dientes y garras, al darse cuenta de lo que había hecho.

Los había atrapado.

—Aceptad mi oferta —ordené con voz débil—. Si muero, no seréis libres.

—Entonces muere —gruñeron los demonios—. Los sangresucia siempre han sido atraídos a las montañas. La próxima no será diferente. Encontraremos su debilidad y la usaremos contra ella.

—Esa estrategia os ha llevado a esperar mil años —les recordé—. Ningún sangresucia estará dispuesto a liberaros como yo. Sin Bandur para guiaros, estaréis atrapados aquí al menos otros mil años.

—¿Por qué? —preguntaron—. ¿Por qué liberarnos?

Pensé en Khramelan, en cómo había defendido a sus hermanos demonios en Lapzur incluso después de que lo traicionaran. Pensé en el espejo de la verdad, que inexplicablemente me había mostrado un recuerdo de Raikama cuando le había preguntado cómo derrotar a los demonios.

Y supe que este era el camino correcto.

—Incluso el caos tiene su lugar —respondí—. Sin vosotros, Kiata ha estado desequilibrada.

Antes de perder el valor, respiré hondo y continué.

—El futuro que deseo es un Kiata donde la magia vuelva a brotar de la tierra y florezca, un Kiata donde demonios y dioses y mortales vivan y prosperen juntos.

—Ya habéis cumplido su condena. Ahora prometed que no dañaréis el espíritu, el alma o el cuerpo de ningún ser vivo de Kiata. Prometedlo y os daré mi sangre. Lo juro.

Los demonios no dijeron nada. Su silencio se prolongó una eternidad mientras sus ojos huecos se clavaban en los míos. Estaba segura de que moriría antes de que se decidieran.

Entonces, finalmente, hablaron en un coro espeluznante que hizo temblar las montañas.

—Durante mil años hemos estado confinados entre estos muros huecos. No más —murmuraron—. Lo juraremos. Todos lo juraremos. Lo juramos ahora.

Los pájaros obedecieron y volaron, llevando mi sangre para levantar los grilletes de los demonios. A medida que cada demonio era liberado, me dedicaba una leve inclinación de cabeza, con un rostro inescrutable.

Para esto había nacido: para devolver la magia a Kiata. Para deshacer lo que habían hecho mis antepasados. Estaba escrito en mi destino, en las hebras de magia de mi alma y en la sangre que me unía a los demonios. Pronto estaría hecho.

Cuando todos los demonios fueron liberados, sus cadenas se evaporaron en bocanadas de humo. Pero aún no podían irse.

Mis pájaros se elevaron por encima de los demonios y se tocaron con sus alas de papel formando un círculo. Las hebras de mi alma se entretejieron en un largo haz de plata y oro, y mis pájaros formaron un anillo alrededor de los demonios, atándolos a su promesa.

Por fin, estaba hecho.

Un largo temblor sacudió la tierra y la brecha se rompió, con su luz escarlata parpadeando. Se formaron grietas en la pared de la montaña, atravesadas por feroces ráfagas de viento.

Marchaos, parecían gritar los vientos. *Ya no sois prisioneros aquí.*

Los demonios no necesitaron invitación. Volaron hacia el mundo, vaciaron la montaña y se llevaron mis pájaros de papel. Con cada uno que se iba, mi alma desenredaba un hilo, y podía sentirme cada vez más ligera. Demasiado ligera para permanecer en esta tierra.

Al poco tiempo, solo quedaba Kiki y, cuando el resplandor de la luna tocó sus alas, se posó en mi hombro por última vez.

Ahora es mi turno, dijo. *Tenía tantas ganas de quedarme contigo hasta el final y ver en qué lugar de los Nueve Cielos el Señor Sharima'en nos pondría. Eso si terminas en el cielo.*

—No —susurré. La tomé por el ala, acercándola a mi cara—. No, tú te quedas conmigo.

No puedo, dijo Kiki, y los dibujos dorados de sus alas se desvanecieron.

Empecé a protestar, con lágrimas en los ojos, pero Kiki sonaba más valiente que nunca.

Al menos puedo decir que he vivido una vida emocionante, para ser un pájaro de papel. Ojalá estuviera aquí el Chico Rábano para cantar, o tu hermano con su flauta. Me gustaría escuchar algo de música antes de irme.

La acerqué.

—*Channari era una muchacha que vivía junto al mar* —empecé, con la voz ronca y quebradiza—, *que mantenía el fuego con una cuchara y una olla. Remover, remover, una sopa para una piel bonita. Hervir, hervir a fuego lento, un guiso para el pelo negro y espeso. Pero, ¿qué preparaba para una sonrisa feliz? Pasteles, pasteles...*

Demasiado cruel era el viento. Antes de que pudiera terminar la canción, se llevó mi pajarito de papel, atrapándolo en un poderoso vendaval.

—¡Kiki! —Me lancé tras ella, pero su cuerpo se había quedado rígido y sin vida. Se me escapó un sollozo cuando el viento la perdió de vista—. Kiki... — susurré.

La montaña seguía temblando y me arrastré hasta la brecha. Los últimos demonios se marchaban, cada uno de los que atravesaban la brecha hacía que la luz escarlata parpadeara y se desvaneciera, y sus bordes se volvían grises como el resto de la pared. La magia de las montañas regresaba a Kiata, al igual que mi propia magia.

—Cortes Eternas —maldije, al darme cuenta de lo estrecha que se había vuelto la brecha. Minutos antes, había sido tan alta y ancha como un árbol, y ahora apenas me superaba en altura.

¡Se estaba cerrando!

Me apreté contra las rocas aún brillantes, intentando abrirme paso. Presa del pánico, escarbé en una fisura entre las rocas y la tierra y la arena se derramaron entre mis dedos mientras el monte temblaba. El viento seguía soplando y oía a los pájaros. Pero yo no era un demonio y no me quedaba magia. No podía pasar.

—¡Shiori! —gritó una voz. ¿Takkan?

Miré por la fisura y vi una borla azul colgando del cinturón de Takkan, y luego su mano aferrándose a un estrecho saliente de la ladera de la montaña. Me dio un vuelco el corazón.

—¡Takkan!

Me había encontrado. Se asomó por la grieta, con los ojos brillantes de esperanza.

—Shiori. Voy a sacarte de aquí.

Su rostro desapareció de mi vista, sustituido por el sonido de su espada raspando la grieta, intentando hacerla más grande. No sabía si maldecir o gritar de alegría. De todos los jóvenes persistentes, testarudos y estúpidos…

—Vete de aquí, tonto —grité, pero Takkan seguía cavando, incluso mientras la montaña retumbaba—. ¡Basta ya! La brecha se está cerrando. No puedes salvarme.

—Soy el final de tu cuerda —me recordó Takkan—. No importa cuánto se estire, mientras me desees, nunca te soltaré.

Los nudos de mi pecho se tensaron y las lágrimas entibiaron las comisuras de mis ojos. Quería oír cantar a Takkan a nuestros hijos algún día, subir a la montaña del Conejo cada primavera y ver la luna en su cima. Quería leer el libro de cuentos que estaba escribiendo para Megari, poner farolitos a flote en el río Baiyun con él cada año durante el Festival de Invierno de Iro, ver cómo nuestro pelo se volvía blanco con la edad pero nuestros corazones permanecían jóvenes con historias y risas.

—¡A un lado! —gritó Takkan mientras enviaba una flecha a través del agujero, con un largo hilo colgando de su asta.

El hilo de Raikama.

Mi madrastra lo había utilizado una vez para sacarme de las Montañas Sagradas, y ahora Takkan pretendía hacer lo mismo. No estaba segura de si volvería a funcionar, pero brillaba con magia cuando agarré su extremo, y eso me dio esperanzas. Con la respiración agitada, me lo até a la muñeca.

—¡Da un tirón cuando estés lista! —Takkan gritó.

Me acerqué todo lo que pude a la roca. Entonces, antes de perder la oportunidad, di un tirón.

Hubo un fuerte tirón desde el exterior. La roca me rozó los hombros y el polvo me llenó la nariz y la boca. Cerré los ojos, medio pensando que me estrellaría contra la montaña y moriría. Pero, en mi siguiente respiración, ya estaba fuera.

Unos brazos fuertes me agarraron por la cintura. El sol seguía oculto por las nubes y la niebla pero, en el resplandor rojizo de la brecha, vi cómo se disolvía la alegría en el rostro de Takkan al verme.

La sangre empapaba mis ropas y mi cuerpo estaba blando, casi inerte. Era prácticamente un fantasma, aferrado a la vida por una sola hebra de mi alma. Tan ida que apenas podía sentir el dolor.

—Ya está hecho —susurré—. Los demonios están libres. La magia es libre. —Metí la cabeza bajo su barbilla para saborear su calor y evitar mi reflejo en sus ojos empañados—. Ahora llévame a casa. Llévame a casa, por favor.

Con su brazo aún alrededor de mi cintura, Takkan nos bajó paso a paso hasta la base de la montaña, y miré por última vez la brecha. No era más que una chispa, como el último destello del día antes del anochecer. Luego desapareció.

Las montañas dejaron de temblar; la tierra volvió a quedarse quieta.

Y el sol salió de una bolsa de humo, dorado y radiante como una moneda, recordándonos que siempre había estado ahí.

CAPÍTULO 46

La lluvia se desprendió de las nubes, rociando lo que quedaba del fuego demoníaco. Me resbaló por las mejillas, fresca y húmeda, y me quitó la capa de ceniza de la piel. A mi lado, la lluvia volvió a llenar las Lágrimas de Emuri'en y, cuando la orquídea lunar flotó hasta la cima del estanque, con sus suaves pétalos imposiblemente florecidos, supe que las batallas que había librado no habían sido en vano.

La magia había vuelto a Kiata. Podía sentirla como una canción que resonaba a mi alrededor. Haciendo que el mundo se sintiera más vivo.

—Ha vuelto —le susurré a Takkan—. Está en el aire, en la tierra, en todas partes. Es maravilloso.

Cuando la lluvia amainó, parpadeé y miré al cielo. Era hermoso, azul y radiante.

—Esperemos aquí un momento —dije.

Con un movimiento de cabeza, Takkan se detuvo. Sus brazos se tensaron mientras me tumbaba con sumo cuidado sobre una roca plana ante las Lágrimas de Emuri'en.

El humo había desaparecido, y en su lugar había una suave niebla que surgía de los árboles mientras la lluvia cosquilleaba la tierra. La niebla rozaba el rostro de Takkan, casi ocultando el vaho de sus ojos.

Sabía que no podía salvarme. Mi vida pendía literalmente de un hilo, de un último trozo de mi alma que había guardado para mí. Lo único que nos quedaba era el adiós.

La lluvia me salpicaba la cara, pero ya no sentía las gotas. Ya iba a la deriva, como una cometa suelta, con el extremo de la cuerda aferrado a la tierra. Pronto también flotaría.

Vi una figura a lo lejos, avanzando lentamente. No era alguien a quien hubiera visto antes, pero su sola presencia me producía una sensación de pesadez ineludible, como si el peso del océano me oprimiera el cuerpo.

El corazón se me hundió en el pecho. Tenía la sensación de saber quién era.

Me volví hacia Takkan, aprovechando los momentos que me quedaban.

—Cuéntame una historia.

Su pelo oscuro le oscurecía los ojos, y no sabría decir si era lluvia o lágrimas lo que se deslizaba por la dura pendiente de sus mejillas. Sus manos acunaron las mías.

—Había una vez una chica... que había olvidado cómo sonreír —dijo en voz baja—. Era inteligente y hermosa, tanto que se había corrido la voz de su belleza de pueblo en pueblo y tenía muchos admiradores. Pero, cuando su madre enfermó, toda la felicidad desapareció de sus ojos y se convirtió en un fantasma de lo que había sido.

«Antes de morir, su madre le hizo prometer que llevaría un cuenco de madera en la cabeza y que nunca se lo quitaría. Le cubriría la mitad de la cara y la protegería de miradas indeseadas. Pronto se corrió la voz de que ocultaba ojos demoníacos bajo el cuenco, pero ignoró las crueles palabras que la persiguieron. Le hizo ver quiénes eran sus verdaderos amigos, tal y como su madre había deseado. Después de muchos meses, conoció a un chico que no se fijó en el cuenco, sino en su tristeza. Se propuso arrancarle una sonrisa. Todos los días paseaba con ella por el jardín y le contaba historias. Poco a poco, muy poco a poco, la niña se fue enamorando de su tierno corazón.

—Suena como tú —dije, echando la cabeza hacia atrás—. Un simple y humilde lord de tercer rango. Al que le gusta correr cuando nieva y pintar libros de cuentos para su hermana.

—El muchacho deseaba casarse con ella —continuó Takkan—, pero los aldeanos no lo permitieron. Pensando que era un demonio, intentaron matarla, pero su cuenco se rompió en mil pedazos, revelando al fin sus ojos, que no centelleaban con un poder malévolo, sino con la luz de las estrellas. El muchacho no vio su belleza, sino a la mujer que amaba. Se casó con ella tan pronto como ella quiso tenerlo, y sus hilos se anudaron de una vida a la siguiente y a la siguiente.

Sonreí con pesar, casi olvidando el dolor. Casi olvidando la extraña presencia que había estado rondando en mi periferia, esperando a que Takkan terminara su relato.

—Me gusta el final de tu historia —susurré—. Ojalá fuera así como acabó la nuestra.

Takkan bajó los ojos. Estaban húmedos cuando apretó su mano contra la mía, y su voz estaba ronca por la emoción.

—Estamos unidos, ¿recuerdas? Si no tienes corazón, te daré la mitad del mío. Si no tienes espíritu, uniré el tuyo al mío.

—*Encuentra la luz que hace brillar tu linterna* —dije en voz baja, citando a Raikama—. Aférrate a ella, incluso cuando la oscuridad te rodee. Ni el viento más fuerte apagará la llama. —Incliné la cabeza para mirarlo—. Tú serás la luz, Takkan. Vaya donde vaya.

Se me nubló la vista y me zumbaron los oídos, robándome la respuesta de Takkan. Pero al fin pude ver la figura que invadía mis últimos momentos. No venía envuelto en una oscuridad aterciopelada, como había esperado, sino envuelto en una luz brillante y punzante.

Lord Sharima'en en persona, el dios de la muerte.

Ven, Shiori'anma —dijo, su voz era fría y seca—. Es la hora.

Sentí que mi espíritu obedecía al dios de la muerte y empezaba a abandonar mi cuerpo. El sueño empolvó mis párpados, pero luché por mantenerme despierta. Luché por quedarme.

—No, todavía no.

—Has hecho todo bien —dijo el dios, con palabras de advertencia—. Vete con dignidad.

—No me importa. Deja que me quede. Por favor. —Era inútil suplicar a Sharima'en el Enterrador. Cada kiatano sabía eso. Pero no me importaba lo infantil que sonara.

—Mi padre, mis hermanos… me necesitan… —Hice un gesto—. Y Takkan.

—Se unirán a ti cuando llegue su momento —dijo Sharima'en—. Ahora es el tuyo.

—¿Lo es? —dijo una nueva voz.

El dios de la muerte se volvió, frunciendo el ceño ante la forma resplandeciente que había aparecido tras él.

Débilmente, levanté la cabeza. Bañada en una corona de luz de luna estaba la dama de la luna. Conejos de ojos plateados retozaban a sus pies y ella se deslizaba hacia nosotros sobre una nube pálida. *Imurinya*, pensé.

—Mira —dijo, haciéndome un gesto. Su voz era cálida y melodiosa, nueva para mí y extrañamente familiar al mismo tiempo—. Están unidos por la hebra de Emuri'en.

Me miré la muñeca y vi que en ella había un hilo luminoso que me ataba a Takkan. Ya lo había visto una vez, cuando Raikama agonizaba.

—Los hilos se cortan fácilmente —comentó Sharima'en—. Vuelve a casa con tus conejos, hermana. No tienes lugar aquí.

—En efecto, no es mi lugar —admitió Imurinya—, pero también traigo noticias de Ai'long. Del Príncipe de los Cuatro Mares Supremos, heredero del Rey Dragón.

Mis oídos se agudizaron.

¿Su heredero?

—¿Qué quieren los dragones? —dijo en tono reprobatorio—. Nunca antes han intervenido en tratos humanos.

—Su alteza eterna Seryu'ginan nos recuerda que requerimos la ayuda de los dragones para sellar a los demonios en las montañas, hace mucho tiempo. Se les debe un favor, y exigen tener voz en el destino del sangresucia que los ha liberado. —La dama de la luna hizo entonces una pausa y, poniendo peso en cada palabra, continuó—. Los dragones desean que viva.

El disgusto ensombreció la expresión de Sharima'en, y los hermanos no dijeron nada; al menos, nada que yo pudiera oír. Sentí que estaban hablando. Discutiendo, para ser precisos, en la lengua de los dioses.

Por fin, el dios de la muerte dio un paso atrás, dejando que Imurinya se dirigiera a mí. Se arrodilló a mi lado y me acarició las sienes. Mi espíritu se estremeció ante su contacto, aferrado aún a mi cuerpo por un hilo.

—Has demostrado una gran fortaleza —dijo con gravedad—, y has complacido a los dioses con tus actos en esta tierra. Seremos piadosos.

Contuve la respiración, sin saber qué *piedad* esperar.

—El señor de la muerte y yo hemos llegado a un acuerdo —dijo ella—. Hemos decidido que la mitad es justo. La mitad es más de lo que la mayoría recibe.

—¿La mitad? —repetí.

—Sí, la mitad. —Los ojos luminosos de Imurinya se posaron en mí—. Shiori'anma, tu alma fluctúa entre la vida y la muerte: la mitad ligada a Bushi'an Takkan y la otra mitad a los cielos. Así, durante el resto de tu vida, pasarás la mitad de cada año en la luna conmigo.

Kiki salió revoloteando de detrás de la túnica de la dama y, si hubiera podido ponerme en pie de un salto, lo habría hecho.

Se había convertido en un pájaro de verdad, con plumas en lugar de alas de papel, y ojos redondos que no parpadeaban en lugar de los que yo había hecho con tinta. Sus alas estaban adornadas con oro y su cabeza estaba pintada con una vibrante corona roja.

—Ha encontrado el camino hasta mí —explica Imurinya con una sonrisa.

¿Quieres venir?, preguntó Kiki, tan descarada como siempre. *Tienes una pinta horrible. Ven, ven con nosotros.*

Me quedé esperando. No estaba preparada.

—La otra mitad del año… ¿la pasaré en la tierra? —pregunté. Mi voz estaba embriagada; no podía decir si había pronunciado las palabras en voz alta.

—Es un compromiso que mi hermano y yo hemos acordado —dijo Imurinya—. Mientras Bushi'an Takkan viva, también lo hará este acuerdo. Cuando llegue su hora, te unirás a él en el reino de lord Sharima'en.

Miré al señor de la muerte, que asintió imperceptiblemente. Luego miré a Takkan, preguntándome si podría oír o ver a los inmortales. Seguía a mi lado, con los ojos sombríos y en carne viva.

—Me parece justo —acepté en voz baja—. ¿Cuándo puedo volver?

—Volverás cada primavera y verano.

—¿Y seré normal? —pregunté, tragando saliva—. ¿Humana?

Imurinya rio con suavidad.

—Sí, sí. Lo bastante humana como para sangrar y curarse, envejecer y crecer en felicidad y sabiduría. Incluso para tener hijos, si lo deseas.

Un intenso rubor calentó mis mejillas, pero Imurinya debió leer mi mente, porque eso era exactamente lo que deseaba saber.

—¿Podría volver para el invierno y la primavera? —pregunté, sabiendo que era descortés regatear con los dioses, pero sin poder evitarlo—. Me gustaría celebrar mi cumpleaños con mi familia y ver las grullas de invierno. E Iro —añadí—. Es más hermoso en invierno.

Imurinya me desarmó con su mirada brillante, tan atenta que mi corazón dio un vuelco. Tenía la certeza de que me había equivocado, y de que ella y lord Sharima'en me quitarían el compromiso por completo.

—Muy bien —dijo por fin Imurinya—. Invierno y primavera, está decidido. Pero, para este primer ciclo, debes esperar a la primavera. Se acerca el invierno y tu cuerpo necesita curarse.

Levantó uno de los conejos que tenía a sus pies, y la luz divina se acumuló a nuestro alrededor, penetrando en el reino de los mortales. Takkan respiró hondo; ahora podía verla.

—El juramento está hecho —le informó Imurinya—. Shiori'anma volverá a la tierra cada invierno y primavera, pasando la mitad del año contigo y la otra mitad conmigo. Cuando salga la primera luna de primavera, la encontrarás en la montaña del Conejo, Bushi'an Takkan.

Takkan parpadeó, el único signo de sorpresa que dejó escapar al ver a los grandes inmortales. Se secó los ojos con la manga e inclinó la cabeza hacia abajo.

—Entiendo —dijo en voz baja—. Gracias, lady Imurinya. Allí estaré.

—Ahora despídete —dijo la dama de la luna.

Pedazo a pedazo, mi espíritu volvió a ensamblarse dentro de mi cuerpo, una sensación de hormigueo inundó cada nervio. Primero levanté la cabeza, a modo de prueba. Luego, cuando el resto de mí despertó, le dediqué a Takkan una sonrisa con hoyuelos. Eso fue todo lo que necesité para borrar la tristeza de su rostro. Sus ojos se abrieron de par en par con asombro y alivio.

—Ayúdame a levantarme —dije, y la mano de Takkan estuvo allí en un instante, tirando suavemente de mí para ponerme en pie.

Vi que ya no estábamos solos. Mis hermanos habían llegado y se apresuraron a avanzar.

—Al menos no tendrás que coser cuando estés en la luna —se burló Yotan—. ¿O no?

—Dudo que la dama quiera que estropee sus tapices —respondí.

—Cierto, cierto.

Abracé a los gemelos y luego me dirigí a Reiji. Al igual que yo, pronto dejaría Kiata.

No nos habíamos llevado especialmente bien durante nuestra infancia, y pensé que me quedaría sin palabras. Hoy no.

—No puedo creer que esté diciendo esto, pero te echaré de menos, Reiji.

—No deberías —dijo suavemente—. Nadie más te pondrá cáscaras de cigarra bajo la almohada... ni te retará a robar serpientes del jardín de Raikama. Te encontrarás con muchos menos problemas.

—¿Así que por fin admites que todo esto ha sido culpa tuya?

Esbozó una sonrisa ladeada.

—Compartimos la culpa a partes iguales.

Lo rodeé con los brazos, deseando haberlo abrazado más cuando éramos más jóvenes.

—Esto no es un adiós para siempre —le dije al oído—. Sé que encontrarás la forma de engatusar a tu princesa de papel para que me visite cuando vuelva.

Entonces llegó Hasho, con el ala plegada a su lado.

—Me alegro de que pidieras invierno. Tu cumpleaños no sería lo mismo sin ti.

Abracé a mi hermano menor. Siempre me había entendido mejor.

—Tendremos un banquete preparado para cuando vuelvas, hermana —dijo Benkai—. Un banquete con todos los mejores platos, y un cielo lleno de farolitos.

Yo me reí.

—Soy yo quien debe cocinar para todos vosotros.

—Lo harás. —Andahai me guiñó un ojo. ¿Alguna vez le había visto guiñar un ojo?—. Haremos una lista de nuestros platos favoritos.

Me giré hacia él, dándome cuenta.

—Seré tía cuando vuelva.

—Y con suerte tendré un nuevo hermano —replicó Andahai. Hizo una inclinación de cabeza hacia Takkan—. No olvides que aún tienes una boda que preparar. Quizá deberíais casaros ahora, no sea que se le ocurra quedarse en la luna para siempre.

—No lo haré. —Intercambié una tímida sonrisa con Takkan—. Su corazón es mi hogar, y…

—… donde tú estás es donde yo pertenezco —dijo junto a mí. Bajó la mirada hacia nuestras muñecas, las hebras rojas aún visibles, sus extremos anudados—. Te estaré esperando.

Sus palabras fueron toda la música que necesitaba oír, y soplé un beso mientras seguía a Kiki y a Imurinya por un camino de luz de luna hacia la leyenda más antigua que conocía.

EPÍLOGO

Me encontraba al borde de la luna, con un mar crepuscular bajo mis pies y las estrellas colgando por encima y por debajo. Aunque mi posición era gloriosa, esta noche no sentí temor. Solo impaciencia.

Había esperado seis meses para esto. No iba a perder ni un segundo.

—Estoy lista —susurré.

Apareció un rastro de luz de luna plateada, que se desenrollaba sobre los pliegues del cielo manchados de estrellas. Bajaba y bajaba, entre campos de nubes suaves como la nieve recién caída.

Me moví deprisa, incapaz de seguir el ritmo de mi corazón acelerado. O Kiki, cuyas nuevas alas la habían hecho notablemente rápida. Mientras esperaba a que la alcanzara, jugaba a pasar entre los rayos de luz que nos perseguían.

Date prisa, caracol, gritaba. *La primavera habrá terminado para cuando llegues a la tierra. Nunca tendré mis pasteles.*

Me di prisa, sonriendo con nostalgia. Kiki adoraba ser una grulla de verdad, y ya nunca hablaba de su pasado de papel.

Pero a veces, cuando estaba asustada o se sentía sola, intentaba volar hacia mi manga, olvidando que era demasiado grande. Así supe que echaba de menos su forma original, al menos un poco. Avanzamos juntas por el sendero iluminado por la luna hasta que se levantó una brisa que cortó la quietud de los cielos. Imurinya nos había dicho que los hijos del viento guardaban la división entre los reinos inmortal y mortal. Aquí es donde Kiki y yo nos separaríamos.

Acuérdate de traer pasteles, me dijo, haciéndome prometerlo por enésima vez. *Los redondos de arroz con pasta de alubias rojas. También pasteles de luna. A Imurinya le gustarían.*

—Me acordaré —dije, dándole un beso en la cabeza a mi pajarito—. No le hagas ninguna travesura a la dama cuando yo no esté.

Kiki desapareció tras una cortina de luz de luna, dejándome a solas con el sol y las nubes. Había llegado al final del camino, pero Imurinya no me había dicho qué hacer a partir de aquí. Me agaché y las yemas de los dedos acariciaron una nube baja que me rozaba los tobillos. Abajo, el sol iluminaba el mundo, y yo tenía la vista de los dioses. En el sur, vi a Gen estudiando un montón de libros, con el espejo de la verdad brillando a su lado. Luego, al otro lado del mar de Taijin, vislumbré a Seryu compitiendo con una manada de ballenas. Sus cuernos habían crecido hasta convertirse en una magnífica corona plateada, y sus ojos brillaban más rojos que el sol. Recordé que era el heredero del Rey Dragón. Me preguntaba cómo lo había logrado.

Debió de notar que lo observaba, porque levantó la cabeza y miró fijamente a la luna. Durante un instante, nuestras miradas se encontraron y Seryu me dedicó una enigmática sonrisa. Luego, sin perder un instante, se zambulló de nuevo en el mar, rugiendo junto a las ballenas que acababan de alcanzarlo.

Aplaudí, solté una carcajada y vi cómo desaparecían más allá del horizonte. Entonces, justo debajo de mis pies, las nubes se movieron para revelar una familiar montaña de dos picos. Casi no la reconocí sin su habitual capa de nieve, pero de repente el corazón me latía tan deprisa que apenas podía respirar. Y de pronto supe qué hacer.

Salté.

No sé si caí o volé. Las nubes me taparon la vista y el mundo se precipitó en un torbellino de estrellas y luz. Pero entonces aterricé, mi espalda se hundió en los suaves contornos de la tierra y, cuando sentí el sol en mis mejillas, abrí los ojos.

Estaba tumbada sobre la hierba. Una hierba fría y húmeda que me pinchaba los codos y las rodillas. Charcos poco profundos de barro me flanqueaban y venas plateadas de escarcha cubrían el campo.

Una capa cayó sobre mis hombros un instante antes de que empezara a temblar.

—Cuidado con el barro, doncella lunar —dijo Takkan en voz baja, arrodillándose a mi lado—. Está casi helado. No será divertido caerse.

Me levantó con seguridad de donde yacía, envolviéndome en su calor, y toqué mi frente con la suya. Mi voz salió ronca, una mezcla de alegría e incredulidad.

—¿Tus primeras palabras hacia mí son de barro?

Takkan sonrió.

—Pensé que la advertencia era más urgente que una serenata de bienvenida.

—Considérame advertida. Ahora canta.

—¿Ahora? Te vas a reír.

—Nunca me reiría de ti, Bushi'an Takkan.

Lo dije tan solemnemente como pude, pero mis ojos bailaban y Takkan me conocía.

—Mentirosa.

Como castigo, me levantó más en brazos. Grité de sorpresa y placer mientras me hacía girar una y otra vez, con sus botas chapoteando en el barro.

Nos reímos hasta que nos dolieron nuestros estómagos, el sonido de nuestra felicidad armonizando en una canción que hizo que mi corazón se sintiera tan lleno como el pálido sol tras las nubes.

Cuando por fin me dejó en el suelo, los dos estábamos tan mareados que tropezamos el uno con el otro. Me tomó por la cintura y me besó.

Fue un beso por el que mereció la pena esperar —ya fuera medio año o media vida—, un beso que hizo que se me cortara la respiración y se me revolviera el estómago, y que la escarcha que me cubría la nariz y las pestañas se derritiera con un calor delicioso. Le pasé los dedos por el pelo y tiré de él para acercarlo, haciéndole cosquillas en la nariz con los míos y viendo cómo nuestras respiraciones se empañaban en el aire. Me lamí los labios, saboreando el azúcar.

—¿Pasteles?

—Chiruan los hizo para ti —confesó Takkan con una sonrisa tímida—. Probé unos cuantos para asegurarme de que eran aceptables. ¿Quieres uno?

Pasteles antes que flores, le había dicho. Mientras mi corazón se estrujaba de calor, los capullos más diminutos florecían bajo mis pies. Solo quedaba un hilo de magia dentro de mí, pero Kiata... Kiata floreció con ella. Lo que sentía era como una capa de amor escondida en lo más profundo del vientre. Calor, incluso cuando hacía frío. Alegría, incluso cuando había tristeza. Las flores bajo mis pies florecieron y crecieron.

—Más tarde —contesté, respondiendo por fin a la pregunta de Takkan. Me rodeó la cintura con los brazos y me recosté contra él, sintiendo su aliento revolverme el pelo—. Solo quedan unos minutos para que se ponga el sol.

Podría haberme quedado en sus brazos todo el día, contenta con la vista de los arrozales, el río Baiyun bajando por la montaña de los Conejos hasta las colinas de hierba que rodeaban Iro, el castillo de tejas grises a lo lejos. Pero el día se desvanecía, la tierra dorada se volvía plateada con la joven luz de la luna.

Por no mencionar que, en realidad, no estábamos solos.

Una risita aguda delató al intruso, y me giré para mirar por encima del hombro de Takkan.

—¡Megari! —grité.

—Takkan me dijo que te dejara una canción a solas —dijo Megari, dejando un farol sin encender. En el año que había estado fuera, había perdido parte de la redondez juvenil de sus mejillas, pero en sus ojos brillaba un destello familiar de picardía—. He elegido una canción corta.

La abracé y le di una vuelta antes de dejarla en el suelo. Me maravillé con ella. Ya casi me llegaba a los hombros y ya no llevaba el pelo recogido en coletas, sino suelto contra la espalda.

—No hagas comentarios sobre lo mucho que he crecido y yo no haré comentarios sobre tu pelo —me advirtió Megari antes de que pudiera decir nada—. Vas a recibir muchos comentarios al respecto. Créeme. Papá y Takkan no dejaban de mirarme cuando llegaron a casa. Como si hubieran estado fuera años y no meses.

—Mi hermana empieza a preferir la compañía de los conejos a la de los humanos —bromeó Takkan.

Un par de bestias esponjosas jugueteaban sobre mis pies, un conejo de manchas marrones incluso se atrevió a mordisquear mis zapatillas. Me arrodillé para acariciar su aterciopelado pelaje.

—Suelen tener miedo de los extraños —reflexionó Megari—. Pero a ti no.

—Hay muchos conejos en la Luna —respondí, y solté a la criatura. Observé cómo se adentraba en la hierba alta.

Podía sentir que Megari se moría por hacerme preguntas, pero Takkan tocó el hombro de su hermana, como recordándole algún acuerdo tácito. Con un suspiro, tomó su linterna y la balanceó mientras se dirigía hacia la base de la colina, donde habían atado los caballos.

—Disfruta de este tiempo a solas. Cuando lleguéis a casa, mamá no os dará ni un momento de descanso.

—¡Cuidado al volver a casa! —pidió Takkan a Megari—. ¡Está oscureciendo!

Megari saludó con la mano para demostrar que le había oído y después una vez más a modo de despedida. Le devolví el saludo, viéndola alejarse hacia Iro. Entonces mis ojos se desviaron hacia el cielo, donde el sol que se ocultaba cambiaba de lugar con una luna creciente. Un mar de estrellas brillaba en el crepúsculo; la grulla de siete puntas ya era más brillante que las demás.

—Le han cambiado el nombre —dijo Takkan, intuyendo lo que me había llamado la atención—, por una nueva leyenda.

—¿Qué leyenda?

—Es una leyenda de grullas, demonios y dragones, y de una princesa bajo una terrible maldición. Los niños están fascinados.

Silenció lo que yo iba a decir tomando mi mano y dándome un beso en la palma.

—Es una historia decente, pero larga. Te la contaré más tarde. Esta noche tenemos invitados.

—¿Invitados el mismo día de mi esperada llegada? ¿Quién podría ser tan importante?

Él sabía que yo estaba haciendo escándalo con anticipación.

—¿Te he dicho que ahora tenemos un pequeño demonio en la cocina? Llegó hace unas semanas y se ha metido en la cocina. Quema el arroz y apaga el fuego cuando se enfada. Los cocineros están molestos, pero a Megari le gusta. Creo que a Chiruan también le está gustando.

Puse las manos en mis caderas. Los demonios podían esperar.

—¿Quién es el invitado?

—Invitados. —Takkan hizo una pausa deliberada, disfrutando de mi impaciencia—. Son tus hermanos.

¿Mis hermanos?

Una enorme sonrisa se dibujó en mi cara.

—¿Han venido?

—Los seis —confirmó Takkan—. Incluso Reiji, de A'landi. Y… tu padre.

Al oír eso, mis dos cejas se alzaron.

Takkan se rio.

—Esa fue mi reacción también. Puedes imaginarte la angustia de mi madre cuando se enteró de su visita. Se ha pasado la última semana intentando poner orden en la casa. Y aún no ha superado el hecho de haberte recibido todo un invierno sin saber tu verdadera identidad.

—¿Eso significa que no me dejará volver a la cocina?

—Probablemente no. Por lo menos durante un año, diría yo.

—¿Un año? —Me lamenté. Echaba de menos cocinar y, por la forma en que mi estómago gruñía en ese momento, también echaba de menos comer—. Bueno, por algo tengo seis hermanos. Esperemos que esté más preocupada por ellos que por mí.

—Lo dudo. Tiene que preparar la boda de su hijo.

Me sonrojé, tensa por primera vez.

—Megari tenía razón, ¿no? Va a ser una locura cuando vuelva. Todo el mundo me estará mirando y haciendo preguntas.

—Podemos llegar un poco tarde —dijo Takkan.

—¿Un poco tarde? ¿He oído bien? Mi honorable prometido sugiere que lleguemos tarde a cenar. —Fingí un grito de horror—. Nada menos que con el emperador.

Una sonrisa se dibujó en los labios de Takkan.

—Por ti, estoy dispuesto a saltarme algunas normas.

No pude evitarlo. Me levanté de un salto, pero Takkan ya estaba allí. Sus labios encontraron los míos y nos enlazamos, con sus manos sujetándome por la parte baja de la espalda, mientras yo le rodeaba el cuello con los brazos y deslizaba los dedos por su pelo. Nos besamos y besamos, tambaleándonos hasta que caímos de espaldas contra un árbol, y reímos y gritamos mientras la nieve caía de las ramas sobre nuestras cabezas. Nunca sabría cuánto tiempo pasamos abrazados contra el árbol, mientras los conejos nos observaban con curiosidad. Demasiado pronto, el crepúsculo envejeció y la noche cayó sobre nosotros.

Era hora de volver.

—Deberíamos irnos —dijo Takkan, quitándome los copos de nieve de la nariz antes de alejarme del árbol.

No me soltó la mano mientras se arrodillaba para recoger las dos linternas que había traído. Una azul para él y otra roja para mí, atadas con un simple hilo rojo.

—Para no perderte en la oscuridad —me explicó cuando tracé el hilo con los dedos.

—Nunca me perderás, Bushi'an Takkan —respondí—. Haya luz u oscuridad, tú eres la luz que hace brillar mi linterna.

Bajo la brillante luna, volvimos a casa con el corazón radiante y la luz de nuestras linternas tan brillante como las estrellas.

AGRADECIMIENTOS

¡Wow! ¡ya son seis libros! Estoy muy agradecida con Gina, mi agente, que ha confiado en mí desde el principio. Y a Katherine, mi editora, por su ojo de lince cuando se trata de hacer que mis libros sean lo mejor posible. Y por ser la mejor defensora de mis historias que podría pedir.

A Lili, mi publicista, por su dedicación a la hora de hacer llegar mis historias a los lectores y por trabajar con ella. A Gianna, Melanie, Alison, Elizabeth, Kelly, Dominique, John, Artie, Natali, Caitlin, Jake y al maravilloso equipo de Knopf Books for Young Readers por su apoyo en *La promesa del dragón*. Gracias por ayudarme a dar vida a mis historias y a ponerlas en manos de mis lectores.

A Tran, ¡por esos dragones! Esta portada es perfecta y, como siempre, estoy obsesionada.

A Alix, por hacer que el título cante. Es precioso.

A Virginia, por el impresionante mapa de Kiata y por dar vida visual a mis mundos.

A mi equipo del Reino Unido: Molly, Natasha, Kate y Lydia, gracias por darme la bienvenida a la familia Hodderscape, y a

Kelly Chong por las portadas más bonitas en toda su gloria pastel. A Anissa, de nuevo por tu amistad y por tus recomendaciones de webtoons y novelas románticas.

A mis increíbles lectores beta, que también son amigos míos: Leslie y Doug, Amaris, Diana y Eva. Los aprecio mucho.

A Pasang, no podría haber escrito este libro sin tu ayuda. Gracias.

A mi abuela, por inspirar gran parte de mis historias. Los lectores tienen que darte las gracias, sobre todo en lo que se refiere a la comida.

A mis padres y a Victoria, por su amor, apoyo infinito y opiniones (y ofrecerse para hacer de niñera).

A Adrian y a mis hijas, por ser mis faros. Adrian, podría escribir un libro sobre qué agradecerte pero, para ser breve, gracias por los garabatos sorpresa que haces en mis manuscritos. Siempre me hacen reír. Y gracias por los abrazos y el ánimo que necesito cuando las cosas van mal, y por ser la primera persona con la que quiero celebrarlo cuando las cosas van mejor. Os quiero. Charlotte y Olivia, por ser mis alegrías y amores y por ser tan curiosas sobre por qué siempre estoy en mi ordenador durante el día. No crezcáis tan rápido.

Por último, a mis lectores. Gracias por continuar este viaje conmigo. Espero que sean muchos más.

La serie Six Crimson Cranes en Booket: